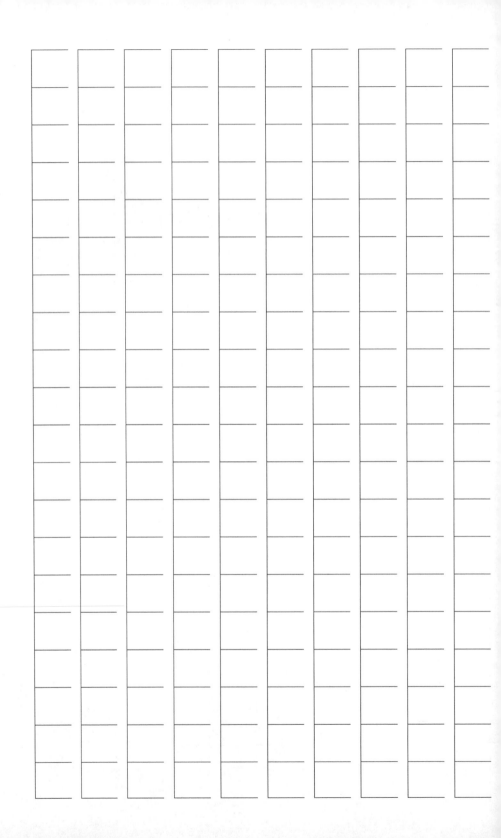

천진의 시간

나남
nanam

천진의 시간

2024년 8월 1일 발행
2024년 8월 1일 1쇄

지은이   곽병찬
발행자   趙相浩
발행처   (주) 나남
주소   10881 경기도 파주시 회동길 193
전화   (031) 955-4601(代)
FAX   (031) 955-4555
등록   제 1-71호(1979.5.12)
홈페이지 http://www.nanam.net
전자우편 post@nanam.net

ISBN 978-89-300-4172-0
ISBN 978-89-300-8655-4(세트)

곽병찬 에세이

천진의 시간

아이와 백석동천을 걷다

나남
nanam

머리말

매화꽃 지자 살구꽃 피고, 다디단 향기 잦아들자 복숭아꽃 농염했다. 돌배꽃 피고 지더니 라일락 꽃향기 자욱했다. 나무에 걸린 향기로운 꽃등, 시인(최영미)의 말처럼 피기까지는 오래여도 지는 것은 잠깐인가 싶었는데, 돌연 모란꽃 향기 아찔했다. 그 풍만한 꽃잎 하나둘 떨어지자 영산홍 꽃 붉음이 노을처럼 불탔다. 이제 그마저 꽃무덤을 이루었다.

5월 초이틀 아침 창문을 여니, 영랑의 비탄이 가슴을 찌른다. "뻗쳐 오르던 내 보람 서운케도 무너졌느니." 스무 평 남짓 마당엔 꽃도 신록도 사라졌다. 여름 초입의 녹음 천지다. 한겨울 북한산 살벌한 한기 막으려 창문마다 밀봉했던 비닐을 걷어낸 건 매화 꽃망울 터트릴 즈음이었다. 세월의 흐름이 내 나이 속도로 빠르다. 밤낮으로 대춘부待春賦 읊조리며 고대하던 봄은 그렇게 무너졌는가?

이곳으로 이사 온 지 15년, 어느덧 사람도 늙고 개(산이)도 늙었다. 사람은 비탈이 숨차고, 산이는 뒷다리 끌며 비탈을 오른다. 가는 세월은 쏜살같은데, 오는 세월은 이내 낀 노안에 흐릿하다. 조조가 즐겨 부른 〈단가행短歌行〉 첫 소절이 한숨처럼 흘러나온다. "대주당가對酒當歌, 인생기하人生幾何, 비여조로譬如朝露 …." 술잔 들고 노래하니, 인생이란 얼마더냐, 아침 이슬 아니고 무엇이더냐.

그렇게 넋두리 늘어지던 아침 '띵동' 문자가 왔다. "오늘, 5월 2일이 무슨 날이게?" 손녀다. 눈앞이 섬광 하나 지나가는가 싶더니, 애상의 바닥을 치고 종달새처럼 솟구치는 한 생각 있었다.

'오호라, 내게는 손녀가 있지 않더냐! 여물위춘與物爲春, 아니 여아위춘與兒爲春이라, 아이와 함께 있으면 언제나 봄날 아니더냐. 호시탐탐 곰 탱이 할배 놀려 먹을 꾀 만면에 가득한 방퉁이가 생글생글 웃으며 사시 사철 봄꽃보다 더 싱싱한데, 지질한 감상이 웬 말인가.'

허풍이 아니다. 나는 꽃이 피고 지는 것만 보며 그저 안타까울 뿐이었다. 피고 지면 다시 피는 걸 알려고도 하지 않았고, 또 알아도 일부러 외면했다. 꽃 지면 결실하고, 해 가면 다시 피는데 서러울 게 무엇인가. 애상은 순전히 지금의 '나'에게 갇힌 탓이었다.

그것을 단박에 묵사발 만들어 버린 건 아이였다. 가수 김윤아의 〈봄날은 간다〉 노랫말에도 나오는 대목이긴 하지만, 아이는 '꽃은 피고 지고 또 피는 것'임을 온몸으로 증거했다. '봄은 또 다른 봄으로 돌아오고, 삶도 그렇게 피고 지면 다시 또 피어난다, 나처럼!' 그 엄연하면서도 상식적인, 그러나 외면했던 사실을 아이는 받아들이지 않을 수 없게 했다.

아이는 내가 정년퇴직할 무렵 우리에게 왔다. 오늘이 어제 같고, 내일은 오늘 같을 은퇴자의 무료한 일상은 아이의 출현과 함께 천지개벽, 완전히 뒤집혔다. 하루하루가 밤낮으로 주인이 바뀌는 고지전이었다. 서로가 울고 웃고 아우성이었으며, 허리 펼 날 없는 분투였다. 그렇게 아이는 새 한 마리 울지 않는 불모의 황무지를 온통 '신생新生'의 숲으로 바꿨다.

그런 아이가 저 혼자 걷기 시작할 때부터 우리는 풀방구리 쥐 드나들 듯이 쏘다녔다. 50년 넘게 살아온 세검정 마을의 산과 계곡, 숲과 풀밭, 골목과 골목을 누볐다. 단지 밟고 돌아다니는 것이 아니라, 나와 가족의 기억을 더듬는 시간여행이기도 했다. 네 살, 다섯 살, 아이가 크면서 가까이로는 마곡동 왕할머니의 고향 염창과 강화의 바다로, 멀리는 홍은동 왕할머니의 해미와 광천젓갈시장으로도 공간이 확장됐다. 덕분에 아이는 '산교육'을 핑계로 한 어린이집 '땡땡이'에 이골이 났다.

아이와 자주 거닐던 곳은 물론 내가 사는 세검정, 구석구석이 '동천洞天'인 개울과 숲과 고샅이었다. '동천'이란 옛사람들의 이상향. 산 좋고 물 맑고 세상 소란에서 벗어나 있어, 누구는 신선이나 살 법한 곳이라고 했고, 누구는 은자가 자연과 더불어 유유자적 안빈낙도安貧樂道할 곳이라고 했던 땅이다.

어른 키의 1.5배만 한 바위에 새겨진, 백사실의 백석동천白石洞天 각자 때문에 하는 말이 아니다. '동천'의 원전이라는 도연명의 〈도화원기桃花源記〉, 주자의 〈무이구곡가武夷九曲歌〉에서 서술한 지형지물에 비추어 보아도 세검정 다섯 마을(부암동·홍지동·신영동·구기동·평창동)은 빼도 박도 못할 동천이다. 그 마을들이 내려다보이는 '무계정사武溪精舍'에서 안평대군은 도원경桃源境을 거니는 꿈을 꾸었고, 안견이 그 꿈속의 풍광을 상상하며 〈몽유도원도夢遊桃源圖〉를 그린 것은 그 때문이었을 것이다. 대원군이 굳이 김조순의 것을 빼앗아 제 것으로 삼은 석파랑石坡廊도 그곳에 있다.

'동천'이란 단지 풍수·풍광만을 두고 하는 말은 아니다. 그곳에 의탁해 살아가는 것들 또한 순후 원만해야 한다. 제각각 저의 성품대로 살아가면서도 다 함께 어울리고, 서로 기대거나 받쳐 주면서도 간섭하지 않고, 많건 적건 넘침도 모자람도 없는 삶의 태도가 오히려 더 중요한 조건이겠다. 아무리 풍광이 빼어난들 가진 자의 오만과 가난한 이들의 남루가 계급을 이뤄 끼리끼리 상종하는 곳을 동천이라 할 수는 없다. 지금처럼 산록을 따라 욕망의 고루거각高樓巨閣이 숲을 이루고, 개울 따라 탐욕의 거품이 끓어오른다면 어찌 동천이라 할 수 있을까.

뒤늦게 알았다. 처음엔 아이를 데리고 다니는 게 '나'인 줄 알았다. 하긴 50여 년 내 안마당이었으니 누가 나만큼 그곳을 알 것이며, 아이야 내가 이끄는 대로 가는 것 아닌가. 그러나 몇 차례 다니며 생각해 보니, 이끌고 다니는 것은 아이였고 나는 그의 손이 끄는 대로 따라다니고 있었다. 아이는 나를 시나브로 저의 세계로 초대해, 나무와 물과 새와 바람 등 제 영혼의 숲을 보여 주고 있었다.

사실 내가 선택한 장소들은 너무 익숙한 나머지, 내게는 화석이 돼버린 지 오래였다. 백사실, 세검정 정자 앞 반석, 자하슈퍼와 개울, 세검정다리 밑 바위, 평창동 49번지 느티나무골 등은 그저 지번 혹은 거리명 주소로 표시되는 좌표일 뿐이었다. 아이가 아니었다면, 평소처럼 나는 좌표만 찍고 다녔을 것이다. 기억 속에 각인된 화석화된 장소였으니 말이다.

그 화석들은 아이와 함께 다니면서 물살을 가르는 물고기의 비늘처럼 반짝이며 살아 움직였다. 예컨대 아이와 자하슈퍼 앞 평상에 걸터앉았을 때는 초등학생 시절 썩어 가는 어금니의 통증 때문에 눈물 찔끔거리며 끙끙대던 모습이 아이의 첫 치과 치료 때의 모습과 함께 되살아났다. 세검정 정자 앞에서는 어느 복날 다리 밑에서 피어오르던 연기와 함께 큰형의 격격 우는 소리가 들려왔다. 상명대 비탈길을 오르면서는 또래 여학생들이 볼까 봐 짐자전거 뒤에 고개를 처박고 헐떡거리며 오르던 한 아이의 벌겋게 달아오른 얼굴이 떠올랐다. 딸이 초등학생 시절 친구들과 〈아임 유어 걸〉을 부르며 놀던 백사실은 바로 그 딸의 딸이 〈합정역 5번 출구〉를 노래하며 춤추는 무대가 되었다.

아이는 전혀 다른 눈, 전혀 다른 감성으로 느끼고 즐겼으며, 지칠 줄 모르는 호기심으로 관찰하고 살폈으며, 섬세한 감수성으로 전혀 새롭게 받아들였다. 아이의 명랑은 마를 줄 몰랐으니, 〈귀천〉의 시인 천상병처럼 '노을', '구름', '이슬' 등 그 모든 것과 더불어 놀았다. 그런 아이의 손에 이끌려 나는 다름 아닌 유년의 그 신비한 숲을 산책하고 있었다.

그건 나만의 특별한 일은 아닐 것이다. 아이를 낳고 기른 사람은 일생에 두 번쯤 그런 경험을 한다. 아이를 낳고 기르면서 한 번, 그 아이가 장성해 낳은 아이가 커 가는 것을 보면서 갖는 또 한 번의 기회가 그것이다. 다만 삶에 치이거나 욕망에 눈이 어두워 못 느끼고 지나치는 경우가 대부분일 뿐이다. 특히 부모가 되어서는 보호자의 입장에서 아이 삶에 너무 깊이 개입하는 바람에 그 숲을 제대로 볼 수 없었다.

이에 비해 할아버지·할머니는 한 걸음 물러서 지긋이 지켜볼 수 있어 유년의 신비를 깊고 넓게 경험할 수 있다. 그러나 몸에 밴 오랜 습성으로 말미암아 인생 막바지에 주어진 그 행복의 기회를 날려 버리기 일쑤다. 믹서기와도 같은 극단적 경쟁 구조와 개인주의, 그리고 줄어들지 않는 욕망은 노년이라고 비껴가지 않는다.

유년의 숲을 조성하고 키우는 것들은 공감과 감수성, 호기심과 명랑, 열린 마음과 관용이다. 경쟁지상주의나 개인주의와는 양립하기 힘든 덕목들이다. '사람다운 사람'으로서 무엇보다 '수월한 능력'이지만, 우리의 교육은 이런 덕목을 제거해야 할 잡초로 여긴다. 남들보다 더 빨리 더 높이 더 멀리 달리도록 해야 하는데, 공감하고 어울리고 관용하는 것은 발목만 잡을 뿐이다. '루저'로 가는 지름길로 간주한다. 그리하여 유년의 숲은 성장과 함께 급속히 파헤쳐지고 망가져, 종국엔 땡볕 피할 그늘 한 점 없는 사막이 되고 만다.

시 〈무지개〉에서 "아이는 어른의 아버지"라고 시인 윌리엄 워즈워스가 찬탄한 것은 바로 그 때문일 것이다. 사실 그렇게 찬탄한 것은 워즈워스만이 아니었다. 그보다 2600여 년 전 인도의 부처님은 동심을 '천진불天眞佛'이라며 찬탄했으며, 2000여 년 전 중동의 예수님은 아이를 '제일 큰 자'라고 칭송했다.

아이가 태어난 후 헤벌쭉 웃고 다니던 나에게 한 후배(양선아 기자)는 '할배의 육아일기'를 써 보지 않겠느냐고 제안했다. 내가 얼마나 무심하고 이기적이고 가정에 소홀했는지 모르고 한 제안이었다. 해야 할 일마저 뭉그적거리는 나의 게으름을 모르고 한 소리였다.

그로부터 3년 뒤 가족으로부터 멀리 떨어져 있는 자신을 발견하고는 더럭 겁이 났다. 그동안 가족에게 소홀했던 것을 반성하고 관심을 구해야 했다. 그때 떠오른 게 후배의 제안이었고, 그래서 육아일기는 아니어도 아이와의 동행을 시작했다. 그 첫 번째 동행 프로그램이 바로 백석동천 거닐기였다. 세검정 마을을 쏘다니는 것이었다.

시작은 얄팍했지만, 그 효과는 과분했다. 나는 비로소 아버지 혹은 할아버지로서 존중받고, 누구보다 더 사랑받는 '할아버지'가 되었다. 내가 아이를 '방퉁이'로 부르자, 아이는 나를 '곰탱이'라고 부르며 받아 주었고, '면순이'라며 놀리자 '술식이'로 한 방 먹이는 사이가 됐다.

팔불출의 객쩍은 너스레가 의관을 당당히 갖추고 세상에 나올 수 있었던 것은 순전히 나남 조상호 회장의 안목 덕분이다. 그에게 디딤돌을 놓아 이웃과 함께 나눌 의미를 챙기도록 해 준 이는 벗 김태룡 군이었다. 각 장면을 인생 컷으로 다듬어 삶의 보석상자에 담아 준 것은 편집자 신윤섭 상무와 이자영 차장이었다. 필자이자 주인공인 아이와 가족을 대표해 감사드린다.

회광반조回光返照라던가. 태양은 지기 전 폭발하듯 찬란하게 빛난다. 오로지 소망하는 것은, 노년이 그와 같이 빛났으면 하는 것이다. 그것은 가족의 행복을 일구고, 세상의 평화를 지키는 일꾼으로 거듭나는 일대 반전일 것이다. 멀리 있지 않다. 손을 뻗으면 바로 닿는 곳에 있다. 바로 내 주위를 돌아보는 이에게 복이 있다.

2024년 봄을 그리며
세검정 비탈집에서
곽 병 찬

차례

1부
___

아이야,

동천 가자

기억의 보석상자

"오늘 산이 할머니 집에서 잘 거야."

새해 첫날(신정) '마곡동 왕할머니'(엄마의 외할머니) 집을 나설 때였다. 손녀는 저를 안고 있는 할아버지의 귀에 이렇게 속삭였다.

"진짜?"

"응!"

말만으로도 고마웠다. 다섯 살 된 아이가 준 망외의 새해 선물이었다. 아내에게 전했다. 아내도 반색하며 역시 속삭이듯 아이에게 되물었다. 아이의 답은 같았다.

"응!"

단호했다.

그날 아이는 엄마·아빠의 손에 이끌려 '홍은동 왕할머니'(엄마의 친할머니)가 머무는 요양병원엘 갔다가 마곡동 집으로 왔다. 댓 시간 실컷 먹고 놀다가 8시가 넘어서야 집을 나서는 참이었다. 애 엄마는 놀랐다. 두 곳을 예방하고, 위문공연도 했으면 이제 피곤할 법도 한데 이번엔 세검정 집으로 가겠다는 것이다.

"진짜?"

"응, 나 산이 할머니네 갈래."

엄마가 딴지를 걸 것 같은지, 아이는 엄마와 눈도 마주치지 않았다.

"엄마·아빠는 집에서 잘 텐데?"

' …… .'

아이는 입을 꾹 다물었다.

할머니가 설득하려 조용조용 물었다.

"엄마·아빠랑 떨어져서 자도 돼?"

"응."

"엄마·아빠 없다고 슬퍼서 울면 어떡하지?"

"할머니가 있잖아."

생각할수록 기특했지만, 아이가 그 힘든 행군을 배겨 낼 수 있을지 걱정스러웠다. 몸살이라도 나면 … . 아이 엄마·아빠는 귀가를 간절히 바라는 눈치다. 이럴 땐 나도 단호해야 한다. 우리 차와 딸네 차 사이에서 있던 아이를 덥석 안아 아빠 차 뒷좌석 유아용 카시트에 앉혔다.

순간 아이의 몸이 얼어붙었다. 싫다느니 안 된다느니 한 마디 없이, 입을 한일자로 굳게 다물었다. 눈은 앞 창문을 뚫어져라 응시했다. 눈동자 주위엔 눈물이 고이고 있었다. 생애 처음으로 확인한 저의 무기력과 슬픔 그리고 분노가 뒤섞여 있었다. 할머니가 서둘러 차창을 두들겼지만, 아이는 들은 척도 아는 척도 하지 않았다.

귀가하고서도 아이의 그 모습이 머릿속에서 영 떠나질 않았다. 할아버지와 할머니는 서로에게 같은 질문을 돌려가며 물었다.

"엄마·아빠라면 사족을 못 쓰던 애가 왜 그랬을까?"

"엄마나 아빠가 회사에서 돌아오면 뒤도 돌아보지 않고 할머니 품에서 떠나던 아이가 왜 그랬을까?"

다음 날 할머니가 손녀의 어린이집 하원을 도우러 갔을 때 선생님에게 들었다는 말은 더 충격적이었다. 아이들이 집으로 돌아갈 무렵 손녀가 머리를 파묻고 흐느끼더란다.

"주원이 어디 아파?"

"아니."

"걱정스러운 게 있어?"

"산이 할머니가 보고 싶어. 안 오시면 어떡해?"

"주원아, 할머니는 오실 거야. 조금이라도 늦으면 선생님이 전화해서 빨리 오시라고 할게."

마침 할머니가 참새반 교실 앞에 나타났다. 아이는 멀찌감치서 두 팔을 들고 제가 낼 수 있는 최고 속도로 달려오더란다. 할머니도 두 팔을 벌리고 달려갔다고 한다. 이 격렬한 상봉만으로 아이가 세검정 할머니네로 가겠다고 한 의문이 풀린 것은 아니다. 단지 할머니랑 헤어지기 싫어 그런 것은 아닐 것이다. 도대체 무엇이 아이를 할머니네로 떠밀었을까?

할미가 두 차례 물었지만, 아이는 힐끗 쳐다보고 저만치 달아났다. 마치 '세상 다 안다는 할머니가 그것도 몰라요?'라고 핀잔하는 표정이었다고 한다. 그 이유를 더 캐지는 않았다. 상상력이 부족한 할아버지는 제가 풀어놓은 이런 해석에 만족하는 듯했다.

집은 삶의 보석상자라고 했다. 아마도 시간이 흐를수록 더욱더 빛나고 소중해지는 자취와 기억들이 구석구석에 별처럼 담겨 있는 공간이라는 뜻일 게다. 요즘 어른들에게는 부와 신분의 상징으로 통하지만, 손녀가 넌지시 알려 주듯이 아이들에게 집은 크건 작건, 호화롭건 남루하

건 아름답고 소중한 기억의 보석상자다. 특히 우리 세대가 자랄 때 외갓집과 그 마을이 얼마나 신비롭고 정감 넘치는 상상의 대궐이었는지 생각하면 더욱 그렇다.

게다가 할아버지가 얼마나 초 치고 뻥 튀겨 집과 마을 자랑을 했던가. 아이의 로망인 새끼 곰만 한 개도 한 마리 있다. 마당이며 화목난로며 제 집에서는 볼 수 없는 것들이 즐비하고, 아무리 뛰어놀아도 지청구할 사람도 없다. 이 정도면 하룻밤 엄마·아빠와 떨어지는 걸 감수할 가치가 있는 것 아닐까.

앞으로 많은 이가 자기도 모르게 잃어버렸거나 아니면 돈 때문에 외면한 그 보석상자와 거기에 담긴 보석들을, 아이를 뒤쫓아가며 그의 눈과 귀와 기억과 직관에 의존해 하나둘 찾아봐야겠다. 그러다 보면 50년 넘게 세검정에서 산 할아버지와 30년 가까이 사는 할머니의 기억도 함께 되살아날 것이고, 덕분에 우리는 이제 기억마저 사라진 유년의 숲을 아이와 함께 거닐며 뛰어놀게 될 것이다.

집이 보석상자라면, 마을은 그 상자들을 담고 있는 큰 보석함. 마을 곳곳에 새겨져 있는 이야기도 끌어내, 아름다운 기억의 꽃대궐을 되살려야겠다. 저기 백사실계곡은 엄마가 열 살 때 친구들이랑 책거리 핑계로 놀던 데고, 자하슈퍼는 할아버지가 치통 때문에 잠을 못 이루던 셋방이었고, 그 옆에 흐르는 개울가에는 아주 오래전 종이 만들던 공장이 있었고, 평창동 42번지는 물난리로 여러 아이와 엄마·아빠가 사라진 곳이고, 아마 그곳의 늙은 느티나무들은 그 이야기를 나이테에 모두 새겨 기억하고 있을 거다.

아이만 바라보는 10개의 행성

아이가 세검정 집(외할아버지·외할머니 집)에 온 것은 설날이었다. 섣달 그믐날 길동 할머니(친할머니) 집에 가서 설날 아침 차례 지내고 세배하고, 인근의 이모할머니(친할머니의 자매) 집에서 세뱃돈 받고, 불광동 요양병원으로 홍은동 왕할머니를 찾아갔다가 마곡동 왕할머니를 '예방'했다. 다섯 살배기로서는 고난의 행군이 아닐 수 없다.

아이에겐 명절 때마다 찾아뵈어야 할 할머니·할아버지가 많다. 친할머니는 길동에 산다. 그래서 길동 할머니로 통한다. 외할머니는 세검정, 콕 집어 말하면, 종로구 신영동 상명대 후문 쪽 비탈에서 산다. 그런데 아이는 외할머니를 '세검정 할머니'라고 하지 않고 '산이 할머니'라고 한다. 세검정 집에는 개 한 마리가 사는데 그놈 이름이 '산이'인 까닭이다. 한겨울에도 마당에서 먹고 자는, 풍산개와 진돗개의 혼혈이다. 당연히 외할아버지도 '산이 할아버지'다.

길동에도 개(다루)가 있다. 그러나 길동 할머니를 다루 할머니라고 하지는 않는다. 그냥 길동 할머니다. 길동 집도 그냥 길동 할머니네다. 세검정 집을 아예 '산이네'라고 부르는 것과 다르다. 왜 차별하는지 아이의 생각을 도대체 알 수 없다.

왜 그럴까? 간혹 궁금한 건 못 참는 나, 즉 외할아버지(이하 '할배' 혹은 할아버지)가 따지듯이 묻는다. 그러면 아이는 되레 묻는 이유를 알 수 없다는 표정이다. 요즘은 물어도 아예 못 들은 척한다. 거의 '짖을 테면 짖으세요'다. 물으면 물을수록 손해다.

증조할머니를 통칭하는 '왕할머니'는 두 분 계신다. 아빠 쪽의 증조할머니는 지난해(2019년) 초 돌아가셨다. 두 분 왕할머니는 모두 외가 쪽이다. 굳이 따지면 엄마의 친할머니와 외할머니다. 두 분이 사시는 곳이 홍은동과 마곡동이어서, '홍은동 왕할머니'와 '마곡동 왕할머니'가 되었다.

아이에겐 이 밖에도 할아버지·할머니가 한참 더 많다. 친가 쪽으로는 할아버지·할머니 형제분들이 있다. 모두 9명이다. 외가 쪽으로는 할아버지 형제 셋과 할머니 형제 셋이 더 있다. 특히 아이가 잘 따르는 할아버지 중에는 외할머니의 둘째 동생(편하게 마곡동 작은할아버지라고 부른다)이 있다. 이 할아버지는 보기만 하면 요가 매트에 눕혀 놓고 바이킹을 태워 주거나 아라비안나이트 양탄자처럼 하늘을 날게 하니, 아이를 중심으로 권력 서열 '넘버 5' 안에 든다.

외가 쪽엔 일흔이 다 되도록 손주가 없어 아이를 끔찍하게 예뻐하는 이모할머니도 있다. 하지만 커다란 눈이 얼마나 무섭던지 그 앞에만 서면 나무토막이 돼 버린다. '마곡동 왕할머니네 갈까?' 물으면 아이는 반드시 이렇게 반문한다. "이모할머니는?"

외할머니의 첫째 동생 부부는 '중국 할아버지', '중국 할머니'로 통한다. 출생이 중국이어서가 아니라, 오랫동안 중국에 머물러 있었던 탓이다. 작년까지 회사 주재원으로 중국에서 6년간 살다가 돌아왔다.

'중국 할머니'도 아이가 없어 친손주처럼 무엇이든 아낌없이 주며 귀여워한다.

아이가 일방적으로 정해 버린 '산이네'(외갓집) 명칭에 대해선 할머니도 삼촌도 포기했지만, 할아버지는 여전히 불만이다. 하필 왜 '개네집'이라고 하는가? 백번 양보해 집이야 그렇게 호칭한다고 해도, 할머니나 할아버지에게까지 개 이름을 붙여 '산이 할머니', '산이 할아버지'라고 부르는 건 참지 못한다. 개 할머니, 개 할아버지라니. 게다가 개의 집(산이네)에서 사는 개의 할아버지·할머니라니! 한동안 생각만 해도 신경에 거슬려, 애꿎은 아내에게 푸념하곤 했다.

아이가 좋아하는 다디단 초콜릿을 주며 꾀어도 보지만 소용이 없다. 날름 받아먹고는 그걸로 끝이다. 때론 정색하며 길동 할머니처럼 '세검정'을 붙여 달라고 구슬려도 보지만, 아이는 막무가내다.

그렇다고 지청구할 수 있는 것도 아니다. 생각해 보라. 호칭이야 부르는 사람 마음 아닌가. 내가 내 이름을 짓는 경우는 없다. 대개 가족 가운데 어른이 짓는다. 특별한 경우가 아니면 내가 내 이름을 부르는 일도 없다. 이름은 다른 사람이 짓고 또 다른 사람이 부른다. 그러니 이래라저래라 할 일이 아니다. 그나마 호적에 오른 이름을 불러 주는 것만으로도 고마워해야 한다. 옛사람들은 벗을 부를 때 호적 이름 대신 자신이 지어 준 호칭, 곧 '호號'로 부르지 않았던가. 본인이 나를 이렇게 불러 달라며 지은 호칭(자호)도 있지만, 벗들은 대체로 저희가 지은 호로 불렀다.

아이가 이런 옛날 고리짝 시절의 관행을 알 리는 없을 것이다. 그러나 아이가 모른다고 그렇게 호칭하는 것의 합리성이 사라지는 건 아니다. 이름은 부르는 사람 마음이다.

따지고 보면, 세검정 외가에서 아이에게 개(산이)만큼 수준이 맞고, 감정도 통하고, 놀기 편한 상대가 어디 있을까? 수준이 비슷하니 '소통'도 잘되고, 정도 많이 간다. 외가 하면 떠오르는 게 개(산이)일 수밖에 없다. 그것을 호칭으로 삼겠다는데 뭐라 할 것인가.

아이는 일쑤 반발하는, 신통치 않은 할아버지를 보며 내심 이렇게 개탄할지도 모른다.

'식구 이름을 붙여 부르는 건데 웬 호들갑이지. 할아버지는 정말 말이 통하지 않는단 말이야. 할아버지도 우리 집을 주원이네라고 하고, 아빠나 엄마를 주원 애비, 주원 에미라고 부르지 않는가? 생각해 봐. 산이도 식구이니까 산이라고 하는데 뭐가 문제지?

산이가 없으면 내가 그 추운 세검정 집에 왜 가겠어. 엄마·아빠 놔두고 갈 리가 없지. 마당에서 사과도 따고 돌배도 따고 대추랑 살구 줍는 게 좋긴 해. 그렇다고 사과나 살구가 매양 열리는 것도 아니잖아. 그러나 산이는 항상 거기에 그대로 있어. 스벤(영화 〈겨울왕국〉 속의 순록 이름)처럼 날 보기만 하면 좋아서 펄쩍펄쩍 뛰고 볼을 핥아 주고. 산이가 없다면 세검정 집은 짜장 없는 짜장면이야. 어린이집에 놀아 줄 친구도, 선생님도, 장난감도 없는 것과 뭐가 달라.'

산이가 우리 집에 온 것은 2010년 11월 생후 100일 지나서였다. 한동안 집 안에서 우유를 먹이며 길렀다. 그래서인지 아내와 아이들을 제 어미처럼 따랐다. 훈련을 시키지 않아 방 안에 똥 싸고 오줌 누고 했지만, 아내나 딸과 아들은 산이를 곧 가족으로 받아들였다.

나만 예외였다. 생각은 단순했다.

'사람은 사람, 개는 개. 어떻게 개와 사람이 한 식구가 될 수 있는가.'

평소에도 아이 대신 개를 기르면서 개의 이름을 붙여 '○○ 엄마', '○○ 아빠'라고 부르는 걸 보거나 들으면 혀를 찬다. '이놈의 나라가 개의 나라가 되겠구나. 사람은 안 낳고 개만 기르더니 정신이 나갔다'고 한탄하기도 한다. 다행인 건 개를 기르기 시작하면서 식용으로 여기던 습관만은 포기했다는 사실이다.

하지만 아이 앞에서 이런 단순 무식한 고집은 유지될 수 없다. 아이에게 따돌림당하지 않으려면, 이런 '개떡' 같은 자존심, '개똥' 같은 우월감을 버려야 한다는 것을 늙어 가는 할아버지도 안다. 그래서 씁쓸하지만, 이렇게 자신을 다독이고 또 다스린다.

'아이가 최고의 보물로 여긴다면 거기엔 그만한 이유가 있을 게다. 개가 아이에게만 마음을 주었을 리 없다. 내게도 그렇게 정성을 다했지만, 나는 그동안 모르고 지나쳤는지 모른다. 이제 아이의 눈으로 개의 정성, 개의 마음을 살펴봐야겠다. 그리고 저의 소중한 보물의 이름을 할아버지 앞에 붙여 준 것은 그만큼 나를 귀하게 여기는 것일 테니 아이에게 고마워해야지.'

그래도 마음 한 귀퉁이에서 꼬물꼬물 솟아나는 복수심을 숨길 수 없다.

'올봄엔 병아리를 길러야겠다. 아이의 산이에 대한 일편단심이 흔들리는 것을 보고야 말겠다. '병아리 할아버지'로 불려도 좋다!'

'나의 살던 고향' 세검정

내가 세검정 마을에 첫발을 들인 것은 초등학교 5학년 2학기 때였다. 강원도 홍천에서 이곳으로 유학 왔다. 처음 살던 곳은 평창동 산○○번지 고모네 집이었다. 1968년 당시 시내버스 종점은 세검정초등학교가 있는 지금의 신영동 삼거리였다. 북악터널도 없었고, 구기터널도 없었다. 신작로를 따라 만하장(올림피아호텔로 변했다가 지금은 고급 타운하우스 단지로 바뀌었다)까지 걸어가 평창동 산길을 따라 가파른 산길을 올라가야 했다. 그 시절 가장 큰 소망은 평지에서 등교하는 것이었다.

이듬해 할아버지·할머니가 시골 살림을 접고 세검정으로 이주했다. 지금의 신영동 중앙빌라 옆 개천가였다. 방 한 칸에 부엌 한 칸짜리 셋방이었지만, 학교에서 가까운 평지였으니 다행이었다. 이후 해마다 집을 옮겼는데 한 번도 세검정을 떠나지는 않았다. 할아버지·할머니는 세검정 다리 옆 근대화슈퍼 자리로 옮겨 구멍가게를 시작했다.

중2 되던 해 어머니와 형님, 동생이 모두 홍천에서 서울로 올라오면서 구멍가게 근처에 부엌 하나, 방 한 칸짜리 쪽방을 하나를 더 세내서 살았다. 4년 만에 가족이 다시 한 지붕 아래 살기 시작했다. 그해 아버지가 합류하면서 마장동으로 옮겼다가, 김장배추 장사가 신통찮았는지 한겨울 지내고 다시 세검정으로 돌아왔다. 이후 홍지동 석파랑별채 인근 쪽으로 옮겼다가 홍지문弘智門을 뒷담 삼은 집으로, 다시 오간수문 五間水門 건너편으로 이사했다.

그곳에서 큰형이 결혼해 잠시 큰형 부부와 어머니, 세 형제가 함께 살다가 큰형이 창신동으로 옮겨갔고, 나도 따라갔다. 고교 입시를 눈앞에 둔 중3이어서 식구들이 나를 배려한 것이지만, 나는 창신동 시영아파트 방 2칸짜리가 여간 불편하지 않았다. 2학기 때 나만 세검정으로 다시 돌아왔다.

고교 시절은 주로 세검정 마을과 맞붙은 문화촌에서 살았다. 가내공장을 겸한 살림집을 찾다 보니 문화촌 북한산 탕춘대蕩春臺능선 중턱으로 다시 올라갔다. 고등학교 다니며 그곳에서 두 번 더 집을 옮겼다. 두 번째 집에서 살 때 학교도 마치고, 직장생활을 하면서 결혼도 했다. 대학 입학 후 학교 근처에서 친구들과 자취하거나, 군대를 다녀왔기 때문에 문화촌에선 사실 고교 시절만 살았다. 고교 시절 문화촌은 제법 살벌한 곳이어서, 동네 양아치들에게 주먹질을 당하는 등 어두운 기억이 많았다. 동네 친구들과는 어울리지 않고 학교만 오갔던 게 건방져 보였던 것 같다.

나의 신혼집은 강서구 마곡동 처가 근처에 마련했다. 당시만 해도 마곡동은 98퍼센트가 논이나 나대지였고, 논의 서쪽 끝에 100여 가구가 모인 작은 마을이었다. 15분쯤 걸어가야 시내로 나가는 버스 종점이 있었다. 그곳에서 우리는 두 아이를 얻었고, 장모님(지금의 마곡동 왕할머니)의 돌봄 속에서 아이들 육아 걱정 없이 편하게 직장생활을 했다.

첫아이가 여섯 살 때 아내를 채근해 다시 세검정으로 돌아왔다. 초중등학교 시절 힘들고 불편했지만, 세검정은 언젠가는 돌아가야 할 곳으로 내 마음속에 자리 잡고 있었다. 힘들고 불편했던 기억조차 그리움이 된 곳이었다. 그러나 나는 내 욕심만 차렸지, 다른 가족들에겐 참으로 무심했다. 특히 장모님께 그러했다.

가장 힘든 돌봄 시기, 그 노동을 온전히 어머니에게 떠맡기고 5년여 흐른 1992년이었다. 큰애가 여섯 살일 때, 나와 아내는 아무 생각 없이 마곡동을 떠나 세검정으로 훌쩍 이사를 왔다. 내가 살던 동네로 돌아간다는 설렘에 마곡동 어머니와는 사전에 상의할 생각도 하지 않았다. 지금은 천지개벽을 이뤘지만, 당시 마곡동은 사방이 논이나 습지였다. 양육과 교육 여건도 마곡동보다 좋았고, 나의 출퇴근에도 편리했으니, 어머니도 당연히 동의하리라 생각했던 것 같다.

그때 어머니가 느꼈던 마음, 감정을 안 것은 내가 손녀(주원)를 보고서도 한참 지난 뒤였다. 지난해였다. 주원이가 제법 말귀가 열렸을 때였다. 마곡동엘 갔더니 어머니가 한참 뜸을 들이다가 그때 그 서운한 마음을 털어놓았다.

"얼마나 서운했던지, 괘씸하더라, 배신감도 들고. 내가 걔들(손녀와 손자)을 어떻게 길렀니? 내가 그때 미원 공장에서 일했잖니. 에미가 학교에 나가면 내가 애들 봐야 하니, 주간 일을 야간으로 돌렸어. 낮에는 애들 보고 밤에는 공장에 나가고, 그렇게 애들을 길렀는데, 애들이 말문이 열리고 말귀가 트여 이제 서로 마음이 통할 수 있겠다 싶었는데, 아무 상의도 없이 훌쩍 떠나? 그때 드는 생각이 이렇더라. '딸이란 아무 짝에도 쓸모가 없구나. 내가 너희들 다시는 보나 봐라.' 분한 생각에 눈물이 나더라."

실제로 어머니는 우리가 세검정에서 세 번을 더 이사 다니고, 네 번째로 지금의 집을 장만할 때까지 한 번도 세검정 집에 오시지 않았다.

1992년 다시 돌아온 곳은 올림피아호텔 뒤 북악산 북쪽 기슭의 연립이었다. 아이들 방이 좁아 둘째가 중학생일 땐 대각선으로 누워야 발을 뻗을 수 있었다. 그래서 구기동으로, 신영동 전셋집으로, 그리고 지금의 주택으로 옮겨야 했다.

비탈이라지만 대지가 70평이었으니, 무리하지 않고는 살 수 없었다. 하지만 아이들이 시집가기 전에 남부럽지 않은 집을 마련해야겠다는 아내의 결심을 막을 순 없었다. 50대 초반에 내가 처음으로 한 많은 세검정에서 '저택'을 마련해 살게 된 것은 순전히 아내의 뚝심 덕분이었다. 손녀가 이 집을 '산이 할머니네'라고 이름한 것은 백 번 천 번 지당하다.

집은 동네 이면도로 옆 2미터 정도의 옹벽 위에 마당과 지층 방이 있고, 다시 2미터 정도 위에 본채가 올라앉아 있다. 밖에서 보면 우뚝한 2층처럼 솟아 있지만 실은 단층이다. 건평은 24평으로 국민주택 규모지만, 살림 공간을 확장하려는 이전 주인의 필사적 노력 덕분에 공간은 상당히 넓다. 전 주인은 뒷문까지 지붕을 이어 붙여 방 한 칸을 더 늘리고, 옛날 연탄 창고로 쓰던 공간도 내부로 흡수해 광으로 썼다.

마당은 25평 정도로 도시인이 꿈꾸는 규모에 비하면 기대에 못 미친다. 그러나 그 정도의 마당이라도 가꾸기에 얼마나 버거운 규모인지 깨닫는 데는 오랜 시간이 걸리지 않았다.

이사 오자마자 나는 이른바 '도시인의 로망', 즉 '잔디밭 딸린 집' 조성을 위해 마당에 금잔디를 깔았다. 평소 존경하는 한국화가 우암 선생이 "우리나라에선 유택에나 잔디를 심지 사람 사는 집에는 심는 게 아니다"라고 충고했지만 귀담아듣지 않았다. 첫해 잔디를 깔고 뿌리가 안착하도록 노심초사 신경을 썼다. 이듬해엔 죽은 잔디를 보식하고, 가물 때는 물을 주고, 장마 때는 물이 고이지 않도록 배수에 공을 들였다.

3년째부터는 제법 잔디가 자리를 잡았다. 그러나 그때부터 고역이 시작됐다. 정원 관리는 영국인이 말하듯 '인생 말년의 최고의 행복'이 아니라 생고생이었다. 그 좁은 마당을 관리하는 데 기계와 약을 쓴다면 소도 웃을 일이다. 그렇다고 낫과 손으로 정리하기엔 너무나 광활하다. 무덥고 비가 잦을 때면 한두 주만 지나도 잔디는 한두 뼘 정도 자랐다. 각종 풀씨도 싹이 터 경쟁적으로 자라다 보니 마당은 잠시 한눈팔다 보면 잡초밭이 되어 있었다. 해뜨기 전 무더위를 피해 낫질을 했지만, 절반도 정리하지 못하고 땀범벅이 되었다.

한두 해 그렇게 지내다 보니 도대체 '왜 이 짓을 해야 하는지' 알 수가 없어졌다. 4년 되던 해부터 낫질이 게을러지더니 6년째 되던 해 가을 잔디를 갈아엎고 산기슭에서 퍼 온 마사토를 덮었다. 마침 그해 손녀가 태어났다. 아이에겐 매우 유감스러운 일이었다. 맨발로 뛰어놀고 뒹굴수 있는 잔디밭이 없어졌으니 말이다. 그러나 대신 마당 중앙에 화단을 만들고 돌배나무를 심었다. 마당 한 귀퉁이엔 미니 사과도 심었다.

아이가 그 사실을 알지 모르겠지만, 돌배와 사과는 아이와 함께 무럭무럭 자랐다. 지난해 미니 사과는 30여 개나 달렸다. 돌배는 온갖 벌레에 시달리더니 달랑 두 개만 열렸다. 의미가 만만치 않은 나무지만, 아이는 데면데면하다.

"저 나무는 주원이 탄생목이야. 주원이가 세상에 태어난 것을 기념해서 심은 거지."

말이 떨어지기가 무섭게 아이는 벌써 저만치 달아난다. 아이는 산이 꼬리를 잡으려 하고 산이는 아이의 궁둥이를 뒤쫓고, 물고 물리며 뺑뺑이를 돈다.

하긴 할아버지·할머니가 부여한 의미요 생각이지 저와 무슨 상관일까. 사과가 앙증맞게 귀엽긴 하지만, '옥토넛 탐험대'와 놀거나 〈상어 가족〉, 〈겨울왕국〉 등 애니메이션을 보는 것과 비교할 수는 없다. 올해는 조금 더 일을 시켜야겠다. 퇴비 넣는 거 하며, 가지 치고, 꽃 따 주고, 열매 솎아 주고, 가을엔 따는 것까지. 저도 일하느라 땀 좀 흘리다 보면 관심과 애정이 조금은 더 생기지 않을까?

꼬마 농부의 수박씨 사과밭

"봄을 찾아 온종일 헤매다, 집으로 돌아와 보니, 사립 안 매화가 활짝 피었더라."

절집에 가면 자주 들을 수 있는 한시漢詩다. 지금 여기가 봄이고, 극락이라는 깨달음의 노래, 오도송悟道頌이다. 진리나 의미를 찾아, 혹은 행복을 찾아 헛되이 밖으로 나돌지 말라, 그것은 지금 여기 네 안에 있다는 충고이기도 하다. 중국의 시인 나대경羅大經이 편찬한《학림옥로鶴林玉露》에 따르면 어느 비구니의 오도송이라고 한다.

盡日尋春不見春　종일토록 헤맸으나 봄을 찾지 못했네
진 일 심 춘 불 견 춘

芒鞋踏遍隴頭雲　짚신 신고 산과 구름 속 두루 다니다가
망 혜 답 편 롱 두 운

還來適過梅花下　돌아와 매화나무 밑을 지나려니
환 래 적 과 매 화 하

春在枝頭已十分　봄은 매화 가지에 이미 무르익었더라
춘 재 지 두 이 십 분

1970년대 회색 정치인 이철승李哲承 씨가 정치적 수사로 끌어들여 세상에 널리 알려졌다. 그는 유신 압제 속에서 박정희 정권과 투쟁하던 김대중·김영삼 씨에게 "정치인이 국회에서 타협하고 절충해야지, 쓸데없이 밖에서 소란 떨지 말라"는 뜻으로 이 시구를 기자들 앞에서 읊조리곤 했다. 해결책은 국회 안에서 찾을 수 있는데, 왜 장외(국회 밖)에서 투쟁하고 있느냐는 것이었다.

절간이나 정치권의 어법과 관계없이 나도 언젠가부터 꽃을 찾아 나다니지 않기로 했다. 물론 선가禪家의 차원 높은 깨달음에서 비롯된 것은 아니다. 그저 늦게 핀다고 꽃이 아니며 늦게 온다고 봄이 아닐까 하는 생각에서다. 한편으론 기다릴 줄 아는 여유가 생겼다고 할 수 있겠지만, 실제로는 나이가 들면서 새로운 것들에 대한 호기심과 설렘이 많이 사라진 탓일 게다.

누구나 그렇겠지만 봄이 오고 꽃소식이 밀려오면 공연히 마음이 설렌다. 일이 손에 잡히지 않을 때도 많다. 젊어서는 차량 행렬, 사람 파도를 뚫고 매화 찾아 광양으로, 산수유 찾아 구례로, 진달래 찾아 여수로, 벚꽃 찾아 경주로 진해로 다녔다. 해가 바뀌고 연로해질수록 꽃소식에 더 설레고, 더 애틋해지던 양가 어머니 때문에라도, 봄이면 개화 시기에 맞춰 나들이 일정을 잡곤 했다. 이른 동백꽃은 거제도 지심도로, 때를 놓치면 서천 동백섬으로 가서 동백 꽃구경을 했다. 두 분을 모시고 매화가 꽃구름처럼 깔린 광양 매화마을에 두어 차례 간 것은 그 때문이었다.

그러나 두 어머니가 아흔을 바라보거나 아흔을 넘기며 급격히 거동이 불편해지고 장거리 이동이 힘들어지면서, 우리 가족의 꽃 나들이는 시들해졌다. 지심도에 갔을 땐 두 분은 완만한 비탈길마저 오르지 못해 선착장 휴게소에 머물렀고, 손녀가 섬에서 주워온 동백꽃 낙화 서너 송이를 보는 것으로 만족해야 했다. 서천 동백정에 갔을 때도 야트막한 동산에 꽃무덤을 이룬 동백꽃 숲을 길가에서 그저 올려봐야만 했다. 이제는 광양 매화가 얼마나 향기롭고, 해미천변 벚꽃이 얼마나 장관이었는지 회상만 할 뿐 긴 나들이는 엄두도 내지 못 하신다. 그래서 벚꽃은 여의도 윤중로나 불광천변 증산로를 달리며, 개나리는 안양천변 서부산업도로를 달리며 차창 너머로 바라보는 것으로 대신한다.

내가 마음을 바꿔 먹은 가장 큰 이유는 이 때문이 아닌가 싶다. 사실 이 좁은 나라에서 빨라야 일주일인데, 애써 먼 길 가야 할 이유가 어디 있을까. 화신花信에 조금 귀를 닫고, 예니레 기다리면 상명대 대운동장 주변에 매화, 세검정초등학교 운동장에 벚꽃과 목련, 집으로 오르는 '세검정로 나길'을 따라 살구꽃과 자두꽃이 줄지어 핀다.

물론 산이네 좁은 마당에도 있을 만한 건 다 있다. 매실나무는 네 그루다. 마당에 두 그루, 현관 옆에 한 그루, 뒷문 밖에 한 그루. 올해 가장 먼저 꽃망울을 터트린 건 현관 옆 매화다. 3월 10일쯤에 딱 한 송이 피었고, 그로부터 열흘쯤 지나자 80퍼센트 개화했다. 예년엔 가장 더디고 가장 성기게 꽃망울이 맺혔었다. 뿌리내릴 땅이 좁아 늦자랐기 때문일 거라고 생각했다. 그런데 웬걸 올해는 이놈이 가장 먼저 꽃망울을 터트렸다. 그래서 이번엔, 두 면이 벽이어서 아무래도 바람과 추위가 덜하기 때문일 거라고 나의 짧은 생각을 조정했다. 산이도 한겨울엔 그곳에서 꼬리털로 코만 가리고 잔다.

빨리 꽃을 볼 수 있다는 것은 좋은 일이지만 걱정스러운 것도 한둘이 아니다. 개화가 무려 열흘 이상 앞당겨졌으니, 지구 온난화의 속도가

34

생각 이상으로 빠르다. 꽃이 빨리 많이 핀다고 더 좋은 수확을 기대할 순 없다. 병충해가 심해질 게 분명하다.

매화가 만개할 무렵엔 왕살구가 꽃망울을 터뜨리기 시작할 테고, 살구꽃이 만개하면 라일락이 그 아찔한 향기를 뿌리기 시작한다. 그러면 아이의 탄생목인 돌배나무와 사과나무에도 꽃이 피어 돌배꽃과 사과꽃이 뒤를 따른다.

매화가 한창일 때 마침 아이가 왔다. 아이에게 이보다 더 자랑할 게 어디 있을까 싶었다. 그러나 아이는 꽃을 소 닭 보듯 했다. 노래, 기악은 물론 심지어 발걸음 등 소리에는 그렇게 예민한 반응을 보이는 아이였으니 참으로 알 수 없다.

"저 꽃이 매화야. 예쁘지?"

덤덤한 말재주로 아이의 관심을 유도하려 애썼지만 아이는 눈길도 주지 않는다. 아이가 즐겨 부르던 〈모두 다 꽃이야〉 노래를 흥얼거리자 그제야 힐끗 쳐다본다.

"산에 피어도 꽃이고, 들에 피어도 꽃이고, 길가에 피어도 꽃이고, 모두가 꽃이야, 아무 데나 피어도, 생긴 대로 피어도 이름 없이 피어도 모두 다 꽃이야. 예쁘지?"

"응."

그러나 귀찮은 기색이 역력하다. 매화 향기로라도 관심을 끌려고 꽃가지를 코끝으로 당겼다.

"향기 좋지?"

갈수록 심해지는 할아버지의 채근에 아이는 점잖게 한마디 했다.

"너무 가까이 대면 찔리잖아."

할아버지는 움찔, 한발 물러설 수밖에 없었다. 아이는 쪼르르 산이에게 뛰어갔다.

"우리 달리기할까?"

꽃 자랑할 날만 손꼽아 기다렸는데, 아이가 즐겨 쓰는 표현으로 아이는 관심이 '1도 없다.' 아이에겐 꽃도 향기도 그게 그거였다. 중요한 것은 놀이인데, 꽃이 놀아 줄까, 향기가 놀아 줄까. '꽃이 예쁘다고 하지만 나만 할까?' 그런 생각인지도 모르겠다.

아이가 온 김에 잎채소를 서둘러 심었다. 모종 가게 주인은 걱정했다. 3월 말까지 늦추위가 한두 번 꼭 오는데 동해凍害를 입을 수 있다는 것이었다. 그러나 언제 다시 올지 모르는 아이를 기다리며 정식을 늦출 순 없었다. 꽃샘추위가 더는 오지 않기만 기도할 뿐이다.

"이건 적상추고, 저건 청상추, 요건 양상추야."

이름만으로는 아이의 관심을 끌 수 없었다.

"주원이가 좋아하는 샐러드 있지, 거기에 들어가는 것들이야. 이거 잘 길러서 주원이랑 샐러드 만들어 먹자."

상추 외에 겨자채, 샐러리, 치커리 등 모두 일곱 종류였다. 개수로는 22개였지만, 뒤뜰 한 뼘 텃밭의 4분의 1 정도를 채우는 데는 충분했다. 동해만 없다면 우리 식구(2 + α)가 봄부터 초여름까지 먹기에 충분한 양이다.

뒤뜰 한 뼘 텃밭에선 세 종류의 작물이 이미 자라고 있다. 한편을 차지하고 있는 산마늘은 이미 몇 잎 따서 삼겹살 싸서 먹었고, 그 뒤에 심은 대파는 파란 잎을 잘라서 양념으로 쓰고 있다. 파 이랑 뒤에는 방풍나물이 제법 시퍼런 이파리를 올렸다. 담장 따라 마를 심었으니, 한 평

남짓 되는 곳에 무려 다섯 종류의 잎채소, 뿌리채소가 바글댄다.

온갖 설레발로 아이를 홀려 올해 첫 농사에 동원했다. 내가 구멍을 파고 물을 가득 주면 아이는 물이 스미기를 기다려 포트에서 뺀 모종을 나에게 건네주는 역할을 했다. 마지막엔 두어 구멍에 모종을 넣고 흙을 다지는 일도 했다. 이번엔 산이 따라 도망가지 않고 끝까지 함께 작업했다. 마지막 모종을 넣은 뒤 아이에게 물었다.

"여긴 주원이의 텃밭이야. 밭 이름을 뭐라고 지을까?"

"코끼리 밭으로 할까?"

엄마의 별명이 코끼리를 뒤집은 '리끼코'였으니, 아이는 엄마를 염두에 두고 있었다. 기특했지만 한 평밖에 안 되는 밭에 코끼리는 어울리지 않는 것 같았다.

"코끼리는 너무 크지 않아?"

아이는 잠시 고민하더니 뜻밖의 답을 내놨다.

"수박씨 사과밭!"

수박도 없고 사과도 없는데 영 생뚱맞았다. 하지만 아이에겐 나름의 심사숙고가 있었다. 수박은 아이의 태명이었다. 그리고 "사과는 내가 좋아하잖아!"

그래서 밭 이름은 간단히 해결됐다. 꼬마 농부 주원이네, 수박씨 사과밭! 나무 쪼가리를 구해다 팻말을 만들었다. 글씨는 아이와 제 아빠가 함께 썼다.

하필 왜 '까만색'일까?

장모님이 세검정 집으로 오셨다. 비닐봉지 예닐곱 개가 '수행비서'인 처남 손에 들려 있었다. 인천 연안부두에서 오는 길이라는데, 그곳에서 산 해물을 나눠 주려는 것이었다.

"요즘이 조기 철이잖아. 옛날엔 음력 3월이면 꽃샘추위다 뭐다 하여 날이 요동치곤 했지. 갑자기 돌풍이 불고, 천둥 번개가 치면 동네 사람들이 그랬어. '조기 올라온다. 지금쯤 아마 서산, 당진 지나 인천 앞바다에서 연평도로 몰려갈 거야.'

양력 4월 초 인천 인근 섬들엔 조기 파시가 열리고, 바다가 들썩거릴 정도로 흥청거렸지. 그런데 일본 사람들은 조기를 먹지 않았어. 조기는 4월 돌풍이 불고 천둥 번개가 칠 때 껵껵 소리 내며 떼 지어 이동하는데 그걸 보고 조기가 천지 운행과 그 뜻을 아는 영물이라고 생각했던 거야.

조기 파시가 설 때면 우리 동네(양평동) 사람들은 소쿠리, 대야, 양동이 따위를 들고 양화나루로 갔지. 그땐 신곡 수중보가 없어 배가 거기까지 올라왔어. 나루에 가면 거룻배에 실려 온 조기가 산처럼 쌓여 있었지. 조기들이 아주 컸어. 입이 동그랗고, 마빡(이마)엔 다이아몬드가 새겨져 있었어. 배가 노란 것이 참조기인데, 보기만 해도 아주 먹음직스러웠지. 지금은 인천 연안부두까지 나가도 (엄지와 검지를 벌려 보이며) 요만한 것밖에 없더라. 그래도 이게 맛있지. 배가 허여멀건 거 있지? 수조기 말이야. 그건 맛이 없어. 퍽퍽해.

그런데 옛날엔 사실 양화나루까지 갈 필요도 없었어. 한나절 지나면 리어카나 지게로 조기를 몇 가마니씩 밀고 지고 와서 파는 아저씨들이 있었거든. 그냥 바람도 쐬고 사람 구경도 할 겸 우르르 나갔지."

어머니는 조기만 무려 10만 원어치 사셨다.

어머님의 신나는 수다는 계속됐다. 다음 어종은 참가자미다.

"이놈도 예전엔 참 크고 맛있었는데, 지금은 이렇게 작고 비싸. 그래도 요즘 이만하면 먹을 만해."

참가자미는 5만 원어치라고 한다.

"(작은 손바닥을 벌려 보이며) 너비가 요만하더라고. 살까 말까 망설이다가 언제 다시 연안부두에 올 수 있겠나 싶어 샀지."

그다음으로는 먹갈치, 젓갈, 꽃게가 줄줄이 이어진다.

"뭐니 뭐니 해도 먹갈치가 최고야. 은갈치는 반짝이고 날씬하긴 한데 맛이 없어. 갈치는 5만 원에 여덟 마리라고 하더라. 요건 어리굴젓인데 너희가 먹고, 이 두 개는 오징어젓인데 하나는 너희가 먹고, 다른 하나는 주원이네 갖다줘. 창난젓 사려고 했는데 맛이 없더라. 그리고 이건 꽃게!"

요즘 보기 드문 왕꽃게다.

"언젠가, TV 보다가 그랬나, 주원이가 '나는 꽃게를 한 번도 보지 못했어'라는 거야. 긴 집게발 들고 기어다니는 꽃게 말이야. '할머니, 쟤는 왜 앞으로 가지 않고 옆으로 기어다녀?' 그 말을 듣고 언젠가 꽃게 사다가 주원이한테 보여 주고 꽃게찜 해먹이리라 마음속으로 다짐했었지.

나는 주원이가 왜 그리 좋은지 몰라. 입안에 있는 것도 꺼내서 주고 싶어. 죽기 전에 그런 아이를 본 게 얼마나 감사한지. 사실 이번에 대명리로, 연안부두로 간 건 주원이한테 줄 꽃게 사러 간 거였어. 그때 주원이가 게 흉내 내며 옆으로 기는 모습을 생각하면, 우스워서 눈물이 찔끔 난다니까. 그런데 꽃게가 왜 그렇게 비싸냐. 1킬로그램에 5만 원이래, 5만 원! 큰 것으로 골라 보니 두 마리밖에 안 돼. 이렇게 큰 거는 우리야 못 먹지. 주원이 먹으라고 산 거지."

게 뚜껑이 남자 어른 손바닥보다 더 컸다.

"오늘(4월 7일)은 안 되겠고, 내일 해야겠네."

환갑 넘은 딸은 아흔을 넘긴 엄마가 멀리 바닷가에서 사 온 생선들을 받아, 냉큼 김치냉장고로 가져갔다.

"하나는 주원이 먹게 찜으로 해. 탕은 매워서 안 돼. 다른 하나는 다리 떼고, 몸통은 반으로 뚝 잘라 애호박 넣고 찌개 끓여. 주원이 에미·애비 먹으라고. 찌개에 가자미 한 마리 넣어서 같이 끓이면 더 맛있을 거야.

오랫동안 맛있는 거 해 주지도 못한 사위 생각도 나고 해서 오늘 한번 썼지. 이 주머니, 저 주머니 뒤져 보니까 제법 나오더라고. 매양 돈 없다 돈 없다 하다가 펑펑 쓰니까 쟤(둘째 처남)가 눈치 주더라고. 그러건 말건, 이렇게 한 번 써야 다시는 생각 안 나지."

마곡동 어머니는 어물전 좌판에 깔 만큼 생선 덕담을 질편하게 늘어놓으셨다. 60대 중반을 넘었지만, 도대체 어머니의 그 깊은 마음을 언제나 따라갈 수 있을까 싶다. 눈 호강, 귀 호강에 마음속까지 뜨듯해졌다.

마곡동 어머니는 보연이·홍철이 남매가 나서부터 유치원 다닐 때까지 챙겨 주셨다. 애들 엄마는 일주일에 두세 번 대학에 '보따리 강사'로 나가고 여기저기 학회와 세미나에 쫓아다녔다. 그때마다 두 아이 돌봄은 어머니 차지였다.

"엄마 엊그제 주원이가 이러더래."

'주원이' 소리에 어머니의 수다가 쏙 들어갔다.

"길동 할머니가 이렇게 묻더라는 거야."

"뭐라고?"

어머니가 귀를 바짝 세웠다.

" '어떤 색이 가장 좋아?'라고. 그랬더니 아이가 이렇게 대답하더래."

"까만색!"

"왜?"

"엄마가 깜깜해지면 집에 오니까."

"그 말을 듣고는 보연이 눈에서 눈물이 왈칵 쏟아지더래."

마곡동 왕할머니는 잠자코 천장을 올려봤다.

'그렇지, 걔가 누구 배에서 나왔는데. 이정욱 여사의 딸 조영주, 조영주의 딸 곽보연, 곽보연의 딸 백주원, 성은 달라도 다 내 뱃속에서 내 핏줄 받고 나온 것들인데 … .'

다섯 살 주원이는 오매불망 엄마를 기다리고, 아흔셋 왕할머니도 앞서 떠나신 엄마가 간절히 그립다.

"아이야, 동천 가자"

"뜬금없이 백사실 가겠다고 하는 거야."

"왜?"

"몰라, 엄마가 백사실 가자고 한 거 아냐?"

"백사실 이야기를 한 적은 몇 번 있지만, 가자고 한 적은 없는데 … ."

"그래? 며칠 전부터 주원이가 산이 할머니네서 딱 하루만 자고 오겠다는 거야. 백사실에 가야 한다면서 … ."

그렇게 해서 아이는 들이닥쳤다. 그리고 다짜고짜 앞장서는 아이를 따라 우리는 백사실로 가야 했다. 제 엄마가 초등생이었을 때 그곳에서 놀았던 것을 아이가 알 리 없다. 그렇다고 무턱대고 백사실 가자고 했을 리도 없다.

'에라, 잘됐다. 이참에 제 엄마가 저만 한 꼬맹이였을 때 놀던 곳에서, 그 딸내미와 놀아야겠다.'

아이 엄마가 초등학교 5학년 1학기를 마칠 때였다. 아이는 친구들과 백사실에서 책거리 잔치를 한다고 했다. 지금은 산이 할머니가 된 그 아이의 엄마는 좋다거나 안 된다거나 대꾸는 안 했지만 기가 찼다.

'꼬맹이들이 무슨 책거리야. 옛날 서당에서 《천자문》, 《동몽선습》,

《소학》등 필독서를 깨칠 때마다 훈장에게 학부모와 학동이 감사의 음식을 대접하는 것이 책거리인데 … . 그것도 그 후미진 백사실에서 한다니 … .'

백사실로 가자면 집에서 비탈을 내려와 대로(세검정로)를 건너야 하니, '산이네' 영역에 포함하긴 힘들다. 그러나 옛날 지번으로 따지면 같은 신영동, 도로지명으로 따져도 '세검정로'다. 크게 보아 한마을이라고 할 수 있겠다.

백사실은 홍제천 상류인 신영동 개천 건너, 산이네서 마주 보이는 북악산의 북서편 기슭에 있다. 세검정초등학교 앞 세검정길을 건너고 작은 다리를 건너면, 다세대주택이 다닥다닥 붙어 있는 마을이 나오고, 다리 건너편 편의점 골목을 따라가면 곧 산길이 나오고, 비탈을 따라 5분 정도 가면 마을 끝자락에 현통사玄通寺 있고, 현통사 앞 폭포를 거슬러 올라가면 드디어 백사실이다. 다리에서 기껏해야 10분 거리이지만, 일단 들어서면 오리무중 심산유곡이다. 산줄기가 겹으로 에워싸고, 수백 년 된 나무들이 숲을 이루고 있어 졸지에 '인간 세상이 어디일까?' 싶은 비경으로 빠져든다.

백사실 북쪽 어른 키 두 배만 한 바위엔 '백석동천白石洞天'이라는 대형 각자刻字가 있다. '동천洞天'의 사전적 의미는 산천으로 둘러싸여 경치가 아름다운 곳. 그러나 옛사람에게 동천은 신선 혹은 신선에 가까운 이들이나 살 법한 이상향이었다. 중국의 문장가 도연명陶淵明의 〈도화원기桃花源記〉에 나오는 '무릉도원武陵桃源' 같은 곳이 동천이다. 북악산의 옛 이름은 백악산이었으니 백석동천은 백악산이 숨겨 둔 선계라는 뜻일 것이다.

〈도화원기〉에 묘사된 지형지물을 기준으로 삼는다면 동천엔 몇 가지 구비 조건이 있다. 우선 세속과 격리돼 있어야 한다. 입구는 폭포나 산줄기 혹은 절벽으로 막혀 있어 찾기 어려워야 한다. 단 세속의 때를 씻어내 마음이 맑고 눈이 밝은 이들만이 찾을 수 있는 석문이나 협로가 있다. 입구는 계류를 끼고 있어, 옥계수엔 사철 복사꽃, 앵두꽃 혹은 능금꽃 따위가 흘러내리고, 이는 동천의 존재를 눈 밝은 이들에게 알리는 표식이 된다. 석문을 지나면 제법 너른 공간이 있어야 한다. 몇 뙈기 지어 먹을 땅이 있어 가난하지만, 가난을 즐길 수 있는 이들에게는 충분하다. 계류 주변엔 부용 형상 따위의 너른 반석磐石이 있어 세월을 잊고 유유자적하기에 좋아야 한다.

백사실은 이런 쉽지 않은 조건을 두루 갖추고 있다. 평창동 쪽의 보현봉이나 형제봉에서 흘러 내려온 개울물을 건너면 현통사까지는 경사가 제법인 산길이다. 지금은 계단으로 이어져 있지만, 인적이 드문 시절 군이 올라갈 이유를 찾기 힘들 정도다. 게다가 현통사 옆 계류는 거대한 반석과 절벽으로 말미암아 폭포를 이루고 있으니, 그곳까지 어찌어찌 왔다 해도 더는 올라갈 엄두를 내지 못 한다. 폭포 밑에서 놀다가 발길을 돌리게 하기에 알맞은 지형이다.

하지만 용기를 내어 계류 옆 반석을 기어올라 숲으로 들어가면 풍광은 일변한다. 물길은 순하고, 산세는 후덕하며, 숲길 따라 복숭아꽃, 앵두꽃, 진달래, 개나리가 지천이다. 들리느니 물소리, 새소리요, 닿느니 계류에 반석이요, 보이느니 꽃들이고, 넘치느니 그 향기라, 그야말로 별유천지別有天地다.

조선 중기의 명신 백사白沙 이항복李恒福이 은퇴 후 그곳에 정자 짓고

책을 읽으며 세속을 잊었다 하여 백사실白沙室이라고 이름했다는 게 통설이다. 백사실 중앙엔 농구장 두어 개 넓이의 인공 연못이 조성돼 있고, 그 연못과 계류를 지긋이 내려다볼 수 있는 곳에 집터가 있다. 남아 있는 주춧돌이나 누각을 받친 돌기둥의 크기만 봐도 상당히 지체 높은 이의 별서別墅였음을 알 수 있다. 위치나 지형지물까지 고려하면 웬만한 권력이나 재력으로는 엄두도 못 낼 건축물이었으니, 백사를 떠올릴 만도 했겠다.

우리 지명에서 '실'은 산이나 계류로 둘러싸인 제법 너른 공간을 뜻했다. 그곳에 사람들이 터를 잡으면 '마을'이 붙는다. 경북 봉화의 닭실마을, 원주의 작실마을, 문경의 나실마을, 고령의 구실과 아룻개실마을 등이 그것이다. '실'이 붙은 마을은 대개 유서도 깊어, 벌족閥族의 본향인 경우가 많다.

그러나 백사실엔 그런 벌족이 들어선 적도 없고, 마을이 들어서기엔 공간도 좁다. 은둔자들이나 숨어들 만한 정도다. 실제로 백사실에서 계류를 거슬러 10분 정도 더 올라가면 여남은 가구가 비탈밭을 일구며 사는 마을이 있다. 언젠지 모를 옛날부터 세상사에서 손발 씻고 눈귀 씻은 이들이 정착한 곳이었을 것이다. 집담은 앵두나무요 밭담도 앵두요, 비탈밭 경계마다 산도화고, 언젠가부터는 능금나무 천지였다. 그래서 이곳은 지금도 능금마을로 불린다.

그런 곳에서라면 은둔자가 천수를 누리기란 어려운 일이 아니었을 것이다. 그 시절 천수란 백 살. 백 살을 너끈히 산다고 하니 '백살실'이 되었고, 그것이 부르기 좋게 백사실이 된 것 아닌가 하는 게 나의 생각이다. 물론 자신은 없다. 그러나 명사의 이름에 기대어 거기서 떨어지는 명망名望의 팥고물이나 얻어먹을까 하는 세상의 인심이 당최 마음에 들지 않아, 그 유래를 유추하는 것이니 널리 이해해 주길 바란다. 세속과 담을 쌓고 있는 곳에, 세속의 너절한 욕망의 찌꺼기를 붙이는 게 어디 말이 되겠는가.

아무렴, 그 후미진 곳에서, 책거리 잔치를 한다니 부모로서는 걱정스러운 것이 당연했다. 사실 그때까지만 해도 '천하무적' 중딩(중학생)들이 몰려와 사고를 쳤다는 이야기가 들리곤 했었다. 우리는 걱정스러워 아이가 떠나고 몰래 백사실까지 딸의 뒤를 밟았다.

 그로부터 25년이 지났다. 오늘은 이제 엄마가 된 딸의 아이 손을 잡고 그곳으로 떠난다. 부암 김밥집에서 김밥 세 줄과 어묵탕 한 그릇 장만해, 아이 덕분에 동천으로 소풍을 간다. 그러고 보니 동천洞天은 동천洞泉이고, 동천洞泉은 동천童泉이다. 하늘이 내린 '천진天眞'이 샘솟는 곳이니, 뒤집어 생각하면 아이가 있으면 어디나 동천이겠다.

〈아임 유어 걸〉과 〈이별의 버스 정류장〉

동요 〈정글 숲〉을 일부러 큰 소리로 노래했다. 아이가 따라 부르도록 유도한 것인데, 아이는 입도 뻥긋하지 않는다. 한때 아이가 입에 달고 다니던 동요인데, 요즘엔 통 관심이 없다.

도룡뇽 서식을 알리는 간판 앞에서 할미가 아이에게 도룡뇽이 어떻고 개구리가 어떻고 설명한 후 다시 한번 〈정글 숲〉을 불렀다. 그래도 신통치 않다. 마지막 대목을 "맑은 개울 나타나면은 도룡뇽 떼 나올라"라고 개사해 불렀지만, 마찬가지다.

백사실엔 산도화, 개나리, 산벚꽃 그리고 진달래가 만개했다. 길가 양쪽엔 노란 개나리, 산자락엔 연분홍 진달래, 산 중턱엔 산벚꽃이 환하다. 저만치 딸아이가 춤추며 놀던 곳이 보인다.

"저곳이 엄마가 너만 할 때 깡충깡충 뛰면서 놀던 곳이야."

초등학교 5학년생인 딸이 백사실 가겠다고 했을 때, 우리는 아이들이 기껏해야 과자나 먹고 노래나 하면서 놀겠거니 했다. 그런데 웬걸, 다섯 명이었던가 보다. 당시 1990년대 말 한창 잘나가던 댄스뮤직에 맞춰 춤을 추고 있었다. 큼직한 스테레오 카세트테이프 플레이어도 있었다. 그 옆에 쌓여 있는 새우깡, 오징어땅콩 따위의 과자와 음료수만이 아이들임을 알려 줬다. 나중에 집으로 돌아온 딸아이에게 물어보니 노래는 당시 아이돌 그룹 SES가 부른 〈아임 유어 걸〉이었다. 제목부터 착잡했다. 아이들은 음악이 나오는 동안 일제히 멋대로 춤을 추다가 노래가 중단되면 그 상태 그대로 멈춰서는 게임을 하고 있었다고 했다.

쎄 더운 날이었다. 아이들은 지치지도 않았다. 들키지 않으려 웅크리고 있다 보니 우리가 먼저 지쳤다. 걱정할 건 없었다. 쉬러 온 아랫마을 어른 여남은 명이 아이들 노는 걸 보고 있었다. 우리 부부는 '너희만 노냐'는 생각으로 능금마을을 지나 북악스카이웨이로 올라 부암동 쪽으로 해서 백사실로 돌아오기로 했다.

그로부터 25년 뒤, 이번엔 딸의 아이가 개울 쪽으로 할미 손을 잡아끈다.

"여기서 엄마가 친구들이랑 춤추며 놀았다니까!"

아이의 마음은 여전히 딴 곳에 있다.

"할머니, 연못에 가자니까."

엄마의 어린 시절에 대한 기억을 들어 주길 고집할 수 없었다. 아이는 이해가 안 되는 듯했다.

'산처럼 크고 바다처럼 넓은 엄마, 나를 번쩍번쩍 안아 주고 업어 주는 엄마인데 어떻게 나만 했다는 거지?'

딸이 춤추던 곳에서 그 아이가 춤추며 노는 모습을 그리고 있었던 기대는 여지없이 깨졌다. 가뭄에 바닥이 허옇게 드러난 연못 터로 내려왔다. 그제야 아이는 폴짝폴짝 뛴다.

연못가에 있는 돌 탁자에서 김밥을 먹었다. 박새, 곤줄박이 등 작은 새들이 날아왔다. 아이는 새처럼 쉴 새 없이 종알댔다. 먹을 게 들어가자 힘이 났나 보다. 김밥을 던졌다. 새는 몇 번 입질하더니 날아갔다. 이번엔 산이에게 던져 줬다. 산이도 한두 번 킁킁거리더니 물러섰다. 아이는 시큰둥하더니 금방 득의의 표정으로 바뀐다.

"네가 김밥 맛을 어찌 알랴!"

도롱뇽 탐사에 나섰다. 계류를 따라 더 올라가야 했다. 이번에는 아이가 자꾸 주저앉는다. "돗자리 깔고 놀자~", 칭얼댔다. "바로 조~기"라고 달랬지만 아이의 입은 새부리처럼 삐죽 나왔다. 목말을 태워야 했다.

날씨가 일찌감치 풀렸다지만 도롱뇽이 나올 때는 아니었다. 5~6년 전만 해도 백사실엔 '개도맹 보호구역'이라는 환경단체의 팻말이 세워져 있었다. 개구리와 도롱뇽, 맹꽁이를 줄인 말이었다. 지금 팻말엔 도롱뇽만 남았다. 맹꽁이는 보지 못했지만 개구리는 여전하다.

포도송이처럼 뭉쳐 있는 것이 도롱뇽 알이고, 투명한 대롱에 들깨 씨 같은 것들이 일렬로 박혀 있는 것이 개구리 알이다. 어릴 적만 해도 어른들이 소주 한 병 들고 가 개구리 알을 안주 삼아 먹었다는데, 지금은 세검정 천 오리들이 도롱뇽이건 개구리건 알이란 알은 모조리 걷어 먹는다고 한다. 겨우 두 군데서 도롱뇽과 개구리 알을 발견했다. 그 아이들만이라도 부화하면 열흘쯤 뒤 계류엔 올챙이가 바글댈 텐데 ….

아이는 다시 돗자리로 돌아갔다. 잣나무 아래 너른 평지에 돗자리를 깔고서야 아이가 칭얼댄 이유를 알았다.

"할머니, 가방 줘 봐."

가방에서 잽싸게 막대 초콜릿을 꺼냈다. 얼굴이 양지꽃처럼 환해졌다.

"할머니, 이거 먹어."

너그러워지기도 했다.

몇 개 먹더니 양말 신은 채 흙바닥에서 뛰어다닌다.

"춤, 이렇게 췄어?"

아이는 별서 터에서 우리가 연신 떠들어대던 엄마의 춤 이야기를 귀에 담아 두고 있었다. 초콜릿이 더 급했을 뿐이었다.

할머니는 〈고향의 봄〉을 불렀다. 할아버지도 따라 불렀다. 아이의 관심을 끌고 싶었다. '네 나이 때 소풍 오면 이런 노래가 어울린다'는 생각으로 선창했지만, 이게 웬 망측인가. 아이의 입에선 〈아임 유어 걸〉과 비슷한 노래가 흘러나왔다.

유산슬(개그맨 유재석의 별칭)의 〈이별의 버스 정류장〉이었다. 이리저리 뛰어다니며 열창한다. 돌아서 궁둥이까지 씰룩거린다. 아이고, 유산슬이 싫다. 아이가 너무 빨리 큰다.

괴테의 소설 속 파우스트 박사는 흐르는 시간을 향해 이렇게 외쳤다던가.

"멈춰라, 너는 참으로 아름답다."

나는 비슷하게 외치고 싶다.

"아이야, 거기 멈춰라. 너는 충분히 아름답다."

그러나 돌아보니 25년 전 춤을 추던 바로 그 아이다. 춤추던 아이는 엄마가 되고, 그 아이는 오늘 동천에서 춤을 춘다.

삶이란 그런 거지, 그렇게 이어지고 또 이어지는 것.

나른한 봄 햇살 받으며 집으로 돌아왔다. 집에도 처마 밑 복숭아꽃이 한창이다. 살구꽃은 이미 모두 졌고, 진달래꽃은 시든 채 가지 끝에 매달려 있다. 복숭아꽃만 팝콘처럼 꽃망울을 터트리고 있다. 라일락은 솜사탕 같은 꽃송이가 잔뜩 부풀어 있다.

민들레와 강아지 똥

"할머니, 이거 민들레지?"

"주원이가 민들레도 아네."

"여기도 있어. 이건 흰민들레다."

아이가 관심을 보이는 거의 유일한 꽃이 민들레다. 화려하지도 우아하지도 향기롭지도 않은 꽃이지만, 민들레만 보면 다짜고짜 그 앞에 쪼그려 앉는다. 겹겹이 포개져 있는 꽃잎을 쓰다듬으며, 할아버지가 보기엔 별스럽지도 않은데 아이는 연신 감탄이다.

"예쁘다, 귀엽다, 보드라워 … ."

21대 총선 투표일, 아이는 엄마·아빠랑 산이네에 왔다. 마당 테이블에 늦은 점심을 준비하고 있을 때였다. 아이는 테이블 밑에 쪼그려 앉아 일어날 줄 몰랐다. 구부린 작은 등이 38점 무당벌레처럼 동그랗다. 어깨너머로 훔쳐보니 민들레다. 테이블 밑 막돌 사이로 하얀 꽃을 피웠다.

"주원아, 밥 먹어야지."

듣는 둥 마는 둥 움직일 줄 모르던 아이가 갑자기 소리쳤다.

"할머니, 강아지 똥!"

산이가 싼 똥인 줄 알았다. 그러나 주변에 개똥은 없었다. 옆에 동글

동글한 돌이 몇 개 있었을 뿐이었다. 얘가 무슨 말을 하는 거지? 다들 어리둥절했다. 산이 할미의 얘기를 듣고서야 고개를 끄덕였다.

"권정생 선생의 동화《강아지 똥》을 읽어 준 적이 있거든. 글이 많은 동화책이어서 주원이가 힘들어할까 봐 걱정스러웠는데, 아무 말 없이 유심히 듣더라고 … ."

가난한 시골 마을, 돌담 아래 버려진 강아지 똥. 우연히 날아온 참새도 더럽다고 가 버리고, 닭도 한두 번 쪼아 보고는 먹이가 될 수 없다며 떠나 버렸다. 그나마 말벗을 해 주던 나뭇잎은 바람에 실려 날아갔다. 강아지 똥은 꼼짝도 못하고 놀림만 당하는, 강아지의 똥인 것이 슬펐다. 버려진 흙덩이가 그와 슬픔을 나눴지만, 농부는 흙덩이마저 달구지에 실어 가면서 강아지 똥만은 그 자리에 나뒀다.

슬픔에 젖은 어느 봄날 비가 내리자 강아지 똥 옆에서 민들레 새싹이 올라왔다. 며칠이 흘러 햇살이 따뜻한 어느 날 민들레는 노란 꽃을 피웠다. 그 꽃을 보며 한없이 부러워하는 강아지 똥에게 민들레는 말했다.

"내가 꽃을 피우려면 네가 필요해. 너의 똥이 부스러져 거름이 되어 줘야 나는 그것을 먹고 꽃을 피울 수 있거든."

강아지 똥은 그 말을 듣고 기뻐서 눈물을 흘렸다. 민들레는 그런 강아지 똥을 감싸 안고 더 많은 꽃을 피웠다.

그제야 어렴풋이 짐작했다. 아이에게 '예쁜 것' 혹은 '예쁘다고 하는 것'이 무엇인지. 그리고 아이가 눈여겨보는 것이 무엇인지.

아는 것만 보고, 아는 것만 들으려 하는 '꼰대'의 섣부른 판단일지 모른다. 아이에게 아름다운 것은 형태도 색깔도 아니었다. 애처롭게 홀로 피었는지, 구름처럼 풍성하게 피었는지도 아니었다. 아이에게 아름다운 것은 마음에 녹아든 이야기였다. 슬픔과 기쁨이 씨줄과 날줄로 어우러져 아이의 심금에 와닿고 또 울리는 그런 이야기였다. 아이에게 민들레는 권정생 할아버지의 이야기로 말미암아 아름다웠다. 강아지 똥의 슬픔마저 아름다웠고, 그 슬픔을 따뜻하게 감싸 준 민들레는 더 아름다웠다.

아이의 마음은, 무한한 공감 능력으로 무엇이든 받아들여 반영하고 또 그려 내는 마법의 인화지였다. 말 못 하는 것들은 그 속에서 생명을 얻었다. 아이는 현실의 꽃이 아니라, 이야기를 듣고 스스로 마음속에서 피워 낸 꽃을 상상하며 찬탄한다.

그러고 보니 아이가 세계에서 가장 비싸다는 그림 〈모나리자〉를 신통찮게 여기던 모습이 떠올랐다. 산이네 안방 컴퓨터 책상 위에 복사본이 걸려 있는데, 우리나라 어떤 장관이 프랑스 정부에서 선물로 받은 것으로 우연히 할아버지에게까지 굴러들어 왔다. 표구에도 상당히 공을 들였지만, 아이에게는 없느니만 못하다. 아이는 산이네 오면 꼭 한번은 그 모나리자 아줌마를 '디스'한다.

"아줌마가 자꾸 나를 따라다니며 째려봐. 난 저거 싫어. 무서워. 홍철이 삼촌네로 보내면 안 될까?"

그렇게 채근하던 아이는 결국 삼촌에게 부탁했고, 삼촌도 '그러마' 하고 약속했다. 두 달 가까이 지났건만 게으른 삼촌이 아직도 가져가지 않았다. 내색은 하지 않지만, 아이는 속으로 잔뜩 부아가 나 있을 것이다.

어른들은 모나리자의 미소를 으레 '신비롭다'라고 평하지만, 아이는 거기서 자신과 공감할 수 있는 어떤 생명도 감흥도 느끼지 못한다. 그저 째려보며 쫓아다니는 심술궂은 아줌마만 본다. 도대체 그 아줌마는 왜 강아지 똥만큼도 슬픔과 기쁨을 나누지 못하는 거지? 무어라 설명하고 싶지만, 권정생 선생이 아니고서야 모나리자 아줌마를 따뜻하고 포근한 사람으로 살려 낼 재간이 없다.

키 큰 나무의 꽃들이 지면서 키 작은 다년생 풀들이 꽃을 피운다. 아이의 새끼손톱만 한 앵초꽃을 시작으로 종지꽃, 크고 작은 튤립들 그리고 모란꽃이 만개했다. 특히 향기마저 우아한 모란은, 언젠가 마당에 꽃이 피었으니 집에서 한잔하자며 초대했던 한 선배의 봄날 같은 마음 씀씀이를 떠오르게 한다.

따뜻한 남쪽 마을 전라남도 강진의 한 시인은 한탄했다.

"5월 어느 날, 그 하루 무덥던 날, 떨어져 누운 꽃잎마저 시들어 버리고는, 천지에 모란은 자취도 없어지고 … ."

그러나 이제 기후변화 때문에 시인의 그 아름답고도 서늘한 시는 고쳐 써야 한다. 서울 조계사 앞 우정국 터 옆 모란은 이미 5월도 되기 전에 졌다. 산이네 모란도 5월 초사흘 전에 그 풍성한 꽃잎들이 하늘로 날아가 버릴 것이다.

꽃이 피건 지건 감상에 젖는 까닭은, 제 안의 슬픔을 못 이긴 늙은이의 애상哀想일 뿐, 아이는 그런 애상 놀이에 관심 없다. 아이의 관심사는 오로지, 강아지 똥의 슬픔을 위로해 주는 민들레꽃이었다. 모란이 꽃망울 맺고 또 꽃을 피우는 것을 보지 못했지만 서운해할 리 없었다.

그날 아이는 아무런 아쉬움 없이, 엄마·아빠랑 단호하게 귀가했다.

"주원이는 산이네서 잘래? 어린이집엔 내일 할머니랑 가면 되잖아."

" …… ."

"설 때는 엄마·아빠 없이 산이네서 잤잖아."

"안 돼. 집에 갈 거야."

"왜?"

"여긴 엄마·아빠가 없잖아."

한 달 전쯤인가 마곡동 왕할머니 집에서의 일이다. 소파 위에는 커다란 가족사진이 걸려 있다. 왕할머니 희수연(77살 잔치)에서 찍은 사진이다.

"무슨 사진이야?"

"왕할머니 생일 때 찍은 거야. 그런데 사진 속엔 주원이가 없네."

"응 … 난 그때 천사였어. 밖에서 놀고 있었지."

모두가 황당했다. 아무리 저 잘난 멋에 산다지만, 제가 천사였다니.

"그래? 그럼 어떻게 엄마한테 왔어."

"응, 밖에서 한참 놀다 보니 졸렸어. 그래서 엄마 뱃속에 들어갔지. 한참 자다 보니 엄마가 보고 싶어졌어. 그래서 엄마 보려고 나왔어."

요즘 아이는 잠시라도 엄마를 놓치지 않으려 기를 쓴다. 엄마가 재택근무를 위해 일하는 방으로 들어가면 "엄마, 오늘은 일찍 끝나지? 저녁엔 약속 없지?"라면서 거듭 확인한다. 수시로 방문에 귀를 대고 듣는다.

"엄마, 자나? 아무 소리도 안 들려."

딸 부부가 엊그제 아이의 만 네 돌을 앞두고 따로 재우기를 시도했다. 아이는 세 번이나 일어나서 대성통곡했다고 한다. 혼자 재운다고 울고, 겨우 잠들었는데 엄마가 없다고 깨서 울고, 또 잠들었는데 침대에서 굴러떨어져 울고. 엄마 보려고 엄마 배에서 나왔는데, 아이는 이제 잘 곳 잃은 천사가 되었다.

'내 손이 약손'

올해는 인동초가 신통찮다. 넝쿨이 무성하다 싶었는데, 넝쿨 속 이파리
들은 말라 갔다. 너무 우거져 햇볕을 제대로 받지 못해서 그런가 싶지만,
속사정은 알 수 없다. 일주일에서 열흘 정도 가던 인동초꽃도, 피는가
싶었는데 졌다. 그나마 성긴 꽃들의 향기만은 그대로라 다행이다. 가파
른 오르막을 헐떡이며 올라왔을 때 그 향기만큼 싱그러운 보상도 없다.

찔레꽃과 아카시아꽃이 지면 한동안 꽃향기는 사라진다. 날씨는 더
워지고, 습도도 높아지는 초여름, 향기마저 없어졌으니 땀 흘릴 일밖에
없다. 그때 문득 나타나 차가운 오미자차처럼 몸과 마음을 맑게 씻어 주
는 게 인동초 꽃향기다. 넝쿨은 바람 한 점 드나들기 힘들게 무성하지만,
그 서늘한 향내만큼은 늘어진 몸을 찔러 깨운다.

7년쯤 되었을 것이다. 회사 옥상 정원엔 인동 넝쿨이 무성했다. 흔한
경계목으로 심은 것이기에 별로 눈길을 끌지는 못했지만, 꽃이 필 때면
일없이 옥상을 배회하는 동료들이 많았다.

어느 날 화단 안쪽으로 뻗어 뿌리를 내린 놈 두 줄기를 캐다가 옹벽
펜스와 앞쪽 담장 밑에 심었다. 첫해는 있는 듯 없는 듯 보내더니, 이듬

해부터 가지를 하나둘 뻗었다. 3년째부터는 제법 넝쿨이 되어 꽃도 피고, 향기도 뿌렸다.

건너편 빌라 아주머니와 뒷집 새댁이 아내에게 뜬금없이 고마움을 전하더란다.

"동네에만 들어서면 향기가 자욱해요. 어쩜 저렇게 냄새가 좋지요?"

화장품 냄새에만 익숙한 이들에게 인동초 향기만큼 신선하고 고혹적인 건 없을 것이다. 아무리 가물어도 물 한 번 주지 않고, 아무리 척박해도 퇴비 한 줌 주지 않아도, 무성하게 넝쿨을 뻗고, 때 되면 어김없이 꽃을 피우는 인동초의 기운은 신기하기만 하다.

그 넝쿨과 꽃을 보노라면 여지없이 아이가 생각난다. 아이는 그 왕성한 생명력으로 주위를 생동하게 한다. 잠시도 가만히 있지 않고, 웃고 울고 뛰고 뒹굴며 죽순처럼 자란다. 아이의 웃음은 물론 울음까지도 주위를 환하게 밝힌다. 아이 울음이 그친 동네는 메말라 사라지는 건초나 다를 게 없다고 하지 않던가.

'인동초'를 자신의 호처럼 썼던 사람이 있다. 김대중 전 대통령이다. 1987년 평민당 대통령 후보 시절 광주 망월동 묘역을 방문한 그는 이렇게 말했다.

"나는 혹독했던 겨울 동안, 강인한 덩굴풀 인동초를 잊지 않았습니다. 모든 것을 바쳐 한 포기 인동초가 될 것을 약속합니다."

그는 모두 55차례의 가택연금, 6년의 감옥 생활, 두 차례의 강요된 망명, 한 차례의 사형선고, 두세 차례의 피살 위기 등을 겪었다. 그 참혹한 겨울을 그는 인동초를 생각하며 인동초처럼 이겨냈다.

그가 진실로 인동초를 좋아했다면, 그는 반드시 아이들 앞에선 사족을 못 쓰는 할아버지였으리라. 그의 생전엔 몰랐지만, 돌아보면 그의 웃음엔 가끔 아이의 천진함이 묻어났다. 희생적인 사랑 혹은 아버지의 사랑이라는 꽃말을 떠올리지 않더라도, 그의 삶엔 인동꽃 향기가 진하게 배어 있다.

벌써 일주일이 지났다. 아이가 어린이집에서 하원할 때였다고 한다.

"할머니, 오늘 어디로 갈 거야?"

다짜고짜 날아온 질문 앞에서 아내는 당황했다. 정신을 차려, 당연하다는 말투로 "집에 가야지"라고 했더니, 아이가 갑자기 입을 꾹 다물더란다. 아이는 뜸을 들이다가 짤막하게 되물었다.

"왜?"

"왜긴, 어린이집 끝났으니 집에 가서 옷도 갈아입고, 손발도 닦아야 하는 거 아냐?"

"난 산이네 가고 싶어!"

기특했지만, 걱정스러웠다.

"엄마·아빠한테 말하지 않았는데 괜찮을까?"

"그럼, 전화하면 되잖아."

이번엔 아내가 뜸을 들인 뒤 말을 이었다.

"주원아, 산이가 많이 아파. 밥도 못 먹고, 잘 걷지도 않고, 하루 종일 쭈그려 앉아 있기만 해. 산이가 나으면 가자. 산이네 가면 산이랑 놀아야 하는 거 아냐?"

아이는 산이가 아프다는 소리에 눈이 더 동그래졌다. 한참 있다가 이 말 한 마디만 하더란다.

"알았어."

아내는 아이의 실망을 초콜릿 아이스크림으로 달랬다.

일요일 아침이었다. 뒷산 산책을 두 시간 반이나 했다. 꽤 더운 날이었다. 두 시간쯤 지났을까. 산이의 혀가 평소보다 1.5배는 더 길게 나왔다. 걸음도 영락없는 80대 노인 걸음걸이였다. 목줄에 끌려오다시피 했다. 영역 표시는 물론 킁킁거리지도 않았다. 눈은 왕사탕처럼 커졌다. 목이 말라서 그러려니 했다. 홍은동 극동아파트 뒤 배드민턴장에서 물을 구해 마시게 했다. 한참 마셨지만 산이는 기운을 차리지 못했다. 오르막에선 기다시피 했다.

집에 돌아와 조금 쉬면 낫겠거니 했다. 그런데 웬걸, 뒷담 골목에서 나오지 않았다. 가끔 뒷다리를 끌면서 마당 수돗가로 나와 물을 마시곤 그 자리로 돌아갔다.

다음 날도 마찬가지였다. 평소 하루 두 번 사료를 어른 국그릇 하나 정도 먹었는데, 그날은 밥통 근처에 가지도 않았다.

"병원에라도 가야 하는 거 아냐?"

아내는 걱정이 태산이었다. 장염인가 해서 장염에 좋다는 북어 대가리를 사 와서 끓여 주었다. 그러나 혓바닥 한 번 대지 않았다.

아내가 뭔가 또 끓이고 있었다. 고기 삶는 냄새였다.

"냉장고에 오랫동안 박혀 있던 국거리가 있더라고."

한 소리 들을까 봐 미리 실토했다. 쇠고기라도 끓여 주자는 것이었다. 한숨이 나왔다. 아무리 오래 묵은 것이라지만, 재난지원금이라도 나와야 사 먹는 쇠고기를 개한테 주다니 … . 그러나 산이는 그것도 먹지 않았다. 국물만 몇 모금 홀짝거리더니 돌아섰다.

이튿날 사료 한 주먹에 우유를 타서 줬다. 우유만 핥았다. 수요일엔 우유에 빵을 섞어 주었다. 한 공기 다 먹었다. 사흘 만이었다.

그다음 날이었다. 그날도 아이가 할머니에게 건넨 첫마디는 '산이네'였다.

"오늘은 가는 거지?"

"아직 산이가 안 나았는데 … ."

"괜찮아, 내가 쓰다듬어 주면 나을 거야."

아이의 준비된 말에 아내는 할 말이 없었다.

"아빠가 회사 끝나면 주원이 데리러 우리 집으로 와야 하는데."

주춤거리며 한마디 더 했지만, 밑천도 건지지 못했다.

"할머니, 걱정하지 마. 내일 아침에 할머니랑 같이 어린이집 가면 되잖아."

아이 엄마한테 전화했더니 이러더란다.

"요새 툭하면 그래. 산이네 가겠다고. 산이에게 이상이 생겼다는 걸 알았나?"

차 안에서 산이의 우유와 빵 이야기를 했다고 한다.

"산이도 우유 먹어?"

"그럼, 산이가 태어나서 한 달쯤 지났을 때 우리 집에 왔어. 아직 젖을 먹어야 하는데, 엄마랑 떨어지는 바람에 젖 대신 우유를 줬어. 며칠 지난 뒤부터는 우유에다 빵을 넣어서 줬지."

아이는 눈이 동그래져서 물었다.

"산이도 엄마가 있었어?"

"그럼, 세상에 엄마·아빠 없이 태어나는 아기란 없어. 소도 돼지도 닭도 강아지도 다 그래. 산이는 태어나서 한 달 동안 엄마 젖을 먹었는데 주원이는 얼마나 먹었지? 젖 먹을 때 주원이 똥은 황금 똥이었는데 … ."

"난 산이에게 엄마가 없는 줄 알았어. 산이는 언제나 혼자잖아."

아이는 다른 것엔 관심이 없었다. 오로지 엄마 없이 혼자 사는 산이만 생각하고 있었다.

아이가 왔다 간 뒤 신기하게도 산이는 눈에 띄게 더 좋아졌다. 끓인 고기도 먹고, 조금이지만 사료도 먹었다. 아이와 세 식구가 먹고 남은 닭죽에 살이 조금 붙어 있는 닭 뼈 따위를 줬더니 샅샅이 핥아먹었다. 닭죽이 떨어지자 북엇국에 죽을 쒀서 줬더니 그것도 비웠다. 머리 쓰다듬어 준 아이의 손이 약손이었나? 닭죽이 약이었나?

엊그제 아이에게 그 이야기를 해 줬다.

"산이가 좋아졌어. 조금씩 밥도 먹어. 어젠 상명대 운동장까지 산책도 했어."

"빨리 가 봐야겠다. 한 번 더 쓰다듬어 줘야지."

아이는 '제 손이 약손'이라고 굳게 믿고 있었다. 산이와 자긴 통한다고도 믿는다. 하긴 엄마 없이 혼자 사는 산이의 외로움을 알아주는 건 아이뿐이다. 그러니 아이의 손이 약손이고 아이의 마음이 특효약일 수밖에.

통하면 낫고 통하면 산다

개를 병원에 데려가는 데 할아버지가 반대하는 건 개를 아끼지 않아서가 아니다. 사람과 개의 생명에 차등을 두는 것도 아니다. 장담하건대 할아버지만큼 개(산이)에게 '충성'을 다 바치는 사람도 없다. 거의 매일 개를 데리고 산책하는 것도 할아버지다. 삼시 세끼 밥을 주는 것도 할아버지고, 술 마시다가 족발 뼈다귀나 남은 돼지고기를 싸 들고 오는 것도 할아버지다.

할아버지는 산이네서 '개 머슴'을 자처하고 실제로 그렇게 산다. 아침이면 산이는 현관문 앞에서 할아버지가 나오기를 기다린다. 안 나오면 '머슴이 왜 안 나오나?' 거실 창문 밖에서 서성거린다. 더 늦어지면 공연히 산을 보거나 나무를 보고, 헛헛하게 짖는다. 시위하는 것이다. 그 꼴이 보기 싫어서도 나가야 한다.

개를 병원에 데려가는 데 반대하는 첫째 이유는 비용이다. 야박하게 들릴지 모르겠지만, 동물병원의 진료비나 약값은 사람 병원보다 최소 10배 가까이 된다. 의료보험이 적용되지 않기 때문만도 아니다. 반려동물 기르는 이들이 애완동물에도 보험을 적용하자고 주장하지만, 그건 개도 웃을 일이다.

개들은 여전히 최소한의 자가치유 능력을 유지하고 있다. 치명적인 질병이 아니라면 대부분 스스로 치유한다. 실제로 개는 장염이 생기거나 위에 탈이 나면 스스로 먹는 것을 조절한다. 일종의 단식 요법이다. 평소에도 사람과 달리 먹을 만큼만 먹는다. 옛날 어머니들은 집에서 기르는 개가 병들면 북어 대가리 삶은 육수를 주는 게 전부였다. 한여름이면 개도 사람도 더위에 지친다. 이럴 때 사람이 먹고 남은 닭백숙 국물과 뼈다귀만 줘도 개는 원기를 회복한다.

그런 개에게, 사람이 신이라도 되는 것처럼 약 먹이고 주사 맞히며 운명을 주관하려는 것은 오만이다. 사람은 개의 신이 될 수 없다. 하루라도 더 살려고 기를 쓰는 인간의 탐욕을 개에게도 적용해선 안 된다. 욕망에 관한 한 개는 도통한 도사다.

나는 개가 원하는 것을 모른다. 다만 개는 우리 인간처럼 수명에 대한 욕망이 없다는 것만큼은 안다. 개는 떠날 때가 되면 스스로 알아서 떠난다고 옛 어른들은 확신했다.

아이들이 병원에서 돌아왔다. 나가 보지 않았다. '잠이나 더 자야지' 하며 눈을 붙이고 있는데, 두런두런 엄마와 아이들이 하는 소리가 들린다. 듣고 싶지 않은데도 들린다.

"아빠한테는 말하지 마. 이건 누나랑 내가 처리할게."

주원이가 일찍 가겠다고 한다. 병원에서 꽤 힘들었나 보다. 무려 한 시간 동안이나 겁에 질려 두 눈이 왕사탕만큼 커진 산이를 보고 있는 게 얼마나 고통스러웠을까. 아이는 집을 나서기 전 산이를 몇 번 더 쓰다듬어 주었다.

"또 올게, 밥 잘 먹어야 해."

그 모습을 창문으로 바라보니, 우리 집에서 최고 치유사는 아이 같다.

공명共鳴이란 게 있다. 한쪽의 울림이 다른 쪽에도 그대로 전파돼 울리는 것이다. 같은 주파수의 울림을 내는 것 사이에서 나타나는 현상이다. 정서적 공명도 있다. 기쁨이나 슬픔, 고통에도 나름의 주파수가 있는데, 그 파장을 고스란히 받아들여 상대의 감정을 똑같이 느끼는 능력이다. 아이들은 그런 능력이 출중한 것 같다. 특히 제가 사랑하는 동물이나 식물의 감정을 있는 그대로 느낀다. 공감은 정서적 공명의 다른 말일 것이다. 세상의 모든 치유는 공감 위에서 이루어진다.

아이가 산이를 쓰다듬는 행위는 단순한 접촉이 아니다. 그 손길을 통해 산이가 들을 수 있는 주파수로 자신의 감정을 온전히 전달하는 의식이다. '네가 아프니 나도 아파. 네가 힘들어하니 나도 힘들어. 네가 마르는 걸 보니 나도 마르는 것 같아. 우리 빨리 건강해지자.' 아이는 이렇게 온전히 이해하고 함께 아파하면서 산이에게 힘을 주고 응원한다.

거짓말 같지만, 아이가 한 번 다녀갈 때마다 산이의 상태는 부쩍 좋아졌다. 식욕도 돌아왔다. 예전만큼은 아니어도 사료를 한 국자씩 먹는다. 산책도 뒷산 중턱까지 가고, 똥도 두세 번 눈다. 아이는 최고의 치유사였고, 치유의 비밀은 끊임없는 관심과 공감 그리고 아낌없는 응원일 것이다. 아들딸에겐 미안하지만, 동물병원에서 받아 온 약은 먹이지 않았다.

엊그제다. 아이가 할미랑 낱말 맞히기 놀이를 했다. 각 글자의 첫소리만 주고 스무고개 형식으로 마음속의 낱말에 접근하는 것이다. '초콜릿'이라면 'ㅊㅋㄹ'만 제시한다. 할미가 'ㅅㅇㄴ', 'ㅇㅁ' 등을 주고 아이가 답했다. '산이네', '엄마'. 이번엔 아이가 이런 첫소리를 내놓더란다.
'ㅎㅇㅂㅈ'. 나는 단번에 알아듣고 쾌재를 불렀다. '우리는 통·한·다!'

아이는 엊그제(7월 4일)에도 왔다. 큰집에서 아이의 외고조부·고조모
추도식이 끝나고 귀가할 때 할아버지·할머니 손을 꼭 잡았다. 엄마·아빠
가 손을 내밀어도 잡지 않았다. 밖으로 나와 냉큼 할머니 차로 뛰어갔다.

"나, 산이네 갈 거야."

아이 엄마·아빠는 상당히 서운한 표정이었다.

이튿날 산이는 뒷산 능선까지 올라갔다. 산이도 아는가 보다. 엄마·
아빠 손을 뿌리치고 주원이가 응원하러 온 것을. 쥐도 한 마리 잡았다.
개의 습관대로라면, 아이에게 주려는 선물일 것이다. 아이가 볼까 봐
서둘러 파묻고, 결과만 보고했다.

"산이가 너한테 줄 선물 하나 남겼어. 뭔지 알겠어? 주원이가 알면
까무러칠 것 같아 숨겼어."

"뭔데?"

"쥐!"

'뺑'이 아니다. 사냥개 본성이 강한 산이는 제가 포획한 잡은 동물은
제가 먹거나 해체하지 않는다. 주인 눈에 잘 띄는 곳에 놓고는 주인이
치울 때까지 갖고 놀기만 한다. 아이는 할아버지가 무슨 말을 하는지
잘 모르나 보다. 굳이 알려 줄 필요도 없겠다.

"이제 산이가 다 나았나 봐. 주원이 덕분이야."

그 많던 '명랑'은 어디로 갔을까?

TV 프로그램 〈개는 훌륭하다〉를 보다 훈련사의 말에 귀가 번쩍 뜨였다.

"개는 매일 같은 길을 산책해도 즐겁다. 사람 같으면 지겨울 법한데도 개는 길에서 만나는 모든 것에 대해 처음 보는 것처럼 흥미를 보인다. 타고난 호기심 때문에 어느 곳에서든 새로운 것을 찾고, 또 찾아내는 까닭이다. 개가 우울하다면, 그것은 개의 호기심 발동이 극도로 억압당하고 있다는 증거다."

산이는 내가 산책 복장만 하고 현관을 나서면 경중경중 뛰면서 좋아한다. 내가 외출하려는 것인지 산책하려는 것인지 귀신같이 안다. 계단 하나 내려서면 쏜살같이 대문 앞으로 가서 목을 길게 늘어트리고 다소곳이 앉아 기다린다. 목줄을 빨리 걸라는 것이다.

산책에 나선 산이는 어제 코를 들이대던 그 전봇대 밑동에 코를 박고, 어제 그 담장 모서리를 핥고, 어제 오줌을 눈 풀숲에 또 오줌을 눈다. 냄새를 맡는 모습은 꼭 현장감식을 하는 수사관처럼 진지하다. 흔적은 있지만 원하는 만큼의 정보를 얻지 못하면 오른쪽 발로 흙을 살살 걷어 내면서 냄새를 맡는다. 거기서 무언가 본능을 자극하는 냄새가 나면, 침을 뚝뚝 떨어트리며 핥는다. 눈동자는 왕사탕만큼 커지고, 숨소리도 가빠진다. 그렇게 같은 자리에서도 어제와는 다른 새로운 정보를 얻으니 개는 매일매일 같은 길이라도 산책이 즐겁지 않을 수 없다.

대개의 개가 대체로 명랑한 이유도 거기에 있다. 언제 어디서고 기회가 주어지면 개는 그 순간을 온전히 즐기고 최대한의 기쁨을 누린다. 개의 그런 '명랑'은 주인에 대한 신뢰, 저에게 주어지는 별스럽지 않은 기회만 있으면 유지된다. 개가 사람처럼 자해나 자학 같은 짓을 절대로 하지 않는 건 타고난 '명랑' 때문이다.

그런 줄도 모르고 나는 똑같은 곳에서 킁킁거리고, 핥고, 오줌 누는 것을 보고는 '기억력이 그렇게 나쁜가?' '이래서 갠가?'라고 얕잡아 보곤 했다. 그것이 나처럼 사회화된 인간에게선 거세된, 본능에 충실하며 살아가는 삶의 태도라는 것을 나는 이해하지 못했다.

'명랑'에 관한 한 아이도 개 못지않다. 아이도 어제와 같은 놀이를 하고, 어제 걸었던 길을 걸으면서 항상 새로운 것을 찾아낸다. 어른 눈에는 같아 보이지만 아이에게는 언제나 신기하고 색다르고 새롭다. 아이는 매 순간 최선을 다해, 삶의 기쁨을 누릴 자세가 되어 있다.

아이가 할아버지나 삼촌, 할머니에게 기대하는 역할은 2년 가까이 달라지지 않았다. 나에겐 목말, 할머니에겐 노래, 삼촌에겐 숨바꼭질이다. 우리 집 길목의 비탈이 나타나면 아이는 어김없이 쪼그려 앉았다.

"할아버지, 나 힘들어."

어쩌겠는가, 힘들다고 주저앉는데. 아이를 어깨에 올리고 시시포스처럼 걸어야 한다. 요즘엔 집 안에서도 목말을 요구한다. 아이는 자꾸 무거워지고, 내 요통은 날로 심해지지만, 빠져나갈 도리가 없다.

할아버지 목말은 떼를 써서 우려내지만, 삼촌에게는 정중하게 부탁한다. "삼촌, 나랑 숨바꼭질하자." 매번 거의 같은 곳에 숨고, 매번 '나 여기 있다'고 광고하지만, 아이에게선 기대와 흥분이 떠나질 않는다. 3~4년이 지난 지금까지도 숨는 곳만 다양해졌을 뿐 패턴은 같다.

마곡동 왕할머니 집에 가면 작은할아버지에게 바이킹을 태워 달라고 하고 요가 매트에 누워 구석구석 누빈다. 아이가 무거워져 매트가 찢어질 것 같지만, 아이는 마치 엘사 공주라도 된 것처럼 신난다.

아이는 그렇게 목말이건 숨바꼭질이건 바이킹이건 지루할 겨를이 없다. 할머니 차로 이동할 땐 놀아 줄 사람이 없어 심심할 법도 한데 아이는 단 몇 초도 허투루 보내지 않는다.

"할머니 18번!"

음악을 틀어 달라는 것인데, 매번 같은 것만 요구한다. 피아노, 바이올린, 첼로가 연주하는 제목을 알 수 없는, 단조롭지만 애조 띤 선율의 음악이다. 그것도 성에 차지 않았던지 언젠가부터 아이는 이 심심풀이를 기발하게 변주했다. 아이는 탑승자 각자에게 악기 역할을 맡겼다.

"내가 피아노 할 테니까 할머니는 바이올린, 할아버지는 첼로."

상명하달이다. 연주가 끝나면, 아이는 우리의 악기 역할을 바꾸고는 다시 연주를 명한다. 누구의 지시인가. 발을 뺄 수 없다. 아이는 수동적으로 음악을 듣기만 하는 게 아니라, 새롭게 즐길 수 있는 패턴을 끊임없이 개발하는 것이다. 즐거움을 향한 아이의 지칠 줄 모르는 열정은 늙어 가는 우리를 지치게 만든다. 그러나 지치건 말건 아이는 계속 놀이를 변주해 지휘한다.

요즘 초등학생들은 명랑한 아이를 찾아보기 힘들다고 한다. 중고교생은 두말할 필요도 없다. 함께 놀아야 할 친구들과 경쟁해야 하고, 그런 친구들보다 한발이라도 더 앞서야 하고, 어른이 시키는 짓만 해야 하는데, 어떻게 명랑할 수 있을까. 스스로 삶의 기쁨을 찾고 즐길 수 있는 능력, 명랑은 그런 압박과 억압 속에서 사라졌다.

명랑은 삶의 면역세포다. 실수나 실패 혹은 시행착오나 곤경 속에서도 좌절하지 않도록 하는 힘이다. 낙천성이라고도 하지만, 명랑과 낙천성은 조금 다르다. 낙천성은 낙관적 전망에 뿌리를 두지만, 명랑은 어느 순간 어떤 상황에서도 새로움과 기쁨을 찾아내는 능력이다. 감옥처럼 억압된 환경 속에서 낙천성은 이성적으로 그리고 의지적으로 고통을 이겨 내지만, 명랑은 감옥 같은 일상에서도 기쁨을 찾으려 하고 찾아낸다. 명랑이 시들해진 사람은, 면역력이 약한 사람처럼 사소한 실수에도 혼란에 빠지고, 사소한 실패나 곤경에도 좌절한다. 도대체 삶에서 기쁨과 즐거움을 찾을 수 없다.

최근 도덕적으로나 사회적으로 높은 성취를 이룬, 어쩌면 나의 세대에서 가장 이상적인 인간형을 구현한 한 사람이 자살로 생을 마감했다. 그는 삶의 대부분을 더 행복한 사회 구현에 헌신했다. 이를 위해 자신에게는 더 높은 도덕적 기준을 적용하며 살았다. 게다가 출중한 지적 능력과 성실성으로 최고의 사회적 성취까지 이뤘다. 그로 말미암은 보상은 아낌없이 공동체에 돌려주었다.

그러나 그에게는 누구도 눈치채지 못한 갈증과 공복空腹이 있었던 것 같다. 완전한 삶을 추구하는 과정에서 인간적 욕구는 억제됐고, 일상적 기쁨과 행복은 일쑤 무시됐다. 지금까지 그가 살아온 시대는 대부분 부패했고 억압적이었으며 비인간적이었으니, 그는 자신이 곁눈질하는 것을 용납하지 않았다. 명랑할 겨를이 없었던 셈이다. 이 과정에서 마음의 그늘은 커졌고, 마음속 빈 곳은 넓어졌다.

그는 장년이 되어서야 '속 빈 강정' 같은 제 삶을 돌아보게 되었다. 파우스트 박사가 그랬듯이 그는 거의 응석 수준의 애정을 갈구했다. 일탈적 방법이었다는 점에서도 파우스트 박사와 같았다.

그의 사소한 일탈이 세상에 드러났다. 그와 함께 그는 자신이 세운 도덕과 규범이라는 감옥 속에 갇혔다. 그곳에서 빠져나갈 방법을 그는 찾아낼 수 없었다. 혼란과 자책과 상처를 이겨 낼 면역세포가 없었다. 그가 떠나고 뒤늦게 그와 관련된 기억 속 앨범을 들춰 보았다. 아무리 찾아봐도 아이처럼 환한 모습은 없었다. 그는 오래전 명랑을 잃어버렸다.

아이의 고조부·고조모 추도식이 있었다. 모처럼 만난 6촌 언니 오빠들과 신나게 놀고 있는데, 예배 시간이라고 한다. 언니·오빠를 포함한 식구들이 거실에 빙 둘러앉았다. 아이는 심술이 났다. 할머니가 기도하는데 누군가 동심원을 무대 삼아 뛰어다녔다. 아이였다. 다른 아이들은 실눈을 뜨고 웃음을 참느라 애쓰고 있었다. 눈짓·팔짓으로 몇 차례 윽박질렀지만, 아이의 놀이는 기도할 때마다 반복됐다.

추도식이 끝나고 물었다. 처음엔 딴청을 부리더니, 과자를 주자 그제야 대답한다.

"놀고 싶은데 기도를 너무 오래 하잖아."

"조금만 참으면 되는데, 끝나고 놀아도 됐잖아."

"기도 빨리 끝나라고 그랬어."

그러고는 쪼르르 언니·오빠에게로 달려갔다. 어이가 없었다. 그러나 생각해 보니 한 번 보지도 못한 고조부·고조모가 아이와 무슨 상관인가. 아이에게 두 분은 놀이나 방해하는 심술궂은 유령일 뿐이었다. 참으로 명랑한 저항이다.

상사화는 피고 또 지고

상사화 꽃이 피고 졌다. 꽃은 잎을, 잎은 꽃을 보지 못하는 것이 안타까워 그런 이름을 얻은 여러해살이풀이다. 꽃이 핀 것은 이사 오고 나서 처음이다. 매년 잎은 돋았지만, 꽃대는 한 번도 올리지 못했다. 주변에 나무 심는다, 밭을 늘인다, 작물을 바꾼다고 하여 그 뿌리를 자주 건드린 탓이 아닌가 싶다. 2년 전부터 상사화 뿌리 근처에 표시까지 해 두고 아예 건드리지 않은 것이 오늘의 개화로 이어진 것 같다.

알다시피 상사화는 이른 봄 싹을 내어 한 뿌리에 열두어 장씩 이파리를 올린다. 시퍼렇던 잎이 6월 무더위가 시작되면 슬그머니 흔적도 없이 사라진다. 그로부터 3~4주 지나 그 풀에 대한 기억이 사라질 때쯤 장마가 시작되고, 문득 잎들이 사라진 자리에 중지中指만 한 꽃대가 올라오고, 일주일쯤 더 지나면 꽃대는 어른 무릎만큼 자란다. 7월 하순 장마가 기승을 부리기 시작하면, 꽃대마다 연분홍 나발 닮은 꽃이 6개씩 핀다. 무엇이 그리도 간절하게 보고 싶고 그리운지 모가지도 길고 꽃도 태평소 주둥이처럼 길다.

꽃이 피고 지는 동안 두 가지 일이 진행됐다. 시작은 아이의 치과 치료였다. 언젠가부터 아이는 찬물을 마실 때마다 얼굴을 찡그렸다. 살펴

보니 맞붙은 아랫니 사이가 까매지고 있었다. 치과엘 갔다. 아이는 겁에 잔뜩 질렸다. 밑도 끝도 없이 "할머니, 나 할 말이 있어"라며 칭얼대던 아이는 겨우 치과 의자에 앉히자 울기 시작했다고 한다. 의사가 포기하고서야 아이는 울음을 그쳤다.

며칠 뒤 애 아빠가 휴가까지 내서 치과엘 동행했다. 이번에도 아이는 진료 의자 앞에서 아예 입을 다물고는 열지를 않더란다. 눈에서는 눈물이 뚝뚝 떨어지고 있었다. 이번에도 의사는 "트라우마가 생길 수 있다"라며 어린이 전문 치과로 가 보라고 했다.

"시작도 하지 않았는데 왜 그렇게 울었어?"

"'치익' 하는 소리가 무서웠어."

치과 치료를 하다 보면 어른도 세 가지 소리에 소름이 돋는다. 이를 갈아 내는 소리, 갉는 부위를 씻어 내는 소리, 기도 부근에 고인 물을 빨아들이는 소리 등이 그것이다. 어른도 긴장해 손에 쥐가 날 정도인데 아이야 오죽할까.

어린이 치과는 과연 풍경부터 다르더란다. 놀이방처럼 꾸며 아늑하고, 진료실에선 '뽀로로' 등 아이들 노래가 흘러나왔다. 미키와 미니 캐릭터가 그려진 옷을 입은 간호사도 두 명이나 붙어 아이의 혼을 뺐다. 그런 상태에서 사진을 찍어 보니 왼쪽 어금니 위아래 4개, 오른쪽 송곳니 2개가 조금씩 썩어 가고 있었다.

"여기 봐, 이게 썩어 가는 곳이야. 그냥 두면 여기 뿌리까지 썩고, 그러면 너무 아파, 빨리 치료해야 해. 참을 수 있지?"

아이는 그날 6개 중 부식이 심한 2개만 먼저 치료했다. 아이는 스스로도 대견했던 것 같다. 병원을 나서면서 엄마와 통화했다.

"엄마, 나 포기하지 않았어. '치익' 하는 게 무서웠지만 조금 울었어."

그리고 당당히 요구했다.

"할머니, 산이네 가서 놀자!"

아이는 할머니와 함께 산이네로 직행했다. 참고 포기하지 않은 자신에 대한 보상이었으니 게으른 할배는 '꿩 먹고 알 먹고'다.

일요일(7월 19일) 아침 8시 요양병원에 계신 어머니에게서 전화가 왔다. 어머니는 아프다는 말만 두어 번 하시고 끊었다. 간병인을 통해 알아보니 새벽에 화장실을 가려다 워커가 무언가에 걸리면서 넘어졌다는 것이다. 어머니는 이미 두 번이나 디스크 골절로 시술을 받은 터였다. 필시 골절이 있을 텐데, 고관절 부위가 아니기만 빌었다.

11시에야 앰뷸런스를 불러 전문 병원으로 갔다. 엑스레이 사진으로는 특별한 골절이 나타나지 않았다. 당직 의사는 내일 전공의가 오면 MRI도 찍고, 진찰도 하자고 했다. 아니나 다를까 MRI 영상에 요추 1번과 16번 갈비뼈 골절이 나타났다. 그날 바로 시술했다. 그나마 다행이었다. 다들 어머니가 누워서 일어나지도 못할까 걱정이었다.

어머니는 4남매를 홀로 키웠다. 강인한 의지가 없이는 불가능했다. 이 과정에서 어머니에게는 불굴의 고집이 생겼다. 자신이 믿는 대로, 하시고 싶은 대로 살았다. 빗나간 자식이 없다는 사실은 당신 고집의 올바름과 정의로움에 대한 확신으로 굳어졌다. 이로 말미암아 자식이나 며느리와 적잖이 마찰을 빚었다. 잇따른 골절도 어머니의 그런 고집에서 비롯된 바가 컸다. 이런 이야기를 하며 파김치가 된 아내를 위로하려 했다.

아이가 아플 때는 아이보다 더 아픈 게 부모 마음이지만, 부모가 아플 때는 그렇지 않은 게 자식들인가? 그래서 부모 자식 사이엔 내리사랑은 있지만 치사랑은 없다고들 하는 건가?

문득 아이가 병실 앞에서 했다는 말이 떠올랐다. 처음 치과병원에 갔을 때였다.

"나에게 할 말이 있어."

할머니는 아이가 두려울 때마다 하는 상투어이겠거니 했다. 그러나 아이가 울먹이며 한다는 말이 "할머니, 할머니는 이 아프지 마"였다고 한다. 당황한 할머니가 아이를 바라보니 눈가에 그렁그렁 고인 눈물이 주르륵 흘러내리더란다. 그제야 할미의 마음속에도 눈물이 고이더라나.

내리사랑이라고들 하지만, 아이에게는 함께 사랑이었다. 어른은 아이만도 못했다.

아이는 일주일 뒤(24일) 다시 왼쪽 윗어금니 두 개를 치료했다. 병실에 들어가기 전 또 "할머니, 나에게 할 말이 있어"라고 하기에 잔뜩 긴장했는데 아이는 변신 로봇이 돼 있었다.

"나 이제 '치익' 하는 거 참을 수 있어. 용기 내서 할 거야."

어머니는 8월 1일 요양병원으로 돌아왔다.

"빨리 죽어야 하는데, 에미야 미안하다."

상사화가 모두 질 때쯤이었다.

부모는 평생 자식을 걱정하고, 자식은 그 자식을 걱정하고, 자식이 철들어 부모 마음 알 때쯤이면 부모는 세상을 떠난다. 상사화의 잎과 꽃처럼 기다림과 그리움의 영원한 반복이다. 예외가 있다면 저만 한 아이 때 아닐까?

미루나무에 걸린 낮달

초등학교 저학년 시절 학교 운동장은 왜 그리 넓었는지, 교문에서 교실까지가 아득하기만 했다. 학교 담장에서 자라던 미루나무는 또 왜 그리 높다란지, 바람에 반짝이며 흔들리는 모습을 올려다보면 현기증이 났다. 그 시절 대개의 아이들이 달고 살았던 영양부족 때문에 더 그랬으리라.

운동장, 미루나무로 말미암아 더 넓고 높은 곳 한가운데 서면 나는 바닷가의 조약돌처럼 한없이 작아졌다. 그랬던 곳이, 어찌 된 노릇인지 학년이 올라갈수록 자꾸만 작아졌다. 어른이 되어 찾아갔을 땐, 저 비좁은 곳에서 어떻게 뛰어놀고, 또 어떻게 운동회를 했을까 싶었다.

아이가 산이와 즐겨 놀러 가는 곳 가운데 하나가 상명대 운동장이다. 축구장이 있고, 주변에 농구 코트, 100미터 트랙, 운동장 주변으로 2차선 너비의 자동차로까지 있으니 초등학교 운동장과는 비교할 수 없다.

'예순이 넘은 내가 보아도 아득한데, 아이 눈에는 얼마나 넓을까?'

운동장에 들어설 때마다 궁금했다. 운동장 주변엔 어른 서넛이 손을 맞잡아야 할 정도로 둥치가 큰 미루나무도 있었다. 꽃가루 민원 때문에 어느 날 잘렸다. 잘린 둥치에서 새 가지가 올라오자 아예 농약을 퍼부어 죽였다.

아이가 축구장에 들어서면 으레 산이와 달리기를 한다. "나 잡아 봐"라며 달리는 건 멜로 영화 속 남녀 주인공만 하는 게 아니었다. 아이는 매번 앞장서 달리면서 산이에게 소리쳤다. 산이는 군말 없이 그 뒤를 쫓아간다. 아이는 산이를 이길 수 없다는 걸 잘 알지만, 산이가 제 옆에서 경중경중 뛸 뿐 저를 앞서지 않으리라는 것도 안다. 그러니 계속 "나 잡아 봐라"를 외친다.

한여름 해 지면 학교 운동장은 그런 아이들과 엄마들의 놀이터가 된다. 세발자전거, 씽씽보드 타는 대여섯 살 아이들, 축구공 차는 고학년 아이들, 모래밭에서 흙장난하는 서너 살 꼬마들 … . 엄마가 아이들 부르는 소리가 들리기 시작하면, 멀리 남산타워에 불이 들어오고, 북악산 한양성 따라 붉은 조명등이 비상하는 용처럼 꿈틀거리며 하늘로 오르고, 바람은 자하문 노루목을 지나 세검정 산마루 상명대 운동장으로 밀려온다. 가장 평화로운 시간이다.

그런 학교지만, 나에게는 도저히 잊을 수 없는 시고 쓴 기억이 있다. 달걀 자전거를 뒤에서 밀며 할아버지를 도와드릴 때였으니 초등학교 6학년, 중학교 1학년 때였다.

할아버지의 배달 구역은 평창동 쪽으로는 지금의 서울예고 근처 구멍가게(지금의 '만보장')부터 홍지동 쪽으로는 상명여중고 매점까지 세검정 전역이었다. 자전거를 밀고 다니기엔 대단히 넓었다. 틈만 나면 놀고 싶었던 어린 시절 짐자전거 조수 노릇은 짜증나는 일이었다. 그중에서도 끔찍했던 일은 바로 상명학교 매점에 가는 것이었다. 매점은 아마 지금의 음악실쯤에 있었을 것이다. 학교에서 가장 높은 곳이다.

오르막도 문제이긴 했다. 워낙 가팔라 학생들은, 3년만 이 학교를 오르내리면 무다리가 될 거라는 푸념을 입에 달고 다녔다. 그런 곳을 달걀 30판 정도 실은 짐자전거를 뒤에서 밀며 오르는 일이란 쉬운 일이 아니었다. 하지만 이보다 더 나를 괴롭힌 건 또래 여중생들의 시선이었다. 막 사춘기에 접어든 때였으니, 또래 소녀들에게 남루한 모습을 보이는 게 끔찍했다. 매점까지 올라가는 동안 나는 얼굴을 들어 본 기억이 없다. 자전거 뒤에서 고개를 처박고 다닌 덕에 내 눈에는 숲에서 뛰어나왔다가 소스라쳐 돌아가는 다람쥐만 보였다.

"할아버지, 오늘은 다섯 마리 봤어."

내 말의 뜻을 할아버지는 알려고 하지 않았다. 그러니 수금까지 하라고 나를 학교에 올려 보내곤 하셨겠지.

중학교 1학년 2학기부터 신문을 돌리기 시작했다. 학교에서 돌아오면, 지금의 근대화슈퍼 옆 신문지국으로 달려갔다. 50~60부를 들고 산동네를 다니는 것도 쉬운 일은 아니었지만, 상명학교 오르내리는 일에서 해방된 것이 그렇게 기쁠 수가 없었다. 사실 그걸 노리고 배달 소년이 되었다. 지국은 만화방도 겸했으니 나에게 그런 해방구가 없었다.

딸은 상명학교를 중고교 6년간 다녔다. 내가 중고교 시절 한 번도 해보지 못한 반장·부반장도 하고, 졸업할 땐 세 손가락 안에 드는 제법 큰 상도 받았다. 딸의 동창들은 대부분 초등학교부터 같이 다니던 친구들이어서 지금도 막역하다. 딸은 상상도 못할 것이다. 그 옛날, 그곳이 금남의 구역이었던 시절 고개를 처박은 채 달걀 자전거를 뒤에서 밀며 비탈을 오르던 소년이 제 아빠였다는 것을.

이제 그 딸의 아이와 함께 학교 운동장을 달린다. 나풀거리는 아이의 단발이 그때 그 소녀들의 머리카락 같다.

"주원아, 저기가 매점이었어. 저리로 할아버지가 할아버지의 할아버지 자전거를 뒤에서 밀며 올라갔다. 다람쥐가 여기저기서 튀어나왔지. 이맘때 아마 도토리 주우러 왔을 거야. 난 그 다람쥐하고만 눈을 맞췄어."

손녀가 듣건 말건, 알건 모르건, 그동안 아이 엄마에게도 또 아내에게도 하지 않았던, 숨겨 둔 이야기를 털어놓는다.

엊그제 아이 아빠가 파마한 아이의 사진을 올렸다. 곱슬곱슬해진 머리카락의 얼굴 옆모습에 제 엄마 소싯적 모습이 잔뜩 들어가 있다.

'아이고, 벌써 저렇게 컸나?'

지난봄 나는 아이와 함께 생강을 심고는 두 달 정도 안달복달했다. 생강은 심은 지 60일 가까이 되어서야 겨우 싹 하나씩 냈다. 그동안 나는 거의 매일 볏짚을 들추며 싹이 나왔는지 확인했다. 왜 그렇게 더딘지. 손녀가 아기였을 때도 그랬다. '쟤가 언제 자라서 언제 기고, 언제 걸을까?' 그런데 벌써 운동장을 달린다.

생강은 장마와 함께 무더위가 찾아오자 그야말로 죽순처럼 자랐다. 늦게 나온 싹들이 더 빨리 자랐다. 씨생강 하나에 줄기가 네댓 개나 나왔으니 생강밭은 조릿대 숲이 됐다. 지금은 생강 줄기가 내 허리춤까지 온다. 돌아보니 눈 깜짝할 사이다. 아이가 자란 것도 생강과 같다. 요즘 아이는 생강과 키재기를 한다. 어쭈 쟤가 언제 저렇게 컸지?

"나, 잡아 봐라."

산이 위로 잘생긴 남자애가 겹쳐진다. 머리가 띵하다. 그날은 미구에 찾아올 것이다. 막아도 오고 막지 않아도 올 것이다. 걱정할 일이 아니다.

방퉁이와 곰탱이

착잡한 추석이었다. 형님도 조카들도 모두 각자 집에서 추석을 보냈다. 카톡으로 가족의 안부를 묻는 게 고작이었다. 성묘는 남자들만 다녀왔다. 손주들에겐 1년에 한 번뿐인 집안 나들이고 6촌 형제들이 몰려다니며 노는 유일한 기회인데, 아이들의 손해가 막심하다.

"큰할아버지 집에 안 가?"

"올해는 못 가."

아이는 추도예배, 특히 눈 감고 하는 기도가 지루했지만, 6촌 형제들과 만나는 날을 손꼽아 기다렸나 보다. 잔뜩 풀이 죽었다. 6촌 형제들 사이에서 사실상 막내다 보니 언니와 오빠의 관심과 사랑을 왕창 받는 날이 바로 추석이고, 성묫길이다.

이번 성묘에는 손주 가운데 장조카의 아들만 동행했다. 산소 옆엔 산밤나무가 몇 그루 있다. 추석 성묘 때마다 조카 손주들과 알밤을 줍고 따던 나무다. 올해는 손주 하나만 있다 보니 아이도 시들하고 아빠, 삼촌, 할아버지도 시들했다. 다행히 밤송이가 다 벌어졌다. 곡식은 아무래도 음력을 따르나 보다. 올해는 윤달이 있다 보니 햇곡식들이 이르다. 반쯤은 알밤이 떨어져 빈 쭉정이만 달려 있다. 그래도 금방 아이의 주머니란 주머니가 알밤으로 가득 찼다.

돌아오는 길에 조카 손주는 두 손에 알밤을 가득 담아 건넨다.

"주원이 주세요. 보고 싶었는데."

밤을 전해 받은 아이는 귀가할 때 한 톨도 남기지 않고 가져갔다. 두어 알쯤 할아버지·할머니 맛보라고 남겨 둘 법도 한데. 아이는 앞으로 알밤만 보면 오빠를 떠올릴 것이다. 만나지 못한 한이 섞여 있으니 아주 오랫동안 기억에 남을지 모른다.

내 손주라 과대평가하는 건 아니다. 아이들 기억력은 비상하다. 개의 코, 새의 귀, 매의 눈처럼 아이들의 기억력은 어른의 상상을 초월한다. 어른들이 모르거나 외면하거나 무시할 따름이다. 집에는 딸이 초등학생 때 배우던 연습용 바이올린이 있다. 1년 남짓 배우고, 흔히 하는 발표회에서 딸이 연주한 곡이 아르칸젤로 코렐리의 〈라 폴리아〉였다.

할머니는 요즘 25년 전 딸을 생각하며 손녀에게 〈라 폴리아〉를 열심히 들려준다. 아이도 할머니 차만 타면 으레 '라 폴리아!'라고 외친다.

언젠가 할머니가 물었다.

"주원이도 바이올린 배울까?"

"발레 배우잖아."

"그래, 너무 바쁘겠지?"

"근데, 나도 바이올린 켜 봤어."

"그래? 언제 켰지? 할머니는 기억나지 않는데."

"산이네 피아노 방에서 바이올린 켰잖아. 긴 줄로 이렇게 미니까 소리가 났어."

할미는 그제야 아이와 함께 바이올린을 켰던 기억이 살아났다. 아이가 두 돌도 되기 전이었다. 전자피아노 위에 얹혀 있던 바이올린을 보고 아이가 달라고 해서, 함께 활을 밀었다는 것이다.

"할머니, 그게 나 두 살 때야."

도저히 받아들이기 힘들었다. 아이에게 두어 번 물었다.

"진짜?"

"그렇다니까."

"정말 두 살 때였어?"

아이는 대답 대신 할머니를 빤히 쳐다본다. 할아버지는 혀를 찼다.

"그러면, 아이가 지어냈을까? 쯧쯧."

추석은 기억하는 날, 아니 추억하는 날이다. 가까이 혹은 멀리 계신 분들은 물론 돌아가신 분들까지 한꺼번에 기억하고 추억하는 날이다. 함께했던 이야기들을 서로 나누고, 되새긴다. 윗세대가 보고 듣고 경험한 것을, 격세유전隔世遺傳이라고 할아버지·할머니가 손주들에게 전하는 자리다.

이야기 중에는 힘들고 슬프고 아프고 얄궂은 것들도 있다. 그런데 기억이라는 질그릇 안에는 세월이란 효모가 있어 그런 기억들을 시큼하고 달콤하고 고소하고 짭짤하게 발효시킨다. 그리하여 우리의 정신과 영혼을 풍요롭게 살찌운다. 그것을 공유한다는 것은 영혼을 살아 숨쉬게 하는 피를 나누는 것이고, 가까운 이들의 삶을 내 삶 속으로 받아들이는 것이다. 각자는 그 기억 속에서 그들과 함께 살고 그들의 삶과 꿈을 이어간다. 이러한 전승을 위한 의례가 바로 추석이고 차례이고 성묘다.

코로나19가 더욱 착잡했던 건 그 때문이었다. 이야기 전승으로 형성되는 기억의 공동체에 균열 아니 구멍을 낸 것이다. 그래서일 것이다. 올 추석은 울적했다. 이 핑계, 저 핑계 대며 지분지분 술이나 마셨다. 두 번, 세 번 중탕한 매실주를 마시고, 시장 볼 일도 없는데 인왕시장에 가서 막걸리를 마셨다. 모처럼 쉬고 있는 사위까지 불러냈다. 멀리 양주 가래비장터까지 가서 곰탕에 소주 한잔을 마셨다. 송추 '혜세의 정원'에 들러 아이와 함께 잔디에서 뒹굴었다.

아이는 주위에 사람이 있건 없건 나를 아예 '곰탱이'라고 부른다. 내가 '방퉁이'라고 부르는 것에 대한 복수다. 나와 이물이 없다는 표시이기도 하다. 아무리 그래도 그렇지, 보는 눈과 듣는 귀가 허다한 곳에서는 체면이 말이 아니다. 그러나 달리 방법이 없다. 사정하는 수밖에.

"방퉁아, 다른 사람 듣는 곳에서는 제발 그렇게 부르지 마, 알았지?"

"알았어. 곰탱이 할아버지."

서열 상승의 비결, 땡땡이

아이가 구내염이란다. 입안이 헐고 열이 나고 기침도 한다고 한다. 구내염은 공기로 옮기는 일종의 전염병이다. 어린이집에서 한 아이가 걸리면 바람의 속도로 전파된다.

페이스톡으로 아이를 불렀다. 공연히 얼굴이 수척해 보지만, 여전히 장난기 가득하고 놀 궁리로 반짝인다. 아이를 위로한답시고 부른 것인데, 내 입에서는 엉뚱한 말이 튀어나왔다.

"주원아, 내일 땡땡이칠까?"

"땡땡이?"

"그래, 어린이집 땡땡이치고 할머니 차 타고 바다에 가서 맛있는 거, 순대랑 떡볶이도 먹고."

아이의 얼굴이 활짝 펴지는 것 같은데 대답은 없다. 애 엄마가 옆에 있었다. 허락을 기다리는 눈치다.

"엄마도 간다고 하면 같이 갈 거야."

할배 옆 애 할미의 타박이 쏟아진다.

"애가 아픈데, 비도 쏟아진다는데 가긴 어딜 가겠다고."

"그래? 그럼 산이네로 땡땡이쳐. 산이랑 놀지 뭐."

"그래, 좋아. 나도 땡땡이치고 싶어."

밑도 끝도 없고 영문도 모르지만, 아이는 '땡땡이'를 좋아한다. 물론 어린이집 빠지고 마곡동 왕할머니네 간다든가, 백사실 가서 과자 먹는 게 고작이다. 그러나 아이는 땡땡이란 말이 나오기만 하면 일단 얼굴이 달덩이처럼 밝아지면서 입은 잘 익은 밤송이처럼 벌어진다. 아이는 수업이나 근무에서 빠져나와 딴짓을 하는 그런 땡땡이 고유의 내용이나 속성보다, 땡땡이란 말 자체를 좋아하는 듯했다. 일탈의 달콤함을 즐기는 인류 공통의 본능이 발동하는 듯하다.

다음 날 페이스톡이 왔다.

"할아버지, 오늘 나 땡땡이 안 쳐."

"으잉? 그 좋은 땡땡이를 왜?"

"봄이가 우리 집에 온대. 봄이가 나랑 놀자고 그랬어."

벌써 그 나이가 됐다. 할아버지·할머니는 물론 엄마·아빠랑 노는 것보다 또래 친구들과 어울리는 게 더 좋은 나이 말이다. 너무 빠르다. 그러나 또래랑 노는 것만큼 좋은 게 어디 있을까. 눈높이가 맞으니 무얼 하든 척척 손발이 맞는다. 눈높이를 조정하기 위해 신경 쓸 게 없다. 정상적인 성장 과정이겠지만, 서운하다.

어제는 길동 할머니가 아이 집에서 잤는데, 둘이서 이런 대화를 나누었다고 한다.

"주원아, 엄마·아빠랑 부산에 가기로 했는데 구내염 때문에 못 가서 서운했지?"

"아니, 다음에 비 안 오면 산이 할머니네서 산이랑 놀면 돼."

길동 할머니는 기가 막혔을 것이다. 아이는 매번 산이만 찾는다. 길동 할머니는 서운한 김에 따져 물었다.

"주원아, 넌 산이네 할머니·할아버지하고만 놀러 가고 싶어? 우리도 같이 가고 싶은데."

"할머니는 집에서 다루(강아지) 봐야 하잖아."

아이는 한마디로 말문을 막아 버리더란다. 길동 할머니는 어이가 없었다.

"산이 할머니도 돌봐야 할 산이가 있잖아! 산이는 덩치가 커서 데려가기 힘들지만, 다루는 작아서 같이 갈 수 있거든."

기왕 시작한 기 싸움, 길동 할머니도 지지 않았다. 그러나 아이는 태연했다.

"다루는 짖어서 안 돼. 집에서 봐야 해."

그러고는 냉큼 일어나 제 방으로 가더란다.

길동 할머니는 되게 서운했나 보다. 아이 엄마가 퇴근하자 대놓고 하소연하시더란다. 아니 하소연이 아니라 항의였다.

"애, 내가 주원이한테 뭘 잘못한 거니? 나도 할 만큼 했는데, 주원이는 마냥 산이 할머니만 찾으니 … ."

아이 엄마의 귀엔 '도대체 집에서 네(아이 엄마)가 어떻게 했기에'라는 말이 생략된 것처럼 들리더란다.

처음엔 흐뭇하게 듣다가, 안사돈이 딸에게 항의하는 대목에 이르러선 속이 뜨끔했다. 아이 엄마가 꼬맹이한테 뭔가 사 주라도 한 것으로 오해하시면 어떻게 하지? 물론 그렇게 속 좁은 분이 아니란 건 잘 알지만, 딸 둔 부모인지라 미안하고 불안한 마음은 어쩔 수 없다. 원인을 따져 봐야겠다.

나는 별 볼 일 없는, 그저 그런 할아버지다. 아이 마음을 제대로 헤아리지 못하고, 장난감 갖고 노는 것도 잘 못한다. 한 가지 예외는 있다. 아이의 비위를 잘 맞추는 것이다. 다디단 초콜릿 따위로 비위를 맞추는 게 아니라 순전히 비용 안 드는 말로 맞춘다.

'땡땡이'라는, 듣기만 해도 군침 도는 말은 그중 하나다. 방퉁이, 곰탱이, 신통방통, 방구, 찌찌뽕, 꼬랑내 등도 있다. 구린 말들이다. 요즘 집에서나 또래 친구들 사이에서도 쉽게 사용하지 않는다.

아이는 이런 구린 말들을 까무러치게 좋아한다. 동화《강아지 똥》의 영향인지 몰라도 심지어 '똥'이란 말이 들어가면 다 좋아한다. 아무리 생각해 봐도 아이와 고리타분한 꼰대 할배 사이의 높다란 벽을 허문 건 바로 이런 구린 말들인 것 같다.

페이스톡을 할 때면 아이는 내게 화면 가득 제 발바닥을 보여 준다.

"할아버지, 내 발 먹어라."

"아이구, 꼬랑내. 맛있는 된장 냄새가 나는데, 언제 씻었니?"

" …… ."

"할아버지한테 그러면 안 돼!"

아이 엄마·아빠는 기겁하지만, 할아버지는 덧니를 화면에 들이댄다.

"화면으로 먹을 수 없으니까, 아무래도 주원이가 산이네 와야겠다."

엄마·아빠는 아직 모르는 것 같다. 아이에게도 가끔 일탈이 필요하다는 것을. 유아심리학자들이 흔히 하는 이야기가 있다.

"아이도 긴장 속에서 살아간다. 커 가면서 긴장은 더 커진다. 사람들은 이런 예의, 저런 염치를 차리라고 한다. 아이들에게는 그런 것들에서 벗어날 수 있는 시간이 필요하다. 해방구(또 방구다. 방구는 여하튼 좋다)가 필요한 거다."

내가 공부하고 또 궁리해서 하는 것은 아니지만, 그나마 아이의 관심 밖으로 벗어나지 않는 것은 그런 빈틈 때문이 아닐까 싶다. 그것마저 갖추지 못했다면, 나는 이미 꼰대로 찍혀 아이의 눈 밖으로 벗어나 아예 열외로 밀려났을 것이다.

할아버지는 혀를 잔뜩 내밀어, 아이의 발바닥을 핥는 시늉도 한다. 아이는 좋다고 깔깔댄다.

기회가 되면 길동 할머니·할아버지한테 비법을 알려 줘야겠다. 아이랑 놀 때는 아이가 되라고. 아이 앞에서 또래 친구가 되거나, 아이 이상으로 망가지면, 서열을 단박에 올릴 수 있다고. 땡땡이, 방퉁이, 꼬랑내, 곰탱이, 발바리, 똥방구, 똥빵, 똥싼바지, 삐리 삐리릭 … .

아이디어를 슬쩍 애 엄마와 아내에게 꺼냈다. 아내는 기겁한다.

"그걸 말이라고 하남? 괜히 생각도 하지 마쇼!"

딸이 물었다.

"그런데 방퉁이가 무슨 뜻이야?"

입이 쉽게 떨어지지 않았다. 사전엔 "바보 혹은 아둔한 사람을 뜻하는 비속어"라고 나와 있으니 말이다.

예전 할머니들이 손자·손녀에게 가장 즐겨 쓰는 호칭이 '방퉁이'다. 거기엔 나름대로 이유가 있었다. 그때는 예쁘고 영특한 아이는 하늘에서 먼저 데려간다는 속설이 있던 시절이었다. 할머니들은 그 무서운 손을 피하려 손주에게 방퉁이나 곰탱이처럼 담긴 뜻은 어리숙하고 아둔하지만, 정감이 진득한 호칭을 붙였다.

그런데 이게 웬일인가. 아이가 엊그제 전화해선 이런다.

"내가 곰탱이 할 테니 할아버지는 방퉁이 해."

"할아버지는 방퉁이 할 나이 지났어."

설명도 하고 하소연도 했지만, 아이는 막무가내다. 아직도 아이의 돌연한 표변의 이유는 알 수 없다.

'사전을 뒤져 봤나?'

"할아버지는 방퉁이래요, 방퉁이래요 … ."

새우젓과 아이스크림

해마다 10월이면 두 어머니(아이의 증조할머니)를 모시고 광천젓갈시장을 다녀왔다. 서울에서 광천까지 먼 거리는 아니지만, 아흔 안팎의 노인들에겐 쉬운 길은 아니었다. 그러나 두 분은 10월만 되면 마음이 설렌다.

"사위(혹은 '셋째'), 새우젓 사러 언제 가지?"

비슷한 시기에, 비슷한 어조로 두 분은 물으셨다. 아니 채근하셨다.

그 설레는 여정을 지난해엔 하지 못했다. 홍은동 어머니가 요양병원 신세를 지게 됐다. 김장을 한두 달 앞두고 매번 재촉하시던 마곡동 어머니는 이 사실을 알고, 아예 입을 떼지도 않으셨다. 어찌 신발을 한 짝만 신고 다닐까. 지난해엔 10월이 되고 10월이 지나도, 김장철이 다가오고 또 김장을 끝내고도, 어머니나 우리는 광천의 '광' 자도 꺼내지 않았다.

추석 연휴 때 용기를 내어 말씀드렸다.

"올해는 가셔야지요?"

"글쎄다, 가 보고는 싶지만 … ."

두 눈이 반짝 빛나다가 어두워졌다.

"홍은동 어머니가 그러신데 어떻게 갈까 싶다."

"엄마, 오늘 요양병원을 들러서 왔는데, 어머니랑 통화만 했어. 마곡동에서 부친 녹두빈대떡이랑 송편 두고 간다고. 포도도 한 상자 가져왔으니까 다른 할머니들이랑 나눠 잡수시라고 했어. 어머니가, 잠깐 말을 잇지 못하더니 '마곡동 어머니는 건강하시지? 고마워서 어쩌나, 잘 먹겠다고 전해 달라'고 말씀하셨어."

아내가 에둘러 설득했다. 마곡동 어머니는 잠자코 듣기만 하셨다. 그 틈을 노리고 내가 끼어들었다.

"홍은동 어머니도, 어머니가 건강하실 때 혼자라도 젓갈시장에 다녀오시길 바랄 거예요. 올해는 다녀오시죠."

어머니는 그제야 "그러마"라고 어렵게 동의했다. 때마침 아내에게 홍은동 어머니가 전화를 했다. 저편 목소리가 모처럼 밝았다.

"송편 맛있더라. 여기 있으니 어디 송편 맛이라도 볼 수 있겠니. 사부인께 고맙다고 말씀드려라. 콩소가 담백하면서 달고, 떡살은 부드러워 먹기 좋았다. 사부인과 통화라도 하면 좋겠지만 … ."

아내는 마곡동 어머니에겐 내색도 하지 않았다. 통화하다가 두 분이 갑자기 울컥하면 어떻게 하나 싶어서 그랬다고 했다. 아이도 데려갈까 싶어 말씀드렸다가, 한 마디로 '킬' 당했다.

"그 먼 길을 아이 데리고 어떻게 가니? 아이 힘들다. 안 된다!"

오로지 아이 걱정이다.

아이와는 동네 산책으로 대신했다. 아이는 다음 세 가지 조건만 채워지면 어디든 따라나선다. 첫째, 산이와 함께 간다. 둘째, 산책 중간 지점에서 아이스크림, 그것도 알초(초코아이스크림)를 먹는다. 셋째, 목말을 태워 준다. 그러면 백사실도 가고 개천 따라 동네 한 바퀴를 돌 수도 있다. 이번 목적지는 '자하슈퍼'다.

산이를 데려가면 할아버지에게도 유리하다. 아이가 힘들다고 목말 태워 달라고 조르면, 산이를 핑계 삼아 그 거리를 최소한으로 줄일 수 있다. 아이는 나보다 산이를 더 아낀다. 내가 산이 목줄을 쥐고 있는 동안은 목말을 요구하지 않는다.

아이는 산이와 간식도 나눠 먹는다. 개 간식으로 주로 싼 알래스카산 명태포를 주는데, 아이는 산이에게 하나 주고 저도 하나 입에 물고, 산이에게 두어 개 더 준다. 평소엔 명태포 달라는 일이 없지만, 산이와 함께라면 맛도 있고 재미도 있나 보다. 아이 엄마가 개 소시지를 구해왔는데, 그것도 산이에게 주고 저도 하나 먹으려고 해서 기겁한 적이 있다. 무슨 쓰레기 혹은 찌꺼기 고기로 만든 것인지도 모르는데.

추석 연휴가 끝나던 날이었다. 아이 엄마·아빠와 함께 마곡동 왕할머니네 다녀오는 길이었다. 이번에도 다짜고짜 산이네서 자겠다고 졸랐다. "산이에게 인사도 안 하고 왔다"는 게 이유였다. "인사는 다음에 하고 오늘은 엄마·아빠랑 집에 가서 쉬는 게 좋겠다"고 달랬다. 길동 할머니네, 세검정 할머니네를 돌아 마곡동 왕할머니네를 순방한 터였다. 아이는 한마디로 우리의 입을 다물게 했다.

"그럼 인사만 하고 올게."

돌아서면 보고 싶은 산이였으니, 산이 목줄을 잡은 할아버지한테 목말 타겠다고 떼를 쓸 리 없다.

집에서 5분쯤 비탈을 내려가면 세검정초등학교다. 신라 무열왕 때 전장에서 순국한 화랑을 추모하기 위해 지은 절 장의사藏義寺가 있던 곳이다. 조선 성종 때까지 대과 급제자들이 그곳에서 공부를 심화하도록 했을 정도로 중시하던 절이었다. 그런 절이 연산군 때 파괴됐다. 연산군이 도성 안 원각사를 기생들이 거주하는 주색청으로 바꾸고, 정릉을 지키던 흥천사興天寺를 왕실 마구간으로 쓰면서 장의사를 연산군의 주색잡기 놀이터로 바꿔버렸다. 전각은 없애 버리고 화계花階(꽃계단)를 만들어 꽃밭으로 꾸미고, 이궁을 지어 시쳇말로 '룸살롱'으로 이용했다. '용재총화'에서 성현이 "도성 밖 유람처 중에서 풍광이 가장 빼어나다"라고 했던 장의사는 그렇게 사라졌다. 학교 운동장 구석에 남아 있는 높다란 당간지주만이 장의사의 영화를 전할 뿐이다.

이후 숙종 때 한양도성의 북쪽을 지키는 군사들을 훈련하던 연무대가 설치되었고, 1747년 영조 23년엔 한양성 외곽 경기도 지역의 군사 일을 맡았던 총융청을 두어 300여 칸의 건물이 들어섰다. 고종 때는 신식 부대인 별기군의 훈련장이 되었고, 일제 말기엔 국민학교가 들어섰다.

세검정초등학교는 우리 가족과 인연이 특별하다. 나와 딸·아들은 이 학교 동문이다. 나는 1960년대 말에, 아이들은 1990년대에 이 학교에 다녔다. 서울에선, 아니 요즘 대한민국 어디서도 찾아보기 힘든 인연이다.

"여기가 할아버지, 엄마와 삼촌이 다니던 초등학교야. 할아버지는 시골에서 전학 와서 5학년 때부터 다녔고, 엄마와 삼촌은 1학년부터 졸업할 때까지 이 학교에 다녔지. 주원이도 내년엔 유치원에 가고 그 다다음 해엔 초등학교에 갈 텐데, 그때 세검정초등학교를 다니는 건 어때? 그러면 할아버지, 엄마, 삼촌의 후배가 되니까 참 좋겠다."

아이는 생뚱맞은 표정이다.

"할아버지, 무슨 말이야? 초등학교라니, 나는 지금 어린이집도 가기 싫은데."

학교 밑 큰길가 버스 정거장에는 조정에 한지를 공급하던 조지서造紙署가 있었다. 공장에서 화학 종이가 생산되기 전까지 종이 제조는 국책사업이었다. 국가기관에서 노비들이 만들거나, 아니면 절집 등 천민 취급을 받던 집단에 할당해 생산하도록 했다. 특히 절집은 물 좋은 곳에 자리 잡은 터라 한지 공출 부역에 시달렸다. 당시 절집의 가장 큰 민원이 한지 공출량을 줄여달라는 것이었다. 충남 공주의 마곡사麻谷寺는 드나들던 권세가들을 설득해 공출량을 대폭 줄였다고도 한다.

조지서 자리엔 오래전 목재소가 들어서 있다. 50여 년 전 처음 할아버지가 서울에 발을 디뎠을 때부터 있던 목재소다. 나무를 다루는 곳이니 한지와 무관하다고 할 수 없다. 터도 인연을 따라가는가 보다. 옛날엔 가공도 했는데 요즘엔 판재나 각목 등 가공된 것들만 판다.

육교를 건너면 홍제천으로 이어지는 세검정천이다. 신영동 삼거리에서 평창동 개천과 복개된 구기동 개천이 합류하여 흐르니, 수량이 제법이다. 그러나 반석과 모래뿐인 건천이어서 일주일쯤 가물면 실개천만 남거나 웅덩이만 남기고 흐름이 끊기기도 한다. 국립공원 북한산이 중턱까지 집으로 도배되면서 그리됐을 것이다. 올해는 시도 때도 없이 비가 쏟아진 덕분에 그야말로 우당탕 여울져 흐르는 장관을 실컷 봤다.

개천 따라 산이가 서너 번 오줌으로 영역 표시를 할 때쯤 나타나는 곳이 '자하슈퍼'(2023년 재개발한다고 헐렸다)다. 할아버지가 세검정 동네에서 두 번째로 살던 집이다. 그때도 그 자리에 가게가 있었다. 한 칸 정도의 그야말로 구멍가게였는데, 거기에 딸린 단칸방에서 할아버지·할머니와 내가 함께 지냈다. 지금은 방을 터서 가게 내부가 제법 커졌다. 서울에 편의점이 열 집 건너 하나씩 생길 정도로 많아졌는데, 어떻게 저 구멍가게는 지금까지 살아남아 있을까? 자하슈퍼 앞을 지나칠 때마다 드는 의문이다. 마침 그곳을 찾아온 일본인 관광객에게서, 그가 이곳을 방문하게 된 사연을 듣고 나서야 의문이 조금 풀렸다.

부끄럽게도 나는 세검정 마을에서 50년 가까이 살았지만, 이곳 풍광이 그렇게 아름다운지 몰랐다. 매일 놀던 곳이 개울이고 반석이었으며, 매일 보는 것이 북한산 능선과 산자락이어서 그랬을까? 세검정 마을은 그저 뛰어놀기 좋고 물놀이하기 좋고 산으로 계곡으로 쏘다니기 좋은 곳이었을 뿐이었다.

그러나 오죽 보기 좋고, 놀기 좋았으면 왕이나 권력자들의 이궁이나 별서가 즐비했을까. 겸재 정선은 세검정 계류와 산세를 진경산수로 남겼다. 세검정 정자 위로는 탕춘대가 있었고, 개울 따라 조금 더 내려가면 석파랑石坡廊(대원군의 별장)에 딸린 별채가 있다. 맞은편 상명대 쪽 산비탈엔 춘원 이광수의 서실이 있었다.

하천 정비 사업으로 옛 모습을 대부분 상실했지만, 눈부시게 희고 넓은 반석과 속이 훤히 들여다보이는 개울물, 그 속에서 떼 지어 몰려다니는 버들치, 그것을 노리고 꼼짝하지 않고 서 있는 백로와 해오라기, 분주하게 쏘다니며 그 넓적하고 긴 주둥이로 물속을 쑤셔대는 청둥오리들은 여전하다. 그런 풍광을 서울 시내 어디서 볼 수 있을까. 연산군은 탕춘대 말고도 계류의 반석에 욕조와 같은 웅덩이를 파 '음탕'을 즐겼다고도 한다.

자하슈퍼 주변은 이런 모습을 한눈에 볼 수 있는 곳이니, 세검정에서 가장 오래된 마을이 들어선 것은 당연했다. 눈 밝은 드라마 촬영지 사냥꾼이라면 그런 곳을 놓칠 리 없다. 자하슈퍼는, 한때 뜨거웠던 드라마 〈내조의 여왕〉의 주요 촬영지였다. 윤상현이 김남주를 기다리며 쭈쭈바를 먹던 곳이기도 하다. 잘나가던 드라마 〈내게 너무 사랑스러운 그녀〉의 주요 촬영지도 이곳이었다. 일본인 관광객은 이 드라마를 보고 이곳을 찾아왔다고 했다.

그러나 그곳 물소리의 달콤하고 부드러운 속삭임은 내 기억 속에 없다. 선잠에 가끔 들리곤 하던 할아버지·할머니의 숨죽인 말다툼만 전해 줄 뿐이다. 희고 너른 반석 위에 부서지는 물방울은 밤마다 밀려오던 치통에 찔끔거리며 흘러나오던 눈물만 되살린다.

자하슈퍼 앞 평상이 쉬어가기에 안성맞춤인 것은 그런저런 시름겨운 사연과 풍광 때문일 것이다. 아이에겐 그저 아이스크림 먹기에 딱 좋은 곳이겠지만.

슈퍼에서 아이는 초코아이스크림, 할아버지는 메로나를 샀다. 나는 우선 양쪽에서 한 입씩 베어 먹었다. 한입에 다 삼킬 듯하다가 엄지손톱만큼만 베어 물자 아이의 얼굴이 낮달처럼 환해졌다. 그래도 아이는 불안했던지 할아버지 눈치를 보며 서둘러 먹어 치웠다. 조그만 입 주변이 온통 초코아이스크림 범벅이다. 못내 아쉬웠나 보다. 막대를 빨다 못해 씹기까지 한다.

그때다. 나는 숨겨 두었던 내 아이스크림을 불쑥 내밀었다. 아이가 감동한다. 엄지손가락을 척 내민다. 얼굴에선 햇살이 부서져 흩어진다. 반석을 흐르는 계류도 그만큼 맑고 밝지는 않을 것이다.

"곰탱이 할아버지는 역시 믿을 만해."

세검정 이야기

아이가 제 배낭을 찾는다고 쥐방울처럼 굴러다닌다.

'어디다 던져 놓고는 마실 가려니까 찾는다고. 쯧쯧 ….'

안방 할머니 앉은뱅이 서랍장 옆에 있다, 몰래 뒤져 보니 초코송이, 빼빼로 등 초콜릿 바른 과자뿐이다. 아이가 쪼르르 달려오더니 배낭을 낚아챈다.

오늘의 목적지는 세검정 정자 쪽이다. 지난번 다녀온 자하슈퍼에서 세검정삼거리 쪽으로 지척이다. 역시 아이에게 들려주고 싶은 기억이 소복한 곳이다. 할아버지는 정자 건너편에서 초등학교 6학년 말부터 중학교 1학년 때까지 살았다.

자랑할 게 풍광뿐이니 주변 이야기나 해야겠다. 조선조에도 그곳은 아마 풍치지구 혹은 경관보호지역쯤 됐던 듯하다. 겸재 정선謙齋 鄭敾의 그림에도 나온다는 것은 앞서 언급했고, '공부가 취미였다던' 다산茶山 이 그나마 가끔씩 천렵을 다니던 곳이기도 했다.

지금은 하천정비사업으로 개천과 그 주변이 제 모습을 잃었다. 한쪽 을 덮어 물길을 내 반 토막 냈다. 정나미 떨어지는 하수관로가 복개 도 로 밑으로 이어지고, 때만 되면 자갈과 모래를 퍼내 개울 바닥은 누룽지 긁어 낸 밥솥처럼 바닥이 볼썽사납다.

하지만 옛날과 비교하면 아쉽다는 것이지, 지금의 상태만으로도 정비 이전의 아름다운 풍광을 상상하기에 충분하다. 아이도 할아버지가 눌변이나마 정성껏 이야기를 풀어내면 공감할 것이다.

"정자 밑 저 넓은 바위 보이지? 물놀이하다가 추워지면 저 따듯한 바위에 배 깔고 엎어져 몸을 데우던 곳이야. 그 옆 개울엔 버들치는 물론이고 돌만 들추면 미꾸라지, 꺽지 따위가 튀어나오곤 했지. 저기 소공원 있지. 거기엔 지붕을 루핑이나 천막으로 덮은 집들이 많았어. 초등학교 친구들이 살던 집이었는데, 그 아이들과도 놀던 곳이었지. 우린 여름철 저렇게 좋은 놀이터가 옆에 있으니 강이고 바다고 피서한다고 멀리 갈 필요가 없었어. 앵두 익고, 복숭아 주먹만 해지면 백사실로나 올라갈까? 그리고 저기 다리 밑에도 널찍한 바위 있지. 그곳은 말이야 … ."

할아버지는 갑자기 입을 다문다. 산이 목줄을 쥐고 있던 아이가 할아버지를 빤히 바라본다.

"왜?"

"응, 아니야. 그 이야기는 나중에 해 줄게. 주원이가 크면 … ."

할아버지는 '아차' 싶었는지 얼버무린다.

아이와 마실은 그렇게 시작했다.

유람하기 좋은 세검정의 사람들이라고 돈보다 놀이, 투기보다 인문, 개발보다 보존을 좋아하는 건 아니다. 요즘 세상에 돈 앞에 장사가 어디 있으며, 투기 수익 앞에서 인간의 품격이 어디 있을까. 다만 오래전부터 '더 많은, 더 강한 권력을 추구하는 이가 이곳에 터를 잡으면 패가망신한다'는 속설은 끊이지 않았다. 그래서 이곳 사람들은 들고남이 별로 없는 것으로 유명하다. 나처럼 2대가 초등학교 동문인 가족이 적지 않은 건 그 때문일 것이다.

세검정 마을은 북한산 줄기로 둘러싸여 있다. 터진 곳이라곤 홍제천 개천이 흘러나가는 홍지문, 오간수문 쪽 한 곳뿐이었다. 나가더라도 도성 안이 아니라 이름조차 희비극인 '문화촌'이다. 할아버지 중학교 시절까지만 해도 도성으로 가려면 자하문고개를 넘는 수밖에 없었다. 항아리 형태여서 주둥이만 막히면 여지없이 산줄기에 갇힌 신세다. 어디 그뿐인가. 이곳은 국립공원에 포함돼 있거나 국립공원에 인접해 있어 풍치지구로 묶여 있다. 또 북악산을 사이에 두고 청와대와 붙어 있으니, 곳곳이 군사시설 보호구역이다. 개발은 불가능하다고 봐야 한다.

그러나 시내 가깝지, 숲으로 둘러싸여 있지, 개천 흐르지, 풍광 최고인 이곳을 개발업자들이 그냥 놔둘 리 없다. 빈틈만 발견하면 귀신같은 로비력으로 파헤치고 쌓고 올렸다. 시작은 절대권력이 이끌고 업자가 뒤처리를 했다. 지금은 보현봉을 중심으로 중앙의 사자봉 줄기와 오른쪽의 형제봉능선 사이의 산지 6부 능선까지가 대한민국 최정상 갑부들의 최고급 호화주택으로 들이차 있다. 국민의 자산인 북한산국립공원 평창동 쪽은 그렇게 갑부들 차지가 됐다.

1970년대 초였다. 박정희 대통령은 외국인에게 자랑할 전시용 주거지역이 필요했다. 당시는 청계천 주변의 이른바 하꼬방(판잣집), 낙산과 와우산 등 산마루 달동네가 서울의 중심을 장악하고 있었다.

군사정권이 들어선 지도 10년이 넘었다. 정부는 이른바 개발의 성과를 외부에 과시하고 싶었지만 자랑할 만한 곳이 거의 없었다. 심지어 북한까지도 체제홍보 영상에 서울 도심에 널린 빈민가 풍경을 이용했다. 동부이촌동과 성북동 등 이른바 부자 동네가 있긴 하지만 규모나 주변 환경이 옹색했다.

그때 박 대통령의 눈에 들어온 곳이 바로, 북한산 평창동 쪽 산자락이었다. 자연환경만 보면 미국 로스앤젤레스의 베벌리힐스는 발뒤꿈치도 따라오지 못할 곳이니, 전시용으로 이보다 더 훌륭한 곳은 없었다.

국립공원에 무슨 주거지냐, 그것도 호화 주거지냐는 볼멘소리가 없었던 것은 아니지만, 총통에게 딴지를 걸 사람은 없었다. 그의 결정에 따라 산비탈에 '산 ○○번지' 문패를 달고 살던 이들은 바로 쫓겨났고, 대단위 택지개발이 시작됐다. 한 필지당 300평 이상이나 됐고, 자가용 없이는 접근하기도 힘들었으니, 이미 주인은 정해져 있었다.

6부 능선까지 횡으로 3단 산복도로를 내고, 종으로는 200~300여 미터마다 계단을 내고, 단마다 궁궐 담보다 높은 축대를 쌓아 올려 택지를 조성했다. 이와 함께 북악터널을 뚫어 동서로 통하게 했고, 자하문터널과 구기터널을 뚫어 남북으로 통하게 했다. 그렇게 해 놓고 보니 과연 평창동은 한국판 베벌리힐스가 되었다. 재벌 총수, 갑부, 권세가들이 들어오기 시작했다.

사방으로 길이 뚫리자 개발업자들이 권력을 등에 업고 나머지 지역을 파헤치기 시작했다. 평창동 아랫동네에 중형 빌라가 들어서기 시작했다. 빌라는 구기동으로 이어졌고, 한 채에 100평 안팎의 호화빌라도 지어지면서 구기동 계곡과 산허리를 파고 깎아 버렸다.

이미 오래된 주택이 많았던 신영동, 홍지동 쪽은 보상비 등 때문에 다행히 개발에서 비켜났다. 상명대와 백사실 아래의 옛 마을이 그대로 남거나 다세대주택으로 얼키설키 얽혀 있는 것은 그 때문이다. 시세도 낮아 이곳은 지금도 여전히 서민들의 삶터로 남아 있다. 시내와 가깝고 살기 좋고 위해시설이 없다 보니 주민들은 웬만하면 다른 곳으로 떠나지 않는다. 서울 시내에서 유동인구가 가장 적은 것은 아마 그 때문일 것이다.

노태우 대통령 때에는 규모가 큰 산허리 택지는 호화빌라, 옛 마을 자투리땅엔 연립·다가구주택이 빼곡히 들어서, 더는 손댈 만한 곳이 없었다.

그런데 김영삼 대통령 시절, 어느 날 갑자기 북악터널 옆에 난데없이 20층 가까운 아파트가 들어섰다. 형제봉능선이 북악산으로 이어지는 능선과 키재기를 할 정도의 높이였다. 사람들은 아연했다. 어떻게 저런 빌딩이 들어서지? 개인 주택은 층고가 3층으로 제한돼 있고, 집단주택도 5층 이하만 지을 수 있는 곳이었다.

당시 주민들은 구기동에 살고 있던, 정권 최고의 실세 김 대통령의 둘째 아들을 흘겨보았다. 게다가 비록 연산군의 방탕을 상징하기는 하지만, 엄연한 역사문화 사적인 탕춘대 터가 있는 동산에 초호화빌라가 들어선 것도 그때였다.

탕춘대는 비봉능선 끝자락 향로봉에서 남쪽으로 뻗어 내린 능선이 상명대쯤에서 한 줄기는 홍제천 오간수문을 건너 인왕산 쪽으로, 다른 하나는 백사실 쪽으로 갈라지는데, 백사실 쪽 줄기가 개천을 건너지 못하고 우뚝 선 곳에 있다. 그 터에 서면 보현봉에서 발원한 북쪽의 비봉능선, 서쪽의 탕춘대능선, 동쪽의 형제봉능선 그리고 남쪽의 북악산과 인왕산능선이 한눈에 들어온다. 백운봉에서 보현봉, 문수봉으로 흘러

내려온 북한산 정기가 한데 모이는, 인체로 치면 배꼽 아래 단전丹田과 같은 북한산 최고의 혈처穴處다.

문화재 보호 차원에서라도 보존해야 했지만, 업자들은 신통한 재주로 그 터를 사들여 엄청난 이윤을 남겼다. 최초의 빌라 주민 중에는 김영삼 대통령 시절 실세로 꼽히던 당시 정무수석도 포함돼 있었다.

민망했던지 탕춘대의 호화빌라 밑엔 손바닥만 한 소공원을 조성했다. 그러나 돌아보면 공원 조성은 주민 편의를 위한 것이 아니라, 이곳에 다닥다닥 어깨를 기대고 살던 가난한 이들을 처리하기 위한 것이라는 의심을 지울 수 없다. 어찌 권세가와 재력가들 턱밑에 지저분하기 짝이 없는 하꼬방, 움막을 둘 수 있겠는가.

그러나 그곳은 조정에 한지를 공급하던 조지서의 작업장이었다. 한지를 직접 제작하기도 하고, 이미 사용한 한지를 재활용하던 장인들이 작업하던 곳이었다. 한지가 화학 종이에 밀려 사라지자 그곳의, 천민이나 하던 종이 노동자들은 그곳에 아예 눌러앉았다. 천지간에 도대체 오갈 데 없는 이들이 어디로 갈 것이며, 한지 외에 무엇으로 가족을 먹여 살릴 수 있을까.

알다시피 한지 제조에 꼭 필요한 것이 맑고 풍부한 물이다. 닥나무를 빨고 삶아 짓이기고 닥풀을 쑤어 한지를 뜨는 과정은 모두 맑은 물과 함께 이루어져야 했다. 제조 과정만이 아니다. 재활용 과정 역시 맑은 물에서만 가능했다.

한지는 물속에서도 풀어지지 않는다. 빨래처럼 빨아도 원형을 거의 유지한다. 옷감이 귀한 전통 시대, 서민들은 한지로 옷을 만들어 입기도 했다. 요즘 방탄조끼를 만드는 데도 이용할 정도로 질기다고 하니 옷감으로도 손색이 없다. 펄프와 화학약품으로 만든 화학 종이는 수명이 길어야 100년을 넘기기 어렵다. 이에 비해 한지로 제작한 책이나 그림은 제대로 보관하면 1,000년 이상 원형을 유지할 수 있다. 우리나라에 고문서가 많은 건 순전히 한지 덕택이다.

질긴 만큼 만들기는 어려웠고, 수요보다 공급이 절대적으로 부족했다. 그래서 공문서가 많았던 조정에서는 한지를 재활용해야 했다. 보관 기한이 지난 문서들을 빨아서 썼다. 가장 많은 공문서가, 실록의 기초 사료인 사초史草였다. 조정에서 일어나는 일, 왕의 일거수일투족을 기록해야 했으니, 수요가 많을 수밖에 없었다.

조선은 실록을 작성한 후 사초를 파기하도록 했다. 무오사화戊午士禍처럼 사초 내용 때문에 사관들이 처형당하거나 부관참시까지 당하고, 당쟁이나 권력투쟁이 벌어지는 일을 막기 위해서였다. 정사正史인《조선왕조실록》을 둘러싸고 벌어지는 논란을 예방해야 했으며, 무엇보다 사관의 안전을 보장해 언론의 독립성을 지켜야 했다. 중종은 사화의 재발을 우려해, 실록 편찬과 함께 사초를 아예 불태워 없애도록 했다.

그러나 한지 물량이 워낙 부족해지자, 조정은 재활용 쪽으로 돌아섰다. 그 방법이 세초洗草, 사초를 빨아서 쓰는 것이었다. 세초란 사초에서 먹물로 된 글자를 씻어 내는 것을 말한다. 세검정 맑은 계류는 세초에 안성맞춤이었고, 볕과 바람이 좋고 넓고 깨끗한 반석은 세초한 재생 한지를 말리기에 안성맞춤이었다. 이곳에서 얼마나 세초를 많이 했으면, 세검정 정자 명칭의 연원이 바로 '세초'에서 비롯됐다는 주장이 나오기도 했다.

지금 이런 흔적은 어디에도 아무것도 없다. 한지를 만들고 재활용하는 데 동원됐던 기층민의 땀과 눈물을 기억하려야 할 수가 없다. 비록 거처는 초라하고, 살림은 남루했지만 눈 호강만큼은 도성 부자들 못지않았던 이들이다. 돈도 '빽'도 없는 이들이, 국유지인 하천부지를 정비해야 하니 떠나라는 관의 으름장을 어떻게 배겨 낼 수 있었을까. 한 마디 대꾸도 못 하고 어디론가 떠나야 했을 것이다.

세검정 정자는 그곳 바로 옆에 있다. 해방 후 자하문 너머 평창·구기·신영·홍지·부암동 마을을 통칭하는 이름으로 이용되는 정자다.

'세검정'은 연륜이 그리 긴 것도 아닌데 명칭의 연원은 이설異說이 분분하다. 인조반정仁祖反正의 주역들이 쿠데타를 결행하면서 이곳에서 칼을 씻었다는 데서 세검정이라고 했다는 게 통설이다. 하지만 반정의 주역인 이귀나 김류 등이 이곳에서 광해군 폐위를 논의했을 뿐, 칼을 씻은 것은 쿠데타에 성공한 뒤였다는 주장도 만만치 않다. 더는 그런 '반란'이 없기를 기원했다는 것인데, '내로남불'의 효시쯤 될 거 같다. 또 숙종이 한양성 북쪽을 지키는 병사들이 쉬고 병장기를 정비하도록 지은 정자여서 그렇게 이름했다는 소수설도 있다.

나의 서울살이 세 번째 집은 개울 건너, 세검정 정자와 마주하고 있다. 근대화슈퍼 자리가 그곳이다. 구멍가게 옆 만화방과 신문사 지국은 주택 개보수 설비업체로 바뀌었지만 집은 50여 년 전 단층 슬래브 그대로다. 식구가 늘면서 분가했던 네 번째 집은 오토바이 수리점으로 바뀌었다. 주변의 시선을 피해 만화 삼매경에 빠지곤 했던 헛간 자리엔 모텔이 들어섰다. 모텔을 제외하고 2022년 모두 헐렸다.

구멍가게 시절이었다. 중1 담임선생님이 아무 예고도 없이 가정방문을 오셨다. 초중고교 시절을 통틀어 처음이자 마지막 담임선생의 가정방문이었다. 선생님과 함께 온 반장에게는 학급에서 모은 불우이웃돕기 쌀포대가 들려 있었다. 할머니·할아버지는 혼비백산했다. 한 번도 경험하지 못한 선생님의 가정방문도 그렇지만, 쌀포대까지 가져왔고, 게다가 손주란 놈은 어딜 갔는지 찾을 수 없으니 그럴 만도 했다. 나는 그때 신문을 돌리고 돌아와 헛간에서 만화책을 보며 뒹굴고 있었다.

아이는 근대화슈퍼 앞 매대에 쌓여 있는 땅콩 꼬투리가 신기한가 보다. 주인아저씨 눈치를 보면서 땅콩을 집었다가 놓기를 반복한다. 가게 안에는 나이 지긋한 아저씨가 땅콩을 까고 있었다. 아내가 물었다.

"백사실 오이 있나요?"

"장마에 다 녹아 버렸는지 올해는 안 나왔습니다."

"땅콩은 어디서 온 거죠?"

"예천에서 왔습니다. 집사람 동생이 농사지은 거랍니다."

"아주머니는 왜 안 나오셨어요?"

"몸이 불편해요."

아내는 깐 땅콩을 대두 한 말 샀다. 2만 원이라는데 "국산 땅콩으로는 싼 편"이라며 아내는 웃었다.

아이는 벌써 산이 목줄을 잡고 저만치 앞장서고 있었다.

세검정 다리와 누렁이 비사

그때나 지금이나 다리 밑 반석은 변함없다. 폭우로 말끔히 씻겨 더 눈부신 것 같다. 다리 밑이 대체로 그렇지만 그곳은 어른들의 공간이었다. 특히 복날에 가마솥을 걸어 놓고 불을 지피던 곳이었다.

중학교 1학년 때였다. 명절도 아닌데 저녁 밥상에 고깃국이 올라왔다. 우리는 허겁지겁 한 그릇씩 해치웠다. 할머니는 큰형 그릇에 당신의 국을 덜어 주고는, 그릇째 들고 입에 퍼 넣는 모습을 바라보고 있었다. 마저 비운 형이 물었다.

"할머니, 누렁이는 어딨어?"

당시 우리 집에는 개 한 마리가 있었다. 집에 들일 수 없어 집 앞 개울가에 묶어 놓고 키웠다. 흔히 그렇듯 털이 누렇다고 누렁이였다. 누렁이는 형을 잘 따랐다. 형이 청계천에서 일하고 돌아오면 가장 먼저 반겨 주었다. 그런데 그날따라 누렁이가 나타나지 않았고, 형은 일단 밥부터 먹고 나서 할머니에게 누렁이의 소재를 물어본 것이다. 할머니는 못 들은 척 설거지만 하셨다. 할아버지가 옆에서 뭐라고 한마디 했다. 형은 뛰쳐나갔다. 잠시 후 문밖에서 스물이 다 된 청년의 울음소리가 들렸다.

그 시절 세검정 다리 아래 반석은 여름철 동네 아저씨들이 복달임하

106

던 곳이었다. 한 집에서 복치레용으로 멍멍이를 내놓으면, 장정들이 다리 난간에 매달아 타작하고, 반석에 불을 피워 그슬린 뒤 해체했다. 일부는 가마솥에 삶아 그 자리에서 해결하고, 나머지는 몇 집이 나눴다. 그런 여름철을 두 번쯤 지냈을까, 우리는 세검정 삼거리 석파랑 별채 옆쪽으로 이사 갔다.

그 후론 집에서 개를 기르지 않았다. 훗날 큰형이 문화촌에서 마당이 제법 너른 주택으로 이사했을 때도, 40~50평 되는 옥상을 가진 집에서 살 때도 개는 기르지 않았다. 형은 물론 누구도 원치 않았다. 할머니는 가끔 지나가는 말로 이러곤 하셨다.

"용띠가 있는 집에선 개가 못 커."

큰형이 용띠였다. 그때 그 일을 역시 잊지 못하던 할머니는 그렇게 핑계를 댔던 것이다.

산이 목줄이 팽팽하다. 낌새를 알아차렸나? 아니면 신통찮은 구경 그만하고 빨리 가자는 걸까. 산이가 낑낑대자, 아이도 할머니 손을 잡아 끈다. 자리를 뜨기 전 다시 한번 귀를 기울였다. 우당탕 물소리에 그때 그 왁자한 웃음소리, 신음 같았던 울음소리가 섞여 흐르고 있었다.

이 이야기는 아무래도 아이에게는 할 수 없겠다. 아이가 충분히 장성하여, 아주 오래전 가난한 이들의 영양보충과 복치레 행사를 이해할 수 있을 때나 해야겠다. 그런데 그런 날이 도대체 오기나 할까? 저렇게 산이를 피붙이처럼 애지중지하는데.

돌아오는 길, 평소와 달리 할머니와 아이가 앞서고, 산이 목줄 잡은 할아버지는 느적느적 그 뒤를 따랐다.

평창동 42번지의 참변

근대화슈퍼에서 50미터쯤 내려오면 세검정 삼거리다. 1968년 1월 북한의 124군 부대 대남침투조가 청와대를 습격하기 위해 시내버스를 강탈한 곳이다. 김신조 무리는 청와대가 지척인 자하문고개에서 경찰의 불심검문에 걸려 교전을 벌였다. 이 과정에서 순직한 최규식 총경의 전신상과 김종수 경사의 흉상이 그 자리에 남아 있다. 오가며 꼭 한 번씩 돌아보는 동상인데 그때마다 떠오르는 궁금증이 하나 있다.

'나라를 위해 똑같이 순직했는데, 왜 계급이 낮은 경사는 순직하고서도 상관인 총경을 옆에서 시중드는 머슴처럼 조성했을까?'

내가 서울 세검정초등학교로 전학한 이듬해 1월이었으니, 벌써 55년이 지났지만 지금도 여전히 궁금하다.

'저러니 이 나라 사람들이 죽기 살기로 출세하고 보려는 것 아닐까?'

이 나라 권력자들이 그렇게 뒤따르려는 미국에선 장군이나 병사나 순국하면 국립묘지 같은 공간에서 똑같은 크기의 묘지에 매장된다.

삼거리 건널목을 건너면 상명대로 올라가는 다리다. 인왕산 쪽 건너편 산기슭은 내가 살던 개천가 네 번째 집이다. 세검정에 와서 처음으로 독채에서 살았던 곳이다. 작은 대청에 마당까지 딸려 있었다.

개천을 건너 상명대로 올라가는 다리를 보면, 1972년 여름 그 잔인했던 물난리의 기억이 생생하다.

중학교 3학년 때였다. 고등학교 입시를 앞두고 있었던 터라, 여름방학에도 학교 수업이 있었다. 8월 19일 토요일이었다. 오전 수업을 마치고 평소대로 자하문고개를 넘어 집까지 걸어왔다. 내수동에서 효자동·궁정동·청운동·부암동을 거치는 그 길을 걷는 것은, 당시 몸도 마음도 새털처럼 가벼웠던 나에겐 일도 아니었다.

삼거리에 도착해 보니 다리 위에 사람들이 잔뜩 모여 있었다. 건널목 너머로 부리나케 뛰어가는 사람들도 있었다. 덩달아 나도 뛰어 건넜다. 수군대는 이야기를 들으니, 교각에 걸린 주검 한 구를 건졌다는 것이다. 틈을 비집고 들어갔다.

궁금했다. 도대체 주검의 모습이란 어떤 것일까. 빙 둘러서 있는 사람들이 얼굴을 돌리고 길을 내줬다. 여자였다. 실오라기 하나 걸치지 않고 있었다. 다친 곳도 없어 보였다. 깊은 잠에 빠진 것처럼 고요하고 깨끗했다. 처음 보는 주검이었지만 무섭지도 기이하지도 않았다. '평창동에서부터 떠내려왔다는데 저렇게 말짱할 수 있을까?' 그것만 신기했다.

거기 모인 사람들의 설왕설래를 듣고서야 정신을 차렸다. 간밤에 엄청난 비가 쏟아졌다는 사실과 평창동 계곡 수영장 인근 마을에 집채보다 더 큰물이 덮쳐 난리가 났고 수십 명이 죽었다는 것까지는 안다. 그런데 도대체 물난리가 날 수 없는 산 중턱 도랑 옆 마을을 어떻게 홍수가 쓸고 갈 수 있었을까.

사람들은 몹시 분노하고 있었다. 설왕설래가 있었지만, 이들의 이야기를 종합하면 자초지종은 이러했다.

김신조 일당에 의해 청와대 뒷덜미까지 습격을 당하고 난 뒤 북악산 세검정 쪽 산록엔 경비시설 공사가 대대적으로 벌어졌다. 5부 능선을 따라 초소와 교통호 등이 지어졌다. 문제의 계곡 위쪽으로는 군인 막사도 들어서고 심지어 사격연습장도 지어졌다. 그런데 군인들이 산을 깎고 나무들을 마구 베어 내 계곡에 멋대로 버렸다. 계곡 곳곳엔 그 나무와 흙에 막혀 댐 아닌 댐들이 곳곳에 생겼다.

예년 수준으로 비가 왔을 땐 아무런 영향이 없었다. 그런데 전날 밤 서울에 기상 관측 사상 최고라는 폭우가 한꺼번에 쏟아졌고, 계곡의 엉터리 댐들이 한꺼번에 터졌다. 물과 함께 떠내려온 토사와 나무들은 옥수산장을 시작으로, 평창동 산 밑 개울가 가옥들을 덮치고 쓸어 갔다는 것이다. 신문이나 방송에는 나오지 않은 이야기였다.

매체들은 월요일에야 사고 내용과 원인을 간단히 전했다. 18일 밤부터 19일 새벽까지 453밀리미터의 비가 쏟아졌는데 평창동 42번지 13동 30가구가 휩쓸려 21일 현재 39명이 사망하고 46명이 실종됐다. 42번지에는 36가구 183명이 살고 있었다. 사고 원인은 폭우로 팔각정 인근 북악스카이웨이가 25미터쯤 함몰되면서 토사와 나무들이 500미터 계곡 밑으로 쏟아져 내려간 산사태 때문이었다.

동네 아저씨들 이야기와는 사뭇 달랐다. 북악스카이웨이가 무너져 산사태가 났고, 그 토사가 500미터나 쓸려 내려와 마을을 덮쳤다니, 동네 지리를 잘 아는 이들이라면 납득할 수 없는 이야기였다. 중3의 상식으로도, 산사태가 문제였다면 개울 따라 주검 수십 구가 밀려 내려올 수는 없었다. 그 자리에 묻혔겠지.

　그러나 정부 발표에 아무도 이의를 제기하지 않았다. 유족들의 아우성도 아무런 반향을 얻지 못한 채 사나흘 지나자 묻혀 버렸다. 야근 덕택에 가족을 몽땅 잃고 저만 살아남은 아저씨의 통곡, 임신한 아내를 잃고 혼절한 남정네의 통절한 사연, 무너진 집에 깔려 세상을 떠난 세 아이 이야기도 동네 사람 입줄에 잠깐 오르다 사라졌다.

　그렇게 묻혀 버린 이 미증유의 물난리를 아직 기억하는 이는 세검정 토박이 몇몇을 제외하고는 없다. 지금 평창동 42번지 일대 어디에도 그런 비극을 기억하는 흔적은 없다. 상명대 다리를 건널 때마다, 창백하게 침묵하고 있던 그 여인의 주검과 함께 불현듯 떠오를 뿐이다. 평창동 42번지의 참변은 유신 총통제로 넘어가던 해 여름, 이른바 '박통' 시절의 아무도 기억하지 않는 작은 흑역사黑歷史 가운데 하나였다.

대청이 있던 집에선 1년도 못 살았다. 곧 홍지문을 뒷담 삼았던 집으로 이사 갔고, 그곳에서도 1년도 보내지 못하고 오간수문 건너 탕춘대성으로 이어지는 성곽을 앞 담으로 삼았던 집으로 건너갔다. 방 두 칸에 신혼살림을 하던 큰형 부부와 우리 세 식구가 함께 지냈다.

　너무나 터무니없는 동거였던지라, 형님 부부가 먼저 창신동을 거쳐 다시 세검정 마을과 이어지는 홍은동으로 이사 갔다. 할아버지·할머니, 어머니 그리고 우리 형제는 3년 만에 홍은2동 '은실네 지층방'에서 살림을 합쳤다.

　홍은동에서 두 번 더 옮긴 뒤, 나는 1986년 결혼하면서 비로소 홍제천으로 이어지던 동네를 떠났다. 강서구 마곡동 처가 근처에서 6년 동안 살다가 세검정으로 돌아온 것은 1992년 여름이었다. 평창동 42번지 인근의 개천 옆 빌라였다.

여름철 유원지였던 그곳은 옥수산장까지는 10분도 안 걸렸고, 빌라 단지 옆 능선을 오르면 북악스카이웨이 팔각정까지 넉넉잡아 30분이면 갈 수 있었다. 딸·아들이 초등학생일 때 아이스크림으로 유혹해 산책 다니던 곳이 팔각정이었으니, 그때나 지금이나 아이스크림은 아이들 마음을 훔치는 요술 방망이다.

'주원아, 저 다리가 바로 그 다리야. 평화롭게 잠자던 사람들이 엉터리 공사 뒤처리로 말미암아 큰물에 휩쓸려 이곳까지 떠내려와 저 교각에 세 명이나 걸려 있었다는 곳 말이야.'

아이에게 대놓고 말은 못 하고 속으로만 중얼거렸다.

오늘은 아이와 오래 걸었다. 나는 쌉쌀한 기억으로 마음이 무거웠고, 아이도 아이스크림 약발이 떨어졌는지 신발을 끈다. 마침 다리 위 정거장에서 마을버스가 떠나려 한다. 아이와 할미가 뒤도 돌아보지 않고 뛰었다. 일단 출발하면 좀처럼 서지 않는 버스이지만, 한 승객이 아이가 뛰어온다며 버스를 세운 덕에 둘은 겨우 탔다.

개 때문에 차를 탈 수 없었던 나는 산이 목줄을 쥐고 50여 년 전 그렇게 가기 싫었던 상명대 비탈길을 오른다. 코로나19 때문인지 오르내리는 학생이 한 명도 없다. 그때 같았으면 다행이었겠지만, 지금은 아쉽다. 가을바람처럼 팔랑대는 아이들의 생기발랄 웃음소리가 없다 보니, 비탈길이 한결 더 힘들고 숨 가쁘다.

다음에 평창동으로 산책 가면 할아버지의 가슴 한구석에 옹이처럼 박혀 있는 그 이야기를 아이에게 해 줘야겠다. 국수를 좋아하는 아이는 평창동 42번지 바로 아랫동네 식당 '제주면장'의 고기국수를 특히 좋아한다. 외갓집에 올 때면 아이의 머릿속엔 항상 그 집 고기국수가 일정에 포함돼 있다.

무슨 말인지 알아듣지는 못하겠지만 평창동 참변 때 손녀 또래의 많은 아이가 희생됐다는 사실만큼은 가슴에 새겨질 것이다. 그때 그 아이들은 권력자들의 부주의로 날벼락을 맞아 짧은 이승의 삶을 마쳤다. 폭력적인 입막음으로 그나마 한도 원도 풀지 못한 채 순식간에 잊혔다.

그렇게 잊히다 보니 참변은 되풀이됐다. '박통'의 딸이 대통령으로 있을 때는 세월호 참사가 일어났다.

권력을 탐한 자 망할 것이요

"아까 속상했구나?"

"응."

"그 이야기 엄마한테 이야기해 줄래?"

" ...."

아이는 입을 꾹 다물었다. 다시 생각하기도 싫은지 앙다문 입이 야무지다. 엄마에게는 할머니가 대신 전했다.

아이는 일주일에 한 번씩 미술체험 교실에 다닌다. 어린이집 친구 넷이 함께한다. 바로 그날 미술체험을 하던 중 한 아이가 보호자가 대기하는 곳으로 나왔다. 씩씩거리며 엄마에게 밑도 끝도 없이 칭얼댔다.

"주원이가 자꾸 따라 해."

그날 아이들은 땅속 체험을 하고 있었다. 아이들은 캄캄한 텐트에 들어가 어둠 속에서 무엇을 보고 느낄 수 있는지 경험하는 놀이였다. 주원이도 다른 아이 뒤를 따라서 텐트에 들어갔다. 그것을 본 그 아이가 화를 내며 밖으로 뛰쳐나왔더란다.

미술체험이 끝나고 아이들이 제각각 엄마와 함께 엘리베이터로 내려올 때였다. 힘이 들었는지 쪼그려 앉은 아이가 일어서려다 손잡이에

머리를 부딪쳤다.

"주원아, 괜찮아? 아프지."

엄마들이 한 마디씩 달래고 있을 때 그 아이는 주먹을 들어 올려 주원이를 때리는 시늉을 했다.

"따라 하지 마."

주원이는 깜짝 놀라 몸을 움츠리며 할머니 손을 꼭 잡았다. 더 놀란 것은 그 아이 엄마였다.

"따라 한 건 넌데, 왜 네가 화를 내지? 집에 가서 혼나야겠네. 주원이 할머니, 미안해요."

"크다 보면 그럴 때도 있죠."

집으로 돌아온 할미는 아이의 마음을 풀어 주기 위해 입에 침이 마르도록 칭찬했다.

"아까 우리 주원이가 참 잘했어. 친구가 화를 낸다고 같이 대들지 않았잖아. 울지도 않고. 할머니는 주원이가 참 대견하고 자랑스럽더라."

아이 아빠가 왔다. 애 엄마는 그날 일을 아빠한테 이야기하려 했다. 그러자 아이 얼굴이 굳어졌다.

"하지 마."

엄마·아빠는 아이의 단호함에 놀랐다.

"알았어. 그 얘기 하는 거 싫구나."

내색은 안 했지만 아이는 그 일로 마음에 상처를 입었다.

아이가 따돌림당하는 것 아닌가 싶어 걱정됐다. 아내는 그런 건 아니라며 이렇게 분석했다. 그날 미술체험에 참석했던 네 명 가운데 주원이를 제외한 다른 셋은 어린이집 같은 반 아이들이었다. 지난해 참새반 때는 네 명 모두 한 반이었다. 여섯 살이 되고 반이 바뀌면서 주원이만 떨어졌다.

그 아이는 제 반 친구들끼리 노는 데 주원이가 끼어드는 것이 싫었다. 다른 아이들이 주원이와 어울리는 것도 싫었다. 일종의 주도권 다툼이었다. 아이는 주원이의 일거수일투족을 주시하며, 저희끼리 놀 때 주원이가 같이하는 것을 막으려 했다. 아이들 놀이 속에서도 정치가 이루어지고 있었던 셈이다.

따져 보면 정치가 별건가. 사람은 대체로 집단 안에서 주도권을 잡고, 제 생각대로 집단을 끌어가려는 욕망이 있다. 그런 욕망을 실현하려는 행위가 정치다. 주도권을 잡으려면 혼자서는 힘들다. 그래서 '떼'를 짓는다. 일반인들이면 패거리고, 정치인이면 붕당이고 당파고 정당이다. 이 '떼'를 잘 조직하고 이끄는 자가 주도권, 즉 권력을 잡는다. 여섯 살짜리 몇 명이 모인 모임이라고 예외는 아니다. 안타깝지만 아이도 이제 그 세계 속으로 발을 들이고 있다.

세검정엔 특별한 속설이 하나 있다.

"권력을 추구하는 자 망할 것이요…."

풍수지리에 따른 해석인지, 오랜 세월에 걸쳐 일어난 경험을 일반화한 것인지는 알 수 없다. 다만 내 짧은 경험과 지식으로는 양쪽 설명이 모두 통하는 것 같다.

이 마을은 북의 비봉능선, 동의 형제봉능선, 서의 탕춘대능선, 남의 백악산(북악산)능선으로 둘러싸여 있다. 한양의 조산인 북한산 백운봉(백운대)에 뭉쳤던 기운은 주능선을 따라 보현봉, 문수봉에 이르고, 이곳에서 양쪽으로 나뉘어 한 갈래는 형제봉을 거쳐 백악산(북악산)으로, 다른 갈래는 비봉을 거쳐 향로봉으로 흐른다. 향로봉에 이르러선 왼쪽으로 90도 꺾여 탕춘대능선을 따라 흘러가다가 홍체천을 건너 인왕산 줄기로 이어진다. 백악산을 넘어온 기운과 향로봉에서 인왕산으로 이어지는 기운은 인왕산 정상 바로 밑에서 합류한다.

바로 이 네 능선으로 에워싸인 곳 안에 터를 잡은 마을이 바로 세검정이다. 풍수에서 말하는 기운이 원형에 가까운 능선을 따라 흐르다 보니 능선 안쪽에는 기의 여울이 생기고, 흐르는 기세가 세차다 보니 여울은 거칠다. 눈에 보이지는 않지만, 여울은 세검정 마을을 중심으로 소용돌이치고 있다는 것이다.

물질에 익숙한 이들은, 여울 속에서 살아남으려면 흐름을 타야 한다고들 한다. 거스르다가는 휩쓸려 익사한다는 것이다. 기의 여울 속에서도 마찬가지다. 출세를 위해 기를 타고 넘으려다가는 소용돌이 속으로 휘말려 들어간다. 물론 그 기의 여울을 타고 넘어 이겨 내면 크게 출세한다고도 한다. 이른바 용처럼 승천한다는 것이다.

하지만 지금까지 성공한 사람은 없다. 반대로 그 여울에 몸을 맡기면, 비록 영달은 하지 못하고 권세를 누리지 못하더라도, 삶을 즐길 수 있다고 한다. 놀이와 일에 경계가 없는 문화 예술인들에겐 길지이고, 싸워서 이기려는 정치인에겐 흉지가 되는 건 그 때문이라는 것이다.

공교롭게도 이런 풍수의 설명은 세검정에서 살던 권력자들의 운명과도 맞아떨어진다. 눈으로 직접 본 것만 해도 여럿이다. 이곳에서 최고 권력을 노리던 이들은 예외 없이 실패했고, 이곳을 떠났다. 한때 세검정에는 이회창 전 한나라당 총재를 비롯해 정몽준, 권노갑, 최형우,

문재인 등 권력자 혹은 실력자들이 살고 있었다. 이들은 모두 최고 권력을 노리고 도모했지만, 모두 낙선하거나 중도 탈락했다.

반면 문인文人, 예인藝人들은 이곳에서 실패란 없다. 물론 탐하는 게 없으니 실패할 일도 없다. 지금 세검정은 전체적으로 예술인 마을이 됐다. 대한민국 굴지의 예술인 양성기관인 서울예고가 들어선 지 40년이 넘었고, 서울미술관, 가나아트센터, 김환기미술관 등 화랑과 미술관은 손에 꼽기 힘들다. 복합콘서트홀은 물론 공공미술센터까지 여러 예술 공간이 들어섰다. 주말이면 세검정 미술관을 순례하는 셔틀까지 등장했었다.

나는 아이가 세검정 외가를 좋아하는 이유가 저의 기질과 이곳의 풍수가 어울리기 때문이었으면 좋겠다. 아이는 지금 미술체험 외에 발레도 배우고 있다. 아직은 아이가 욕심내지 않고, 주도하거나 지배하려 하지 않고, 이기거나 앞서려 하지 않는 것 같다. 더 크면 어떻게 바뀔지 모르겠지만 다행이다.

주어진 것에 만족하고, 자연의 흐름에 순응하며, 저보다 작거나 힘없는 이웃 생명을 연민하며 살면 좋겠다. 물론 그러다 보면 세상 걱정이 많아지니 사는 게 힘들긴 할 것이다. 하지만 행복이란 더 많은 소유가 아니라 더 풍부한 삶에서 온다고 하니 마음은 평화로울 것이다. 아이가 아예 세검정 마을에서 살기를 바라는 이유다.

느티나무골 면순이와 술식이

분명히 점심 먹는 걸 봤는데, 할아버지가 라면을 먹자 또 달려든다.

"할머니, 내 거는?"

달라는 대로 주면 될 걸, 미련한 할배가 한마디 했다가 또 당했다.

"주원인 면순이. 면만 보면 정신을 못 차리잖아."

"그러면 할아버지는 술식이. 할아버지는 맨날 술만 마시잖아."

아이는 삼시 세끼 국수 이야기만 나오면 눈이 반짝 빛난다. 씹지 않아도 잘 넘어가 후루룩 마시면 되지, 반찬 골고루 먹으라고 잔소리할 사람도 없지. 그래서 아이는 라면, 칼국수, 잔치국수 등 면으로 된 것이면 가리지 않고 들이마신다.

부모에겐 자식 목에 밥 넘어가는 소리가 세상에서 가장 행복한 소리 세 개 가운데 하나라고 했다. 엄마·아빠도 그 소리를 듣고 또 그 모습을 보고 싶은지 아이의 광적인 국수 사랑을 말리지 않는다. 그 작은 입을 동그랗게 오므리고 후루룩 흡입하고, 꿀꺽 삼키는 앙증맞은 모습을 마치 가톨릭 신자들이 성화聖畵 바라보듯이 거의 넋 놓고 본다. 할아버지·할머니도 마찬가지다. 젓가락질이 안 돼 그릇에 코를 박고 먹는 아이의 코끝은 금방 국물로 촉촉이 젖어 버리는데, 그것을 보는 것만으로도 마음이 그렇게 평화로워진다. 평화가 별건가. 밥을 고루 나눠 먹는 거 아닌가.

할아버지는 어린 시절 일찌감치 밀가루를 졸업했다. 아니 밀가루 음식에 질렸다. 밥상엔 날이면 날마다, 미국이 무상 지원한 밀가루로 만든 수제비, 칼국수, 잔치국수, 비빔국수가 올라왔다. 별식으로 오르던 부침개나 건진국수 역시 보기만 해도 생목을 자극했다. 쌀이 부족하던 당시 정부가 학생들에게 분식을 강압적으로 장려했다. 초등학교 선생님은 일주일에 몇 번 분식(국수)을 먹는지 주기적으로 조사했다.

아이에겐 단골 식당이 두 군데 있다. 모두 국수집이다. 제집 근처에선 명동칼국수고, 세검정에선 제주면장이다. 세검정엔 소면이나 칼국수를 파는 오면, 칼국수에 왕만두를 파는 개성만두 등 여러 국수집이 있는데, 이 가운데 아이가 제주면장을 선호하는 건 육수가 밍밍한 탓이다. 다른 집은 칼칼한 맛을 내려고 청양고추를 넣어 육수가 매운 편이다. 개성만두에 갔을 때는 칼국수만큼 냉수도 마셔야 했다.

제주면장엔 다른 볼거리도 있다. 식당 바로 옆은 홍제천 상류 세검정천이다. 개울이 식당과 붙어서 흐른다. 평창동 42번지 80여 생명을 휩쓸어갔던 바로 그 무시무시한 개울이다. 창가에 앉아 발만 내밀면 탁족濯足할 수도 있을 정도로 붙어 있다. 개울 건너는 절벽이어서, 한여름엔 푸른 산과 맑은 물이 어울려 가만히 보기만 해도 더위가 달아난다.

특히 식당 홀 중앙엔 300년이 넘은 느티나무가 자란다. 이 집의 자랑이자 동네의 자랑이다. 언젠지는 몰라도 주인장이 집 지을 때 느티나무를 살리기 위해 지붕을 뚫었다. 밑동까지 아크릴 벽으로 에워싸 느티나무가 햇볕도 받고, 비도 맞고 새와 벌레까지 받아들이며 자랄 수 있도록 했다. 그 마음이 얼마나 아름다운지 느티나무는 사철 건강한 모습으로 보답한다. 우람한 가지는 집을 덮고도 남아, 여름엔 시원한 그늘을 겨울엔 포근한 품이 되어 준다.

세검정엔 천연기념물급 느티나무가 많다. 제주면장 인근 당집엔 제주면장에 있는 것과 비슷한 또래의 느티나무가 자란다. 이분은 담장 안에 뿌리를 두고 아름드리 줄기는 담장 밖으로 나와 자란다. 이 집 주인장 역시 담장을 뚫어 느티나무 둥치에 손상이 가지 않도록 했다.

오래전 이곳은 마을 당산이었던가 보다. 벽을 뚫고 나온 그 느티나무엔 오방색 천 대신 사시사철 연등이 걸려 있다. 이 개울가 작은 마을엔 어린 느티나무와 중년 느티나무도 대여섯 그루 더 자란다. 인근의 가로수도 느티나무다. 느티나무를 참 사랑하는 마을이다.

산이네 집 바로 밑에도 장대한 느티나무가 몇 그루 있다. 가장 가까운 느티나무는 서울시 지정 보호수로, 제법 연륜이 있는 마을 사당(선봉사)을 지키는 당목이다. 다른 세 그루는 개인 주택 마당 한가운데서 자란다. 사람이 주인인지 느티나무가 주인인지 알 수 없다. 신영동 윗동네엔 오래된 집들이 빼곡한 마을 한가운데 느티나무 보호수가 있어 여름이면 아이들과 어른들의 쉼터가 된다. 내가 한동안 전세를 살던 동익빌라 단지 안에도 느티나무 거목이 있다. 여름이면 그 그늘로 온전히 덮이는 곳이 내가 살던 집이었다.

느티나무 노거수가 있다면 반드시 연륜이 오랜 마을일 것이다. 느티나무 억센 둥치는 강인한 의지, 사방으로 고루 넓게 퍼지는 가지는 조화로운 질서, 단정한 잎은 예의를 나타낸다 하여 옛사람은 마을이 조성

되기 시작할 때 무엇보다 먼저 느티나무를 심었다고 한다. 또 느티나무 노거수는 마을신이 머문다고 하여 당산堂山이라 했다. 전국의 1,000년 이상 된 나무 64그루 중 느티나무가 25그루이고, 천연기념물로 지정된 것도 17그루에 이르는 것은 사람들이 신목神木으로 숭상했기 때문일 것이다. 물론 개체 수가 가장 많은 것은 자연 수명이 제일 긴 은행나무다.

느티나무는 재질이 강하고 질기며 무겁고 중후한 데다 무늬와 색상이 아름다워 불상 등 최고급 조각 재료로 쓰였다. 목재로는 궁궐이나 대웅전쯤 되어야 기둥으로 활용할 수 있었다. 우리가 잘 아는 영주 부석사浮石寺 무량수전, 합천 해인사海印寺 법보전은 물론 강진 무위사無爲寺, 부여 무량사無量寺와 구례 화엄사華嚴寺 대웅전 등 천하 명찰의 주불전主佛殿 기둥이 느티나무다.

뒷산 어디서나 자라는, 재질이 가벼운 소나무는 서민의 나무였다. 서민들은 소나무로 뼈대를 세운 집에서, 소나무로 만든 가구와 도구를 사용하고, 소나무 땔감을 쓰며 살다가, 죽으면 소나무 관에 들어갔다. 반면 떵떵거리던 양반들은 느티나무로 지은 집에서, 느티나무 가구를 놓고 살다가, 죽으면 느티나무 관에 들어갔다. 물론 춘양목 등 잘 자란 적송은 '황장목黃腸木'이라 하여 임금의 관으로 쓰거나, 궁궐을 짓고 높은 누각을 세우는 데 썼다.

11월 중순까지도 마을 구석구석을 울긋불긋 물들였던 단풍이 사라진 지 제법 됐다. 사람들은 단풍 하면 단풍나무나 은행나무, 화살나무, 복자기 등을 꼽지만, 가장 화려하게 물들었다가 장엄하게 지는 단풍은 느티나무다. 느티나무 단풍은 처음엔 황금빛으로 물들다가 선홍빛으로 붉게 타올라 주위를 환하게 빛낸다. 선홍의 단풍이 바람에 우수수 쏟아지면 가을도 뿔뿔이 흩어진다. 미화원 아저씨들이 가장 바쁠 때다.

느티나무는 누구의 보살핌도 받지 않고 자란다. 그러나 평생 그 너른 품 안에 이웃 생명을 품어 보살핀다. 사람은 이를 수도 없고 기억할 수도 없는 아득한 옛이야기를 고스란히 간직했다가 들려주기도 한다. 애써 이루려 하지 않아도 이루고, 애써 높아지려 하지 않아도 높아지는 나무가 느티나무다. 싸워 이기고, 다투어 주도하고, 힘으로 지배하려는 탐욕스러운 사람들과는 거리가 멀다.

"아서라, 사람들아, 살아야 기껏 백 년이요, 군림해야 기껏 5년이다. 뿌리내린 제자리에서 다른 터 넘보지 않고, 오는 바람, 내리는 비 쏟아지는 햇살 맞으며 오래 참고 기다려야, 새도 오고 벌레도 오고 사람도 온다. 비록 존경한다거나 사랑한다는 말은 듣지 않아도, 왕가의 황장목이 되지는 않아도, 마을에선 신목으로 할아버지·할머니에겐 아낌없이 주는 나무로 기억된다. 그러면 성공한 인생 아닌가."

세검정 오래된 느티나무들은 곳곳에 훈장처럼 좌정해 늘 그렇게 가르친다. 사람이 배우지 못할 뿐이다.

산신·산타 할아버지께 비나이다

12월 들어 아이는 눈만 뜨면 거실의 크리스마스트리 앞으로 간다. 눈 감고 두 손을 모으거나, 두 팔을 벌린 자세로, 때론 무릎을 반쯤 꿇고 입을 오물거린다. 산타클로스 할아버지에게 아침마다 치성을 드리는 것이다. 하루도 거르지 않는단다. 아이는 요즘 세상 누구보다 간절하다.

크리스마스가 가까워지면서부터는 제 곁에 아빠를 세우기도 한다. 아빠더러 제 소원을 알아 달라는 것인지, 함께해야 치성의 효과가 커진다는 것인지 알 수 없다. 다만 "아빠가 선물 받는 것도 아닌데 왜 기도해야 해?"라고 물으면, 실눈을 뜨고 오른손 검지로 입을 가리며 '그 입 다물라'는 시늉을 한다고 한다.

아이가 말은 하지 않지만, 아이 부모는 아이가 왜 그러는지 안다. 크리스마스 선물로 로봇 합체 장난감인 미니특공대를 받고 싶은 거다. 슈퍼공룡파워 2, 케라루시, 키오맥스, 테고리오, 테라새미 등으로 이루어진 장난감이다. 할머니·할아버지로서는 외우기는커녕, 읽기조차 힘든 이름이다. 이 가운데 아이가 특히 눈독 들이는 것은 테라새미다. 아이가 기도하면서 신경을 바짝 곤두세우는 것은 자칫 이름을 잘못 말해 산타가 다른 선물을 보내 주실까 봐 걱정되기 때문이었다.

아이는 성당이나 교회에 제 발로 간 적이 한 번도 없다. 그러나 여느 아이처럼 12월 25일은 선물 받는 날로 생각한다. 받지 못하면 부모 없는 고아가 되기라도 할 것처럼 기필코 선물을 받아야 한다. 산타 할배가 말썽꾸러기에겐 선물을 주지 않는다는 말을 철석같이 믿고, 크리스마스 시즌엔 순둥이가 된다.

연초까지만 해도 아이는 어른들이 보기에 제법 모범적이었다. 집에 찾아가면 총알같이 뛰어나와 배꼽에 손을 모으고 공손하게 인사했다. 붙임성 좋게 와락 안기기도 했다.

그러나 네 번째 돌 전후로 한 5월부터는 슬슬 통제 밖으로 벗어나기 시작했다. 불러도 오지 않고, 등을 떠밀어야 "안녕하세요" 한 마디 던지고는 쏜살같이 사라진다. 부르면 대답하지도 않고, 쫓아가면 도망간다. 목말 타고 싶을 때만 슬그머니 뒤쪽으로 다가와 어깨 위로 기어오른다.

가끔은 땅꼬마에게 애걸복걸하는 게 언짢아 심술이 발동한다. 한번은 트리 앞에서 넌지시 이렇게 말했다.

"너 그러면 산타 할아버지에게 이른다. 주원이가 너무 말을 안 들으니, 크리스마스 선물 ⋯."

말을 마치지도 않았는데 아이의 표정이 심상치 않다. 아이는 하던 장난도 중지하고 뚫어져라, 할배의 얼굴을 쳐다본다. 단단히 화가 났다. 말을 끝까지 했다면 울음을 터트렸을 것이다.

아이 아빠도 그랬단다. 가짜 산타 전화번호를 만든 뒤, 전화를 걸었다. 스피커를 열어 발신음이 아이에게 들리도록 했다.

"산타 할아버지에게 전화할 거다."

신호음이 서너 차례 울리면 스피커를 끈 뒤 대화 나누는 시늉을 했다.

"산타 할아버지, 주원이가 요즘 제멋대로예요. 이번 크리스마스엔 주원이에게 선물 주지 마세요."

그 말을 듣던 아이는 잠시 후 급냉동되더니, 금세 눈물을 주르륵 흘리더란다. 아이 아빠가 황급히 전화를 다시 걸어 취소하는 시늉을 하고서야 아이의 표정은 풀렸다. 그 뒤에도 아빠가 산타에게 전화를 거는 시늉을 할 때마다 아이는 얼음이 되었다. 그런데 할배까지 그런 놀이에 가담했으니, 아이의 눈에 불꽃이 튈 만도 했다.

아이의 치성은 시간이 갈수록 더 간절해졌다. 영종도의 영종진에 갔을 때였단다. 영종도 역사관 야외전시장에는 연자방아, 망주석과 문인 무인석, 북방식 고인돌 등 돌 문화재와 생활민속 자료들이 전시돼 있고, 마당엔 소원돌탑도 있다. 영종도 신공항을 건설하면서 원주민들이 고향을 떠나게 되자, 그곳의 돌들로 떠난 이들을 기억하기 위해 쌓은 탑이다. 그것이 지금은 관광객의 소원탑이 되었다.

돌탑에는 소원지를 달 수 있도록 줄이 둘러쳐져 있고 옆에는 소원지 쓰는 테이블도 있다. 몇몇 관광객이 무언가 쓰는 것이 궁금했던지 아이는 할머니 손을 끌고 탑으로 갔다. 몇 마디 설명을 듣고 저도 소원지에 끄적이더니 돌탑에 달아 달라고 하고는 두 손 모으고 눈을 감더란다.

할아버지의 잔머리가 재빨리 돌아갔다. 영험함으로 치면 세검정만 한 곳이 없다. 미신, 우상 소리만 나면 경기를 일으키는 개신교인마저 '영빨'(영적인 힘)을 인정하는 곳이 세검정이다. 예수님이 마지막으로 기도했다던 겟세마네 동산의 바위와 닮은 곳이 한둘이 아니다.

'그 힘을 빌려 점수를 따야지!'

할배의 머릿속에 번개처럼 떠오른 것은 이런 생각이었다.

세검정에서도 보현봉 아래 바위들은 '영빨'이 센 것으로 유명하다. 계룡산만큼은 아닐지 몰라도, 한때 사자봉, 형제봉, 보현봉 암릉 주변은 당골네의 단골 기도처였다. 형제봉에서 북악산으로 넘어가는 곳의 '인디언 바위', 그리고 사자봉 밑은 차라리 '당집 타운'이었다. 이승만 장로가 대통령이었을 때 1차로 쫓아내고, 북한산이 국립공원으로 지정되면서 2차로 정리했지만, 북악터널 위쪽엔 지금도 당집이 여럿 남아 있다. 대규모 납골당이 들어서 있는 여래사如來寺도 어쩌면 그런 민속신앙에 기대어 지은 절집 아닌가 싶다. 미신을 '격렬히 혐오한다'는 개신교도 그 '영빨'에 의지하려는 것인지 그곳에 여러 기도원을 세웠다.

이 가운데 가장 극성스러웠던 이들은 뜻밖에도 개신교인들이었다. 기도원 지붕 아래서의 기도로는 성이 차지 않았는지 보현봉, 형제봉, 사자봉 주변의 선바위 아래나 너럭바위 위를 찾아다니며 통성기도를 했다. 1990년대 김영삼 장로가 대통령이었을 때는 극성을 이뤘다. 개신교 통성 기도꾼들은 보현봉 꼭대기까지 올라가 비닐로 천막을 치고 며칠씩 숙식하며 울부짖었다.

전능한 하나님의 귀가 어두울 리 없다고는 생각하지만, 그런 하느님도 산마루 바위 끝에서 울부짖으면 더 잘 들어주리라 믿는 듯했다. 어떤 이들은 아이들까지 데려와 입시, 취업, 출세, 건강 따위의 민원까지 아우성쳤다. 촛불만 켜지 않았지, 인왕산 선바위 주변 계곡의 천막 굿당과 다르지 않았다.

심할 때는 보현봉 아래 평창동 일대는 밤마다 괴이한 울부짖음으로 소름이 끼쳤다. 참다못한 주민들이 서울시와 국립공원관리공단을 닦달해 야간산행을 금지하고 대대적인 단속에 나섰다. 산복도로를 따라 아예 가시철망으로 펜스를 둘러 샛길을 내어, 몰래 올라가는 것을 막기도 했다. 그렇다고 쉽게 포기할 개신교인들이 아니어서, 펜스 곳곳에 개구멍이 뚫리는 등 한동안 기도꾼과 공단 직원 사이에 저녁마다 숨바꼭질이 벌어졌다.

참 극성이었다. 산꼭대기 통성기도만으로는 '하나님'의 은혜를 받기 어렵다고 생각했는지, 일부는 보현봉 주변의 절집들을 공격했다. 야밤에 일선사, 승가사, 문수암, 구봉암 등 절집을 떼 지어 몰려다니며 저주 기도를 했다. 여리고성을 무너트렸다는 구약의 여호수아를 흉내 낸 것이다.

"무너져 내려라, 무너져 내려라."

절집 주변 바위는 물론 전각이나 석탑 등에 붉은 페인트로 십자가를 그려 놓기도 했다. 보현봉 아래 일선사 토굴 법당 속까지 들어가 페인트칠을 하는 바람에, 일선사는 법회 때가 아니면 토굴 법당문을 잠가 놓는다고 한다.

시민들의 비난이 커지고 손가락질이 심해지며 공단의 단속이 심해지자, 염치가 없었던지 아니면 통성기도가 별무성과였던지 기도꾼의 발길이 줄어들더니 지금은 사라졌다. 북한산 아래 산마을은 본래의 고요를 되찾았다.

이곳의 영빨을 가장 강력하게 증거하는 것은, 당골네의 굿이나 기독교인의 광적인 기도 이전부터 오랫동안 존재해온 산신각山神閣이었다. 문화재급 산신각이 세검정엔 무려 네 곳이나 된다.

그중 으뜸 되는 곳이 평창동 보현산신각普賢山神閣이다. 서울 민속문화재(3호)로 지정된 곳이다. 보통 산신각에는 산신 할아버지만 모시는 게 보통이지만, 이곳은 특이하게도 할배 산신과 할미 산신을 위한 전각을 따로 두었다. 두 분의 제상에 올리는 치성에서도 차별이 없다. 이곳 사람들은 여신각에 더 많은 치성을 올리면 음기가 강해 산사태가 나고, 남신각 치성에 더 공을 들이면 양기가 세져 산불이 난다는 믿음으로 남녀차별을 철저히 경계했다. 할배 산신각 위에는 조선조 기우제를 지내던 천제단까지 있으니, 이곳의 영험은 산신에서 천신까지 모두 아우른다.

보현산신각과 함께 세검정 마을 사람들이 신성시하는 곳이 부군당府君堂이다. 이곳에선 대동 산신제라는 마을 굿을 지냈다. 구기동에서 승가사로 오르는 능선 중턱에 있다. 주민들은 보현각을 큰집, 부군당을 작은집이라고 했다. 동제는 음력 8월 말에 열렸다.

세검정 삼거리 석파정 별채 뒤에는 홍지동 산신당山神堂이 있다. 한 평 남짓 작은 신각이지만, 이곳 산신도엔 특이하게 할아버지 산신과 할머니 산신이 함께 있다. 부암동에도 윤웅렬가尹雄烈家 뒤쪽에 부암산제당付岩山祭堂이 있어 천제와 산제를 봉행한다. 한마을 신당이지만, 제사 때 올리는 치성은 제각각이다. 보현산신각 제상엔 돼지가 통째로 올라갔고, 홍지동 산신당에는 돼지 대신 소머리를 올렸으며, 부암산 제당엔 돼지머리만 올랐다.

보현산신각 아래엔 그 특별한 영빨 때문인지, 당골이 특히 많았다. 너무 많은 당골이 굿을 올리다 보니 시끄럽고 화재 위험도 커서, 산신각 밑에 4층짜리 거대한 건물을 짓고, '당집 타운'으로 운영한다. 한 층에 굿당이 서너 개씩 있어, 굿이 많을 때는 열두 판이나 벌어진다고 한다. 유명한 무당은 위아래 층을 오가며 한 번에 서너 판의 굿을 집전하기도 한다. 보현산신굿당이다. 혼동하지 마시라, 보현산신각과는 전혀 별개다.

산신각이나 산제당 혹은 당집만 있는 게 아니다. 평창동 옛 북악파크호텔 뒤쪽, 지금의 가나아트홀 동쪽에는 여단勵壇이 있었다. 조선왕조 시절 나라에서 자손 없이 죽은 사람들의 원혼을 제사 지내던 터였다. 대개 돌림병으로 유족 없이 떼죽음을 당한 경우이기에, 여단에서는 무주고혼無主孤魂을 달래는 한편 돌림병의 예방과 퇴치를 기원했다.

무더위가 시작하거나 추위가 밀려오는 계절에 여역(돌림병)과 요기가 성하다고 보아, 한성부 주관으로 청명, 7월 15일, 10월 1일에 제사를 지냈다. 코로나19의 3차 유행에 시달리는 요즘, 여단의 치성이 새삼 아쉬워진다. 동제란 환란을 예방하거나 극복하기 위해 마을 사람들이 뜻과 힘을 모으는 것. 일부 종교인을 제외하고는 동제를 반대할 사람은 없지 않을까 싶다.

할머니 생일이라고 아이가 왔다. 때는 이때다.

"저기 평창동에 가면 산신각이 있는데, 거기서 기도하면 소원이 이루어진대. 아주 오랜 옛날부터 이 동네 할아버지·할머니들이 해 온 것이니까 아마 맞을 거야. 가서 보면 알겠지만, 산신 할아버지는 빨간 모자만 안 쓰고, 사슴 대신 호랑이를 데리고 다니는 것만 다르지 산타 할아버지와 같아. 할배랑 주원이는 잘 통하니까, 주원이가 기도하면 꼭 들어주실 거야."

아이의 단순함과 간절함은 그야말로 '숭배'할 만하다. 간절함은 파도를 잠재우고, 단순함은 산을 옮길 힘이 있다고 하는데, 나는 이 말을 믿는다. 할아버지가 되어서 아이의 그런 덕성을 이용해 점수나 따려고 하는 것이 민망하긴 하다. 하지만 이 나이쯤 되면 달리 도리가 없다. 눈높이를 맞추지 못하거나, 방법을 모르거나, 몸이 따라 주지 않아 함께 놀아 주지 못하니 그거라도 이용해야지 어쩌겠는가.

할미는 이미 아이 엄마와 담합했다.

"테라새미는 우리가 마련할 테니 너희는 딴 거 챙겨!"

크리스마스이브 닷새를 앞두고 아이는 할미와 삼촌이랑 보현산신각에 갔다. 산신당 문은 잠겨 있었다. 문틈으로 들여다보았다. 흰 수염의 할배가 호랑이를 애완견처럼 데리고 있다.

"할머니, 산신 할아버지가 더 늙은 거 같은데, 생긴 건 산타 할아버지랑 똑같아. 나이도 더 많으니 소원은 더 잘 들어주실 거 같아."

그런데 어쩌나? 들어갈 수 없으니. 할 수 없다. 문고리라도 잡고 하소연하는 수밖에. 아이는 차가운 문고리 쇠를 잡고 뭐라 뭐라 중얼거렸다. 할미도 옆에서 눈을 감고 응원했다.

흐르는 강물처럼, 카르페 디엠!

겨울 세검정은 춥다. 자하문고개 너머 성문 안보다 보통 여름이나 겨울철에 2~3도 낮다고 한다. 지구 온도가 1도 더 높아졌다고 지구촌이 각종 기후재앙에 시달리는 걸 보면 상당히 큰 차이다. 게다가 사방이 비탈이다. 골에서 내려오는 바람, 산능선을 치받는 바람을 맞아야 하니 체감온도는 훨씬 더 떨어진다. 산기슭 볕바른 곳이라면 다행이지만, 보현봉·문수봉과 형제봉·비봉능선을 마주하는 조망 좋다는 집들은 북풍한설을 온전히 견딜 각오를 해야 한다.

겨울이 오고부터 아이의 방문이 부쩍 줄었다. 왜 안 오냐고 투정할 순 없다. 한겨울에도 반팔·반바지 차림으로 사는 아파트의 아이를, 평소 패딩에 목도리 두르고, 수면양말까지 신어야 하는 집으로 어떻게 오라고 할 수 있을까. 그건 욕심을 넘어서 망발이다. 가끔 제 발로 왔다가도 해가 떨어지면 부리나케 돌아가야 한다. 배 내놓고 이불 걷어차고 천지사방 돌아다니며 자는 아이가 하룻밤이라도 머물렀다가는 감기를 피하기 힘들다. 일부러라도 돌아가라고 등을 떠민다.

50년 가까이 된 집이 특별히 추운 것은 예순 넘은 할아버지·할머니 몸이 차가워지는 것과 다르지 않다. 나이가 들수록 말단까지 혈액이 제대로 돌지 않아 손끝과 발끝부터 차가워진다. 처음엔 그저 시릴 정도이더니, 언제부턴가 통증이 느껴질 정도로 차가워졌다. 이제는 실내에서도 수면양말에 실내화를 신고 다닌다. 잠깐 문밖을 나설 때도 보온신발을 신어야 한다. 손에는 장갑을 두 겹이나 낄 때도 있다.

처음엔 가죽장갑을 이용했지만, 요즘은 털장갑을 낀다. 이유는 간단하다. 자주 잃어버려서다. 대개는 한쪽만 잃어버린다. 그것도 자주 꼈다 벗었다 하는 오른쪽이다. 한겨울만 지나면 왼쪽만 두세 개 남는다. 짝이 같으니 쓸 수 없다. 털실 장갑은 값도 싸고 보온도 좋다. 잃어버려도 지청구를 덜 먹는다. 오른쪽과 왼쪽 구분이 없어, 남은 것 두 개면 한 벌로 쓸 수 있다. 추울 땐 그런 것 두 개를 겹쳐서 낀다. 손가락 끝을 잘라 내어, 컴퓨터 자판을 두들기는 용도로 쓸 수도 있다.

손발 시림에 앞서 나타난 것은 이명 耳鳴이나 노안 老眼이었다. 이명과 노안은 시간이 흐르자 익숙해졌다. 불편할 뿐 고통스럽지는 않았다. 손발 시림은 달랐다. 요즘처럼 영하 10도 이하로 떨어질 때면 단순히 손발이 시리고, 아픈 데 그치지 않고 온몸이 오그라드는 듯하다. 족욕을 하면 알 수 있듯이 발만 따뜻해도 온몸이 따뜻해진다. 반면 발이 차가우면 온몸이 차가워진다. 때론 발이 시린데 발바닥에 땀이 배기도 한다. 뭔 조화인지 모르지만, 그야말로 식은땀이다. 땀 차면 더 시리고, 몸이 더 추워진다. 혈액 순환 문제이고 노화 문제인데, 그걸 어떻게 되돌릴 수 있을까?

아이는 도대체 추위를 타지 않는다. 장갑도 끼지 않고, 발목 맨살을 다 드러낸 채 시소도 타고, 미끄럼틀도 탄다. 손이 쩍쩍 달라붙을 것 같은 쇳덩어리를 쥐고 찬바람 맞아 가며 그네도 탄다. 손이 안 시릴 리 없지만, 몇 번 비비고 나면 다시 열이 난다. 놀이터에서 몇 분도 채 놀지

않았는데, 발을 동동 구르다가 집에 가자고 졸라대는 할아버지를 아이
는 도대체 이해할 수 없다.

그러면 할아버지는 혼자 이렇게 중얼거린다.

"냉기가 손끝에서 팔꿈치 어깨를 거쳐 가슴에 이르고, 발끝에서 무
릎, 배를 거쳐 가슴으로 침범하면 그땐 영영 헤어지는 거란다."

올해는 12월 강추위가 닥치고서야 방한 대책을 강구했다. 부실한 창
호窓戶가 원흉이라는 소리는 들어 봤지만, 외풍이 거실 바람막이로 친
두꺼운 커튼까지 들어 올릴 정도일 줄은 몰랐다. 고민하던 아이 할머니
가 이른바 풍지판과 바람막이 패드란 걸 발굴했다. 특별히 오갈 데 없
는 크리스마스 날 외풍막이 공사를 했다. 부엌과 화장실까지 12개의 창
호에 풍지판을 붙이고, 패드를 끼우고 나니, 심리적 효과인지 몰라도
실내 온도가 부쩍 올라간 듯하다.

"이럴 수가!"

두 중늙은이는 환호했다. 그걸 10년 동안 참고 지냈으니, 게으르면
몸이 힘들다더니 옛말이 틀리지 않는다.

돌아보니 마곡동과 홍은동의 두 왕할머니는 빠르게 무너졌고, 우리 몸
도 조금씩 마모되는 걸 느낀다. 어둡고 쓸쓸하다. 반면 아이는 무섭게
자란다. 밝고 희망차다. 대조되는 두 모습이 중첩되면 이런 생각이 든다.

長江後浪推前浪　　 장강은 뒷물결이 앞물결을 밀어내고
장 강 후 랑 추 전 랑
一代新人換舊人　　 사람은 새사람이 옛사람을 대신한다
일 대 신 인 환 구 인

중국의 격언집《증광현문增廣賢文》에 나오는 경구다. 엄연한 현실이지만, 야박하다. 같은 말이라도 좀 더 따듯하면 좋지 않을까?

"삶은 강물처럼 유장한 것. 쉬거나 그치지 않고 모두가 쉼 없이 흐른다. 앞물결은 뒷물결을 끌어 주고, 뒷물결은 앞물결을 밀어 주며 저 넓은 바다로 나아간다."

그렇다. 앞물이 흘러가면 뒷물이 채우고, 뒷물이 앞물이 되면 다시 뒷물이 따르고. 흘러가는 걸 안타까워하지 않는 건 바다에 이르러 모두가 하나가 된다는 걸 알기 때문이고, 또 흘러오고 흘러가는 순환이 영원하다는 것을 알기 때문일 거다. 흐르지 않는다면 그거야말로 침묵이고 주검이다. 세상에서 흘러가는 걸 안타까워하는 건 사람뿐 아닐까? 더 머물기 위해 박쥐를 잡아먹고, 석유와 석탄 마구 때며, 전쟁까지 일으켜 정복하고 학살하며, 악을 쓰고 발버둥 친다.

길동 할아버지가 대장에서 용종이 여럿 발견돼 제거 수술을 했다. 악성은 아니라니 다행이었다. 안부를 물었다.

"건강하셔야지요."

"그럼요. 주원이 시집가는 거 보고 가야죠."

맞다, 그 정도면 바다에 이른 것이다.

바이러스의 침공, 기상 이변 등 사람의 탐욕이 초래한 자연 재난이 잇따른 한 해였다. 새해도 바이러스와 기상 이변 재난은 커지면 커졌지 줄지 않을 것 같다. 아이를 볼 때마다 심란하다. 자연으로 돌아갈 날이 머지않은 우리야 걱정할 게 없다. 그러나 살아야 할 날, 가야 할 길이 구만리인 아이들은 어쩌란 말인가. 나처럼 앞선 자들이 아이들 것을 마구

빼앗아 쓰다가 다 망가트렸으니, 아이들이 당할 그 고통에 대한 책임을 어떻게 질까.

'새해엔 내가 망가트린 것을 수선해 되돌려 주는 데 조금이라도 힘을 보태야 하겠다. 그래야 아이의 삶, 그 아이가 낳은 아이의 삶도 강물처럼 유장할 수 있는 것 아닌가.'

이런 생각을 해보지만 제대로 실천할지는 알 수 없다.

한겨울 눈 내린 세검정은 그런 걱정 속에서도 그야말로 별천지다. 설악산이 좋다고 하고 알프스가 좋다고들 하지만, 굳이 그렇게 멀리 갈 이유를 찾을 수 없다. 아이에게 그 풍광을 보여 주고 싶어 이제나저제나 하지만, 눈다운 눈 한 번 오지 않고 올 한 해가 저물었다.

세밑에 찬술 한 잔 놓고 산을 바라본다. 눈은 황홀하지만, 마음은 쓸쓸하다. 지나온 날들을 돌아보면, 보이는 것이 없다. 침침한 안개뿐이다. 문득 아이 생각이 떠오르자, '오호라!' 무릎을 친다. 아이의 몸과 마음이 그만큼 더 자라지 않았더냐. 아이의 단순함과 간절함은 더 깊어지지 않았더냐.

아이는 크리스마스 선물을 네 개나 받았다. 그렇게 간절히 기도했던 미니특공대 가운데 테라새미는 물론 타르보스톰도 받았다. 애니메이션 〈겨울왕국〉의 엘사 궁전도 받았고, 소꿉놀이 '콩쥐 래빗' 가운데 아기방과 마트도 받았다. 모두 조립하는 것들이다. 아이의 산타·산신 기도가 응답을 받은 것이다.

크리스마스 날 아침 아이가 할미에게 전화를 걸어 자랑했다. 목소리에 달이 떴다.

"아빠가 산타 할아버지 봤대. 간밤에 선물 보따리 들고 오셨대. 동영상도 찍었어. 나도 봤다.”

아이 아빠는 산타가 살금살금 들어와 미니 트리 앞에 선물을 놓는 모습이 담긴 동영상을 톡방에 올렸다.

아이는 언젠가, 그날 온 산타가 아빠라는 사실을 알게 될 것이다. 그러면 아이는 산타가 없다는 것에 실망할까? 아니면 아빠야말로 진정한 산타라는 사실을 알고 기뻐할까? 잘 모르겠다. 아이는 할미한테 그러더란다.

“할머니, 크리스마스는 또 언제 와?”

아이야, 그런 기다림에 마음 졸이지 마라. 오늘을 즐겨야 해, 내일의 행복을 위해 오늘을 포기해선 안 돼. 오늘의 행복을 꼭 잡아야 해. 카르페 디엠! 알았지?

2부

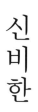

신비한

유년의 숲

"능금마을에 왜 능금이 없을까?"

노년의 시들어 가는 벌판에 문득 나타난 신록의 숲이 유년의 아이다. 그런데 유년의 진행이 쏜살같다. 그 신비한 숲과 새들이 순식간에 사라지고 날아갈까 봐 두렵다.

인간의 수명을 개인으로 국한하면 얼마나 단명한가. 그 삶은 얼마나 순식간인가. '한여름 밤의 꿈'이란 표현도 과장이다. 《금강경 金剛經》 사구게 四句偈 정도는 되어야 진실에 가깝다.

一切有爲法　일체의 있다고 하는 것은
일체유위법

如夢幻泡影　꿈같고, 허깨비 같고 물거품 같으며 그림자 같고
여몽환포영

如露亦如電　이슬처럼 사라지고 번개처럼 지나가니
여로역여전

應作如是觀　응당 이와 같이 관할지니라
응작여시관

하지만 그 삶을 '우리'로 확대하면 달라진다. 마을이나 사회, 국가로까지 넓힐 필요도 없다. 우리 가족으로만 확대해도 된다. 아이가 커 부모가 되어 아이를 낳을 때면 할아버지·할머니가 되고, 조부모가 떠날 때쯤엔 손주가 커 결혼하여 부모가 되고…. 그렇게 3대, 4대를 넘어

10대, 20대로 흘러간다. 우리의 주요 성씨 중엔 50대 이상 이어온 문중이 있다. 천 년 이상 흘러온 가문이다. 삶은 유장하다. 공동체의 삶은 더 유장하다.

유한한 삶에 대한 안타까움을 달래 주는 게 기억이다. 비록 나의 삶이 때론 슬프고 고통스럽더라도 누군가 그런 삶을 기억해 준다면 헛되지 않다. 기억하는 동안 그 삶은 소멸했다고 할 수 없다. 가족이나 공동체가 기억을 위해 각종 축일, 기념일, 국경일을 정하고, 기념물을 만들어 세우고 역사를 기록하고, 신화와 전설을 수집해 정리하는 것은 그 때문일 것이다.

그리하여 많은 기억을 가진 가족, 문중, 마을, 공동체, 국가는 사람들로부터 사랑과 존경을 받는다. 아득한 시간 저 멀리서 흘러오고 또 아득한 저 시간 속으로 흘러가고, 또 흘러오고 흘러가는 강물 같으니 어찌 아름답지 않고 또 신비롭지 않을까.

아이에게 자랑할 게 우리 마을의 자연과 이야기뿐인데, 한겨울엔 추워서 나갈 수 없으니 말이라도 해야겠다. 세검정엔 그런 강물 같은 마을이 몇 있다. 능금마을, 뒷골, 부침바위마을 등. 서울이라는 메트로폴리탄의 한구석에 숨어 느티나무처럼 오랜 이야기를 안고 있는 마을들이다. 그린벨트로 묶인 덕택에 아득한 할아버지·할머니의 삶의 흔적을 그대로 간직하고 있다.

북악산 북쪽 기슭, 백사실 위 계곡은 온통 능금 과수원이었다. 종묘 제례 때 제상에 올릴 정도로 귀했던 몸이 능금이다. 껍질을 벗기고 올리느냐, 껍질째 올리느냐를 놓고, 조정 대신들이 논란을 벌일 정도였다

142

는 그 능금이다. 꽤나 할 일이 없었던 분들이다. 바로 그 능금의 주산지가 세검정이었다. 조선에선 능금 하면 세검정이었고 세검정 하면 능금이었다. 특히 백사실 뒤쪽 계곡 동네는 이름조차 아예 능금마을이다.

세검정 능금의 유래는 창의문 밖 사람들이 인조반정에 협조했다고 인조가 묘목을 하사한 덕분이라고들 하지만, 세검정 주변을 능금밭으로 조성한 것은 숙종이었다. 제상에 꼭 올려야 할 능금 수요가 절대적으로 부족하다 보니, 숙종 대에만 세검정 산비탈에 무려 20만 그루나 심었다고 한다. 지금은 국광, 홍옥, 부사, 후지, 홍로, 아리수 등 개량종 사과에 밀려 자취를 감췄지만, 20세기 초까지 세검정 능금은 경금림이라 하여 과일계의 절대 강자였다. 그렇게 귀한 능금이다 보니, 손 타는 것을 막기 위해 과수원 주변은 앵두나무로 울타리를 둘렀다.

그러나 '화무십일홍花無十日紅이고 권불십년權不十年'이라, 능금의 전성기는 일제의 병탄과 함께 급전직하 몰락했다. 일본 품종의 사과 개량종이 밀려오면서, 능금은 제사상은 물론이고 제법 사는 이들의 다과상에서도 사라졌다. 한입 베어 물기만 해도 눈물이 찔끔 나올 만큼 신 데다 볼품없이 작은 능금은 줘도 먹지 않는 과일이 되었다.

능금이 사라지면서 지금은, 울타리 기능만 했던 앵두나무뿐이다. 주민들이 능금 대신 심은 것이 복숭아, 자두 등이었다. 하지만 따뜻하고 햇볕 잘 드는 곳에서 자라야 달고 큰 복숭아와 자두는 능금마을의 명성을 지켜 줄 대체작물이 되지 못했다. 1970년대까지 이런 과수원이 근근이 유지되다가 1980년대부터는 이마저 버려졌다.

다행히 버려진 나무들이 봄이면 이 계곡을 눈부시게 밝혔다. 지천으로 흐드러진 살구꽃과 복숭아꽃은 청춘의 마음을 아찔하게 흔들었고,

앵두꽃과 자두꽃은 구름처럼 계곡을 덮었다. 사람은 가고 꽃만 남았다. 세검정 일대가 한동안 청춘남녀 연애의 성소가 되었던 것은 풍광보다 바로 그 꽃들 덕택이었다.

앵두, 복숭아, 자두 외에도, 보릿고개가 기승을 부리던 시절 구황식품으로 애용됐던 고욤나무도 흔했다. 크기는 엄지손톱만 하지만 씨가 대부분이어서, '고욤 일흔 개가 감 한 개만 못하다'고 푸대접받던 놈이다. 그러나 하늘을 덮을 정도로 열리는 덕택에, 가마니로 따서 말렸다가 흉년 들면 물에 불리고 푹 쪄서 씨를 발라낸 뒤 대추와 함께 짓찧어 양식 대용으로 쓸 만했다. 나무에서 서리 맞아 흑자색으로 변할 때쯤 따서, 살만 발라낸 뒤 오지그릇에 넣고 푹 숙성시킨 것은 한겨울 길고 긴 겨울밤 야식으로 특별했다.

산중에 꽃도 흔하고 과일도 흔하다 보니, 세종대왕의 아들 안평대군은 부암동에 정자를 짓고 별채(무계정사武溪精舍)로 쓰면서 꿈에서 본 이곳의 풍광을 이렇게 묘사했다.

"안은 넓고 은밀하며, 계곡물이 흐르고 골짜기 입구에는 폭포가 떨어지고 수백 그루의 복숭아나무와 대나무가 주위를 둘러싸는 듯하여 무릉도원의 기이한 모습과 닮았다."

그는 이 꿈 이야기를 당대의 화공 안견安堅에게 전하면서 화폭에 담도록 했다. 그리하여 탄생한 것이 바로 〈몽유도원도夢遊桃源圖〉였다.

스마트폰에서 이 그림을 찾아 아이에게 보여 줬다. 아이의 표정은 신통찮다. 사실 나도 그랬다. 뭐가 좋다는 것인지 알 수 없다. 그래도 말을 꺼냈으니 무언가는 소개해야 했다.

"사철 꽃 피고, 맑은 시냇물 흐르고, 새들이 지저귀고, 실바람 불고.

그 속에서 공부도 하지 않고 산다고 생각해 봐. 얼마나 좋겠니?"

아이는 남은 과자를 한입에 털어 넣고는 소파 위로 올라가 뛰기 시작했다.

"여기도 좋아. 그렇게 복잡한 건 싫어."

백 번 들어 봤자 소용없다. 눈으로 한 번 보는 게 낫다. 겨울인 것이 아쉽다.

'백사실과 능금마을은 신선들이나 사는 무릉도원이야. 무릉도원이 있는 세검정에서 할아버지 신선들이랑 걱정 없이 살자'고 유혹할 꿍꿍이로 시작한 능금마을 이야기는 그렇게 싱겁게 끝났다.

소래포구 기차 땡땡이

올해도 아이의 연말연시 위문 행사는 초하루 밤 9시가 넘어서야 끝났다. 아이는 행사 내내 단 한 번도 싫다 하지 않고, 떼도 쓰지 않고, 집에 가자고 조르지도 않고, 주리를 틀지도 않았다. 아이가 고단했을 걸 생각하면 미안하고, 우리가 받은 기쁨과 활력을 생각하면 엎드려 절하고 싶을 정도로 고맙다.

어른에게도 산타는 있다. 크리스마스 때만 찾아오는 산타가 아니다. 기다리기도 힘들고, 엄마·아빠가 이런저런 조건을 붙여 '쫄게' 만드는 그런 산타도 아니다. 마음만 먹으면 언제든 찾아가 무한대의 선물을 가져올 수 있는 산타다.

우리가 신축년 첫 다짐으로 아이에게 무언가 보답해야겠다고 한 것은 그 때문이었다. 아이에게까지 매번 맨입으로 받아먹는 게 염치없었다. 그런데 할 수 있는 게 별로 없었다. 코로나19로 이동에 제약을 받는 터에 설상가상 북풍한설까지 겹쳐 옴짝달싹할 수 없었다. 그렇다고 매일 하듯이 집 안에서 안방과 건넌방을 뛰어다니며 놀 순 없었다. 그래서 열심히 궁리한 결과가 '기차 땡땡이'였다.

마침 연초부터 서해안에 눈이 많이 내렸다. 장항선 노선과 겹치는 곳이다. 10일께에는 서울에도 적잖이 눈이 쌓였다. 장항선은 내가 태어난 충남 내포 지방을 관통한다. 서산시 해미가 고향인 나의 어릴 적 가장 큰 소원은 그 기차를 타고 노선 따라 끝까지 가 보는 것이었다. 기차는 해미를 들르지 않으니, 홍성까지 나가야 탈 수 있었지만, 그 정도 오가는 건 일도 아니었다.

언젠가 옆집 할아버지가 기차 타고 서울 갔다가 오는 길에 샀노라며 양갱을 선물로 주셨다. 시골에선 구경할 수조차 없었던 양갱은 기차에 대한 나의 열망을 더욱 부풀려 놓았다. 조금만 떼어먹고 벽장에 넣어 둔 그 맛은, 생각만 해도 설레다 못해 오금이 저릴 정도였다.

물론 기차 여행에 대한 향수는 우리 중노인에게만 특별한 것일 수도 있다. 궁벽한 시골에 갇혀 지내던 아이들에게, 뿌우뿌우 기적소리를 남기며 들판을 가로지르는 그 길고 긴 기차의 그림자는 시간과 공간을 순식간에 넘나드는 마법의 양탄자였다. 게다가 양갱이며 호두과자며 말로만 듣던 천안역 가락국수며 …. 기차의 꿈은 키가 커 갈수록 풍선처럼 부풀었다.

아이에게도 미리 언질을 줬다. "눈 나라로 기차 여행 가는 거야, 알았지?" 북극 한파가 잠시 밀려간다는 13일을 디데이로 잡았다.

그런데 12일 아이 엄마에게서 연락이 왔다. 아이가 전날 밤부터 열이 오르고 목이 붓고 팔다리가 아파 잠을 못 잤다는 것이다. 소아과에 갔더니 하루 더 지켜본 뒤 열이 내리지 않으면 코로나 검사를 받아 보라는 것이었다. 페이스톡 화면으로 보이는 아이는 빨랫줄에 걸린 담요처럼 축 늘어져 있었다. 이게 무슨 날벼락인가!

그래도 무슨 배짱인지 아니면 오기인지, 우리 부부는 13일 아침 아이 집으로 갔다. 코로나19는 아니라는 이상한 확신을 갖고 있었다. 아이의 열은 반드시 떨어질 것이고, 통증 역시 사라질 것이라고 믿었다. 기차 여행을 막을 건 없었다. 사실 아이는 이틀 전 순회공연을 한 것 말고는 집 안에 콕 박혀 있었다. 아이가 감염됐다면 전파자는 아이 엄마나 아빠였다. 그러나 둘은 멀쩡했다.

할머니가 들어서는 데도 아이는 제 아빠에게 안겨 일어나지도 않았다. 눈만 멀뚱멀뚱 굴리며 쳐다만 봤다. 할머니가 안아서 일으켜 세우자 두 손으로 목을 감싼다. 할아버지가 넘겨받았다. 손가락으로 겨드랑이에 간지럼을 태웠다. 얼굴에 겨우 장난기가 돌았다. 이번엔 전에 한 번도 하지 않았던 어부바를 했다. 아이의 몸이 찰떡처럼 달라붙는다. 이 방, 저 방 돌아다니다가 땡땡이 이야기를 했다. 기차, 눈, 바다, 그리고 어딘가에서 먹게 될 해물칼국수…. 아이도 쫑알거린다. 앞으로 안고 보니, 눈이 반짝이기 시작한다.

체온을 쟀다. 38.1도였다. 많이 내렸다지만 정상보다는 제법 높았다. 나는 체온계를 믿지 않기로 했다. 내 체온을 쟀다. 37도가 넘었다. 체온계에 대한 나의 불신은 입증됐다! 음식점 등에서 잰 나의 체온은 36.5도를 넘은 적이 없었기 때문이다. 아이는 37도를 조금 넘는 수준이라고 생각했다. 아이들 체온은 대체로 어른보다 다소 높은 걸 생각하면 비정상이라고 할 수 없었다.

"굳이 선별검사소에 갈 필요가 있을까? 오히려 오고 가고 기다리고 하다가 더 탈만 나는 거 아닐까?"

조심스럽게 중얼거렸다. 하지만 아이 엄마는 일언지하에 묵살했다. 아이가 아빠와 함께 진료소를 다녀왔다.

"할머니, (면봉을) 코에 넣었다 꺼냈는데, 아프진 않았어. 울지도 않고 싫다고 하지도 않았어. 조금 이상한데 참을 만했어."

아이는 예의 그 명랑을 되찾았다. 미주알고주알 할미에게 검사 과정을 전했다. 아마도 아이 아빠가 딸에게 칭찬을 함박눈처럼 퍼부었나 보다. 자신감이 충만해 있었다.

그러나 우리는 빨리 집에서 나와야 했다. 검사를 받은 사람과는 접촉해선 안 되고, 접촉했을 경우 검사 결과가 나올 때까지 자가격리를 해야 한다는 방역 지침 때문이었다.

"보리차 끓여 놨으니 틈만 나면 아이에게 마시게 해라. 열 내리는 데는 따뜻한 보리차가 가장 좋대. 주원아, 보리차 자주 마셔. 말도 많이 하지 말고."

보리차는 우리 중노인들이 알고 있는, 열 내리는 최고의 민간 처방이었다. 아이는 서둘러 집을 떠나는 할머니·할아버지가 이상했던가 보다. 작별인사도 하지 않고 현관에 우두커니 서 있다.

그날 밤 검사 결과가 문자로 왔다고 한다. 음성이었다. 열도 37도 안팎으로 떨어졌다고 한다. 괜찮했다. 경험도 중요한 자산인데, 요즘 애들에게 노인의 경험은 벽에 붙여 둔 껌딱지만도 못하다.

다시 아이와의 땡땡이 계획을 세웠다. 15일 날씨가 다시 풀린다고 했다. 어디든 데리고 가는데, 기차 여행은 포기했다. 대중교통을 이용하자면, 내리고 타고 내리고 타기를 반복하는 것이 번거롭다. 또 낯선 사람들과 밀폐된 곳에서 왕복 댓 시간을 머무는 게 불안했다.

지난 연말 강화도 나들이 때 아이에게 가장 인상적이었던 것은 산양과 닭 농장이었다. 그렇다고 거기에 또 가기는 싫었다. 이번엔 양이 좋겠는데 … . 수도권, 양, 목장 등의 검색어를 인터넷에 넣었다. 천운이었다. 한 군데가 떴다. 늘솔길공원 양떼목장! 인천 남구 논현동에 있다는데 위치를 살펴보니 소래포구 옆이었다. '옳거니!' 새해 초에 횡재한 기분이었다. 아이에게 연락했다.

"이번엔 양떼다. 양떼랑 놀다가 바닷가 국수집에서 칼국수를 먹는 거야, 홍합, 모시조개, 바지락, 가리비, 새우 잔뜩 들어간 해물칼국수. 그리고 바다도 보고, 소래포구 수족관에 가득한 킹크랩, 바닷가재, 숭어, 방어, 광어, 도다리, 주꾸미 그리고 대왕오징어 닮은 갑오징어도 보는 거야. 알았지?"

15일 날씨가 조금 꾸물대는 것 말고는 다 좋았다. 쌀쌀하긴 했지만 견딜 만했다. 광명, 시흥을 거쳐 소래까지 가는 동안 차도 안 막혔다. 아이도 신이 났다.

"양은 어떻게 생겼지? 강화도 산양은 뿔이 무지 컸어. 이렇게 휜 게 활 같았어. 눈이 너무 예뻐서 그런지 하나도 무섭지 않았어. 양도 뿔이 있어? 산양은 마른 나뭇잎을 잘 먹던데, 양도 그런 거 좋아해? 진짜로 대왕오징어도 있는 거야?"

조잘대는 것이 오물거리며 풀 씹는 양 같다.

소래포구에는 대왕오징어가 없었다. 그러나 칼국수에 통째로 들어간 오징어를 다리부터 몸통, 귀까지 다 먹은 탓인지, 아이는 대왕오징어를 찾지 않았다.

참으로 희한한 일이다. 그 꼬맹이가 뭐라고, 함께만 있으면 몸도 마음도 가벼워진다. 목욕하고 난 것처럼 개운하다.

할머니를 벌떡 세운 힘

요즘 아이가 시도 때도 없이, 놀러 가자고 조른다. 소래포구 다녀온 뒤 단단히 콧바람이 들었나 보다. 지지난 주였다고 한다. 금요일 아이는 아빠가 보고 싶다며 칭얼대다가 갑자기 정색하고 길동 할머니네로 가자고 했다. 딸은 난처했다. 쉬고 싶었다. 아이 아빠 없이 전철 타고 버스 타고 가는 것도 힘들었다.

그러나 아이는 엄마가 주저하는 사이, 길동에 전화를 걸었다.

"할머니, 나 길동 가도 되지?"

아이는 전화를 끊고는 제 옷이며 장난감이며 챙기기 시작했다. 엄마는 도리가 없다.

이튿날 전철 타고 버스 타고 길동에 갔다. 공교롭게도 그날 아이 할머니가 쓰러졌다. 요즘 기력이 떨어지고 가슴 통증을 호소하곤 했다는데, 그날 갑자기 가슴을 끌어안고 쓰러졌다는 것이다. 고통스럽게 겨우겨우 숨을 쉬던 할머니는 얼굴은 창백해지고 식은땀이 흐르고, 손과 발이 나무토막 같았고, 팔다리는 뻣뻣하게 굳는 듯했다고 한다. 침대에 눕힌 뒤 딸은 손발을 주무르고, 아이 할아버지는 이웃에 사는 이모들에게 연락하고 119 구급차를 불렀다.

아이는 그 모습을 고스란히 지켜봤다.

원인은 심방세동心房細動이라고 했다. 펌프질을 통해 온몸에 혈액을 순환시키는 심장이 펌프 기능을 제대로 못 할 때 나타난다고 한다. 심할 경우 심장은 박동하기보다 떨리기만 한다고 한다. 정상적이라면 1분에 60~100번 뛰는 맥이 500~600번까지 증가한다. 가슴은 격렬하게 두근거리고, 숨은 쉬기 힘들어지고, 찢어지는 듯한 가슴 통증도 따른다. 혈액을 공급받지 못한 몸의 모든 기관은 제 기능을 못 하고, 특히 뇌의 기능이 저하되면서 심한 무력감과 피로감을 느낀다고 한다.

그러나 병원에서도 할 수 있는 뾰족한 조처가 없다. 환자가 몸과 마음의 긴장을 풀고 안정할 수 있도록 조치하는 수밖에 없다. 할머니가 응급 처치를 받고 돌아올 때까지 아이는 긴장감 가득한 길동 집을 지켰다.

그날부터 아이는 재택근무하는 엄마 핸드폰으로 시도 때도 없이 할머니에게 전화를 걸어 영상통화를 했다.

"할머니 많이 아파? 밥은 먹었어? 운동해야 한다는데, 했어?"

아이는 제가 할 수 있는 위로를 했고, 그것은 할머니의 심방세동에 최고의 약이자 처방이었다. 할머니에게는 불안하고 힘든 시간이었지만, 감동의 시간이기도 했다. 도대체 누군가에게 이렇게 사랑받은 적이 있었을까 싶어 저절로 눈물이 흘러내리더란다.

지난 금요일에도 아이는 길동 가자고 떼를 썼다. 짐도 쌌다.

"다음에 가면 안 돼?"

"응. 할머니 보러 가야 해."

할머니는 기운을 많이 차렸다. 무엇보다 무력감에서 많이 회복됐다.

그동안 먹고 마시는 것조차 귀찮았다고 한다. 불안감이 몸과 마음을 괴롭히고 절망감이 의욕을 꺾어 버렸다. 그런 무력감에서 벗어나게 해 준 건 아이였다. 덕분에 아이 엄마도 시집에서 최고 점수를 땄다. 언제 이렇게 시어머니에게 효도할 기회가 올까.

딸네 갈 때마다 아이는 돌아갈 시간이 되면 우리를 잡곤 했다. 자고 가라는 것이다. 지난번 훌쩍 떠나는 우리를 원망스럽게 바라보는 아이의 눈을 잊을 수 없다.

그런데 그날은 아이가 붙잡지 않는다. 할미가 슬그머니 물었다.

"주원아, 오늘은 우리 주원이네서 자고 갈까?"

아이는 좋아서 깡충깡충 뛰었다. 저의 바람이 거부당하는 상처를 받고 싶지 않아 붙잡지 않은 듯했다. 아이에 대한 지나친 평가일까?

"그러면 어떻게 자지?"

"응, 나랑 엄마는 안방 침대에서 자고, 할머니·할아버지는 밑에서 이불 깔고 자면 돼."

우리는 침대에서 자지 않는 걸 아이는 안다.

"너무 좁지 않을까? 누구 한 사람은 주원이 방에서 자면 되는데 …."

"할머니?"

뜻밖이었다. 어떻게 할머니를 제 방에서 자게 할까?

궁금증은 곧 풀렸다. 아이는 엄마 핸드폰으로 아빠에게 전화했다.

"아빠, 오늘 할아버지가 우리를 지켜 주신대. 우리 방에서 자는 거야. 아빠, 걱정 안 해도 돼."

'원카드' 놀이를 하고는 잠자리에 들었다.

"주원아, 산이네 안 추워. 할아버지·할머니는 감기 한 번 안 걸리잖

아. 주원이네만큼 따듯하지는 않지만, 추워서 입김이 나올 정도는 아니야. 산이네 와도 돼."

아이는 엄마 눈치를 봤다. 아마 산이네 가자고 해도 엄마가 춥다며 말렸던 것 같다. 엄마도 아이 눈치를 봤다. 흔들릴 때 밀어야 한다.

"주원아, 너무 따듯하게 지내면 감기에 잘 걸려. 조금은 춥다 싶게 지내야 건강해진대. 그래야 뼈가 튼튼해지고 감기도 안 걸린대."

아이가 눈을 동그랗게 뜨고 쳐다본다. 결정타를 먹일 때다.

"세검정에 오면 우리끼리 더 신나게 땡땡이칠 수 있잖아. 어디로 땡땡이칠까?"

금선사金仙寺 가면 어떨까 싶은 생각에서 한 말이었다. 조선의 정조가 금선사 목정굴木精窟에서 치성을 드리고 낳은 게 순조라고 하지 않던가. 보현봉과 문수봉 사이엔 문수암이 있는데, 그곳에서 치성을 드리고 낳았다고 한 사람은 이승만이었다고 한다. 전설 같은 이야기다. 특히 이승만 설화는 그야말로 지어낸 것 같다. 이승만의 출생지는 황해도 평산이다. 어머니가 황해도에서 한양을 오가며 치성을 드렸다고 보기는 어렵다.

다만 사실 여부와 관계없이 부모·자식 관계의 지극함을 보여 주는 데 이만한 설화는 없는 것 같다. 아이와 함께 꼭 가고 싶은 곳 가운데 하나였다. 그러나 아이의 생각은 언제나 할머니·할아버지의 상상을 넘어선다. 이번엔 그야말로 기가 찼다.

"제, 주, 도!"

고민 끝에 날씨 핑계를 대고, 제주면장에서 돔베고기와 고기국수를 먹으며 제주 여행 흉내 내는 것으로 대신했다.

"할머니, 새 복이 뭐야?"

아이가 마곡동 왕할머니에게 세배를 한다. 온몸을 던진다. 이마, 입, 가슴, 배, 무릎이 모두 방바닥에 닿았다. 그야말로 오체투지다. 그리고 엄마·아빠가 하는 대로 "새해 건강하고 복 많이 받으세요!"라고 외친다. 왕할머니는 입이 함지박만큼 벌어진다.

아이는 세뱃돈을 받아 입에 물고는 팔짝팔짝 뛰었다.

"맛있는 거 사 먹어야지."

우리와 처남 부부에게도 그렇게 절했다.

"새해 복 많이 받으세요."

"그래 주원이도 새해 복 많이 받고 건강해야지."

세배를 마친 뒤 아이는 할머니에게 깡충깡충 뛰어와서 귀에 대고 물었다.

"할머니, 새 복이 뭐야?"

그 순간 모두가 뒤집어졌다.

"새 복?"

아이는 눈을 동그랗게 뜨고 답을 기다렸지만, 어른들은 놀라 벌어진 입을 다물지 못하고 있었다. 그래, 우리가 수도 없이 빌던 '새 복'이란

뭘까? 그러고 보니 우리는 그걸 덕담이라고, 상투적으로 복을 빌고 복을 받았다. 아니, 복을 빌고 받는 흉내를 냈다.

아이는 우리의 그런 상투형에 명랑하고 유쾌한 직격탄을 날린 것이다. 선방禪房에서 장군 죽비를 맞았다는 게 이런 게 아닐까? 아이에게 상투형이란 없다. 어른들에겐 '그 나물에 그 밥' 같은 것들이 아이에겐 신기하고 새롭다. 어른들이 생각 없이 던지는 말에도 눈을 반짝이며 그 속내를 호기심 가득한 눈으로 들여다본다. 덕분에 아이들은 돌멩이, 풀잎, 나뭇잎, 벌레, 구름 등 언제 어디서나 볼 수 있는 것에서도 신비를 느낀다. 아이들이 온종일 따분할 틈 없이 지내는 것은 그 때문이다. '새 복'도 그렇다.

'도대체 새 복이 뭐기에 어른들은 저렇게 입에 달고 살까? 왕할머니도 할머니도, 아빠도 삼촌도 어른에게나 아이에게나 똑같이 복을 받으라고 하는 거지? 복을 받으면 어떻게 되는 거지? 복을 받으라고 하면 복을 받게 되는 건가?'

영국의 한 계관시인은 '아이는 어른의 아버지'라고 했다.

하늘의 무지개를 바라볼 때면
나의 가슴은 설렌다
내 어린 시절에 그러했고,
나 어른이 된 지금도 그러하거니
나 늙은 뒤에도 그러하기를
그렇지 않다면 나는 죽으리

아이는 어른의 아버지
바라건대 내 남은 날들이
자연의 경건함 속에서
하루하루 지나가게 하소서

   – 윌리엄 워즈워스, 〈무지개〉

생각해 보면 '아버지'는 좀 군내 나는 표현이다. 비슷하게 군내 나지만, 스승이라는 표현이 조금 더 낫겠다. 아이는 어른의 스승…. 감각이 무뎌지고 생각이 상투화되는 이들이라면 아이들에게서 사물의 본질을 파고드는 의문과 호기심과 감각을 배워야 한다. 아버지는 사실 그런 걸 가르쳐 주지 못한다.

아버지건 스승이건 우리는 신축년 첫날 아이에게서 큰 복을 받았다. "새 복이 뭐야?"라는 이 물음 하나로 아이는 우리의 상투적인 감각이나 생각을 뒤흔들었다. 올 한 해 우리는 주변의 모든 것들을 아이의 눈과 마음으로 보고 느껴야겠다. 주어진 공식대로, 익숙한 패턴으로 받아들이고 느낄 것이 아니라, 호기심과 연민하고 공감하는 마음으로 보고 느껴야겠다.

한 생명의 태어남은 한 우주가 열리는 것이요, 한 생명의 자람은 온 우주의 성장이라고 한다. 이는 아이의 일거수일투족에 그대로 나타난다. 그런 아이가 나고 자라는 데는 얼마나 깊고 간절한 기도가 있어야 할까.

기왕 말이 나왔으니, 세검정의 금선사 목정굴과 문수사^{文殊寺}에 얽힌 탄생 설화 하나를 이야기해야겠다.

조선의 '개혁군주'라는 정조正祖는 제도를 혁신하고 붕당을 혁파함에
거침이 없었지만, 걱정이 하나 있었다.

정조는 1782년 9월 의빈 성씨에게서 아들을 얻었다. 혼사를 치른 후
10여 년 만에 아들을 얻었으니, 정조는 국왕의 체통을 잊을 정도로 기
뻐 춤을 췄다.

"비로소 아비라는 소리를 듣게 되었으니, 이 얼마나 다행인가."

얼마나 기뻤던지 아이가 세 살이 되자 왕세자로 책봉했다. 문효세자
文孝世子다. 그러나 기쁨도 잠시, 문효세자는 세자 책봉 후 불과 1년 만인
1786년 5월 세상을 떠났다. 정조는 대성통곡했다.

"꿈인가, 참인가. 꿈이라 하여 반드시 꿈도 아닐 것이고, 참이라 하여
반드시 참도 아닐 것이다."

그로부터 2년 동안 궁중에서는 원자의 잉태 소식이 들리지 않았다.
정조는 마음이 급했다. 사대부와 유생들의 비난을 감수하면서 부처의
힘을 빌려 왕자를 얻고자 했다. 정조는 은밀하게 하교를 내려 고승들에
게 태자의 탄생을 기도하도록 했다. 당시 정조는 서른여섯이었다.

1788년 용파 선사가 제 발로 찾아왔다. 용파는 천민 취급을 받으며 온
갖 부역에 시달리던 승가僧家에 대한 억압을 해소해 달라고 청했다. 그러
자 정조는 당신의 숙원을 털어놓았다. 용파는 도력이 깊은 농산 스님에
게 부탁했다. 그날부터 농산은 북한산 구기동 쪽 계곡의 금선사 목정굴
에서, 용파는 수락산 동쪽 내원암內院庵에서 300일 기도에 들어갔다.

기도가 무르익을 무렵 용파는, 왕자의 몸으로 태어날 사람은 농산밖
에 없다는 것을 깨닫고, 그 뜻을 농산에게 전했다. 농산은 용파의 뜻을
알아듣고 목정굴에서 기도하던 중 열반했다. 그가 입적하던 날 수빈 박

씨가 아이를 잉태했으니 그가 순조純祖다.

이런 순조의 탄생 설화는 순천 선암사仙巖寺, 연변 석왕사釋王寺에도 전해 온다. 특히 선암사의 경우 원통전에서 눌암, 대각암大覺庵에선 해붕이 각각 100일 기도를 해 순조가 태어났다는 설화가 내려온다. 그 사실 여부를 확인할 수는 없지만, 1790년 순조가 탄생한 뒤 정조가 금병풍, 은향로, 쌍용문 가사, 대복전 편액 등을 선암사에 하사한 사실은 기록과 유품으로 확인된다.

또 순조는 즉위 이듬해 친필로 인人, 천天 두 글자를 선암사에 하사했다. 순조의 장인이자 정조의 최측근이었던 김조순金祖淳 역시 친필로 '대웅전大雄殿' 편액을 써서 선암사에 보냈다. 순조 재위 중이던 1823년 절에 불이 나 소실됐을 때 선암사가 이전보다 오히려 더 크게 중수될 수 있었던 것도 이런 인연과 무관하지 않을 것이다.

세검정에는 부모와 자식의 이런 천륜을 보여 주는 또 하나의 사찰이 있다. 북한산 구기동 계곡 꼭대기, 문수봉의 콧잔등쯤 되는 곳에 지어진 문수사이다. 문수암에는 영조英祖 때 전설적인 암행어사 박문수朴文秀의 탄생 설화와 함께 이승만李承晩 초대 대통령의 탄생 설화가 전해 온다. 오대산 상원사上元寺, 고성 문수사와 함께 문수보살 3대 기도처로 꼽히던 곳이라니, 이런 설화가 없을 리 없다.

박문수 설화는 조선 영조 때 아버지인 영은군 박항한朴恒漢이 이곳에서 기도해 얻었다는 것이다. 이승만은 이곳에서 그의 어머니의 기도로 얻었다고 한다. 이승만은 이 설화를 몸으로 입증하기라도 하듯 1958년 9월 28일 부인 프란체스카와 함께 그곳까지 등정했다. 그곳 스님들과 함께 찍은 사진도 남겼고, 제왕처럼 '문수사' 편액도 내렸다.

물론 이승만의 탄생 설화는 지어냈을 가능성이 크다. 그는 평산군 마산면 대경리 능내동에서 출생했다. 평산군은 그의 부모가 태어나고 자란 곳이다. 그의 가족이 한양으로 옮긴 것은 이승만이 태어나고 2년 뒤였다. 어머니가 평산과 문수사, 그 먼 거리를 오가며 백일기도를 했을 가능성은 거의 없다.

그리고 83세의 나이에 그 험한 문수사에 친히 등정했다는 것 역시 따져 볼 게 많다. 당시 경무대 경호실은 그가 문수사 숲길을 와이셔츠 차림으로 오르는 사진을 세상에 널리 배포했다. 이 사진은 4대 대통령 선거를 앞두고 그에게 제기됐던 건강 문제에 대한 의구심을 불식하는 데 유용한 증거로 활용됐다.

이승만은 참 꾀가 많은 대통령이었다. 그는 개신교 장로로서, 해방정국에 대한민국을 하나님에게 봉헌하겠다고 서원해, 미 군정의 환심을 샀다. 그런 그가 6·25 전쟁 후 뒤숭숭한 정국에 세상의 관심을 돌리고, '친일' 딱지를 떼기 위해 불교계 정화를 추진했다. '왜색 불교 혁파'를 기치로 내걸고, 비구·대처 싸움을 일으켰다. 반민특위를 무력으로 해산할 정도로 친일파 보호에 앞장섰고, 독립지사는 제거하기에 바빴던 그가 '한국 불교의 중흥을 위해 왜색 척결'의 기치를 내걸었으니, 참으로 기이한 일이었다.

이 싸움으로 전국의 사찰은 전쟁터가 됐다. 비구승들은 정부 지원 아래 깡패들을 동원해 전국의 절들을 접수하려 했다. 대처만 주지를 할 수 있도록 했던 일제 치하에서부터 살고 있던 대처승들은 목숨을 걸고 맞섰다. 전국의 사찰에선 전쟁이 벌어졌다. 특히 몇몇 중요한 전통사찰은 6·25 전쟁의 고지전처럼 밤낮으로 주인이 바뀌기도 했다. 일진일퇴의 혈전이 벌어지면서 불교의 사회적 신망은 끝없이 추락했다. 덕택에 개신교 교세는 비약적으로 성장할 수 있는 발판을 마련했다. 불교계는 뒤늦게 이승만의 저의에 눈을 돌렸다. 문수암 등정은 이른바 비구·대처 싸움이 정점으로 치닫던 시점에 이루어졌다.

권력자의 탐욕 때문에 이야기가 곁길로 빠졌다. 시중의 탄생 설화는 유명인에 관한 것이지만, 생명 탄생의 신비를 어찌 그런 이들에게만 국한할 수 있을까. 태몽 한 편 없이 태어나는 아이는 없다. 옛 장독대에는 장삼이사 빈부귀천을 막론하고 정화수의 오롯한 정성이 서려 있다. 이것이야말로 권력자의 꾸며낸 신화보다 더 지극하고 간절하다.

　부모를 나타내는 한자가 '친親'이다. 나무에 올라가서 떠나가는 자식의 자취가 사라질 때까지 끝없이 응시하는 걸 표현했다. 하지만 그것이 어디 부모뿐일까. 아이도 그와 다르지 않다. 아이는 부모보다 오히려 더 높이 올라가 종일 부모가 일 나간 곳을 바라보며 속히 돌아오기를 고대한다.

　아이는 요즘 들어 툭하면 "아빠가 보고 싶다"라며 운다. 저녁을 먹었는데도 아빠가 오지 않으면 훌쩍이다가 나중엔 엉엉 운다. 야근이 잦은 아이 아빠는 일주일에 2~3일 밤샘 작업을 한다. 언젠가 아이는 출근하는 아빠더러 이러더란다.

　"아빠, 출장 가지 마. 출장 가는 거 싫어."

　제가 뱉은 '출장'이란 말에 또 슬퍼졌는지 울면서 아버지 팔에 매달렸다. 코끝이 찡해진 아빠는 한동안 아이를 안고 있다가 꾀를 냈다.

"주원아, 아빠가 출장 가서 일하지 않으면 주원이 초콜릿을 사 줄 수 없어. 어떻게 하지?"

아이는 곧 울음을 그치고 아빠를 빤히 쳐다보더니 이러더란다.

"그럼 갔다 와. 빨리 와야 해."

'상선약수上善若水'라고 했다. 가장 선하고 좋은 것이 물이라는 뜻이다. 걸림도 매임도 없이 자유로우면서도 만물을 살리고 키우는 게 물의 속성인데, 이런 덕성을 온전히 갖춘 이가 아이다.

우리 사회에선 그런 아이들이 겪는 비통한 이야기가 요즘 차고 넘친다. 입에 담기도 글로 옮기기도 끔찍한 일들이 연일 매체에 오르내린다. 얼마나 많은 아이가 비정하고 무지한 어른들에 의해 짓눌리는지 생각만 해도 모골이 송연하다.

온몸을 던지는 오체투지로 세배하는 아이에게, 참새 지저귀듯 "새복이 뭐야?"라고 묻던 아이에게, 이 할아비가 용서를 빈다.

금귤 가지에 걸린 아이 사랑

아이가 남도로 강원도로 3박 4일이나 여행을 다녔다. 엄마는 놔두고 아빠랑 둘이었다. 엄마를 찾지도 않고, 집에 가자고 칭얼대지도 않고, 시종 새가 날 듯 명랑하게 다녔다고 한다. 엄마 없이 아이를 데리고 다닌 아빠도 대단하지만, 아이의 아빠에 대한 '찐' 사랑도 놀랍다. 지난해까지만 해도 아이는 엄마 없이는 하루 이상을 세검정에서 잔 적이 없다. 잠을 자다가도 옆에 엄마가 없으면 일어나 홀쩍거리곤 했다.

화요일 새벽에 집을 떠나 아침을 구례에서 먹었다고 한다. 상동 산수유 마을에서 뛰어다니다가 방송에 뜬 '윤스테이'도 탐방했다. 점심은 화개장터에서 먹고 광양 다압리 매화마을에서 매화꽃 꽃비를 맞다가 잠은 여수 오동도가 보이는 곳에서 잤다.

이튿날 오동도를 한 바퀴 돌고 나오는 길에 다리가 아팠는지 아빠 등에 업혀 돌아왔을 뿐, 순천만에 가서도 습지 위로 설치된 길고 긴 나무다리를 돌아다녔다. 오후엔 선암사까지 들러 초입부터 절집까지 5리가 넘는 길을 제 발로 다녀왔다. 피곤했던지 전주로 올라가는 동안 차 안에서 잠을 자고, 전주 한옥마을 숙소에 들어가서는 엄마와 할머니에게 페이스톡으로 숙소 자랑을 열심히 했다.

이튿날엔 동생처럼 따르는 봄이가 강원도 양양에서 아빠·엄마랑 캠핑을 한다는 이야기를 듣고, 아빠를 졸라 승용차를 타고 양양까지 가서 캠핑도 했다. 아침엔 해변에서 친구와 인생 첫 바닷가 모래놀이에 푹 빠졌다.

"이번 여행에서 어디가 가장 좋았어?"

"양양 바닷가에서 봄이랑 논 거!"

총알처럼 튀어나온 아이의 대답에 아빠는 조금 서운했다. 하지만 그렇게 아빠를 따라 다녀 준 게 어딘가. 아빠는 그동안 아이가 역설적으로만 표현하던 그 찐 사랑을 확인한 것으로 대만족이었다.

눈이 쑥 빠지게 기다리던 엄마는 아이가 돌아오자마자 물었다.

"엄마 안 보고 싶었어?"

엄마를 부르며 달려와 품에 안긴 아이는 이상하다는 듯 엄마를 빤히 쳐다봤다.

"아빠랑 있었잖아. 아빠 없을 땐 엄마랑 있었고."

엄마의 표정이 심상찮은 걸 알고는 한 마디 덧붙였다고 한다.

"응, 조금."

지난해까지만 해도 아이는 간혹 산이 할머니네 가자고 졸랐다. 정초부터 산이 할머니네서 자겠다고, 엄마·아빠 없이도 할머니랑 자겠다고 했던 아이였다. 산이 할머니네는 아이에게 가장 편안하고 신나는 여행지였다. 그런 아이의 여행 반경이 이제 한반도 남쪽 전체로 확장됐다. 그와 반비례해 산이네의 우선순위도 급격히 밀렸다. 간혹 산이 보고 싶다며 찾아오긴 했지만, 해가 떨어지기 무섭게 엄마·아빠랑 제집으로 돌아갔다.

저 혼자서도 잘 놀고, 어딜 가서든 제집처럼 잘 자고, 엄마와 떨어져도 무서운 게 없는데, 굳이 할머니·할아버지를 찾을 이유가 없다. 서운한 건 탄생과 소생으로 가득한 산이네 이른 봄을 함께 즐기지 못한다는 것이었다.

산마늘은 이미 꽃대가 올라오고 있다. 꽃이 피고 나면 산마늘 잎은 쌈채로서 가치가 반감한다. 일찍 핀 매화 한 그루는 벌써 꽃잎을 떨구기 시작했다. 복숭아나무 밑 수선화는 꽃망울이 풍선처럼 부풀어 올랐다. 작약이나 둥굴레 새싹이 탄두처럼 솟았고, 아스파라거스도 한 뼘만큼 자랐다. 아이가 올 때까지 기다리다간 질겨서 씹기도 힘들 것 같다. 튤립도 꽃대를 올리기 시작했고, 앵초와 노루오줌도 싹을 내밀었다. 마당 구석구석이 고개를 디밀고 나오는 새싹들로, 어린이집 참새반처럼 밝고 명랑하다. 왕살구는 팝콘처럼 매달린 꽃망울이 반쯤 터졌다.

이미 사나흘 전 뻥튀기처럼 부풀던 진달래 꽃망울은 연분홍 꽃잎을 터트렸다. 나는 그 꽃이 발그레한 아이 볼 같다고 생각했다. 그러나 이제 그런 연상은 눈 녹듯 사라지고 없다. 아이는 진달래꽃처럼 건들바람에 떨어질까, 촉촉한 봄비에 그 연분홍이 씻길까 걱정할 정도로 약하지 않다. 과장하면, 오히려 아이의 '자기 주도형' 똥고집과 '막가파식' 행동주의는 요즘 길거리 태극기 노인네들을 능가한다.

그 앞에서 아이의 유년을 잡아 두고 싶었던 나의 헛된 바람은 자취를 감췄다. 하긴 나비도 새도 날아갈 때가 되면 다 날아가는 법. 아이는 만 세 살 때까지 평생 할 수 있는 모든 효도를 다 한다고 하지 않던가. 그동안 아이에게 받은 게 얼마인데, 더 받겠다고 욕심을 부린다면 망령이다.

어린이집에서 점심시간에 아이들과 간단한 영어 회화를 하기로 하고, 선생님이 아이들에게 영어로 부를 이름을 하나씩 지으라고 했단다. 잘 아는 과일이나 꽃 이름 가운데 하나를 골라 자기 이름으로 하라는 것이었다. 아이들은 토마토, 블루베리, 오렌지 등을 제 이름으로 내놨는데, 아이는 "금귤"이라고 하더란다. 선생님이 "그건 한글 이름인데"라며 조심스럽게 다른 영어 이름을 요청했다. 그러자 아이는 "크음규얼"이라며 금귤을 고집했다고 한다.

금귤은 우리가 흔히 '낑깡'이라고 부르는 엄지손가락만 한 귤이다. 한때 유행하다가 요즘엔 시장 좌판 위에도 올리지 않는다. 아이는 금귤이란 말을 어디서 들었는지 모르지만, 집에서 금귤을 보거나 먹은 적이 없다. 아이에게 물어보니, 아이는 "이름이 예쁘고 귀엽잖아"라고만 답하더란다. 아이의 취향이 기특하고 고집이 신통했다. 아이 엄마는 금귤의 영어명 '큼콰트kumquat'을 겨우 찾아내 아이에게 일러 줬지만, 아이에겐 여전히 '크음규얼'이다.

그런 이야기를 전해 듣고, 아내와 제주도 가는 길에 금귤과 금귤나무를 사 오기로 했다. 금귤은 제주도에서도 찾아보기 힘들었다. 웬만한 과일 가게에는 금귤이 없었다. 제주에서 가장 크다는 '제주 오일장'에 가서야 금귤과 금귤나무를 구할 수 있었다.

서울로 돌아와 의기양양 금귤과 나무를 아이에게 가져갔지만, 아이는 금귤 하나만 냉큼 먹어 보고 더는 관심을 보이지 않았다. 금귤 세 개가 달린 나무에 대해서도 "귀엽다"라는 말 한 마디뿐 더는 공치사를 하지 않았다. 내색은 하지 않았지만, 금귤로 점수 좀 따려 했던 산이 할배는 적잖이 속상했다.

일주일쯤 지난 뒤 금귤 하나가 떨어졌다며, "먹어 보니 무지 시더라"는 보고만 있었다.

지난 주말 아이 엄마가 사진 한 장을 보냈다. 아이가 엽서라고 쓴 것인데, 뭐라고 했는지 알아맞혀 보라는 것이었다. 선사시대 사람들이 바위에 새긴 그림 같았다. 뜯어보니 "산이 할머니 사랑해요"다. 뒷얘기가 가관이다.

길동 친할머니네에서 아이가 메모지를 달라고 하더니 이렇게 산이네에 대한 애정을 표시했다는 것이다. "길동 할아버지·할머니에게도 써 드려야지"라고 했더니 아이는 딱 부러지게 거부하더란다.

"아니야, 난 산이 할머니·할아버지에게만 쓸 거야."

아이 엄마는 난감했다. 그러나 산이네는 감동했다. 아이 속은 깊었다. 아이는 금귤 나무에 저의 사랑을 걸어 놓고 있었다. 나무에 열린 것이 아이의 사랑이라는 것을 할아비만 몰랐다.

역사는 흐른다

마당에서 자라는 풀과 나무, 꽃 사진을 잔뜩 찍어 보냈다. 텃밭에 심을
각종 상추와 열매채소 모종 사진도 함께 보냈다. 늙어 능구렁이가 된
할배의 속셈은 뻔했다.

꼭 1년 전 '꼬마 농부의 수박씨 사과밭'을 조성하고, 아이는 할머니
와 함께 상추 모종을 심었다. 할아버지의 꾀를 알아차렸는지, 아이는
반응을 보이지 않았다. 기다리다가 지친 우리가 결국 아이를 찾아갔다.
이번에도 '땡땡이'로 아이를 유혹했다.

"주원아, 어린이집 땡땡이치고 왕할머니랑 할아버지·할머니랑 여주
에 놀러 가자. 산이네서 하루 자고 왕할아버지 산소에 가서 절도 하고,
곤충박물관도 가서 신나게 노는 거야."

"좋아!"

아이는 단 1초도 주저하지 않았다. 올해 들어 첫 산이네 외박이 그렇
게 성사되는 듯했다. 그러나 디데이 하루 전 왕할머니는 감기가 들었
다. 함께 갈 수 없었다. 아내 마음이 흔들렸다.

"왕할머니가 아프셔서 못 가신대. 여주엔 왕할머니 감기 나으면 같
이 갈까?"

아이는 대번에 토라졌다. 할머니와 눈도 맞추지 않았다. 산이네도 안
가겠다고 했다.

"주원아 안 가겠다는 게 아니고, 주원이의 생각을 묻는 거였어. 네가
가자고 하면 물론 갈 거야. 왕할머니 없으면 주원이가 심심할까 봐."

아이는 할머니의 변명에도 마음이 풀리지 않았는지 대꾸도 하지 않
았다. 겨우 '원카드' 놀이로 마음을 달랬다. 할아버지와 아빠가 술 한잔
하는 틈에 끼어 서너 번 함께 건배 놀이를 하고서야 이전의 명랑을 되
찾았다.

이튿날 딸네로 가 아이를 데리고 여주로 떠났다. 아이는 차에 타자마
자 신이 났다. 목청이 터져라, 노래한다.

"아름다운 이 땅에 금수강산에 단군 할아버지가 터 잡으시고 홍익인
간 뜻으로 나라 세우니, 대대손손 훌륭한 인물도 많아 고구려 세운 동
명왕 백제 온조왕 ~."

어린이집에서 배웠는지 아이의 노래는 5절까지 계속됐다. 기특하기
도 하고, 영특해 보이기도 했다. 할아버지·할머니는 신이 나서 손뼉을
치며 아이의 노래를 따라 불렀다.

그러나 중늙은이가 어찌 아이의 흥을 따라갈 수 있을까. 두 번쯤 따
라 부르다가 지쳐 버렸다.

"주원아, CD 노래 들으면 어떨까? 18번 어때?"

할머니가 아이의 관심을 돌리려 아이가 좋아하는 기악곡을 제안했
다. 아이는 동의했다. 하지만 두세 번 듣더니 아이는 곧 〈한국을 빛낸
100명의 위인들〉로 돌아갔다. 중부고속도로에 올라설 때쯤 할머니나
할아버지는 아이가 소리쳐 부르는 '역사는 흐른다'에 가끔 헛기침으로

목을 다스릴 뿐이었다.

아빠와 여행할 때도 그랬다고 한다. 구례로 광양으로 여수로 장시간 운전에 졸음이 걱정됐다. 아이 아빠는 꾀를 내어, 여러 가지 버전의 '역사는 흐른다'를 찾아 놓고 아이가 따라 부르도록 유도했다. 아이는 기대를 저버리지 않았다. 1절부터 5절까지 부르고, 또 다른 버전에 맞춰 부르고 또 불렀다.

"아름다운 이 땅에 금수강산에 ….."

아빠는 졸음은커녕 아예 질렸다고 한다.

"주원아, 목 아프지 않아?"

"아니."

"힘들면 그만 불러도 돼. 졸리면 자고."

"안 졸려."

아빠는 두 손, 두 발 다 들었다. 우리도 다르지 않았다. 왕할아버지 산소 밑에 도착할 때까지 아이는 "단군 할아버지가 터 잡으시고, 홍익인간 정신으로 나라 세우니 …"를 부르고 또 불렀다.

주차장에서 산길로 10분 정도 올라가면 산소였다. 아내는 준비해 온 북어와 사과, 바나나 그리고 생전에 좋아하시던 커피를 올리고, 나는 담배에 불을 붙여 커피 옆에 놓았다. 셋이서 먼저 재배하고, 주원이가 할머니를 따라 다시 절했다. 아이는 설날 세뱃돈 받을 때 하던 식으로 넙죽넙죽 몸을 던졌다.

성묘를 끝내고 돗자리에 앉자 아이는 또 흥얼거리기 시작했다.

"역사는 흐른다 …."

1절이 끝나길 기다려 잽싸게 물었다.

"주원아, '역사가 흐른다'는 게 무슨 뜻이야?"

"응, 변한다는 거 아냐?"

우리는 깜짝 놀랐다. 아이가 제가 한 말뜻을 알고 하는 소리라고는 생각하지 않았지만 궁금했다.

"그래? 그럼 할아버지 생각을 말해 볼까?"

"응."

"저 묘지에 왕할아버지가 누워 계신다고 했지. 그 왕할아버지와 왕할머니가 결혼해서 할머니를 낳으시고, 또 할머니가 할아버지와 결혼해서 주원이 엄마를 낳고, 엄마가 아빠와 만나 주원이를 낳았어. 그런 걸 두고 역사는 흐른다고 하는 거 아닐까? 왕할아버지부터 주원이까지 이렇게 흘러온 거 말이야."

아이는 알아들었는지 모르는지 고개를 끄덕인다.

"그래, 왕할머니가 할머니를 낳고, 할머니는 엄마를 낳고, 엄마는 주원이를 낳고 ….."

아이는 남자를 뺀 여인 일계의 족보를 만들었다.

"주원아, 할아버지도 언젠가는 저렇게 묘지에 들어가 눕게 될 건데, 주원이도 이렇게 찾아와 줄 거지?"

"그럼."

"주원이가 올 때 오늘처럼 주원이 같은 아이와 손잡고 와서 절하면 좋겠다."

"싫어."

"왜?"

"응, 난 네 명 데려올 거야."

아내와 나는 뒤로 자빠질 뻔했다.

"그게 언제쯤 될까?"

"내가 서른 살 때?"

헤아려 보니, 살아 있다면 내 나이 아흔이었다.

"그 정도면 딱 좋은 나이다. 그럼 우리 약속하는 거야."

우리와 아이는 엄지손가락 도장을 교환하며, 역사가 계속 흘러갈 수 있도록 하기로 약속했다.

아이는 산소에서 내려와 곤충 박물관에 갔다. 목도리도마뱀, 비단뱀 등 여러 파충류와 사슴벌레, 풍뎅이 등 딱정벌레들과 놀았다. 비단뱀을 목에 걸어 보고, 거북이 등을 쓰다듬기도 했다. 애벌레를 손바닥에 얹어 놓고 "얘는 산이 할머니네 집 흙 속에 있던 거랑 같아"라며 속삭이기도 했다.

돌아 나올 땐 장수풍뎅이 암수 한 쌍이 담긴 보금자리 키트가 들려 있었다. 아이는 둘에게 '아리'와 '지니'라고 이름을 지어 주었다. 아이는 생애 첫 보호자가 되었다.

밀당의 고수

"백사실이 꽃대궐이야. 능금마을 벚꽃은 만발했고, 현통사 복사꽃도 한창이지. 개울엔 아기 도롱뇽들이 꼬물거리고. 주원아, 백사실에 갈까?"

어린이집에서 나오면서 할미가 물었다. "좋아!"라는 외침이 튀어나오기를 기대했다. 그런데 아이는 딴청을 부렸다. 그러다가 겨우 한다는 말이 "여의도엔 벚꽃이 벌써 다 졌는데…"였다. 가고 싶지 않다는 제 생각을 할머니 마음 상하지 않게 에둘러 말할 줄도 안다.

할미는 조금 서운했다. 할아버지 같으면 꿀밤을 한 대 쥐어박는 시늉이라도 했을 것이다.

이튿날이었다. 아이 엄마가 어린이집으로 아이를 데리러 갔더니 문을 나서자마자 다짜고짜 이렇게 묻더란다.

"엄마, 나 백사실 가고 싶어."

아이 엄마가 세검정으로 전화했다.

"엄마, 주원이가 백사실 가고 싶다는데 오늘 가도 돼?"

할미는 궁금했다.

"어제는 아무런 관심도 보이지 않더니?"

여섯 살 아이의 변덕이 심할 순 있겠다. 그렇다고 할머니가 서운해할 것 같아, 인심을 쓸 정도로 마음이 커졌을 리도 없다.

'왜 어제는 주춤거렸을까? 무슨 궁리를 했던 것일까? 오늘은 무슨 꿍 꿍이일까?'

딱히 할 일 없는 할아버지는 변심의 배경에 매달렸다.

일주일 전 아이는 다짜고짜 길동 할머니네 가겠다고 했다. 약속 때문 에 여의도에 왔다가 아이 집에 들른 길동 할아버지가 돌아갈 때였다. 아이는 갑자기 할아버지에게 매달리며 조르더란다.

"길동 할머니 보고 싶어."

길동 할아버지는 화들짝 놀라 벌어진 입을 다물지 못했다. 솔직히 '길동'은 '세검정'에 비해 홀대를 당한다고 생각했다. 할아버지는 아이 마음이 바뀌기 전에 냉큼 아이를 차에 태워 길동으로 갔다고 한다.

궁금증은 아이 아빠의 풀이를 듣고서야 풀렸다.

"주원이가 어렸을 때부터 '선수'였잖아요. 어린이집 선생님이나 엄 마·아빠 친구한테도 관심을 끌려고 애쓰는 게 눈에 보였어요. 여느 아 이처럼 떼쓰는 게 아니라, '밀당'을 하더라고요. 실제로 성공도 했고요. 이제 궁리가 더 깊어지고 어장관리 수완이 더 발전한 게 아닌가 싶어 요. 세검정에 '몰빵' 할 게 아니라 길동도 포트폴리오에 포함해야겠다 생각한 거겠죠."

아이의 어장관리 덕분에 우리는 꼭 1년 만에 백사실로 소풍 갈 수 있 었다. 작년에도 이맘때였는데 날씨와 환경은 그때와 영 달랐다. 지난해 엔 산도화는 물론이고 벚꽃도 피지 않았다. 현통사에서 백사실로 오르 는 오솔길 양옆으로 개나리꽃이 숲과 산길을 가르는 노란 경계선을 이 루고, 진달래꽃이 숲 그늘을 발그레 물들이기 시작했을 뿐이었다. 그런데 올해는 개나리와 진달래는 물론이고 산벚꽃도 거지반 졌고, 산도화는 철도 모르고 일찌감치 만발했다.

개울에는 새카만 도롱뇽 올챙이들이 물살 약한 곳에서 바글거렸다. 미처 부화하지 못한 도롱뇽 알집들이 여기저기 수초 밑에 흩어져 있었다. 알집엔 흑미 쌀알만 한 도롱뇽 씨들이 부풀어 있었다. 지난해엔 알집도 거의 없었고, 더구나 부화한 도롱뇽 올챙이는 찾아볼 수 없었다. 부화할 때가 아닌 데다, 오리란 놈들의 남획 때문이었다.

그때 개울에는 청둥오리 댓 마리가 부리를 처박고 물속을 헤집으며 돌아다니고 있었다. 귀향을 포기하고 세검정 개천 텃새가 돼 버린 놈들이었다. 도롱뇽 보호구역이라는 안내판이 무색하게 백사실 개울에서 도롱뇽을 찾아보기 힘들었던 것은 바로 그놈들 때문이었다. 몸에 좋은 것은 알아서, 알이 부화하기 전 떼 지어 날아와 도롱뇽 알집을 닥치는 대로 먹어 치운 것이다.

당시 아이 아빠는 산이 목줄을 잡고 있다가 개울 속으로 고꾸라질 뻔했다. 오리들은 알집을 찾아 포식하느라 덩치 큰 개가 다가오는 것도 몰랐다. 산이는 그런 오리를 발견하고는 용수철처럼 튀어 들어갔고, 아이 아빠는 무방비 상태로 있다가 목줄에 끌려 개울에 빠졌다.

올해는 오리가 한 마리도 보이지 않았다. 도롱뇽 알이 일찌감치 부화해 버려, 보신할 기회가 사라져서 그런 것이라면 다행이다. 덕분에 아이는 특별한 도롱뇽 체험을 할 수 있었다. 손바닥을 모아 도롱뇽 올챙이들을 건져 올리고, 꼬물대는 걸 눈으로 보고 촉감으로 느끼며, 돌 사이를 흐르는 개울물처럼 쉬지 않고 재잘댔다. 아이는 신이 났지만, 날씨 변화는 개운치 않았다.

사실 날씨보다 더 달라진 것은 아이였다. 지난해엔 오르막길 앞에선 그냥 쪼그리고 앉았다. 목말을 태우라는 것이었다. 그러나 올해는 혼자서 다 해냈다. 제법 가파른 계단도 혼자 올라갔고, 개울에 놓여 있는 징검다리나 외나무다리도 혼자서 깡충깡충 뛰어 건넜다. 덕분에 할아버지는 목말 태우는 걸 회피하려 허리 아프다고 징징댈 필요가 없었다. 그런 자신감 때문인지, 아이는 어장관리를 하는데 마치 군대 지휘관처럼 단호하고 엄격했다.

점심은 당연히 제주면장 고기국수였다. 식당에서 먹고 백사실로 갈까 했지만 아이는 식당에서는 먹지 않겠다고 잘라 말했다. 아이 엄마가 할머니에게 전화를 걸어 포장해서 집으로 가겠다고 하자, 다짜고짜 전화를 달라더니 이렇게 통보하더란다.

"할머니, 나 백사실에서 먹고 싶어. 할머니랑 할아버지는 돗자리 갖고 산이 데리고 백사실로 오세요."

어떻게 하겠는가, 아이의 관리에 따라야지. 덕분에 돗자리 두 장 널찍하게 깔고 고기국수, 비빔국수, 고사리해장국에 막걸리 넉넉하게 차려 놓고, 눈부신 신록 속에서 그보다 더 눈부신 아이의 숨넘어가는 웃음소리와 함께 오리털처럼 가볍고 따뜻한 봄을 포식했다.

아이는 그야말로 봄이다. 몸이 자라고 마음 커지는 것이 어제 다르고 오늘 다르다. 꽃봉오리 터지듯 궁리가 터지고, 꾀가 터진다. 웃음이 신록처럼 퍼지고, 수다는 개울 흐르듯 재잘재잘 쉬지 않는다. '봄날은 간다'고 서러워한 이 누구였던가. 아이와 함께라면 언제나 봄날인데.

"너에겐 다 계획이 있구나!"

생강 파종 시기가 왔다. 열대작물인 생강은 보통 5월 초에 심는다. 일찍 심으면 냉해를 입을 수 있다. 생강은 겨우내 마른 흙 속에 넣어 얼지 않게 보관한 뒤 봄이 되면 적당히 습도를 조절해 싹을 틔운다. 이 과정이 여간 번거롭지 않다. 그래서 대개 씨생강을 사서 움튼 부분을 쪼개 밭에 묻는다.

요즘엔 씨생강을 인터넷에서 구매하기도 하지만, 대개는 시골 장에서 구한다. 씨생강의 상태도 파악할 수 있고, 덤도 기대할 수 있다. 편하다고 인터넷 구매를 하면 움이 트지 않았거나, 말라 버린 생강을 받을 수 있다. 우리는 주로 2일, 7일 장이 서는 강화 풍물시장에서 산다. 이번에도 장날에 맞춰 강화에 가기로 했다.

강화 풍물시장은 수도권 서부에선 가장 큰 장터 가운데 하나다. 상설시장 주변으로 장이 서는데, 강화도 전역은 물론 김포에서 손수 재배한 농작물을 가져온 농부, 해산물을 잡아 온 어부, 오일장을 돌아다니는 장돌뱅이로 온통 북새통을 이룬다. 게다가 각종 먹거리가 즐비하다. 대형마트에 익숙한 도시 아이들에겐 신기한 난장이다.

22일 목요일 낮 일찌감치 어린이집으로 아이를 빼돌리러 갔다. 아이와 할미는 이미 전날 땡땡이를 약속했다.

"내일 강화 장날이거든. 어린이집 땡땡이치고 강화시장에 갈까?"

"그래!"

어린이집 선생님도 아이가 왜 일찍 하원하려는지 몰랐다고 한다. "어디 가려고?"라고 선생님이 물어보니 아이는 단호하게 "비밀!"이라고만 답하더란다. 할머니가 귓속말로 선생님에게 알려 주었다.

"주원이는 장날 시장에 가 봤어?"

"장날이 뭔데?"

"응, 서울이나 대도시를 제외하곤 사람이 많이 살지 않아. 상하기 쉬운 농산물이나 어물을 갖다 놓고 팔거나 살 수 있는 큰 마트나 항상 열리는 상설시장이 별로 없어. 그런 물건 잔뜩 쌓아 뒀다가 팔리지 않아 상하거나 망가지면 안 되잖아."

애고, 설명하려니 힘들다.

"그래서 김포나 강화 같은 곳에선 5일에 한 번씩 시장이 열려. 그런 장을 '오일장'이라고 하고, 장이 서는 날을 '장날'이라고 하는데, 장날이 되면 시골 구석구석에서 농사짓고 고기 잡고, 물건 만드는 분들이 농산물, 물고기, 농기구 등을 장에 가져와서 팔아. 심지어 살아 있는 닭이나 병아리, 강아지를 갖고 나오는 사람도 있어. 그런 걸 팔아야 먹고 사는 데 필요한 걸 살 수 있거든. 주원이 같은 손주에게 줄 과자나 옷이나 신발도 사고 말이야."

말이 길어지자 아이는 차창 밖 한강으로 눈을 돌린다.

"할머니, 18번 틀어 줘."

"아직 안 끝났는데…."

"할아버지 이야기가 조금만 더 들으면 끝날 거야. 그때 들어 줄게. 알았지?"

할미가 할아버지를 거든다.

"그래, 알았어."

그깟 잔소리 못 들어주겠느냐는 투다. 양념을 쳐야겠다.

"할머니는 주원이만 했을 때 장날 장에 가는 걸 엄청 좋아했대. 어린이집에 주원이 데리러 가는 거만큼이나 손꼽아 기다리곤 했대. 왜 그런지 알아?"

아이 눈이 반짝인다.

"힌트 줄까?"

"뭔데?"

"장에는 할머니가 제일 좋아하는 게 있었거든. 먹는 건데 주원이가 맞춰 봐."

아이는 참지 못하고 다짜고짜 할머니에게 묻는다.

"할머니, 뭐야?"

"응, 마트에선 살 수 없는 거야."

"나도 먹어 봤어?"

"그런 것도 같고, 아닌 것도 같고."

"나도 좋아하는 거야?"

"먹어 보면 좋아할 거야. 꿀이 잔뜩 들어 있거든. 막 흘러내려."

"그런 게 어딨어? 뭐야?"

"호떡."

"떡?"

"중국 사람들이 즐겨 먹는 떡이라서 호떡이라고 해. 할머니가 주원이만 했을 때 왕할머니 손을 잡고 오일장에 가곤 했어. 그런 날은 생일 같았지. 볼거리도 많았지만, 장에 가면 왕할머니가 호떡을 하나씩 꼭 사 주셨거든. 호떡이 없으면 꽈배기라도 사 주셨지. 꿀꽈배기라고, 설탕이 잔뜩 묻어 있는 건데, 장날 먹으면 진짜 맛있다."

금강산도 식후경이라고, 장에 도착하자마자 요기를 했다. 밴댕이회 덮밥이랑 칼국수였다. 회와 국수, 어울리지 않는 조합이지만 이것만 있으면 아이의 마음을 단번에 사로잡을 수 있다. 아이는 신이 났다.

밥을 먹은 뒤 우선 씨생강부터 사고, 참죽나무순과 두릅, 엄나무순을 사고, 원추리, 취 등 보이는 대로 봄나물을 장바구니에 담았다. 도축장에서 바로 가져왔다는 돼지고기, 할아버지가 좋아하는 장대, 된장찌개에 넣을 바지락 그리고 강화도 특산 순무김치도 샀다.

장을 한 바퀴 돌자 다리가 아픈지 아이는 가다 서다 결국 쪼그려 앉는다. 목말을 태우라는 뜻이다. 호떡으로 관심을 돌렸다. 할머니 하나, 나와 주원이 하나씩 들고 계단 쉼터에 나란히 앉았다. 아이가 작은 입으로 베어 물 때마다 꿀물(실은 흑설탕 물이다)이 주르륵 흘렀다. 아이 입 언저리와 윗도리가 꿀물 범벅이다. 그래도 아이는 신났다. 차 안에서 할머니가 하나씩 주는 홍삼 사탕보다 더 달콤했다. 생각보다 빨리 집으로 돌아왔다. 미술 학원에 가려면 한 시간이나 남았다.

재택근무하던 아이 엄마가 오늘 아침에 있었던 일이라며 들려준다. 아침 먹고 어린이집 가려는데 아이가 가방에 이것저것 잔뜩 넣더란다. 주전부리, 간식도 챙기고, 게임기와 책도 넣고, 옷도 달라고 하더란다. 강화도 갔다 오는데 뭘 그리 많이 챙기는지 엄마는 궁금했다.

"시장 가는데 책이랑 게임기가 왜 필요해?"

"응, 시장 갔다가 산이네 가기로 했거든."

"그래? 할머니한테 그런 얘기는 못 들었는데."

아이 엄마가 할머니에게 전화로 확인했다.

"주원아, 할머니는 그런 약속을 한 적이 없다고 하던데."

"난 산이네 갈 거야."

"저녁때 방과 후 미술체험도 해야 하니까 이런 건 가져가지 말자."

게임기와 책 등을 빼자 아이는 울음을 터트렸다. 어린이집 갈 때까지도 훌쩍거렸다.

할미가 조심스럽게 물었다.

"주원아, 오늘 산이네 가려고 했어?"

"응,"

"주원이에게 멋진 계획이 있었구나?"

그러나 아이는 산이네 오지 않았다. 더 좋은 계획이 생겼다. "생각만 해도 눈물이 난다"는 봄이가 토요일 주원이네로 놀러 오기로 한 것이다.

아이의 이별식 "잘 자, 아프지 말고"

단군신화 이야기를 한참 하는데, 주원이가 "나는 장수풍뎅이였다가 사람이 됐어요"라고 하더라고요! 그래서 "곰은 마늘을 많이 먹고 사람이 되었는데, 주원이는 무엇을 먹고 사람이 됐어?"라고 물었더니 이렇게 대답하더군요. "젤리요! 저는 젤리를 먹고 사람이 됐어요." 주원이가 키우는 장수풍뎅이가 앞으로 젤리를 먹고 사람이 되는지 지켜보기로 주원이와 약속했답니다.

어린이집 마루반 선생님이 아이의 알림장에 적어 보낸 글이다. 선생님은 주원이가 장수풍뎅이를 암수 한 마리씩 키우는 걸 알고 있었다. 여주프리미엄아울렛 안 곤충박물관에서 데려온 놈들이었다.

주원이는 두 놈에게 '아리'와 '지니'란 이름을 지어 주었고, 아리와 지니의 성장과 변화를 시시콜콜 선생님과 친구들에게 자랑했다. 낮에는 톱밥 속에서 자다가 밤이면 나와서 돌아다닌다든가, 아리가 셀 수도 없이 많은 알을 낳았다든가, 알 낳기 전엔 여러 날 밤 동안 나오지 않아서 톱밥을 파 보기도 했다든가, 박물관에서 가져온 젤리(야쿠르트 통만 하다)만 넣어 주면 아리와 지니는 간식 달라고 칭얼대는 일도 없이 잘 논다는 이야기도 했다. 젤리란 장수풍뎅이의 먹이다.

아이는 실제로, 아침잠에서 깨고, 오후에 어린이집에 갔다 오고, 저녁에 밥을 먹고 나서 그리고 잠자리에 들기 전마다 두 놈이 어떻게 지내는지 꼭 챙겼다. 아빠가 늦게 오더라도 지니나 아리를 제 팔에 얹고 다가가 아빠를 놀라게 하기도 했다. 아이는 생애 첫 보호자로서 두 풍뎅이에게 아낌없이 정성을 쏟았다.

아이가 어린이집에서 젤리와 풍뎅이와 사람의 관계를 이야기하고 불과 열흘도 지나지 않아서였다. 암컷 아리가 죽었다. 재택근무하다가 처음 발견한 아이 엄마는 가슴이 철렁 내려앉았다. 아이에게 어떻게 설명해야 할까?

아리는 산란한 뒤부터 상태가 조금 이상해졌다. 몸에 힘이 없는지 움직임도 둔했고, 바깥세상에 관한 관심이 떨어졌는지 톱밥 속에 묻혀 있는 시간이 많아졌다. 며칠 지나지 않아 다리 두 개가 떨어져 있었다.

'지니랑 싸우다가 떨어졌나?'

지니는 머리에 로봇 팔 같은 커다란 뿔이 두 개 달려 있었다. 그 뿔로 아리를 번쩍 들어 뒤집어 놓곤 했다. 아이 엄마는 둘을 떼어 놓아야 하는 거 아닌지 고민하기도 했다. 그러나 아무리 봐도 지니가 아리를 공격한 것 같지는 않았다. 지니는 장난만 쳤지 아리에게 상처를 입히거나 못살게 굴지 않았다. 아리는 두 다리가 떨어진 뒤 더욱더 활동이 둔해지더니 언젠가부터 톱밥에서 아예 나오지 않았다.

그날 오후 어린이집에서 돌아오자마자 으레 그랬던 것처럼 아이는 문간방으로 달려갔다. 낮에도 어두워 아리와 지니가 지내기에 안성맞춤인 곳이었다. 아이는 사육통을 들고 거실로 나왔다.

'올 것이 왔구나.'

아이 엄마는 심호흡을 했다.

"주원아, 아리가 이제 몸만 남기고 멀리 떠난 거 같아."

"응? 아리는 여기에 있는데."

"몸은 있어도 영혼은 없어. 눈도 뜨지 못하고 움직이지 못하잖아."

"아니야, 아리는 지금 잠자고 있는 거야. 이거 봐."

아이는 뒤적거려 아리를 찾아내더니 손톱으로 등짝을 밀고 당기다가 들어 올렸다.

"아리는 움직이지 않을 뿐 잠자고 있는 거야."

"그래, 아리가 잠자고 있는 건 맞아. 그런데 이젠 깨어나지 않아. 이전처럼 밤에 나와 움직이고 젤리도 먹고 알도 낳지 않을 거야."

"옛날에도 잠잘 땐 먹지 않았어. 움직이지도 않았고."

지니가 기어 나와 아이의 손등으로 올라갔다.

"다시는 지니처럼 이렇게 기지도 못하고 움직이지도 못해."

"오래 자고 나면 괜찮아질 거야."

엄마는 끝까지 아리가 죽었다는 이야기를 하지 못 했다. 앞으로 잠에서 깨어나지 못한다는 이야기만 되풀이했다. 다시는 아이와 놀거나 장난치지 못하고, 이제는 톱밥이 아니라 아파트 놀이터 옆 흙에 묻어 줘야 한다고 했다. 그리고 곤충이건 개건 고양이건 살아 움직이는 건 키우지 않겠다고 다짐했다.

그러나 아이는 천연덕스러웠다.

"알았어. 아빠랑 흙에 묻어 줄게."

장수풍뎅이가 온종일 톱밥 속에 묻혀 지내는 것을 익히 보아온 아이였다. 아리를 흙 속에 묻어 준다는 것을 이상하게 여길 리 없었다. 아이는 그저 아리의 떨어져 나간 두 다리가 신경 쓰였다. 다른 다리도 떨어져 아리가 아플까 봐 걱정이었다.

그날 저녁 아빠가 오자 둘은 아리를 묻으러 나갔다. 모종삽 하나면 됐다. 아이의 손에 손바닥만 한 메모지 한 장이 들려 있었다.

"아리야, 잘 자. 아프지 말고."

아이는 믿고 있었다. 땅속에서 아리가 푹 자고 나면 다시 깨어나 이리저리 기웃거리며 기어다닐 거라고. 그때 다시 만나면 된다고.

아이 엄마가 하지 못한 이야기는 할아버지의 몫이었다. 여주 왕할아버지 무덤에서 할아버지는 아이와 약속했었다.

"내가 저 속에 들어가면 주원이가 꼭 와야 해."

"그럼."

"와서 절도 하고, 맛있는 거 가져와서 먹고."

"알았어."

곰탱이 할배는 잠자는 아리에 대해 설명하려 했지만 조심스러웠다. 먼저 입안에서 웅얼거리며 연습했다.

"변신 로봇 있잖아. 주원이가 좋아하는 또봇 같은 거. 장수풍뎅이도 여러 가지 모습으로 변신해. 처음엔 밥알 같은 알이었어. 아리가 낳은 알 있잖아. 그 알이 열흘쯤 지나면 애벌레가 돼. 산란 병에서 지금 꼬물거리고 있는 그런 애벌레가 되는 거야.

애벌레는 조금 있으면 아주 오랜 잠을 자게 돼. 보통은 이듬해 봄에 번데기가 되는데, 주원이가 잘 돌보면 올가을에 번데기가 될 수도 있어. 뿔 달린 장수풍뎅이가 되려면 번데기가 되고서도 한두 달 더 기다려야 해. 그러면 뿔이 두 개 달리고, 번쩍거리는 갑옷을 입은 힘센 장수로 변신해서 나타나는 거야. 알에서 애벌레로, 애벌레에서 번데기로, 번데기에서 장수풍뎅이로 되기까지 여덟아홉 달은 걸려.

그런데 갑옷 입은 장수로는 오래 있지 못해. 보통 세 달, 길어야 네 달 정도래. 갑옷이 무거워 오래 있지 못하는가 봐. 암컷은 알을 낳고는 얼마지 않아 깨어나지 않는 잠을 자게 되고, 수컷은 조금 더 살다가 암컷 뒤를 따라간대. 그때쯤 알에서 깨어난 애벌레들이 꼬물거리며 변신을 준비하겠지.

주원이가 좋아하는 산이도 주원이가 초등학교 3~4학년쯤 돼서 운동장을 뛰어다닐 때가 되면 오랜 잠에 빠질 거야. 오래 잠자고 나면 또 다른 무언가로 변신하겠지. 근데 장수풍뎅이가 무엇으로 변신할지 우리는 몰라. 사람이 될지, 나비가 될지, 새가 될지 아니면 강아지로 될지.

변신하는 건 멋진 일이야. 장수풍뎅이를 보면 알잖아. 그때 그 표정, 그 모습, 그 소리, 그 냄새로 만나지 못하는 게 조금 안타깝고 슬프긴 해. 그러나 변신하지 않으면 장수풍뎅이의 저 씩씩하고 멋진 모습을 볼수가 없어. 풍뎅이를 위해서나 우리를 위해서 변신은 꼭 필요해.

주원이에게는 앞으로 그런 일들이 또 일어날 거야. 왕할머니, 산이, 할아버지, 할머니 … . 그런 일이 생기면 주원이는 이렇게 생각하면 돼. '할아버지는 더 멋진 변신을 위해 깨지 않는 긴 잠에 든 거야. 아리처럼 말이야.' 알았지?"

아이의 행복 편지함

편지의 효과는 역시 최고였다. 아이는 할머니가 편지함에 몰래 넣어 둔 할아버지 편지를 보고는 좋아서 깡충깡충 뛰더란다.

"할머니, 할아버지가 편지 보냈어. 이 물방울무늬 봉투는 내가 할아버지에게 편지 보낼 때 담은 것이거든."

아이가 편지 주고받기에 빠진 건 제법 오래됐다. 틈만 나면 친구들이나 할아버지·할머니, 엄마·아빠, 삼촌한테 편지를 써서 보낸다. 읽기는 제법 하지만, 글씨는 여전히 엄마·아빠처럼 익숙해져야 알아볼 수 있는 수준이다. 종이 한 면 전체를 이용해 글씨를 구석구석 박아 놓는다. 조사나 받침을 엉뚱한 곳에 놓아두거나, ㄷ·ㅌ 등은 거꾸로 쓴다. 엄마·아빠도 사실 아이의 이 퍼즐 같은 글을 바로 해독할 수 있는 건 아니다.

아이가 자주 쓰는 낱말은 많지 않다. '엄마', '아빠', '할머니', '산이', '할아버지', '삼촌', '사랑해요', '많이' 등이 고작이다. 문장도 '사랑해'의 주어만 바꾸는 수준이다. 아이 엄마·아빠는 저희가 알고 있는 아이의 낱말에 글자를 꿰맞추는 식으로 해독한다. 요즘 아이가 쓰기 시작한 동사가 하나 더 늘었다. '행복해요'다.

그런 아이와 편지를 주고받는 형태가 바뀌었다. 그동안은 편지를 써서 대면으로 주거나 받았다. 그런데 다섯 번째 돌이 되기 한 달 전쯤일 것이다. 아이는 아파트를 들고 날 때마다 1층 현관에 있는 우편함을 들 춰 보더란다. 아이 엄마한테 들어 보니 사연이 있었다. 6층 언니가 어느 날 편지를 줬는데, 우편함에 넣어서 보내왔다는 것이다.

대수롭지 않게 지나치던 우편함이 그날부터 자신만의 보물상자로 바뀌었다. 아이는 답장을 써서 언니네 우편함에 넣었다. 그 뒤 아이는 매일 오가며 언니네 것과 저희 것을 들여다보았다. 사나흘이 지났을까, 아이는 어린이집에서 오는 길에 언니네 우편함을 들여다보고는 입꼬리 와 눈초리가 맞닿을 정도로 얼굴이 환해졌다.

"내가 준 편지가 없어. 언니가 가져갔나 봐. 물방울무늬 편지봉투에 나팔꽃이 피어 있는 종이에 쓴 편지거든."

제 다섯 번째 생일을 앞두고는 할머니에게 이렇게 부탁하더란다.

"할머니, 내 생일날 편지 쓸 거지?"

"당연하지."

"할머니 그 편지 우편함에 넣어 줘. 알았지?"

엎드려 절 받기 같지만, 아이에게 우편함은 인생 최고의 행복함이었 다. 아이는 길동 할머니·할아버지에게는 그런 이야기를 하지 않았던가 보다.

아이 생일 때였다. 아이 집에서 양가 집안이 모두 만나 식사를 함께하 기로 했는데, 우리는 미리 생일카드를 써서 우편함에 넣어 두었다. 생 일선물은 사나흘 전 택배로 보냈으니, 그날 아이에게 준 것은 편지뿐이 었다. 이에 비해 길동 할아버지·할머니는 예쁜 봉투에 용돈을 두둑이 넣어서 직접 건넸다.

양가 선물에 대한 아이의 반응은 극명하게 갈렸다. 길동 할머니에게서 받은 봉투는, 속을 들여다보고는 돌아서자마자 마루에 놓아두었다. 빳빳한 지폐가 봉투에서 빠져나왔다. 아이는 뒤도 돌아보지 않고, 우편함에서 꺼낸 우리 편지만 들고 제 방으로 들어갔다. 민망했다. 그러나 어쩌랴. 아이의 마음은 지금 온통 편지함에 들어 있는 편지에 꽂혀 있지, 돈이 아닌데.

길동 할아버지가 민망함을 지우려 한 한마디가 더 할 말을 잊게 했다.

"우린 항상 두 번째였으니까, 각오하고 있었습니다."

자초지종을 이야기하려다 그만두었다. 구구절절 어떻게 설명할까? 성경 속의 하느님도 사실 당신이 좋아하는 것만 접수했다. 《구약성서》에서 하느님은 카인의 곡물은 외면하고 아벨의 양만 받았다. 그 결과는 참혹하게도 인류 최초의 살인 사건으로 나타났다. 다양한 해석이 가능하겠지만, 나의 짧은 안목으로는 〈창세기〉의 하느님도 아이와 다르지 않았다. 하느님마저 선호가 그렇게 분명한데, 하물며 여섯 살 아이가 좋아하고 나빠하는 것을 어쩌겠는가.

글쓰기 초짜에 불과하지만, 나는 글쓰기 공부의 요령을 물어오면 이렇게 대답하곤 했다.

"첫째, 일기를 쓸 것. 매일 쓰도록 노력하되 하루 이틀 걸렀다고 포기하지 말 것. 둘째, 편지를 쓸 것. 특히 좋아하는 사람에게 편지를 쓸 것. 보낼 편지도 좋고 보내지 못할 편지도 좋다."

편지가 글쓰기 훈련에 유용한 이유는, 쓰기 전에 밤잠을 설치며 고민하고, 쓰는 과정이나 쓴 뒤에는 수없이 고치고 또 고치기 때문이다. 게

다가 편지를 보내 놓고 토씨 하나하나 되짚으며 잘못 쓴 것은 없는지 돌아본다. 그런 피 말리는 작업은 답장이 올 때까지 계속된다.

아이는 벌써 알고 있는지도 모른다. 편지 한 장엔 얼마나 큰 정성이 담기는지, 얼마나 마음을 담아야 손편지 한 장이 완성되는지. 그리고 편지 한 장이 우리 집 우체통에 도착하기까지 얼마나 긴 시간을 기다려야 하는지. 답장이 오기까지 얼마나 설레다가 마음 졸이고, 희망에 부풀다가 시들해지고, 웃다가 화가 나는지. 그 기다림의 달콤하고 쌉싸름한 맛을.

아이 생일 때 마루반 친구들이 준 축하 카드를 받아왔다. 아이는 일일이 답장을 썼다. 저녁 먹을 때까지 답장에 매달렸다. 물론 내용은 거의 같았다. "○○야, 사랑해." 글자 배치 디자인만 다를 뿐이다. 문제는 우편함이었다. 친구들 집을 다 돌아다닐 순 없었다. 어떻게 해야 하나⋯.

이튿날 아이는 어린이집에 도착하자마자 마루반 교실 입구에 있는 사물함으로 달려갔다고 한다. 사물함에는 친구들 이름이 적혀 있다. 아이가 편지의 이름과 사물함 이름을 일일이 대조해 가며 감사의 답장을 사물함에 한 통씩 넣는 것을 선생님이 물끄러미 보시더란다.

"나, 강한 여자거든!"

놀이터에서였다. 마침 제 할머니와 함께 나온 또래 사내아이가 있었다. 처음 보는 아이였다. 제각각 놀던 아이들은 미끄럼틀을 오르내리며 금 방 말을 텄다. 사내아이는 조심성이 많아 보였다. 사다리 타고 오를 때 나 동굴 미끄럼틀 앞에서나 주저주저했다. 둘이 나란히 그네에 앉았다.

사내아이 들으란 듯 아이가 외쳤다.

"할머니, 나 세게 밀어 줘. 저기까지 가게."

걔가 돌아보자 아이는 더 크게 소리쳤다.

"나, 강한 여자거든!"

'띵~.' 고무망치로 머리를 맞은 것 같았다.

아이는 장염으로 입원했다가 어제(목요일) 퇴원했다. 2박 3일 동안 병실에서 수액을 맞으며 꼬박 갇혀서 지냈다. 죽은 물론 미음조차 먹지 않으려던 아이가 퇴원하고 불과 하루 만에 '강한 여자'를 선언한 것이 었다. 어쩌면 저렇게 표변할 수 있을까?

일주일 전 금요일이었다. 아이는 어린이집에서 산이네로 땡땡이쳤다. 보통 산이네 올 때는 아침에 입을 거, 놀 거를 싸서 어린이집으로 가져왔는데 하원할 때 할머니가 보니, 준비물이 아무것도 없었다.

"엄마에게 말했어?"

"응."

"그런데 갈아입을 옷도 없고, 장난감도 없고, 책도 없네."

"……."

전화로 아이 엄마에게 확인했다.

"세검정 간다는 이야기 없었는데. 그래서 아무것도 챙기지 않았어."

"아이고, 이게 웬일이람?"

엄마와 통화하라고 전화를 아이에게 줬다.

"주원아, 아침에 엄마한테 말하지 그랬어."

"지난번에 다 말했잖아!"

그랬다. 아이는 일주일 전인 금요일, 다음 주엔 할머니네 간다고 통보했던 터였다. 잊은 건 엄마나 할머니지 아이가 아니었다.

산이네서 아이는 잘 먹고 잘 놀았다. 오는 길에 요양병원에 계신 홍은동 왕할머니도 만나, 짧지만 인상 깊은 효도도 했다.

"아름다운 이 땅에 금수강산에 단군 할아버지 터 잡으시고 홍익인간 뜻으로 나라 세우니 ….."

아이가 절규하듯 노래를 부르는 동안 왕할머니는 입도 못 다물고 황홀한 눈으로 아이를 바라보고 계셨다.

아이는 초저녁 일찍 잠자리에 들었다. 평소라면 신나게 놀 시간이었다. 이상하긴 했지만 피곤했으려니 했다. 덕분에 우리도 일찍 잠을 청했다. 아이는 아침 8시까지 무려 12시간 가까이 늘어지게 잤다. 잠자는 동안 한때 열이 오르긴 했지만, 곧 정상으로 돌아왔다.

이튿날 백사실에 갔다. 아이는 능금마을까지 잘 걸어 다녔다. 목말 태워 달라는 말도 없었다. 내려올 때 개울가에서 돌에 걸려 넘어졌다. '아이고' 소리가 튀어나올 정도로 우리는 놀랐지만 아이는 아무 말 없이 혼자서 일어났다. 무릎 살갗이 조금 벗겨져 있었지만, 아이는 의연했다. 오히려 걱정하는 할머니를 위로했다.

"할머니, 나 울지 않았어. 혼자서 일어났어. 칭찬해 줘."

집에 와서 점심으로 아이가 좋아하는 떡볶이를 했다. 떡과 어묵과 김말이 등을 넣고, 맵지 않게 고추장보다 간장 위주로 간을 맞췄다. 많이 걷고 많이 떠들고 많이 놀았는데도 아이는 평소보다 먹는 게 시원찮았다. 우리는 입맛이 없나 보다 했을 뿐, 아이에게서 아무런 이상 징후도 발견하지 못했다. 아이는 점심 먹고 얼마지 않아, 데리러 온 엄마·아빠와 함께 귀가했다.

이튿날(일요일) 사달이 났다.

"엄마, 주원이가 댓 번이나 설사했어. 도저히 참을 수 없었는지 옷에다 줄줄 흘리는 거야. 아이는 엉엉 울고. 엊저녁부터 아무것도 먹지 않았는데도 말이야."

아이 엄마한테서 걸려온 전화 목소리엔 울음까지 섞여 있었다. 가슴이 덜컥 내려앉았다.

"특별히 먹은 것도 없는데. 칼국수, 빵과 수프, 떡볶이 … . 아이가 아프다고 칭얼댄 적도 없었고."

이튿날(월요일) 아이는 동네 병원에 갔다. 장염이었다. 특별한 처방이 없으니 죽이나 미음을 먹이고, 설사를 계속하면 수액을 물에 타서 먹이라고 하더란다.

다음날(화요일) 어머니의 정기검진을 위해 대학병원에 왔을 때였다. 폐기능 검사와 엑스레이 촬영을 끝내고 진료실 앞에서 대기하던 중 아내는 전화를 받고 얼굴이 어두워졌다.

"주원이가 응급실에 있대…. 아침에 대성통곡하기에 아빠가 들쳐업고 인근 종합병원 응급실로 갔다는 거야."

아내는 갈팡질팡 마음을 추스르지 못했다. 몸은 시어머니와 함께 병원에 있지만, 정신은 온통 아이의 응급실에 가 있었다. 달려가고 싶지만 가 봤자 아무 소용이 없었다. 아이 병실엔 간병인 한 사람만 들어갈 수 있었다. 간병인 노릇을 하려면 코로나19 검사를 하고 음성이 확인돼야 했다. 아이 아빠도 밖에서 발만 굴러야 했다.

어머니 진료가 끝날 때쯤 아이 엄마한테서 전화가 왔다.

"혈당이 너무 떨어져 병원에 있으면서 수액을 맞아야 한다는 거야."

그리고 보니 아이는 일요일 오후부터 화요일까지 거의 먹은 게 없었다. 설사하는 게 싫었던지 죽도 미음도 입에 대지 않았다.

"아이를 병원에 더 늦게 데려왔거나, 아이가 더 어렸다면 혈당이 떨어져 쇼크가 왔을 뻔했대."

이튿날(수요일) 아이 엄마한테서 영상전화가 왔다. 병실이었다. 아이는 엄마가 입원 절차를 밟는 동안 응급실에 있다가 10시간쯤 지나서야 병실에 들어갈 수 있었다. 수액을 맞고 있는 아이는 하룻밤 사이에 삐쩍 마른 것 같았다. 그러나 침대에 누워 생글생글 웃으며 장난기를 풀어낼 궁리만 하고 있었다. 이틀간 쏟아내기만 하고 먹은 건 없었지만, 아이는 엄마랑 딱 붙어서 지내는 것만으로도 행복한 것 같았다. 생글생글 웃는 표정만 보면 아픈 아이가 아니었다.

아이 엄마가 전화한 건 응원을 청하기 위해서였다. 아이는 병원 음식을 입에도 대지 않으려 했다. 먹은 게 있어야 내놓는 게 있고, 내놓는 게 있어야 검사를 하고, 검사를 해야 장염의 원인을 알고, 그래야 처방을 할 텐데, 아이는 이틀은 굶고 하루는 수액만 맞고 있었으니 내놓을 게 없었다. 옷에 지린 설사가 고작이었다. 그래서 아이가 말을 잘 따르는 할머니한테 미음이든 죽이든 먹도록 구슬려 달라는 것이었다. 아이 아빠도 명란 구운 것 등 아이가 좋아하는 것들을 공수해 왔다.

"주원아, 이제 걱정하지 않아도 돼. 병원에서 주는 밥을 먹어도 되고, 아빠가 집에서 가져온 걸 먹어도 돼. 뭐든 먹어야 빨리 집으로 갈 수 있거든. 설사 좀 나온다고 걱정할 필요 없어. 설사는 배 안에 있는 나쁜 것들을 밖으로 내보내는 거야. '그래 잘 나가라'고 하면 돼. 주원이는 강한 아이잖아."

아이 똥 누기 총동원 체제의 효과가 있었던지 사흘째 오후 아이는 마침내 굳은 것을 조금 내놨다. 검사에 충분한 양은 아니었지만, 전염성이 있는 노로바이러스나 로타바이러스 감염 여부는 확인할 수 있었다. 다행히 음성이었다.

아이는 목요일 오후 퇴원했다. 그날 저녁 한잠 자고 일어난 아이는 다짜고짜 울고불고 난리를 쳤다. 마침 밥상을 차려 놓고 엄마와 할머니가 밥술을 뜨려 할 때였다. 제풀에 지칠 때까지 기다렸다가 물어보니 이러더란다.

"나 죽 싫어. 할머니나 엄마처럼 밥 줘. 고기도 주고."

엄마는 아이 밥으로 죽을 준비해 놓고 있었다. 아이는 밥도 다 먹고 엄마와 할머니가 먹다 남긴 고기도 다 먹고는 더 달라고 하더란다.

돌아보니, 아이는 참으로 '강했다'. 아이는 사실 병원에 가기 일주일 전부터 '배앓이'를 호소했다고 한다. 어린이집에선 두 번씩이나 보건실에 누워 있었다. 그러나 아이는 배앓이가 조금이라도 가시면 신나게 놀았다. 그런 아이에게서 장염의 징후를 알아챌 만큼 어른들은 섬세하지 못했다. 백사실에서 바위에 넘어졌을 때도 아이는 아픈 내색 한 번 하지 않았다. 오체투지하듯 넘어졌고, 또 무릎이 벗겨질 정도였으니 놀라서 울기라도 할 텐데 눈 하나 깜짝하지 않았다. 입원해 있는 동안에도, 뒤늦게 안절부절못하는 어른들과 달리 아이는 시종 생글생글 웃으며 장난기를 발동할 궁리만 했다.

우리 집 아이만 그런 건 아닐 것이다. 아이들은 겉보기에 겁이 많고 예민하고 과잉 반응을 보이는 것 같지만, 실제로는 참을성이 강하다. 특히 놀이 앞에서 아이들의 참을성은 상상을 초월한다. 쓰러지기 직전까지 아이들은 논다.

어른들은 그런 아이의 참을성에 무감각하다. 조금만 아파도 전전긍긍하며 이런저런 검사에 돈을 쏟아붓고 약을 먹으면서도, 어른들은 아이들의 내색하지 않는 아픔을 따져 보고 이해하려 하지 않는다. 아니 그런 능력을 상실했다.

끝까지 참다가 세상을 떠난 아이들이 생각났다. 밟혀서 장이 파열되고 맞아서 머리가 함몰된 아이, 그러나 조금만 같이 놀아 주고 원하는 걸 해 줘도 생글생글 웃으며 따랐을 아이들 말이다. 온몸에 소름이 돋았다. 그 아픔, 그 고통을 얼마나 참고 또 참았을까.

"맞아, 주원아 너는 진짜 강해. 세상의 어떤 어른보다 강하지. 하지만 무조건 참는다고 강한 건 아니야. 아픈 건 아프다고, 무서운 건 무섭다고, 슬픈 건 슬프다고 하면서, 이겨 내는 사람이 진짜 강한 거야. 아프면 꼭 말해야 해.

그리고 한 가지 약속해 줬으면 고맙겠어. 앞으론 '강한 여자'라고 하기보다는 '강한 사람'이라고 하자. 여자라고 약한 건 아니거든. 엄마 봐, 얼마나 강한데. 주원이를 보호하기 위해서라면 호랑이나 사자보다, 그 어떤 힘센 사람보다 더 강하거든."

아이는 아직 똥을 시원하게 누지 못해, 엄마·아빠, 할머니들이 걱정이다. 잘 먹고 잘 싸야 하는데 … .

먹고 놀고 뀌고 누고 자고!

그야말로 한풀이 '먹방'이요 한풀이 '잠방'이었다. 먹고 돌아서면 배고프고, 놀다 보면 똥 마렵고, 똥 누면 또 먹을 것 찾고, 방귀는 뿡뿡 뀌고, 먹고 놀고 누고 나선 늘어지게 잤다. 하루에 다섯 번 먹고, 세 번 똥 누고, 잠은 10시간 넘게 잤다. 병원에 2박 3일간 갇혀 있으면서 맺혔던 한을 2박 3일 동안 산이네서 깔끔하게 풀었다.

문제는 배변이었다. 아이도 열심히 용을 썼지만, 기껏해야 엄지손톱만큼씩만 내놨다. 그렇게 찔끔 누면서, 밥이고 고기고 과일이고 게걸스럽게 먹어 치웠다. 아이 배가 부풀어 오르는 풍선 같아 보였다.

시간이 갈수록 아이 배는 탱탱해지고, 식구들의 걱정도 빵빵해졌다. 시간 날 때마다 엄마와 할머니가 배 마사지를 해 줬지만 아무런 효과가 없었다. 그런 배변 상황을 엄마와 아빠는 매일 여기저기 보고해야 했다. 7년 가뭄에 비 기다리는 농부의 심정이 이런 것일까?

그렇게 기다리던 똥이 쏟아진 것은 퇴원 후 닷새 만인 화요일이었다. 양변기가 막힐까 걱정할 정도의 양이었다고 한다.

소식을 듣고 할미가 아이와 통화했다.

"나 똥 많이 눴어."

아이도 스스로 대견했던지 '똥 싼 보고'부터 했다. 그러고는 다짜고짜 보상을 요구했다.

"할머니 내일 어디로 땡땡이칠까?"

답은 이미 준비돼 있었다.

"산이가 보고 싶어."

잘됐다 싶었다. 그런 걸 불감청고소원不敢請固所願이라고 하는 거란다. 아이는 사실 검사 결과가 나올 때까지 어린이집에도 못 가고 방구석에 박혀 있어야 했다.

이튿날 아침 아이를 차에 태웠다.

"우선 김포로 가서 꼬마 농부부터 하자. 쌀 찧는 거도 보고, 쌀로 케이크도 만들고, 미니 트랙터도 타고. 그런 다음엔 김포 오일장에 가는 거야. 맛있는 거 많을 거야. 장터국수도 있고, 통닭도 있고, 전도 있고, 할머니가 좋아하는 호떡도 있을 거야. 장을 보고 나선 마곡동 왕할머니네 가야지. 주원이 아픈 거 알고 왕할머니가 엄청 걱정했어. 하얀 머리가 더 하얘졌어. 건강해진 주원이 모습을 보여 드려야지."

김포 하성엔 두어 번 햅쌀을 사러 갔던 정미소가 있다. 방금 찧은 쌀의 가격이 대형마트보다 싼 것도 좋지만, 미강米糠을 얻을 수 있어 더 좋았다. 물에 섞어 발효시킨 미강은 텃밭용 최고의 액비였다. 친환경 농사를 짓는 이들에게는 깻묵, 오줌과 함께 가장 친근한 퇴비 재료다. 문제는 정미소에 가야만 얻을 수 있다는 것이었다.

정미소는 농업법인 제일영농으로 바뀌어 있었다. 석탄리 일대의 농부들이 주주로 참여해, 정미소 운영은 물론 각종 곡물과 가공식품을 팔고, 쌀케이크를 만들거나 추수 등 영농체험을 할 수 있는 '벼꽃농부'라는 영농기업으로 변모한 것이다. 가까이엔 연밭도 있고, 오리가 잡초를 제거하는 친환경 생태 논도 있었다.

처음에 아이는 긴장했다. 거대한 정미소 건물이며, 4~5층 높이의 기계 앞에서 압도당한 듯했다. 하지만 논에서 잡초 제거를 끝낸 오리 농부들이 쉬는 모습도 보고, 쌀로 빚은 빵을 생크림, 포도, 초콜릿 등으로 장식하는 쌀케이크도 만들면서부터 열정과 흥이 살아났다. 춤도 추고 혼자서 미니 트랙터를 타고 마당을 두 바퀴나 돌았다.

그렇게 실컷 논 뒤 김포 오일장으로 갔다. 장이 선 드넓은 공영주차장은 울긋불긋한 천막 백수십 동으로 뒤덮여 있었다. 아이의 관심은 여전히 국수였다. 배탈 난 뒤 일주일 넘게 먹지 못했던 면이었다. 할머니가 장을 보는 사이 나와 아이는 미리 국수 천막으로 가서 콩국수와 녹두빈대떡을 주문했다.

"강화 장보다 사람이 더 많은 거 같아."

배를 두둑이 채운 뒤 마곡동으로 왔다. 왕할머니는 무조건 '잘 먹여야 한다'는 일념으로 몸소 노량진 수산시장에 가서 어른 손바닥보다 큰 꽃게와 아이 얼굴만 한 병어를 사 오셨다.

저녁은 병어찜으로 포식했다. 아이는 그 큰 병어 한 마리를 가시 많은 머리와 배를 빼고 거의 다 먹었다. 설거지를 끝내고 한숨 돌릴까 싶었는데 화장실 가겠다고 한다.

"쉬? 응아?"

"응아!"

마곡동 식구의 입이 쫙 벌어졌다. 똥의 상태도 좋았다. 초등생 주먹만 한 것이 보기에도 단단하고 튼실했다.

그렇게 돌아다니고 먹고 놀았으니 아이는 피곤했다. 밤 9시도 안 돼 자리에 누워 아침 8시까지 내처 잠을 잤다.

다음 날에도 아이는 세 번 밥 먹고 바나나 두세 개 먹고 간식 두 번 먹고 세 번 똥을 누었다. 전날보다 더 크고 단단했다. 산이랑 뒷산을 한 시간 정도 오르내렸다. 미끄러운 곳에서나 가끔 목말을 요구했을 뿐 가파른 비탈도 제 발로 걸어 다녔다. 입원했다 돌아온 뒤 아이는 더 강해진 것 같았다.

아이는 이제 일반 뻐꾸기와 검은등뻐꾸기 울음소리를 구별했다.

"뻐꾸기는 두 소리(음정)로 우는데 검은등뻐꾸기는 네 소리로 울어."

까맣게 익은 오디도 따 먹고, 설익은 앵두의 신맛에 도리질도 했다. 산기슭에서 인동초 꽃과 붉은병꽃나무 꽃도 찾아내고, 찔레 순도 씹었다. 이연실의 〈찔레꽃〉도 할머니를 따라 불렀다.

산에서 내려온 아이는 이번에도 스스로 대견했던지 보상을 요구했다. 붕어싸만코, 비비빅, 탱귤탱귤 등 세 종류의 아이스크림을 사 들고 신영동 당산나무 밑으로 갔다. 아이는 가운데에 자리를 잡았다. 이쪽저쪽 아이스크림을 먹을 수 있는 자리였다.

저녁엔 꽃게찜으로 배를 채웠다. 게딱지의 장은 물론 다리를 중간 관절부터 씹어 가며 살을 깔끔하게 빼 먹었다. 그날도 세 번째 똥을 누고는 일찍 자리를 폈다.

"주원아, 오늘 최고였어."

엄지손가락을 세워 보였다.

"왜?"

"잘 먹고, 잘 놀고, 잘 뀌고, 잘 누고, 잘 잤으니까."

아이가 복창했다.

"먹고! 놀고! 뀌고! 누고! 자고!"

"그런데 주원아, 책 읽는 건 언제 해?"

"여섯 번째로 하면 돼."

"자는데 어떻게 읽어?"

"지금 하면 되지."

아이는 그림책 《이순신》을 가져왔다. 한 페이지씩 읽다가 노량대첩 대목 직전에서 아이는 잠들었다.

사흘째 되는 날(금요일) 아이는 집으로 돌아갔다. 아이 똥에서 아데노바이러스가 극소량 검출됐지만, 이미 완치돼 어린이집에 보내도 된다고 했다. 그러나 아이는 금요일도 마저 놀기로 했다. 그날 오후 산이네를 나서기 전 아이는 제가 만든 엽서 봉투에 무언가 부지런히 써서 중문 유리창에 붙였다.

할머니 사랑해, 할아버지도.

맑은 산이네 또 놀러올게.

사랑해, 많이 사랑해.

할머니네 사랑해. 주원.

세상에 이런 투자 수익이 어디 있을까. 2박 3일 모두가 행복한 동행이었는데, 이렇게 아낌없는 사랑으로 돌아오다니 말이다.

황금 똥을 누는 아이

주원이만 그런 게 아니겠지만, 아이는 똥에 대한 거부감이 없다. 거부감은커녕 오히려 애착을 보인다.

권정생 선생의 동화《강아지 똥》의 영향이었을지도 모르겠다. 아이는 그림책《강아지 똥》을 보면서 천대받고 따돌림당하는 강아지 똥의 슬픔에 공감해 눈물까지 흘렸다. 똥을 거름 삼아 노랗고 예쁘게 꽃을 피운 민들레의 위로와 격려에 비로소 환하게 웃는 강아지 똥을 보고는, 지금도 아이는 민들레만 보면 환호한다. 아이에게 세상에서 가장 예쁜 꽃은 민들레꽃이다.

똥에 대한 거부감이 없다 보니 방귀 뀌는 것도 일종의 놀이가 돼 버렸다. 할배와 놀 때는 궁둥이부터 들이대며 방귀를 발사하는 흉내부터 낸다. 누가 더 기묘하게 방귀 뀌느냐를 놓고 경쟁하기도 한다. 참았다가 큰 거 한 방 날리는 건 기본이다.

사실 할배도 아이가 태어나고서야 똥을 재발견했다. 초유 먹을 때 아이의 똥은 그야말로 '황금 덩어리'였다. 순금보다 더 찬란했다. 냄새만큼은 어른 똥과 비슷하려니 했는데, 편견이었다. 조금 비릿하긴 하지만 달큼한 젖 냄새가 났다. 생긴 것도 동자상童子像처럼 의젓했다. 평생 세속의 경험에서 쌓인 편견은 아이의 그런 똥을 보고 맡고 만지면서 감쪽같이 사라졌다.

젖을 떼면서 아이의 똥은 황금빛을 잃기 시작했다. 생선이며 고기며 기름진 것들을 먹고 나서는 때깔이 누르스름해지기 시작했다. 이제는 아기 때의 똥은 사라졌지만, 그렇다고 어른들의 것과 비교할 수 있는 건 아니다. 색깔은 방금 콩을 삶아 빚은 메주 같고, 떨어지는 것이 인절미처럼 반듯반듯하다. 뒤를 닦을 필요가 없을 정도다. 할머니는 아이에게 '황금 똥 누던 시절' 이야기를 종종 들려주곤 했다.

"너는 똥마저 그렇게 신비했단다."

그런 칭찬이 아이에게 똥에 대한 긍지를 더 심어 줬는지 모르겠다.

살아가면서 먹고 싸는 것만큼 중요한 건 없을 것이다. 요즘 먹기는 잘 먹는데, 제대로 싸지를 못해 생기는 이상 증세가 도처에서 나타난다. 그런데도 사람들은 '내놓는 것'을 입에 올리면 더럽다고 생각한다. 입 밖으로 나오면 저와 상대의 얼굴에 튀길 것처럼 호들갑을 떤다.

더 흉악한 건 아이들에게도 무조건 치우고 덮고 숨기도록 가르친다는 것이다. 저들은 저와 제 자식들이 세상의 동물과 달리 먹기만 하고 누지 않는 고상한 존재인 것처럼 보이도록 만든다. 글에서도 똥을 '×'라고 표기해야지 곧이곧대로 '똥'이라고 하면 야만인이나 불한당처럼 취급한다.

한번은 SNS에 아이 똥 사진을 올린 적이 있었다. 곧바로 항의가 들어왔다. 점잖지만 강력했다. 항의를 받고 똥 사진을 곰곰이 들여다봤더니 나도 속이 메스꺼워지는 듯했다.

나도 어쩔 수 없는 그런 부류였다. 위선과 편견이라는 썩지 않는 비닐로 돌돌 말려 있는 속물. 도대체 사진에서 무슨 냄새가 날 것인가. 세상 사람 모두가 하루에 한 번씩 제 몸에서 내놓는 것을 더럽다고 여길 수 있을까. 그런 점에서 똥을 친구처럼 대하는 아이는 그런 나와 세상을 비춰 주는 거울이고, 나와 세상의 편견을 벗겨 내는 강력세제였다.

지난번 아이가 산이네서 2박 3일 머물고 돌아갈 때였다.

"무엇이 가장 좋았어?"

"산이랑 노는 거."

"그다음은?"

"산이랑 산책 가는 거."

전부 산이다. 이 늙다리가 원하는 답은 나오지 않았다. 김포 벼꽃농부, 김포 오일장 등을 데리고 다니고, 병어와 꽃게찜 등을 먹이면서 분초를 아끼며 놀아 주고 먹여 줬는데, 아이는 모든 게 산이로 통했다. 기쁨과 보람은 개에게서 나왔다. 생색 좀 내려다 본전도 못 찾았다.

아이가 있는 동안 개와 산책을 두 번 함께했다. 이번엔 뒷산으로 갔다. 백사실로 가자니 사람들과 너무 많이 마주치는 게 꺼려졌다. 집에서 백사실 입구까지 1.5킬로미터 가까운 길은 포장도로다. 오가는 사람도 많다. 개가 천성대로 똥오줌 눌 곳이 없다. 억지로 차에 태워 갈 수도 있지만, 개에게는 차라리 안 가느니만 못한 고행일 것이다.

개는 제 배설물을 다른 동물에게 노출하려 하지 않는다. 주변에 초목이 있으면 나무 밑이나 풀숲에 배설한다. 그것도 뒷발질로 흙을 덮는다. 저의 모든 유전 정보를 담고 있는 똥에는 특히 더 열심히 뒷발질한다. 오줌은 영역 표시용으로도 쓰이기 때문에 일부러 노출하기도 한다.

덕분에 숲길 산책 때 배설한 똥은 흙에 덮이니 쉽게 분해돼 나무와 풀에게 좋은 거름이 된다.

아이가 기어다닐 땐 똥이고 오줌이고 모든 게 놀잇감이었다. 오줌 싸고는 손으로 문지르거나 철버덕대며 놀고, 똥을 싸고는 두 손으로 반죽하며 놀았다. 하지만 지금은 여섯 살이다. 내일모레면 유치원에 갈 여섯 살!

생각해 보면, 나이가 무슨 상관인가. 진흙이면 어떻고 똥이면 어떤가. 촉감이 비슷하면 그게 그거 아닌가. 냄새도 별로 나지 않고. 게다가 아이가 가장 사랑하는 개의 몸에서 나온 것 아닌가. 산이는 아이가 돌봐 줘야 할 대상이다. 엄마·아빠가 자기 아기였을 때 똥오줌 치웠던 것처럼 저도 산이의 똥을 치워야 한다. 사랑은 세상의 모든 장벽을 뛰어넘게 해 준다는데 까짓 똥쯤이야 거리낄 게 무엇인가.

깨달음은 고승 대덕만이 이루는 것이 아니요, 장좌불와長坐不臥 용맹정진勇猛精進 선방에만 있는 것도 아니다. 고상함은 정숙, 우아, 예의, 깔끔 따위에 있는 것이 아니다. 깨달음이건 고상함이건, 그런 건 바로 저 똥 잡은 손에 있다!

미술체험 시간에 선생님은 사람의 소화기관을 그리자고 했단다. 커다란 그림 사진을 앞에 놓고, 점선으로 본을 그려 놓은 도화지가 아이들에게 주어졌다. 아이들은 선생님 설명을 듣고 본을 따라 위, 소장, 대장 등을 그렸다. 그런데 아이는 대장 밑에 주먹만 한 노란색 덩어리를 그려 놓았다. 똥이다! 기승전결에서 결까지 확실히 마무리했다.

아이, 학원 전선에 서다

언젠가 아이는 영어 알파벳을 삐뚤빼뚤 쓴 메모지를 가지고 귀가했다. 엄마는 기특했다. 어린이집에서 점심시간에 영어 놀이를 한다더니 이제 알파벳까지 읽고 쓸 줄 알게 되었나 보다 싶었다.

그러나 아이의 대답은 뜻밖이었다.

"아린이가 써 준 거야."

어린이집 동무 중엔 영어 학원에 다니는 아이가 여럿 있었다. 언젠가 선생님은 학습장에 이런 글을 써 보내기도 했다.

주원이가 영어에 관심이 많아요. 그런데 학원에 다니는 아이들처럼 영어를 쓰거나 말하지 못하다 보니 영어 놀이 때 친구들과 잘 어울리지 못해요. 학원에 보내는 게 어떨까 싶어요.

아린이는 그런 아이들 가운데 한 명이었다. 어린이집에서도 수재로 통한다고 한다. 알파벳 메모는 주원이가 영어에 관심을 보이자 아린이가 써 준 것이란다.

아이 엄마는 착잡했다. 모국어가 익숙하지 않은 상태에서 외국어를 배우면, 효과 대신 오히려 언어 학습에 혼란만 불러일으킬 수 있다는 게 아이 엄마의 상식이었다. 전문가들의 중론도 이에 가깝다. 교육부가 초등학교 3학년에야 영어 과목을 편성하도록 한 것은, 그쯤에야 아이들이 우리말의 구조를 일정 수준 익혔다고 보기 때문일 터다. 그런데 아이는 지금 어린이집 원생이다. 초등학교 3학년이 되려면 한참 남았다. 지금은 놀면서 온몸으로 우리말을 익힐 나이인데, 영어 선행학습을 위해 학원 뺑뺑이를 돌려야 한다니, 착잡하다.

그러나 아이가 영어로 말할 줄 몰라 동무들과 어울리지 못한다는 것은 부모로서는 그야말로 혼절할 정도의 충격이다. 영어 놀이를 할 때 구석에서 뻘쭘하게 쳐다만 보는 아이의 모습을 상상하며, 아이 엄마는 정신이 아득해졌을지도 모르겠다.

딸(아이 엄마)도 직장에서 영어 때문에 고충을 겪는다. 외국계 회사인데 영어가 제대로 되지 않다 보니, 영어로 하는 화상회의 땐 꿔다 놓은 보릿자루처럼 앉아 있기 일쑤라는 것이다.

'아이도 나와 비슷한 처지였다니, 얼마나 상처를 받았을까? 오죽했으면 친구한테 알파벳을 배우려 했을까?'

아이 엄마는 오만 가지 생각에 머리가 혼란스러웠다.

이럴 땐 어쩔 수 없이 이른바 조기학습 전문가에게 자문하기 마련인데, 전문가 의견은 불문가지, 들으나 마나다. 다년간 유명 어린이 영어 학원에서 프로그램 개발자로 일했던 외숙모(아이의 중국 할머니)에게 의견을 구하기로 했다. 집으로 외삼촌 부부를 초대해 식사 모임을 마련했다. 우리는 깍두기로 참석했다. 앞서 소개한 것처럼 아이에게는 할머니·할아버지가 열댓 명이나 된다. 이 가운데 특별한 할머니·할아버지가 엄마의 큰외삼촌 부부다.

중국 할머니와 할머니 그리고 아이 엄마가 머리를 맞댔다.

"나도 유아들에게 영어 학습을 시키는 건 불필요하다고 봐. 그런데 아이가 관심을 보인다면 해야지. 영어 때문에 친구들과 어울리지 못한다면 더더욱 그렇고. 다만 공부 형태가 아니라 놀이 형태면 좋을 텐데."

"엄마·아빠도 조심해야 해. 아이들에게 공부로 느끼지 않도록 해야 해. '오늘 뭐 배웠어?'라고 하면 안 돼. 확인하고 지적하고 충고하고 가르치려 하면 아이는 도망가. 하던 것도 팽개쳐 버려. 그냥 '오늘 재미있었어? 선생님이랑 동무들이랑 잘 놀았어?'라는 식의 관심만 표명해야 해. 아이의 눈높이에서, 아이가 놀이의 연장으로 받아들이도록 해야 하는 거야."

그래도 다행이다. '할머니' 정도 되니까 저렇게 충고했을 것이다. 젊은 강사였다면 거두절미, 학원에 보내라고 했을 것이다.

그러나 매사에 '나 때'를 앞세우는 곰탱이 할아버지는 그런저런 이야기를 들으며 콧구멍만 쑤셨다. 대책도 없이 마뜩잖았다.

'학교에 가서 공부하면 됐지, 무슨 조기교육이고 선행학습일까. 전 세계의 최고 교육 전문가들이 학제를 그렇게 만들었으면 그게 바른 것 아닌가. 취학연령 전에는 잘 노는 게 잘 배우는 거다. 애들은 때가 되면 배우려 하고, 배우고 싶을 때 배우면 쓸데없는 고생을 안 해도 된다.'

속으로 이렇게 주억거리고 있었다. 사실 이런 할아버지의 어쭙잖은 소신 때문에 할머니는 애들 키울 때 속을 많이 끓였다. 고2가 되어서야 애들이 학원엘 가야겠다고 하자 비로소 단과반 학원엘 보냈다.

그런 할배지만, 손녀가 동무들 어깨너머로나 영어를 주워듣고, 영어를 못해 친구들 틈에 끼지 못하고, 친구가 써 준 알파벳을 좋아라고 집에까지 가져왔다는 이야기를 들었을 때는 속이 쓰렸다.

'아이고, 저 조그만 것이 얼마나 속상했을까?'

그로부터 사흘 뒤, 점찍어 뒀던 동네 영어 학원에 빈자리가 생겨 등록했다고 한다. 아이는 기뻐했다. 어린이집이 끝나면 친한 동무들과 함께 갈 곳이 하나 더 생긴 것이다.

그러나 아이는 모른다. 그것이 앞으로 아이의 하루를, 일주일을 어떻게 바꿀 것인지. 영어 학원은 일주일에 두 번, 한 번에 두 시간씩 수업한다고 한다. 그러면 미술 두 번, 발레 두 번, 영어 두 번이다. 월요일부터 토요일까지 매일 학원 전선으로 나가야 한다.

게다가 영어는 미술이나 발레와 다르다. 그것은 몸으로 하는 놀이가 아니다. 숙제도 해야 하고, 학습 결과를 놓고 친구들과 비교도 당해야 하는 '공부'다. 아이는 이제 대한민국 아이들 대부분이 떠밀려 가는 '전선'에 서야 한다. 총성 없는 전쟁터다. 할아버지는 할 수 있는 게 없다. 전선으로 밀려가는 아이를 안타깝게 바라보는 수밖에 없다.

"할아버지는 내 친구"

나는 귀를 의심했다. 제대로 들은 건지 아내에게 물었다. 아내도 들었다고 한다. 아이가 갑자기 혼잣말을 하더란다.

"할아버지는 내 친구야⋯."

손주라서 하는 말이 아니다. 그 말에 나는 내가 자랑스럽고 대견스러웠다. 세상에 어떤 할배가 여섯 살 손주한테 친구라는 소리를 들을 수 있겠는가. 아이와 유대가 찰떡같은 할머니도 그런 말은 듣지 못했다. 아이가 그 말을 하기 직전까지만 해도 나는 아이의 눈 밖에 난 건 아닌가 전전긍긍하고 있었다.

그날 하원하는 아이를 데리러 어린이집에 갔을 때였다. 예전 같으면, 어린이집 문밖에 숨어 있는 할아버지를 보면 아이는 총알같이 달려와 안기거나 목말 태워 달라고 졸랐다. 그러나 그날은 눈 한 번 마주치고는 그만이었다. "안녕" 인사하긴 했지만 건성이었다. 손잡는 것도 허락하지 않았다. 잡으려 하면 손을 냉큼 뒤로 뺐다. 할미와 재잘대며 걸어가는 아이 뒤를 나는 그저 부러워하며 졸졸 따라가는 수밖에 없었다.

둘이 마트로 간 사이 나는 먼저 아파트 현관으로 갔다. 미리 준비한 편지를 넣었다.

'편지만이라도 효과가 있기를 ….'

마음이 간절했다. 하지만 기대감보다 불안감이 앞섰다. 아이도 커 가면서 알겠지만, 귀찮게 추근대는 사람에게서 편지를 받는다는 건 얼마나 짜증나는 일인가.

'꽃무늬 봉투까지 만들어 넣었는데 ….'

현관문을 들어서자마자 아이는 편지를 꺼냈다. 눈으로 쓱 훑어보더니 상 위에 던진다. 더 착잡해졌다.

'내가 뭘 잘못했나?'

나름 아이에 대한 간절한 마음을 담은 편지였다. 첫 문장을 'Hey, Ju-won'(주원아), 'How are you?'(안녕, 잘 지내?)로 시작한 것은 영어에 대한 스트레스를 걱정해서였다. 그 정도면 어떤 반응이라도 보여야 하는 것 아닌가. 게다가 편지엔 내가 쓴 것임을 명시했다.

"주원이의 아이스크림이 되고 싶은 할아버지가."

이 정도면 바로 곁에 있는 발신자를 향해 아는 척이라도 해야 하는 것 아닌가? 아이는 나를 본척만척하고 아이스크림을 뜯었다. 쥐어박고 싶을 정도로 얄미웠다.

꾀를 냈다. 할머니에게 편지를 소리 내어 읽어 주라고 부탁했다. 제대로 내용을 듣다 보면 마음이 바뀌지 않을까? 실낱같은 희망을 걸었다.

"Hey, Ju-won. How are you?"

할머니가 첫 문장을 읽자 아이가 대뜸 이렇게 말했다.

"영어 글자 다음에 '잘 지내?'라고 적혀 있잖아."

아이는 편지를 제대로, 꼼꼼히 읽었다! 게다가 내용도 기억하고 있었다! 그러고도 할아버지를 애태우기 위해 외면했다. 잔뜩 쫄았던 마음이 확 풀렸다.

"주원아, 영어 때문에 힘들었지? 학원에서 이것저것 숙제도 내주고. 처음 시작하다 보면 힘들지 않은 게 없어. 발레 할 때도 그랬고, 미술 할 때도 그랬잖아. 그러나 새로운 걸 하다 보면 새로운 즐거움도 생겨. 처음에 어려워하던 미술을 요즘은 재미있고 즐거워하잖아. 주원이는 어떤 것도 잘할 거야. 씩씩하고, 용감하고 참을성도 많으니까. 150조각짜리 〈겨울왕국〉 퍼즐도 다 맞췄잖아. 영어도 퍼즐이라고 생각하고 한번 도전해 봐. 재미없으면 안 해도 돼. 나중에 관심이 생기고 재미가 생기면 그때 해도 되거든."

아이의 한마디에 기운을 차린 할배의 긴 잔소리를 아이는 가만히 듣고 있었다. 아이의 혼잣말이 나온 건 바로 그 잔소리 뒤였다. 아이가 책을 가져와 할머니 옆에서 뒤적이다가 한마디 툭 던졌다.

"할아버지는 내 친구야⋯."

아이는 할배를 시험하고 있었다. 할머니처럼 자주 찾아오지도 않고, 놀아 주지도 않는 저 할배가 과연 저를 아끼고 돌보고 사랑하는지 알아보기 위해 '밀당'(밀고당기기)을 한 것이다!

"주원아, 오늘 할아버지는 먼저 가야 해. 할아버지 친구들이랑 약속 있거든."

"꼭 가야 해?"

"그럼, 주원이도 친구들과 약속은 꼭 지키잖아."

"그럼 갔다가 올 거야?"

또 감동이었다.

'아이가 나를 기다리는구나!'

살짝 떨리는 소리로 되물었다.

"다시 왔으면 좋겠어?"

"응."

"일찍 끝나면 당연히 오지. 그런데 일찍 끝나지 않을 거 같아. 주원이가 잠든 뒤에 올 순 없잖아. 일단 오늘은 여기서 '안녕' 하자."

어제였다. 가족 단톡방에 사진 두 장이 올라왔다. 한 장은 편지 봉투였고, 다른 한 장은 그림 편지였다. 겉봉의 수신자 주소는 '종로구'였고, 편지엔 이런 내용이 적혀 있었다.

"할아버지 잘 지내? 보고 싶어. 월요일에 전화해."

아이 엄마가 퇴근했더니 편지가 상 위에 있더란다.

이 정도면 성공한 인생 아니겠는가. 제갈공명이 농락한 맹획孟獲처럼 아이에게 쥐락펴락 당하고, 아이의 일거수일투족에 일희일비하는 할배이지만, 새싹 같은 아이가 고목 같은 늙다리를 동무로 받아 주는 일이 세상에 얼마나 되겠는가.

'만세! 나는 아이의 친구다!'

'찬미 받으소서, 천진보살님'

홍은동 어머니가 세란병원에 검진 갔을 때였다.

"다리에 자꾸 힘이 빠져요."

"할머니 연세가 몇이세요."

"91살."

"여든만 넘으면 모든 사람이 팔다리에 힘이 빠져요."

"어떻게 방법이 없나요. 붙잡고라도 걸을 수 있으면 … ."

"이제 받아들이세요. 그렇지 않으면 더 힘들어요."

" …… ."

"걸을 수 없으면, 그냥 서 있기만이라도 하세요. 다리 힘이 조금이라도 남아 있게."

" …… ."

그 여름이었다.

"이번엔 꼭 가는 줄 알았어. 밑으로는 아무것도 나오지 않고, 위로만 쏟아냈어. 똥도 안 나오고 오줌도 안 나오고. 물만 먹어도 그냥 입으로 토하는 거야. 그렇게 한 닷새 지내다 보니, 그런 생각이 들더라고. 이젠 가는구나. 진짜로 가는구나.

그런데 갑자기 방귀가 조금씩 나오기 시작하는 거야. 보글보글 ⋯.
그러더니 속에서 기별이 와. 부글부글 ⋯. 기다시피 겨우 화장실 가서
일을 보고 뒤처리하고 났더니 다시 살 만해진 거야. 참, 이래서 또 사는
구나, 그러면 이제 또 언제나 가는 거지? 가는 것도 참 어려워."

한동안 막혔던 마곡동 어머니의 입에서도 개울처럼 재잘재잘 수다
가 흘러나왔다. 아이 엄마는 할머니들의 근황을 직접 혹은 제 엄마한테
서 전해서 들었다.

그로부터 며칠 뒤 아이 집에 가 보니 보약이 두 박스 있었다. 곁에는
아이가 쓰고 그린 대형 편지가 붙어 있었다.

"왕할머니, 보고 싶어요. 이제 아프지 마세요."

해바라기 닮은, 커다란 꽃도 그려져 있었다.

불교에는 수많은 부처가 있고 보살이 있다. 깨달음을 이뤄 이타행利他行
을 실천하는 이(보살)의 덕목에 따라 그 이름이 주어진다. 지혜 제일이
라는 문수보살, 서원誓願과 실천 제일이라는 보현보살, 지옥에 떨어진
이들의 제도에 신명을 바친 지장보살, 중생이 처한 어려움에 따라 처방
하시는 관세음보살, 불국정토가 구현되는 날까지 성불을 포기한 미륵
보살, 복덕을 한량없이 베푼다는 허공장보살 등이 그런 분들이다.

경전에는 나오지 않지만, 세상 사람이 가장 사랑하는 보살이 있다.
'천진보살' 혹은 '천진불天眞佛'이다. 한국 불교에 큰스님이 많지만 천진
보살이나 천진불로 통하는 분은 별로 없다. 대개는 외유내강형이다. 안
으로나 밖으로나 부드러운 이는 손에 꼽을 정도다.

대표적인 분이 혜월 스님이다. 수덕사修德寺 말사인 정혜사定慧寺에서

정진할 때였다. 도둑이 들어와 곳간의 쌀을 훔쳐 달아나려는데 지게에 너무 많이 얹은 탓에 일어서지 못하고 쩔쩔매고 있었다. 그 모습을 본 스님은 지게를 뒤에서 밀어 주며 "쌀 떨어지면 다시 오라"고, 절집 스님들이 들을세라 조심조심 속삭였다고 한다.

전설에나 나올 법한 일화도 있다. 절 머슴과 주막 주모가 헛간에서 홀딱 벗고 있다가 스님의 눈에 띄었다. 놀란 머슴은 "배가 아파서 옷을 벗었"노라고 둘러댔다. 스님은 아무 말 하지 않고 부리나케 죽을 끓여 주며, 빨리 나으라고 걱정해 줬다고 한다.

한번은 사기꾼의 꼬임에 넘어가 세 마지기 논을 두 마지기 값에 넘겼다. 제자들이 앙앙불락하자 "논은 그대로 있고, 논 값은 여기 있으니 그만큼 덕을 본 거 아닌가?"라며 웃더란다. 제자들은 벌린 입을 다물지 못했다.

스님은 누가 사기를 치든 거짓말을 하든 곧이곧대로 믿었다. 누가 무슨 욕을 하든 손가락질하든 그런 이들을 부처님처럼 모셨다. 스님에게는 시비, 분별, 욕심, 체면, 가식 따위의 인위는 아예 존재하지 않았다. 태어나서 세수 76세에 입적할 때까지 오롯이 천진을 지키며 태어난 그대로 살았다. 불사의 만공, 역경의 용성과 함께 일제하에서 한국 불교를 지킨 세 스승 가운데 한 분으로 꼽히는 혜월 스님의 덕은 오로지 '천진'이었다.

보약 배달은 우리 책임이었다. 먼저 마곡동에 들렀다. 아이도 동행했다. 마곡동 어머니는 이야기를 듣더니 다짜고짜 눈가를 훔치다 금방 해바라기처럼 환해졌다.

"어떻게 얘는 제 엄마보다 글을 더 잘 쓰냐."

그러고는 둘째(작은할아버지)에게 "이 그림 편지, 저기 텔레비전 옆에 붙여 놓으라"고 하셨다. 소파에 앉으면 가장 잘 보이는 자리다. 어머니는 거의 온종일 소파에 앉아 계신다.

아이는 왕할머니의 감동을 아는지 모르는지 선방 같던 집을 뒤집어 놓았다. 70년 넘은 피아노를 쿵쾅쿵쾅 제멋대로 두들기며 노래했다. (아이는 피아노 배우겠다고 했지만, 집에 피아노도 없거니와 다니는 학원이 세 개나 돼 엄마는 말렸다.) 〈통통통통 털보영감님〉은 이제 틀리지 않고 쳤다.

작은할아버지에게 쫓아가 바이킹 태워 달라고 조르고, 아예 매트에 벌렁 누워 버렸다. 회전의자에 올라앉아 "빙글빙글!" 소리치면서 돌려 달라고 주문도 했다. 대명포구에서 사 온 병어회와 인터넷으로 주문한 떡갈비에 밥도 잔뜩 먹었다. 아이가 갈 때마다 절간 같은 마곡동 왕할머니네는 잔치집이 되었다.

집을 나설 때 어머니는 현관문까지 나오셨다.

"빨리 가고 싶다가 이런 걸 보면 생각이 달라져. 사는 것도 괜찮은 거 같고 … ."

홍은동 어머니에게는 이튿날 요양병원으로 가서 원무과 직원에게 전달했다. 뵐 수가 없어 핸드폰으로 연락했으나 받지 않았다. 돌아서 귀가하는 중에야 응답이 왔다.

"아이고, 이게 웬일이냐. 보약은 제때 편히 죽지 못할까 봐 먹지 않았는데. 그래도 손녀가 해 줬으니 먹어야지. 나는 애들한테 아무것도 해 준 게 없는데, 이렇게 받기만 해서 어떡하냐. 주원이 편지 보는데 눈물이 왈칵 쏟아지더라. 고맙다고 꼭 전해라.”

수화기 너머에서 들리던 “난 아무것도 해 준 게 없는데, 아무것도 해
준 게 없는데 …”라던 후렴이 메아리가 되어 한참을 울렸다.

정신과 의사 정혜신 박사는 말했다.

“아기는 상대를 있는 그대로 받아들인다. 분별하고 분석하고 의심하
지 않는다”라고(《당신이 옳다》).

아기의 눈이 호수처럼 맑고 깊은 것은 그 끝없는 신뢰와 믿음 때문이
다. 그런 아이와 눈을 마주하면 헝클어진 마음도 갈피를 잡고, 복잡한
마음은 단순해지며, 화나 우울감도 녹아내린다. 아이는 어른의 병을 씻
어 주는 치유사다. 치유의 비밀은 바로 그 타고난 천진이다. 혜월 스님
같은 도승만이 그런 천진의 힘을 갖는 건 아니다. 모든 아이는 도를 안
닦아도 깨쳤다.

왕할머니들에게 아이는 있는 그대로 기쁨이고, 위로고, 용기다. 온통
아픈 몸뿐인 현실에서 아이는 감동이고, 사막처럼 무미건조한 생활 속
에서 아이는 살아야 할 의미이고, 삶의 기쁨이다. 아이는 이제 손을 놓
으려는 왕할머니들을 잡아 주는 작지만 튼튼한 끈이다. 그런 것이 보살
행菩薩行이 아니고 무엇이며, 그런 이가 부처가 아니고 무엇일까.

어제(7월 14일) 장수풍뎅이 지니마저 무지개다리를 건넜다. 지니는 일
주일 전 뒷다리가 떨어졌다. 그때 아이는 할아버지와 약속했다.

“이제 지니가 떠날 때가 됐나 봐. 지니는 본래 숲속이 고향이고 나무
가 집이야. 다음에 주원이가 산이네 오면 지니를 상명대 뒷산 숲속에
놓아 주는 게 좋을 것 같아. 고향으로 돌아가는 거니까 지니도 좋아하

겠지, 우리 약속하자. 알았지?"

"그래. 내일모레 갈게."

아이는 이틀 뒤 오지 못 했다. 그동안 지니는 볼 때마다 뒤집힌 채 버둥대고 있었다. 다리도 하나둘 더 떨어졌다. 아이는 그런 지니를 볼 때마다 바로 앉혀 줬는데, 어제 아침엔 꼼짝 않더란다.

아이는 아빠의 도움을 받아 떨어진 다리를 붙여 원래의 모습을 되찾아 주고는 아리 옆에 묻어 줬다. 편지도 써서 그 옆에 놓아두었다. 씨가 다닥다닥 붙은 들꽃 꽃차례 하나를 주워 묘비로 삼고, 지니 무덤 위에 꽂았다. 내년엔 거기서 어떤 꽃이 필까?

"지니야, 나 주원이야. 네가 아리 옆패 놔 줄깨(너를 아리 옆에 놔 줄게). 2주 뒤에 보자."

아리가 떠났을 때처럼 아이는 담담했다. 언젠가는(2주 뒤) 다시 만날 것을 믿는가 보다.

"아리와 지니는 천사가 되어, 이번엔 주원이를 지켜 줄 거야. 주원이가 그동안 잘 보살펴 줬잖아."

할머니가 한술 더 떴다. 아이는 눈을 반짝이며 잠자코 듣고 있었다.

'아, 우리의 천진보살님. 평생 도를 닦아야 이룰 수 있다는 천진天眞을, 타고난 그대로 살고 있으니 찬미 받으소서, 찬미 받으소서.'

아이의 '한 달 천하'

아이를 '천진보살'이라고 칭송했던 것은 아무래도 거둬들여야겠다. 그 후 한 달 동안 아이가 하는 걸 보니 세상에 악동惡童도 그런 악동이 없다. '딸바보'에 물러터진 아빠는 물론이고 길동 할아버지·할머니, 세검정 할머니·할아버지를 그 조그만 손으로 쥐락펴락 갖고 놀았다. 현대 한국 불교의 천진도인이라는 설악무산 스님의 열반송涅槃頌 가운데 "천방지축天方地軸 기고만장氣高萬丈 살았다"라는 대목은 아이를 두고 하는 말 같다.

아이 부모는 코로나19 확진자 숫자가 1,500명대를 넘기면서 아이를 어린이집에 보내지 않았다. 덕분에 아이는 그야말로 응석받이 폭군 행세를 했다. 가족들은 집 안에 갇혀 지내는 게 안타까워 아이가 하자는 대로 다 해 주었다.

길동 친가로, 세검정 외가로 2~3일씩 돌아가며 동가숙서가식 떠돌며 가는 곳마다 제왕 노릇을 했다. 하루 세끼 식사 메뉴부터 자고 일어나는 시간에 낮잠 자는 것까지 아이에게 맞췄다. 아이는 잠수함의 함장처럼 그 좁은 집구석에서 전횡했다.

그사이 아이의 꾀는 비약적으로 팽창했다. 장난이 아니었다. 아이라지만 환경이 바뀌면 우선 주변을 살피는 법인데, 할머니·할아버지의 눈치를 보기는커녕 이들이 제 눈치를 보도록 만들었다. 그것도 아주 손쉽게, 손바닥 뒤집듯이 하는 것이었다.

처음 길동에서 사흘을 머물고 귀가할 때였다. 아이는 할머니·할아버지에게 편지를 써 놓고 떠났다고 한다. 편지 내용은 딱 한 줄이었다. 할머니·할아버지는 아이가 의례적으로나마 '감사합니다'라는 인사치레를 한 것으로 알았다. 그러나 이게 웬 날벼락인가.

"나, 이제 길동 할머니네 안 올 거야."

길동은 착잡했다. 하루 24시간 단 1분도 곁을 떠나지 않고 놀아 주고 보살폈는데, 어디서 그런 배은망덕을 배웠을까. 할머니·할아버지 둘만 있으면, 아무리 더워도 아껴 쓰던 에어컨을 온종일 돌리다시피 했다. 잠잘 때는 냉방기 바람에 감기 들라 몇 번씩 일어나 바람을 조절했다. 잠자다가도 '앵' 하는 모깃소리만 들리면 깨어나 모기를 잡고서야 잠이 들었다. 그런데, 다신 안 오겠다니 ….

편지 내용을 전해 들은 아이 엄마의 입에선 '아이고' 곡소리가 터져 나왔다. 무슨 낯으로 시부모를 볼 건가. 아이 잘못은 부모 잘못이요, 아이의 못된 버릇은 엄마의 못된 성격 탓이라는데 ….

그런데 두 번째 3박 4일을 길동에서 지내고 귀가하려 할 때 반전이 일어났다. 아이 부모가 데리러 가자 아이는 대뜸 선언했다.

"나, 길동 할머니네서 살 거야."

그 변덕 앞에서 조부모도 부모도 할 말을 잃었다. 그래도 길동 할머니·할아버지는 흐뭇했다고 한다. 변덕 여부를 떠나 그런 칭찬과 애정 표시가 세상에 어디 있을까.

산이네에 대한 아이의 태도 역시 정반대로 뒤집혔다. 처음 왔다가 집으로 돌아갈 때였다.

"다음에 언제 올 거야? 수요일에 또 올 거지?"

"음… 추석이랑 설은 언제야?"

"추석은 다음 달 그러니까 9월 말, 설은 내년 1월이나 2월쯤이겠지?"

"그럼 추석 때랑 설 때 올게."

눈 한 번 깜박이지도 않았다. 한숨이 나왔다. 아이 변덕이 다시 180도 바뀌어 원상태가 되기를 기다리는 수밖에 없었다.

그날은 며칠 뒤 도둑처럼 찾아왔다. 엄마가 유튜브 시청을 막자 아이가 삐졌다. 그것이 반전의 고리였다.

"나, 산이 할머니네 갈 거야!"

아이의 목소리는 단호했다. 엄마가 겁먹을 줄 아는 모양이었다. 하긴 길동이건 세검정이건 어디서건 통하는 협박이 이 말이었다.

그러나 엄마는 더 단호했다.

"안 돼."

"조금만 더 볼 거야."

"지금까지 충분히 봤어. 엄마 핸드폰 이제 돌려줘."

아이는 당황했다. 세검정 산이네 가겠다고 하는데도 엄마는 겁먹지 않았다. 핸드폰을 달라는 서슬 퍼런 엄마의 재촉에 아이는 핸드폰을 넘겼다. 그제야 곁에 있던 할머니를 돌아봤다.

"할머니, 산이네 가자."

응원을 바라는 눈치였지만, 할머니는 먼 산만 쳐다봤다. 할머니가 반색할 줄 알았는데 할머니는 표정에 변화가 없으니, 아이는 당황했다.

아이는 벌떡 일어나 제 방으로 들어가 버렸다.

아이가 방에 있는 동안 엄마와 할머니는 이야기 끝에 아이를 어린이집 긴급돌봄 프로그램에 보내기로 했다. 알아보니 원생들이 열에 여섯은 나온다고 했다. 어린이집에 보내는 것이 오히려 안전할 수 있다는 말도 나왔다. 엊그제는 영국 한 대학의 연구 결과라며, 코로나19 팬데믹 때 태어난 아이의 지능이 일반 영아의 80퍼센트 불과하다는 보도가 나왔다.

아이를 불렀다.

"내일부터 어린이집 가는 거 어때?"

"좋아!"

유튜브 언쟁은 까맣게 잊어버렸다. 아이의 한 달 천하는 그렇게 끝났다. 아이는 아이들에게로 돌아가고 싶어, 그렇게 꼬장 부리며 폭군 노릇을 하고 골탕을 먹였는지도 모르겠다.

미운 여섯 살

여섯 살이 되면 아이들 노는 게 다섯 살 때와는 전혀 달라진다고 한다. 낮잠도 안 자고, 쉬지도 않고, 끼리끼리 패거리를 짓고, 여자와 남자 따로 논다고 한다.

마루반 아이들은 서너 무리를 짓는데, 여자애들은 대체로 4~5명, 2~3명씩 두 그룹으로, 남자애들은 여기저기 기웃거리는 아이 한둘 빼면 한 무리로 논다. 여자애들은 주로 공주 놀이를 하고, 남자애들은 변신 로봇이나 격투기 놀이에 빠진다. 여자애들은 남자가 끼는 것이 싫다.

"남자애들이랑은 안 놀아. 우리는 인형이랑 놀고 싶거든. 남자애들은 싸우는 것만 좋아해. 어떤 애들은 자꾸 귀찮게 하고, 장난감 뺏고, 기껏 만들어 놓은 블록을 부수기도 해. 여자애들끼린 그러지 않거든."

'남녀유별男女有別'이나 '남녀칠세부동석男女七歲不同席'은 이렇게 자연스레 이뤄지는가 보다.

어린이집 복귀 후 나흘째부터 아이는 몸살이 났다. '영끌'로 놀았던 탓이었다. 아이는 이틀 동안 집에서 쉬고 다시 등원했다. 첫날 아이는 선생님과 함께 산책 갔다가 길가 텃밭에서 방울토마토를 땄다. 이튿날 귀가해서는 엄마한테 슬그머니 이런 무용담을 늘어놓더란다.

"사윤이랑 로아랑 본관에 갔었어."

"선생님은?"

"우리 셋이 갔어. 거기에 돈 넣으면 음료수 나오는 거(자판기) 있거든. 우리도 하고 싶었는데, 넣을 게 없었어."

'아이고, 요것들이 간덩이가 부었구나. 벌써 친구들과 땡땡이치다니.'

"선생님 없이 너희끼리 밖에 나간 거야? 그러면 안 돼."

놀란 엄마한테 한마디 더 한다.

"엄마, 800원짜리 세 개만 줘."

"엥? 800원짜리?"

아이가 먹고 싶은 자판기 음료수가 800원이었나 본데, 아이는 800원짜리 동전이 있는 줄 알고 있었다.

"너희들끼리 가면 안 줄 거야."

아이는 이제 무엇이든 친구가 우선이다. '남녀유별'은 해도 또래 친구는 무엇과도 바꿀 수 없는 존재다.

아이는 세이브더칠드런, 월드비전, 유니세프 등 어린이 구호단체의 공익광고만 나오면 TV에서 눈을 떼지 않는다. 안타깝고 불쌍하고 슬퍼서 그런 게 아니다. 등장인물이 대체로 또래 아이들이어서 그렇다.

특히 월드비전의 '라면을 불려 먹는 오빠와 동생' 광고는 아이가 가장 좋아한다. 또래인 오빠와 동생이 제가 좋아하는 라면을 손수 끓여서 먹는 게 신기한 것이다. 양을 많게 하려고 불려 먹는다는 슬픈 내용은 아는지 모르는지 관심이 없다.

친구에게 몰입하는 것만큼 특별한 변화가 말을 잘 듣지 않는다는 것이다. 지금까지 아이는 할머니의 지시나 권유를 거의 100퍼센트 따랐다. 그러나 요즘은 전혀 딴판이다. 아무리 바른 소리를 해도 그대로 따르는 경우가 없다. 못 들은 척하거나 딴청 부리고, 슬그머니 자리를 뜨고, 눈을 빤히 쳐다보고 있을 때도 있다.

"주원이는 게으름뱅이야!"

언젠가 할머니 목소리에 화가 잔뜩 들어가 있었다. 눈치 10단인 아이가 그것을 모를 리 없지만 들은 척 만 척, 하지 말라는 핸드폰에 코 박고 유튜브만 보고 있었다.

"주원이, 밥 먹었으면 치카치카 해야지. 그만 보고 칫솔질해."

"……."

"머리도 안 감고, 이도 안 닦고. 머리에서 벌레가 기어다니겠다. 입에선 똥 냄새 풀풀 나고. 그래도 좋아?"

"……."

아이는 할머니의 인내심을 시험하고 있었고 할머니는 일찌감치 지쳤다.

"그래 알았어. 주원이 알아서 해. 무시무시한 치과 의자에 앉아도 할머니는 몰라."

겁을 줘도 아이는 눈 하나 깜짝하지 않는다.

아이는 '미운 여섯 살'이다. 우리 자랄 때의 '미운 일곱 살'은 어린이집 유치원 등의 영향으로 1년 앞당겨졌다. 아이의 마음속에 친구의 자리가 커지면서 절대적 의존 대상이던 가족의 자리는 상대적으로 작아졌다. 물론 거리가 멀어지거나 중요성이 떨어진 건 아니다. '친구'라는 새로운 공간이 생겼을 뿐이다. 가족은 경험상 제 손에서 벗어나지 못하는, 화투 용어로 '굳은 자'라는 걸 안다.

3~5세 아이는 저와 놀이를 같이하는 사람이면 누구나 '친구'라 여긴다고 한다. 그 시절 아이에게 친구란 그 이상도 이하도 아니다. 누구나 친구가 될 수 있다. 하지만 함께 놀기는 놀지만 제각각 논다. 공주 놀이나 간호사 놀이처럼 역할을 나눠 함께 노는 게 아니라, 각자 하고 싶은 것을 하며 제 놀이에 열중한다.

여섯 살이 지나면서 아이는 달라진다. 슬금슬금 친구 혹은 우정이란 개념이 싹튼다. 친구란 부모와 별개로 제 말을 많이 들어주고 공감해주는 대상으로 인식하기 시작하는 것이다. 그래서 친구에겐 제법 까다로운 조건도 붙는다. 함께 있고 이야기하고 놀고 나누고 등등. 그 속에서 나와 남을 구분하는 자아란 것이 강해진다.

"'나'는 '나'란 말이야!"

고분고분하던 아이들이 6~7세가 되면 가족 구성원의 말을 듣지 않고 뺀질대는 건 그 때문이다. 너무 빠른 것 아니냐고? 그럴 리 없다. 오히려 인간은 너무 늦어서 탈이다.

동물의 세계를 보면 태어나서 불과 서너 시간이면 걷고, 그로부터 하루 이틀이면 뛴다. 눈을 뜨고 보기 시작하면 또래들을 찾고 뒤엉켜 논다. 뒹굴고 물고 넘어뜨리고 달린다. 이렇게 놀면서 야생에서 살아가는 데 필요한 것들을 일찌감치 배운다. 야생 동물의 새끼는 태어나면서 살아가는 데 필요한 것들을 갖추고 습득하는 프로그램이 뇌에 장착되어 있는 것이다. 빠르면 한두 달, 길어도 1년이면 홀로서기를 할 수 있는 건 그 때문이다. 그래야 야생에서 살아남을 수 있다.

이에 비해 사람은 혼자 살아가는 데 필요한 것들을 습득하고 홀로서기를 하기까지 15~20년이 걸린다. 세상이 복잡해지고 과학기술이 발달하고 환경의 변화가 빠를수록 적응 기간은 더욱더 길어진다. 동물 가운데 이런 지진아는 없다. 야생에 던져진다면 도저히 살아남을 수 없다.

그러나 '느린 성장'은 열성이 아니라 우성 형질이라고 한다. 천천히 성장하면서 각종 상황에 대한 적응력을 기른다. 특히 사람은 사회적 동물이어서 질병, 도구, 기술, 환경, 인간관계 등 적응해야 할 것이 많다. 나름대로 적응하고 대처 능력을 키우는 데는 수많은 시행착오가 필요하고, 시간과 도움이 필요하다.

동물들은 일찌감치 성장점에 도달하는 까닭에 뇌의 정보 처리 및 상황 대처 능력은 그만큼 작다. 반면 인간은 오랜 시간의 미성숙 결과 뇌의 용량과 능력이 크고 다양하다.

"인간의 생존과 번영은 유연한 뇌 덕분이다. 이런 특질은 역설적으로 미숙한 출생과 긴 아동기 덕분이다."(인지심리학자 데이비드 F. 비요크런드)

어른들은 그 자신이 이런 과정을 거쳤으면서도 아이들의 오랜 적응기를 이해하지 못하고 답답해한다. '빨리빨리'에 익숙한 사람들은 특히 그렇다. 아이가 제 뜻대로 성장하지 않으면 속을 끓이고 화를 낸다. 부모나 가족의 품에서 벗어나기 위한 홀로서기 과정인데 그것을 '버릇없다'느니 심지어 '싸가지 없다'며 화내는 어른이 많다. 일관성 없고 제멋대로고 이중적인 건 아이가 아니라 바로 그런 어른이다.

아빠와 아이가 고창에 갔을 때였다고 한다. 시골길을 걷는데 장수풍뎅이 한 마리가 길가에서 꼼짝 않고 있었다. 아이는 옆에 쪼그려 앉아 손으로 밀어도 보고, 당겨도 봤지만, 풍뎅이는 꼼짝하지 않았다.

"아빠, 얘가 죽었나 봐."

"그런가 보다."

"왜 안 묻어 주었지? 안 묻히면 무지개다리를 건너지 못할 텐데…."

아이는 아빠와 함께 길가 풀숲에 풍뎅이를 묻어 주었다. 메모지를 달라더니 이렇게 써서 그 옆에 놓았다고 한다.

"여기 풍뎅이 있어요. 밟지 말아요."

아이는 제 속도에 따라 큰다. 어른들 눈에 때론 속 터지게 늦고, 때론 정신없이 빠를 뿐이다. 그렇게 크면서 아이의 '나'는 더 단단해지고 확장한다. 그 속에서 고집이란 것이 자라고, 친구 등 관심 영역이 커진다. 더 넓은 나의 세계를 만들어 가는 것이다.

아이의 고향 만들기

언제라도 상관없다. 아이가 오면 우리 집 추석은 완성된다. 홍은동 어머니는 이미 요양병원으로 찾아뵀다. 차례야 큰집에서 지내니 부산 떨 일이 없다. 마곡동 어머니는 차례 끝난 뒤 가면 된다. 우리의 추석은 아이랑 노는 게 전부다.

할머니와 엄마가 음식을 하는 동안 아이와 할아버지는 TV를 켜 놓고 '원카드'를 했다. 뉴스마다 '고향 가는 길'을 생중계하지만, 서울역이나 고속도로 혹은 만남의 광장 상황이 나올 때마다 저절로 고개가 돌아간다. 엄마·아빠와 함께 시골 할머니 집에 가는 아이들의 들뜬 얼굴과 목소리가 나올 때면 아이의 시선도 화면으로 돌아간다.

아이가 '고향'이란 걸 알까? 못 참고 물어봤다.

"주원이 고향은 어디지?"

"……."

눈만 반짝인다.

"주원이가 태어나서 자란 곳 말이야."

"은혜산부인과 있는 데?"

"맞아. 그런데 병원을 고향이라고 하지는 않아. 거기는 주원이가 처

음 세상에 나온 곳일 뿐이야. 고향이라고 하면 주원이가 나고 자란 집
이 있고 함께 놀던 친구들이 있는 동네를 말하지."

"그럼 조이팰리스? 거기가 내 고향이야?"

조이팰리스. 이름은 거창하다. 은평구 응암동 대로변의 놀이터도 없
는 한 동짜리 아파트다.

'할아버지 말하는 표정으로는 고향엔 뭔가 신비한 게 있을 것 같은
데, 응암동 조이팰리스가 내 고향이란 말이야?'

아이는 영 내키지 않는 모양이다.

'그런 고향을 간다고 쟤들은 왜들 저리 신나서 떠드는 걸까?'

"고향은 어릴 적 언니·오빠, 친구들과 놀고 또 학교 다니던 기억이,
주원이 드레스에 박힌 반짝이 구슬처럼 알알이 새겨져 빛나는 곳이야.
할아버지·할머니도 있고."

아이는 눈만 깜박인다.

'우리 집엔 동생도 언니도 없으니, 친구들과 놀던 어린이집이 있는
여의도가 내 고향인가?'

별로 새롭지 않다. 말을 꺼낸 할아버지는 난감하다. 할아버지가 잔머
리를 돌린다.

"세 살에 떠나긴 했지만, 응암동 조이팰리스 동네도 주원이 고향일
수 있지. 거기 있을 때 주원이는 할머니가 밀어 주는 유모차 타고 맨날
불광천 따라 돌아다녔잖아. 감기 걸리면 다니던 병원도 있고, 아빠가
자주 치킨을 사 오던 튀김 가게도 있고, 치즈 파는 편의점도 있고. 어쩌
면 산이네, 세검정도 주원이 고향일 수 있겠다. 백사실도 있고, 뜀박질
하거나 모래 놀이하던 상명대 운동장도 있고, 산책하던 홍제천도 있고,

재밌는 기억이 많잖아."

말하고 보니 그럴듯하다. 아이 눈이 동그래지고 입꼬리가 올라간다. 이제야 알겠다는 표정이다. 그런데 한다는 말이 할아버지 머리 꼭대기에 있다.

"그러면 길동(할머니네) 가면 길동이 고향이겠네?"

슬그머니 아이의 뿌리를 외가가 있는 쪽에 심으려던 외할아버지의 꾀는 여지없이 박살났다. 뒷일이 걱정된다. 길동에 가서 할아버지나 할머니에게 이 얘기를 하면, 얼마나 황당해할까.

"그래, 맞아. 길동도 고향, 세검정도 고향. 할아버지·할머니가 있는 곳이면 다 고향이야."

대충 얼버무렸다. 아이 아빠가 회사 일 때문에 다음 날 왔다. 우리는 할머니만 빼고 모두 뒷산에 갔다. 감따개까지 들었다.

"와, 대왕잠자리채다."

밤 따러 가는 길이다. 밤나무 주변엔 늦가을 모기가 기승을 부린다. 긴바지에 점퍼까지 입혔다. 아빠가 산이 목줄을 쥐고, 할아버지는 감따개를 맸다.

등산로 옆 비탈엔 밤나무 세 그루가 있다. 밤은 따는 게 아니라 줍는 것이라지만, 등산로 데크 밖은 가파른 비탈이어서 밤송이째 따야 했다. 3단 감따개를 최대한 뽑았다. 송이가 여럿인 가지를 잡아끌었다. 아이도 힘을 보탠다고 낑낑댔다. 밤송이 가시에 손가락이 찔리고, 모기떼가 얼굴로 달려드는데도 아랑곳하지 않았다.

따거나 주운 밤송이는 집으로 가져왔다. 밤나무 밑에선 모기 때문에 배겨나기 힘들다. 아이 엄마와 아빠의, 옷 밖으로 드러난 목덜미는 모기에 물려 벌겋다.

집에 오자마자 가시 방에 갇혀 있는 밤톨 형제 구하기에 들어갔다. 두 발로 밟은 뒤 숨구멍 있는 곳을 모종삽으로 찔렀다. 밤송이는 바로 벌어졌다. 아이는 겁도 없이 그 작은 손으로 가시 방에서 밤톨을 꺼냈다.

"이건 삼 형제고, 저건 두 형제야. 근데 얘는 왜 이리 작지? 동전처럼 납작해."

풋밤 하나를 골라 이빨로 겉껍질을 벗겼다. 속껍질은 손톱으로 밀어 벗겼다. 노란 속살이 드러났다. 할아버지가 먼저 반을 깨물고, 나머지는 아이 입에 넣어 주었다. 아이의 반응은 신통치 않았다. 하긴 어른들 입맛에나 고소하지, 아이에게는 단맛이 없어 민숭민숭하다.

이렇게 한다고 서울 아이들에게 고향 의식이 싹틀까마는 어쩌겠는가, 노력은 해야지. 앞뒤 꽉 막힌 대도시 아파트 생활에 건조해진 마음을 촉촉이 적시고, 따듯하게 감싸 주며, 외로울 때 그저 안기고 싶고, 생각만으로도 입가에 웃음이 떠오르는 그런 고향이 있도록 해야 하지 않겠나. 그래서 이것저것 해봤는데, 아이의 관심을 특별히 끌진 못했다. 허리만 아프다. 소파에 기댔다.

아이가 슬그머니 뒤로 돌아가 어깨에 올라탄다.

"할아버지, 일어나 봐."

못 들은 척 딴청 부렸다. 그러자 아이가 궁둥이를 들썩거리며 방아를 찧는다.

"일어나 보란 말이에요. 할아버지."

"아이고, 할아버지 어깨랑 허리 부러지겠다."

마지못해 일어나 방 안을 서너 바퀴 돌자, 아이는 두 귀를 운전대 삼아 부엌 쪽으로 방향을 틀었다.

"주원아, 할아버지 허리 아파. 내려와."

아이 엄마와 할머니의 지청구가 떨어지기 무섭게 아이는 할아버지 귀를 재빨리 거실 쪽으로 틀었다.

'오냐. 두고 봐라.'

소파에 걸터앉아 비스듬히 누워 아이를 떨어트렸다. 이번엔 올라타지 못하도록 거실 바닥에 누웠다. 아이와 마주치지 않으려고 눈도 감았다. 갑자기 아랫배에 맷돌이 얹힌 것처럼 묵직하다. 아이가 배에 올라타 시소라도 타듯이 궁둥이를 들썩거린다.

"아이고 주원아, 할아버지 오줌보 터져. 그만해."

모로 누웠다. 그러자 엉치뼈와 갈빗대 사이 오목한 곳에 올라탔다. 할아버지를 짓이겨 버릴 모양이다. 엄마에게 제지를 받고서야 꼬마 폭군의 할아버지 학대는 끝났다.

늦은 오후, 큰조카의 아이들이 와 있다는 산 너머 홍은동 큰할아버지 댁으로 갔다. 얼마나 기다리던 언니·오빠들인가. 아이는 뒤도 돌아보지 않고 산이네를 떠났다. 차로는 10분 거리다. 아이는 보드 놀이며 몸으로 말하기 등 각종 놀이를 언니들로부터 전수받으면서 놀다가 밤 9시에야 귀가했다고 한다.

후일담이다.

"이번 추석에서 가장 행복했던 일이 뭐야?"

엄마의 물음에 아이가 이러더란다.

"응, 할아버지랑 밤 따러 간 거!"

반쯤 성공이다.

유년의 숲, 신비한 중강새

어린이집 선생님이 손바닥만 한 비닐 지퍼백 하나를 주면서 엄마에게
전하라고 하더란다. 지퍼백엔 메주콩 반쪽만 한 이빨 하나가 있었다.

그날도 아이는 어린이집 친구들과 정신없이 뛰어놀았다. 뛰어가고
붙잡고, 숨고 찾고, 잡고 뒹굴고, 아이들이 송사리 떼처럼 이리저리 몰
려다니던 중 아이가 갑자기 선생님에게 달려오더란다.

"선생님, 앞니 있는 데가 이상해요."

아이의 입안을 들여다보던 선생님이 외쳤다.

"주원이의 앞니 하나가 빠졌어요."

친구들이 일제히 몰려왔다.

"어디 있어요?"

"저도 보여 주세요."

"주원아, 안 아파?"

아이들은 저마다 팔짝팔짝 뛰고, 손뼉 치고, 환호성 지르며 제 일처
럼 좋아하더란다. 모든 아이가 두근두근 가슴에 안고 있던 숙제를 주원
이가 푼 것이었다.

아래 앞니가 흔들리기 시작한 지는 제법 오래됐다. 한 놈은 석 달쯤

됐고, 다른 한 놈은 한 달쯤 됐다. 아이는 밥을 먹건 과자를 먹건 심지어 물을 마실 때도 신경을 곤두세웠다. 김치나 깍두기는 잘게 썰어 주어야 먹었고 물도 미지근해야 마셨다.

"이는 왜 빠져? 가만 놔둬도 빠져? 빠질 때 아파?"

아이는 하루에도 서너 번씩 엄마·아빠, 할머니, 보이는 어른에게는 다 물었다.

"아이 이는 유치乳齒라고 하는데, 유치는 아주 작아. 어른 거랑 비교해 봐. 크기가 반도 안 되지?"

"유치? 그러면 어른 이는 성치야?"

아이가 눈을 반짝였다. 문자속이 제법이다.

"성치가 아니라 영구치라고 해. 유치가 빠진 자리에 나는 이야. 한번 나면 평생 써야 한다고 해서 영구치라고 하지."

우리 클 때는 젖니, 간니라고 배웠는데, 요즘 엄마·아빠들은 '유치' '영구치'라고 한다는 걸 아이 때문에 알았다. 젖 먹을 나이에 나온다고 해서 젖니, 기둥처럼 튼튼하다고 해서 간니, 젖내도 나고 땀내도 나는 젖니, 간니란 말은 뒷전으로 밀려났다.

"이는 한번 나면 커지지 않아. 키도 크고 머리카락도 자라고, 손톱과 발톱도 길어지고, 입도 손도 발도 커지는데 이란 놈은 처음 난 것 그대로야. 그런데 어른이 되면 입이 두 배, 세 배 커지는데, 콩알만 한 이가 그대로면 입이 어떻게 되겠어. 그 이로 어떻게 질긴 고기며 딱딱한 갈비, 깍두기를 먹을 수 있겠어."

아이 엄마가 요령 없이 가르치려 든다. 아이가 듣고 싶은 것은 이가 빠질 때 아픈지, 아닌지뿐이었다. 안 아프고 빠지는지 아니면 치과에서

처럼 기계로 잡아 빼야 하는 건지만 알고 싶었다. 그래도 아이 엄마는 고집스럽게 강의를 마무리하려 한다.

"큰 이가 새로 나야겠지?"

"흔들리는 이를 어떻게 빼냐고!"

"응, 엄마 클 때는 말이야 … ."

아이는 '안 아프게 쏙 빠진다'라는 이야기를 듣고 싶었지만, 엄마는 계속 아이를 공포 속으로 몰아넣었다.

"튼튼한 명주실 한쪽에 흔들리는 이빨 밑동을 묶고, 다른 쪽 실 끝은 아빠가 잡고 있다가 아이가 딴청을 부릴 때 이마를 툭 치는 거야. 그러면 아이 머리가 뒤로 젖혀지면서 이가 쏙 빠져. 그렇지 않으면, 실 한쪽 끝을 문고리에 묶은 다음 엄마나 아빠가 갑자기 방문을 확 여는 거지."

아이가 겁에 질려 더는 대꾸를 못 한다.

"이건 더 무시무시한 방법인데, 요새 치과 선생님들이 하는 거랑 비슷해. 펜치 있잖아. 그걸로 이를 꽉 잡은 뒤 쏙 빼는 거야. 이렇게 하면 뿌리가 부러지는 일이 없어. 대신 아이들은 질겁하지."

아이는 사색이 됐다. 입을 어찌나 꽉 다물었는지 입술이 한일자로 펴지고, 어금니 쪽 근육이 씰룩거린다. 실 한 오라기도 제 입에 들이밀지 못하게 하겠다는 각오 같았다. 눈에 눈물이 고일 정도다. 그제야 달랜다.

"주원아, 걱정하지 않아도 돼. 유치가 흔들리는 건 밑에서 영구치가 유치를 밀어내기 때문이야. 가만히 놔둬도 빠진다고 해. 혀끝으로 흔들리는 이의 뿌리를 자꾸 밀어내면 더 쉽게 나온대. 주원이도 잘하잖아."

입을 벌리고 혀끝으로 앞니 밑동을 미는 시늉을 한다.

그 일이 있고 난 뒤부터 아이는 혀끝으로 앞니를 미는 게 습관이 됐다. 그럴 때면 오물거리는 입술이 꼭 붕어 입 같았다. 그림책을 읽거나 퍼즐을 맞추거나 그림을 그릴 때, 심지어 엄마나 친구들과 이야기할 때도 입술을 달싹거리고 삐죽였다.

놀 때만은 예외였다. 일단 동무들과 어울리기 시작하면 다른 건 모두 잊고, 오로지 놀이에 빠진다. 그날 첫 젖니 아니 유치 갈이 때도 그랬다.

"마스크를 내리고 봤더니 아래 앞니 하나가 없는 거예요. 그런데 빠진 이가 어디로 도망갔는지 보이지 않았어요. 자세히 보려고 마스크를 아예 벗기자 뭔가 툭 떨어지더라고요. 빠진 이가 다행히 마스크에 걸려 있었던 거죠."

주원이 곁으로 몰려든 아이들에게 선생님이 설명했다. 아이들도 이가 하나둘 흔들렸다. 모두가 동병상련同病相憐의 아픔과 두려움을 안고 있었다.

"아팠어?"라는 질문이 쏟아졌고, "어떻게 빠졌어?"라고 묻기도 했지만 아이는 대답할 수 없었다. 정신없이 놀다가 언젠지도 모르게 빠졌으니 말이다. 그저 싱글벙글 웃을 뿐이었다. 대답 대신 그렇게 싱글거리는 모습만 보고서도 아이들은 안심이 됐나 보다. 다 같이 신이 났다.

'그래, 아프지 않았구나.'

한 장난꾸러기 친구는 심지어 이렇게 묻기도 했다.

"주원아, 그거 깨물어 봐도 돼?"

할아버지·할머니 나이쯤 되면 젖니 빠질 때의 감정은 대부분 사라졌다. 사라지기 쉬운 기억도 문제지만, 그때만 해도 아이들의 젖니 갈이에 신경을 쓸 만큼 여유가 있는 부모는 별로 없었다.

젖니 갈이는 사람이 태어나서 처음으로 겪는 가장 큰 몸의 변화다. 있는 것이 사라지고 새것이 생기는 첫 변화다. 뭔가 잘못 씹으면 눈이 튀어나올 정도로 아프기까지 하다. 더 큰 문제는 설사 부모라도 그 고통과 두려움을 함께 나누지 못한다는 사실이다. 저 혼자 감당해야 한다. 그야말로 생애 처음으로 겪는 실존적 불안이다.

먼저 경험한 형제에게서나 조언 구하는 게 고작이지만, 형이나 누이는 신이 나서 중강새니 금강새니 하며 동생을 놀리기만 한다.

"앞니 빠진 중강새, 우물가에 가지 마라. 붕어 새끼 놀랜다. 잉어 새끼 놀랜다."

대표적 놀림 노래다. '중강새'는 쇠스랑이나 갈고랑쇠 등 농기구를 말하는데 이가 빠져 중간이 샌다는 것이니 써먹기 힘든 농기구다. 노래는 이렇게 이어진다.

"앞니 빠진 중강새 닭장 곁에 가지 마라, 암탉한테 차일라, 수탉한테 차일라."

윗니까지 빠진 경우엔, 보기도 흉한데 놀림은 더 야비해진다.

"윗니 빠진 달강새(이가 흔들려 달랑거리는 모습), 골방 속에 가지 마라, 빈대한테 뺨 맞을라, 벼룩이한테 차일라. 앞니 빠진 중강새, 닭장 곁에 가지 마라, 암탉한테 차일라, 수탉한테 차일라."

야속하다. 그렇다고 울지도 못한다. 언니들이 겁쟁이라고 놀리는 건 더 싫다.

아이도 이 노래를 알고 있었다. 엄마·아빠가 가르쳐 준 건 아니다. 어린이집 선생님에게 배운 것도 아니다. 그러면 어디서 봤을까?

"응, 책 보고 알았어."

어린이집 서가에 있었나 보다. 인터넷으로 검색해 보니《앞니 빠진 중강새》라는 제목의 그림책만 해도 서너 종류나 있었다.

아이는 앞니가 흔들리기 시작하고 아무도 답답한 마음을 시원하게 풀어 주지 못하자, 제가 어린이집 서가를 뒤졌거나, 먼저 이 빠진 친구가 보던 것을 함께 읽었을지 모른다. 아이는 그 책을 어떻게 왜 읽게 되었는지는 말하지 않았다.

이런 경험은 지구상 세상의 모든 아이가 겪었고 또 겪는다. 우리나라만 해도 '중강새 노래'는 지역마다 다양한 형태로 변주돼 불린다. 수십 종이 넘는 걸 보면, 그 나이엔 이만큼 재밌게 놀려 먹을 게 없었나 보다. 대개는 '중강새'를 개호주, 갈가지, 개오지, 개우지, 갈강새, 금강새 등으로 바꿔 부른다. 개호주는 호랑이 새끼의 방언이고, 금강새는 중강새와 같은 뜻이라고 한다.

경상도 버전은 사투리가 재밌다.

"앞니 빠진 갈가지, 언덕 밑에 가지 마라, 소의 새끼 놀랜다, 산지슭에 가지 말라, 놀개 새끼 놀랜다, 마구에 가지 마라, 산지 새끼 놀랜다, 뱀소에 가지 마라, 굼비 새끼 놀랜다."

노랫말 중 갈가지는 '이빨 빠진 아이를 놀리는 말'이고, 산지슭은 산기슭, 마구는 마구간, 놀개는 노루, 산지는 송아지, 뱀소는 변소, 굼비는 굼벵이의 경북 의성 지역 방언이다.

경북 경주에선 이렇게 바뀐다.

"앞니 빠진 갈가지, 밑니 빠진 노장, 그랑까에(개울가에) 가지 마라, 피리(피라미) 새끼 놀랜다."

강원도 삼척 바닷가 마을에선 장난이 더 심해졌다.

"앞니 빠진 수망다리(이빨 빠진 아이를 놀리는 말), 개똥에 미끄러져, 쇠똥에 코 박는다."

젖니가 빠지는 건 신체적으로 유년기에서 벗어나는 징표다. 조선 시대 같으면 예의범절도 배우고《천자문》,《명심보감》따위를 공부할 때다. 정신적으로도 아이는 자기중심에서 벗어나기 시작한다. 또래 친구와 어울리는 걸 더 좋아하고, 집안에서 미꾸라지처럼 말을 안 듣는 '미운 일곱 살' 시기다.

나흘 뒤 가족 톡방에 아이의 입을 클로즈업한 얼굴 사진이 올라왔다. 이가 하나 더 빠졌다. 빠진 이 옆의 것이었다. 아래 앞니 두 개가 모두 빠졌으니 그야말로 바람 새는 중강새였다. 그러나 아이는 스스로 대견스러운지 싱글벙글 만면에 웃음이다.

이번에도 놀다가 빠졌다고 한다. 이웃 동생들과 정신없이 할로윈 놀이를 하던 중이었다. 아빠한테 달려가 가슴을 깨물었는데 입안에 굴러다니는 것이 있어 보니까 빠진 이였다고 한다.

아이가 통과의례를 개운하게 치른 것을 기념하지 않을 수 없었다. 식사를 밖에서 했다. 메뉴는 뼈다귀해장국! 이제 영구치도 나온다니 힘껏 뜯어야지. 혹시 돼지 등뼈의 감자를 파먹다가 흔들리는 이빨이 또 쑥 빠진다면 이 얼마나 신나는 횡재인가.

"동생들이 뭐라고 불러?"

"앞니가 두 개나 없으니 할머니 같잖아."

"주원이 할머니래요, 주원이 할머니래요."

아이는 유년의 신비한 숲을 그렇게 명랑하게 통과하고 있었다.

개똥 집사

인터넷에서 '똥, 이야기'를 검색하면 글이 수천 건 검색된다. 책은 중복을 제외하면 수백 종에 이른다. 실제로 어린이책 출판사들 사이에선 이런 '입증된 속설'이 있다고 한다. "제목에 '똥'이 들어간 책이 어린이에게 인기가 많고 잘 팔린다."

추석 때인가, 홍은동 큰집에서 다음과 같은 이야기를 했더니 다들 입을 다물지 못했다.

"주원이는 개똥 집사예요. 산책 중에 산이가 똥을 누면 '내가, 내가'라고 소리치며 똥을 치우거든요. 비닐장갑을 끼고, 똥 덩어리를 집어 비닐봉투에 넣어요. 산이는 덩치가 큰 만큼 똥 덩어리도 커서 주원이 주먹보다 더 큰 게 많아요. 손에 쏙 들어가야 조심스럽게 집어 들 수 있는데, 너무 크다 보니 손가락에 힘을 주어야 하죠. 그러면 물컹거리는 똥이 손가락 사이로 삐져나오고, 비닐장갑에 덕지덕지 묻고 온통 엉망이 되죠. 그래도 주원이는 싫은 표정 한 번 짓지 않고, 똥을 남김없이 주워 봉투에 담아요. 개똥도 묽은 것은 냄새가 많이 나는데 얼굴을 찡그리지 않더라고요. 산이가 좋아서 그런지, 아니면 똥을 만지작거리는 게 재미있어서 그런지 모르겠어요."

듣고 있던 큰할아버지와 큰할머니는 연신 '진짜!' '정말!' 감탄사를 연발했다. 초등학생 언니와 오빠들은 기겁하며 코부터 잡았다. 저희도 그만할 때는 그랬을 텐데 ….

상명대 운동장을 지나 뒷산으로 산책 갈 때였다. 산이는 덤불이 보이자 부리나케 달려간다. 여기저기 킁킁거리더니 매실나무 아래에 자리를 잡고, 똥꼬에 힘을 주느라 허리를 활처럼 구부렸다. 그러자 아이는 익숙한 자세로 산이 똥꼬 뒤에 앉아 개똥 수거 준비에 들어갔다.

"주원아, 개똥 만지니까 어땠어?"

"찰흙 놀이하는 거 같았어. 따듯한 게 조금 달랐어."

"물컹거리는 거 이상하지 않았어?"

"찰흙도 그렇잖아."

"냄새도 나던데."

"괜찮아. 마스크 쓰고 있잖아."

"앞으로 산이 똥 누면 주원이가 치울 거야?"

"그럼!"

제 엄마와 하는 이야기에 할아버지·할머니는 넋을 놓았다. 신통하고 방통하다. 지구를 지킬 전사다. 저희가 싸지른 것으로 지구는 다 망가트려 놓고도, 똥 얘기만 나오면 진저리치는 위선 덩어리 어른들보다 백배 천배 낫다.

이명박 대통령 시절이었다. 방송통신심의위원회는 MBC의 인기 시트콤 〈지붕 뚫고 하이킥〉에서 한 아이(해리)가 던진 "빵꾸똥꾸"란 말에 경고 조처를 내렸다. 나아가 '똥'이란 말 자체를 방송하기에 부적합한 언어로 검토하고 추진하기도 했다. 웃을 일이 없던 시절, 국민을 한바탕 웃게 만든 블랙코미디였다.

사나흘 전 신문에 실린 '고래 똥' 이야기를 아이에게 들려줬다. 제가 좋아하는 고래, 그것도 고래의 똥 이야기라니 아이의 눈이 물고기 눈처럼 동그래졌다.

"덩치가 큰 고래들 있지? 흰수염고래, 혹등고래, 향유고래 같은 거 말이야. 얘들은 한 번 밥을 먹으면 제 몸무게의 3분의 1만큼이나 먹는대. 그러니까 세 번 먹으면 제 몸만큼 먹는 거야. 걔들 몸무게가 보통 10톤 정도라니, 주원이 몸무게의 400배 이상을 먹는 거지. 주원이는 한 번에 주먹만큼만 먹으니까, 한 달쯤 먹어야 몸무게만큼 먹을 거야. 그러니 고래는 얼마나 많이 먹는 거야. 몸무게가 15톤이나 되는 향유고래는 한 번엔 커다란 트럭 한 대 분량을 먹는 셈이야.

그렇게 많이 먹는데 똥은 얼마나 많이 눌까, 생각해 봐. 만약 향유고래가 주원이 집에서 똥을 눈다면? 아마도 거실과 안방과 주원이방 그리고 주방까지 똥으로 가득 찰 거야."

아이는 입을 다물지 못하다가 외친다.

"와, 똥 산이네, 똥 산."

"맞아, 고래가 한 번 똥을 누면 완전히 똥 산이 되고, 똥 바다가 되는 거야."

"그런데 주원아, 고래 똥은 물고기도 살리고, 지구도 살리는 보약이래. 걔들 똥에는 인과 철분이라는 영양분이 많대. 바다에 부족한 거라는데, 이게 없으면 아주 작은 생물들이 못 산대. 플랑크톤이라는 애들이 있는데, 작은 물고기들에게 애들이 밥이야. 플랑크톤이 없으면 작은 물고기들이 사라지고, 그다음엔 작은 물고기를 먹고 사는 고등어, 갈

치처럼 조금 더 큰 물고기들이 살 수 없고, 또 그다음엔 상어처럼 큰 물고기도 살 수 없어. 플랑크톤이 없으면 바닷속 물고기들이 모두 사라지는 거야.

플랑크톤은 물고기의 먹이가 될 뿐만 아니라, 광합성이란 것도 해. 풀이나 나무처럼 햇빛과 물을 받아 열매도 맺고 이파리와 줄기를 키우는 영양분을 만드는 거지. 거기에 꼭 필요한 게 이산화탄소야. 지구를 뜨겁게 만들어 지구에 사는 생명을 모두 위험에 빠트리는 이산화탄소 말이야. 플랑크톤은 바로 그 이산화탄소까지 먹어 치운다는 거야. 그러니 고래 똥은 얼마나 위대한 일을 하는 거니."

광합성, 이산화탄소, 기후 위기 등 골치 아픈 이야기가 나오자 아이가 하품한다.

"주원이 똥, 아니 사람 똥도 옛날엔 고래 똥처럼 좋은 일을 했어. 지구까지는 아니지만, 우리 사람을 살리는 일을 했지."

아이의 눈동자가 다시 반짝인다.

"할아버지는 주원이만 할 때 농사짓는 시골에서 살았어. 그땐 밖에서 놀다가도 똥이 마려우면 집에 가서 눴지. 화장실을 '변소'라고 했는데, 주원이네처럼 집 안에서 앉아 누는 곳이 아니었어. 마당 귀퉁이에 판자 같은 것으로 비나 바람만 막을 수 있도록 덮고, 땅을 파서 똥과 오줌 받을 통을 묻은 뒤, 주원이 씽씽카 발판 정도 구멍만 남기고 덮은 게 변소였지. 거기에 쪼그리고 앉아 구멍으로 똥을 누는 거야. 냄새도 많이 났지만, 겨울엔 똥꼬가 얼 정도로 밑에서 찬바람이 솟아오르곤 했지. 여름엔 굵은 똥이 떨어지면 첨벙 하며 똥물이 튀어 오르고.

시골엔 두엄자리라는 웅덩이가 있어. 변소에 똥이 차면 옮겨 놓는 곳이야. 거기엔 언제나 낙엽이나 짚, 풀 등이 잔뜩 쌓여 있었지. 똥을 거기에 붓고 또 풀이나 짚 등으로 덮어 두고, 그렇게 몇 달 있다 보면 똥과 풀들이 잘 익고 썩어 거름이 돼. 감자, 고구마, 무, 호박, 배추 같은 채소가 먹는 영양밥이 바로 그 거름이야. 거름을 먹으면 채소들은 무럭무럭 자라고 맛도 좋아지지. 그것을 먹고 어른들은 기운 내 일을 하고 아이들을 키우고, 아이들도 그걸 먹고 무럭무럭 자라서 어른이 되지. 똥이 그렇게 고마운 일을 해서 그런지, 사람들은 똥을 담아 나르는 통을 '똥장군'이라고 했어. 똥장군! 똥을 실어 나르는 장군님인 거야!

그런데 말이야, 술을 좋아하는 아저씨들 있지?"

"응, 할아버지처럼."

"아니, 할아버지는 그렇게 많이 좋아하는 건 아니야."

"그래?"

"이 아저씨들이 캄캄해질 때까지 술을 마시고 집에 돌아오다가 취해서 그만 똥통에 빠지곤 했어. 짚과 풀이 잔뜩 쌓여 있으니 알게 뭐야. 아이고, 그 냄새 …, 한 열흘 동안은 그 아저씨 근처엔 아무도 얼씬거리지 않았지. 파리 빼고.

그런데 요새는 똥이 그런 귀한 일을 하지 못 해. 오히려 눈에 안 보이는 곳에 치우고 감춰 두느라 난리지. 그것이 쌓이면 어떻게 되겠어. 주원이네 변기가 막혔다고 생각해 봐, 집이 어떻게 되겠어? 생각만 해도 끔찍해. 곡식을 키워 사람을 살리는 데 쓰지 않고 어딘가 숨기고 버리기만 하는 데서 생기는 문제야. 똥 누고, 물을 내려 봐, 그것이 어디로 가겠어. 어딘가 알 수 없는 곳으로 가서 우리 사는 땅을 오염시키기만 할 거야. 똥이 불쌍해. 똥이 불쌍해지니까 사람도 불쌍해지는 거 같아."

추석을 앞두고 있을 때 아이가 엄마랑 누워 있다가 엄마 배에 대고 이러더란다.

"동생아, 너는 거기서 뭐 하니? 어서 나오지 않고. 빨리 나와, 응?"

그 말을 듣고 할머니가 아이에게 이렇게 귀띔했단다.

"추석날 보름달 보면서 소원을 말하면 이루어진대. 여러 말 말고, 소원 딱 하나만 빌어 봐. 두 손 이렇게 모으고 허리 굽혀 절하면서 '달님. 보름달 같은 동생 하나 빨리 보내 주세요. 엄마 배에서 이제 나오라고 해 주세요.' 그런데 동생 나오면 주원이는 뭐 해줄 거야?"

"응, 분유 타 줄 거야. 배고프다고 울면 분유병에다 분유 타서 먹여 줘야지."

"아기가 똥을 싸면 치워 주고 씻기는 건 안 할래?"

"응, 그건 너무 어려워. 엄마더러 하라고 할 거야."

엥? 개똥은 치워도 아기 똥은 어렵다니, 똥에 대한 아이의 태도가 어른처럼 바뀌는 거 아닌가?

"산이 똥은 되고 동생 똥은 왜 안 돼?"

"응, 똥을 치울 수는 있는데 기저귀를 갈아 주는 건 어려워."

배추와 총각무가 시집·장가간대요

김장이 기다려졌나 보다. 특히 지지난 금요일, 어린이집에서 아이들이
선생님과 김장하기로 하면서 김장 얘기만 나오면 덤불 속 아침 참새처
럼 재잘댔다.

"할머니, 엄마·아빠가 '걱정 바이러스'에 걸렸어."

"무슨 바이러스?"

"걱정 바이러스!"

"코로나바이러스처럼 마구 옮기는 거야?"

"그래, 걱정이 많이 옮아가고 있어."

"왜?"

"어린이집에서 김장하는데, 엄마가 오면 아빠가 못 보고, 아빠가 오
면 엄마가 못 보거든. 서로 못 볼까 봐 걱정이 생겼어."

"그렇구나. 코로나바이러스보다 더 아픈 거 아냐?"

"헤헤. 그건 몰라. 걱정 바이러스, 걱정 바이러스…."

제가 지어낸 말인데, 저도 매우 흡족한가 보다.

그러나 어린이집 김장은 원아 부모 중 코로나19 감염자가 생기면서
없던 일이 됐다. 멋쟁이 셰프 모자 쓰고 비닐 앞치마도 두르고 엄마·아

빠 앞에서 김장하는 걸 보여 주고 싶었는데 … . 아이는 이번엔 '실망 바이러스'에 감염됐다.

다행히 수요일 마곡동 왕할머니네서 김장을 한다.

"김장하러 가야지?"

"좋아."

"어린이집은 땡땡이치는 거야?"

아이는 대답 대신 두 팔을 번쩍 들어 올린다.

배추는 해남 절임 배추다. 작년엔 배추가 부족했다. 주문한 20킬로그램짜리 절임 배추 네 박스가 도착했다. 거실에 아이가 수영해도 될만큼 크고 둥그런 김장 매트를 깔았다. 미리 준비해 둔 '김장속' 한 대야를 가운데에 올려놓고, 식구들 앞에는 4등분 한 절임 배추 서너 개씩 놓았다. 배추에 속만 넣으면 된다.

어려운 일은 아니지만, 지난해 아이는 키가 작아 많이 힘들었다. 앉은키가 큰 어른처럼 양반다리나 쪼그린 다리로는 속을 넣기 어려웠다. 그래서 다리는 세우고 궁둥이를 올린 자세로 엎드려야 했다. 그러나 올해는 키가 부쩍 큰 탓에 어른들처럼 쪼그려 앉아서도 할 수 있었다.

다루기 편한 작은 것들만 골라 아이 곁에 놓았지만, 제대로 할 리는 없다. 아예 양념 속에 배추를 넣고 쓱쓱 싹싹 문지른다. 속을 넣는 게 아니라 빨래를 한다. 그래도 양념에 빠트린 덕에 고추 물이 제법 들었지만, 그냥 두면 고춧물이 들다 만 백김치가 될 것 같아 할미가 옆에서 속을 조금씩 더 넣어 주었다.

아이 집에서 가져온 김치통에 김장 양념으로 헹군 배추가 가득 찼다. 아이는 신이 났다. "내가 1등!"을 외치며 노래 한 자락을 뽑는다.

250

"여러분 배추가 시집을 간대요. 새빨간 고춧물로 화장을 하고, 동그란 쟁반 위에 올라앉아서, 시집을 간대요. 입속으로 쏘~옥."

〈김장송〉이라고 한다. "여러분 인절미가 시집을 간대요. 콩고물과 팥고물로 화장을 하고~"로 시작하는 〈인절미와 총각김치〉라는 동요를 개사한 것이란다. 2절 가사를 들을 땐 절로 감탄사가 터졌다.

"여러분 총각무가 장가를 간대요. 새빨간 고춧물에 목욕을 하고, 길다란 젓갈 위에 올라앉아서, 장가를 간대요, 입속으로 쏘~옥."

배추는 시집가고 총각무는 장가를 간다니 … . 이 꼬맹이들에게도 '시집·장가', 엄마·아빠'는 로망인가? 그래, 그렇게만 커라.

왕할머니는 입을 다물지 못한다.

"언제 커서 저렇게 노래를 할까. 제 할머니보다 더 잘 부르네. 주원인진짜 똑똑해, 공부도 잘할 거야. 봐라, 너희보다 훨씬 나을 거야."

제 자식이 최고라지만, 왕할머니에게는 증손녀가 제일이다. 사실 할아버지·할머니에게도 그렇고, 아이가 없는 두 처남에게도 마찬가지다. 여섯 살 꼬맹이 하나 덕분에, 연신 '아이고!' 신음 내지르며 허리를 펴는 어른 대여섯이 김장 매트에 둘러앉아 침을 튀기며 행복하다.

"바이러스, 바이러스, 행복 바이러스, 주원이는 행복 바이러스. 자나깨나 자나 깨나 행복 전파하는 주원이는 행복 바이러스."

꼬맹이한테 빠져 채신머리 몽땅 털어 버리고 중얼거린다. 그러나 어쩌겠는가, 그게 사실인데. 덜떨어졌다고 지청구 들어도 좋다. 그동안 충분히 체면 차리며 눈치 보고 살았다.

"떠나가지 마, 슬플 거야"

"할머니, 오늘 아린이 안 나왔어."

"아린이? 다른 어린이집으로 옮겼다고 하지 않았어?"

" ...."

"어제 작별 편지도 쓰고 그랬잖아?"

"오늘 동생은 왔거든."

"아린이는 이제 다른 어린이집에 다닐 거야."

아이가 어린이집에서 가장 친한 친구로 꼽는 게 아린이다. 아린이 덕분에 아이는 엄마를 졸라 영어 학원에 가고, 피아노 학원에도 등록했다. 아이는 아린이가 치는 피아노, 아린이가 읽고 쓰고 말하는 영어를 듣고는 저도 따라 하려 할 정도로 가까웠다. 질투할 법도 한데, 아린이한테는 그런 감정이 없었다. 그 아이의 수준에 맞춰 말하고 연주하고 놀고 싶어 했다.

그런 아린이와 마루반 아이들은 지난 목요일 작별인사를 나눴다. 한 사람 한 사람 돌아가며 껴안고, 작은 손편지도 나눴다. 아이는 그렇게 하고도 바로 이튿날 아린이가 오기를 기다렸나 보다. 하원할 때 할머니와 그 짧은 몇 마디만 나누고 아이는 입을 다문 채 창밖만 바라보고 있었다.

아이에겐 그런 '이별'이 별로 없었다. 영유아 때 돌봐주며 정들었던 영희 선생님 외에는 떠오르는 사람이 없다. 반면 주변엔 '안녕' 하며 손을 흔들고 헤어졌다가 다시 만나는 사람들은 수도 없이 많았다. 헤어질 때마다 매번 '안녕' 하고는 헤어졌다가 이튿날 다시 어린이집으로 찾아오는 할머니, 아침에 나갈 때 '안녕' 하고는 저녁이면 돌아오는 엄마·아빠, 가끔 찾아가긴 하지만 역시 헤어졌다가 한두 달에 한 번씩 꼭 보는 왕할머니나 또래 친척 아이들 등. 그러니 아이에게 '안녕'이란 '내일 다시 만나'라는 말과 다르지 않았는지 모른다. 특히 제가 아끼고 좋아하는 사람과 오랜 이별을 아이는 인정할 수 없었다.

이번엔 달랐다. 아린이가 떠나기 사흘 전 아이는 친언니처럼 따르던 선재와 헤어졌다. 아파트 바로 옆집에 살던 언니는 서초동 어딘가로 이사 갔다. 언니와 작별의 편지랑 선물을 주고받을 때까지만 해도 아이는 흔들리지 않았다.

그러나 언니가 이사한 날, 어린이집에서 돌아온 아이는 언니네 비어 있는 집을 보고는 얼음이 돼 버렸다. 마침 새로 도배하느라고 그런지 문이 열려 있었다. 아이는 현관 안으로 잠깐 발을 들였다. 언니가 있을 때면 무시로 드나들던 곳이었다. 짧은 겨울 해라 일찍 어스름이 깔렸는데도 전등 하나 켜져 있지 않고, 현관 가득 널려 있던 신발은 한 켤레도 없었다. 아이는 금방이라도 울음을 터트릴 듯 울상이 되어 돌아 나왔다.

이튿날도 그랬고, 사흘째 되던 날도 그랬다. 그제야 아이는 인정했다.

'언니는 이제 돌아오지 않는구나!'

아이 엄마는 그동안 주원이를 친동생처럼 돌봐 주고 사랑해 준 선재에게 고마움의 표시로 선물을 준비했다. 아이는 그 선물을 부둥켜안고 한바탕 울고불고 난리를 폈다.

"언니한테 주지 마. 내가 갖고 놀 거야."

목청이 터지도록 외치고, 발버둥 쳤다. 돌연한 난동에 아이 엄마와 할머니는 소스라치게 놀랐다. 초등 3~4학년생 수준의 게임기여서 제가 쓸 수 있는 것도 아니었고, 그것도 제가 제일 좋아하는 언니에게 줄 선물인데 온갖 떼를 다 쓰다니, 좋은 말로 타이르기(생활지도)도 해보고 엄하게 나무라기(훈육)도 했지만, 아이는 막무가내였다. 아이는 선물이 아까워서가 아니라, 선물까지 주고 나면 언니가 영영 돌아오지 않을 줄 알았던 모양이었다. 한바탕 폭풍이 쓸고 간 뒤 아이는 제 풀에 지쳐 제 방으로 들어갔다.

다음 날 아침 아이 책상을 보니 언니에게 줄 그림 편지가 있었다. 네 컷짜리였다. 각 컷에는 언니 그림이 있었다. 마지막 컷에는 눈물을 흘리는 아이 얼굴이 그려져 있었다.

"언니 안녕, 나 주원이야. 언니 이사 잘 가. 고마웠어."

다음 대목은 굵은 글씨로 또박또박 이렇게 썼다.

"나중에 또 만나자."

그 옆에는 눈물 흘리는 아이가 그려져 있었다, '귀욤 주원이가' 언니에게 전하는 '진심'이었다.

아린이 작별식 때는 이런 내용의 편지를 전했다.

"아린아 떠나지 마. 마루반에서 너 생각이 많이 날 거 같아. 아쉬워, 사랑해. 주원이가."

그 밑에 하트가 열댓 개나 그려져 있었다. 하트 속엔 아이의 눈물이 가득해 보였다. 아이는 아린이가 이 편지를 읽고, 아니 주원이의 간절한 마음을 보고 읽으면, 가다가 돌아올 줄 알았나 보다. 하지만 아린이는 이튿날 오지 않았다. 이번에도 아이는 받아들여야 했다.

'아린이도 선재 언니처럼 이젠 돌아오지 않는구나.'

늙어갈수록 감상에 잘 빠진다는데, 꼰대 할배도 우울해졌다. 60여 년 살면서 주위들은 군내 나는 상식들을 짜깁기해 아이를 달래려 했다.

"주원아, 세상에 영원한 것은 없어. 사람도 마찬가지여서, 만나면 헤어지기 마련이란다. 하지만 헤어지면 언젠가 또 만나게 돼. 안타깝게도 대개는 모르고 지나치지만 말이야. 그렇게 만나고 또 헤어지고 또 만나는 게 우리가 살아가는 거야. 주원이가 크다 보면 아린이나 선재 언니와 헤어진 것과 같은 그런 이별은 계속 있을 거야. 이별만 있는 게 아니야. 새로운 친구, 새로운 언니와의 만남도 계속될 거야.

헤어질 땐 슬픔을 참으려고 애쓰지 마. 또 슬프다고 새로운 만남을 두려워하지도 말고. 슬픔은 참는다고 없어지는 게 아니야. 그걸 받아들여야 우리 삶은 더 깊어지고 풍부해진단다. 꽃이 지면 열매가 맺히고, 씨가 떨어지면 다시 새싹이 나오듯이 말이야. 봄이 가면 여름이 오고, 여름이 가면 가을 오고, 겨울이 가니 봄이 오는 거 주원이도 알잖아. 봄·여름·가을·겨울 지나면? 그사이 주원이는 몸과 마음이 부쩍부쩍 자라겠지."

할아버지씩이나 되어서, 아이의 슬픔을 다독이겠다고 해 놓고는 늙어 가면서 늘어나는 회한이나 늘어놨다.

3부

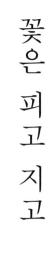

꽃은 피고 지고 '또 피고,

아이와 함께 봄이 되련다 與兒爲春

입춘立春이란 말뜻 그대로 봄의 초입이다. 겨울의 긴 터널을 빠져나가려는 절기다. 우수雨水, 경칩驚蟄이 되어도 겨울의 매서움은 여전하다. 특히 시베리아에서 사나흘에 한 번씩 불어닥치는 북서풍은 한겨울보다 더 몸을 움츠리게 한다.

그러나 남쪽으로 기울어 있다가 중천으로 올라오는 태양이 쏟아붓는 햇볕의 따스함은 이전과는 확연히 다르다. 바람 없이 햇빛 잘 드는 곳에서는 웃통 벗고 이를 잡아도 될 판이다. 따라서 입춘은 중장년과 노년 그리고 코흘리개 아이들까지 손꼽아 기다리던 날이기도 했다.

따사로운 햇살을 한 줌이라도 더 받으려고 아이들은 얼마나 볕바른 양지를 찾았던가. 토담 아래엔 아이들이 모여 옹송그리는 모습이 마치 막 부화한 올챙이 떼가 연못가에 바글거리듯 했다.

지은 지 50여 년 된 집에서 할아버지·할머니가 겨우내 쨍쨍한 한 줌 햇볕을 맹렬히 그리워하는 건 그 때문이다. 이제나저제나 입춘을 고대하며 개발새발 대춘부待春賦를 읊조린 이유이기도 했다.

할아버지는 동지가 지나고부터 아침마다 거실로 햇살이 들어오는 시간과 그 밝기와 온기를 챙기기도 한다. 입춘인 오늘 앞집 지붕의 태양열 온수 탱크 위로 햇살이 들어오기 시작한 건 9시 반. 동짓날 10시 15분이었으니 엄청난 변화다.

할아버지는 섣달그믐 석양의 여명黎明조차 사라지고 난 뒤 방에 틀어박혀 한동안 청승을 떨었다.

"가면 반드시 돌아오니 해이고, 밝으면 반드시 어두우니 밤이로다. 그런데 섣달그믐에 꼭 밤을 지새우는 까닭은 무엇인가. 세월이 흘러감을 탄식하는 데 대한 그대들의 생각을 듣고 싶다."

광해군이 즉위 8년 되던 해 증광회시에서 낸, 전무후무하게 감상적인 책문을 떠올리며 떤 청승이었다. 신축년은 어찌어찌 지나갔다 해도, 임인년 겨울은 또 어찌 헤쳐 갈 것인가.

하지만 차가운 어둠 속에서 드는 건 반성도 아니고 다짐도 아니었다. 하염없이 졸음의 늪으로 빠져들 뿐이었다. 가끔 마른번개 치듯 반짝 정신이 들곤 했지만 '내년엔 술을 정도껏 마시자'라는 다짐만 새기고 다시 가수면 상태가 되었다. 가는 것도 모르고 오는 것도 모르고 해를 보내고 해를 맞았다.

그때 그 아쉬움을 오늘 입춘의 양광陽光 아래서 날리고, 그 자리에 새 출발의 다짐을 채우려 한다.

아이는 신축년 초 키 113.7센티미터에 몸무게 19.8킬로그램이던 것이 지금은 키 121센티미터에 몸무게 21킬로그램이다. 키가 무려 8센티미터 가까이 컸다. 지난해 9월 검진 때 잰 내 키는 168.5센티미터였다. 늙으면 쪼그라든다지만, 젊었을 때 170센티미터였던 것이 1.5센티미터나 줄었다. 아이는 한 줌 햇볕으로도 하늘을 향해 뻗고, 할배는 아무리 햇볕을 받아도 쪼그라든다.

아이에겐 이미 세상을 받아들이는 저의 기준과 중심이 생겼다. 재미다. 신정을 앞두고 아이는 길동 할머니 집에서 5일간 있다가 돌아왔다. 세검정 산이네서는 낮에 왔다가 밤에 돌아갔다. 아이가 자고 가자고 했으면 하룻밤 머무는 건 문제가 아니었는데, 날이 어두워지자 아이는 앞장서 집으로 돌아가자고 했다.

"길동에서 재미있었구나. 다루도 있고, 친척 언니들도 있고, 물고기도 있고. 길동 할머니가 재밌게 놀아 주셨어?"

은근히 떠봤는데, 아이의 대답은 명료했다.

"응."

"그럼, 산이 할머니는 어떤데."

아이는 한참 뜸을 들였다. 그러더니 마지못한 듯 한 낱말을 툭 뱉었다.

"조금."

순간 할머니 얼굴에 그늘이 드리웠다.

이럴 땐 화제를 돌려야 한다.

"어린이집은 어때?"

"밋밋해."

아이는 이제 곰팡내 나는 것들과는 헤어질 때가 됐나 보다. 그래도 곰탱이 할배는, 기를 쓰고 아이와 눈높이를 맞추려 한 노력이 가상했던지 아직 외면당한 것 같지는 않다.

설날 밤 마곡동 왕할머니네서 떠날 때였다. 새벽에 내린 눈이 길가에 치워져 쌓여 있었다. 아이는 눈 위를 두어 차례 깡충거리더니 맨손으로 눈을 뭉쳐 누군가에게 던지려 한다. 주변엔 엄마·아빠, 할머니·할아버지, 마곡동 할아버지 둘이 있었다. 눈덩이는 나에게 날아왔다. 피하는 척하면서 맞아 줬다. 아이는 깔깔거리다가 다시 눈을 뭉쳐 던졌다. 이번엔 돌아서 궁둥이 쪽에 맞아 주었다. 그 많은 할배들 중에서 내가 선택받은 것이다. 아직은 아이에게 나는 수준 맞는 친구다. 재미가 남았다.

아이가 차에 올랐다. 떠나려는 승용차 창문이 열리며 아이가 손을 흔든다. 키는 많이 컸지만, 손은 여전히 달걀만 하다. 내 손바닥 안에 쏙 들어온다.

"할아버지 손이 따듯해."

오른손도 내민다. 두 손을 잡았다.

"따듯해."

나는 할 말을 잃었다. 올해도 방퉁이 덕에 따듯하겠구나. 아이는 손이 따듯했겠지만, 할아버지는 마음속까지 뜨듯했다.

입춘일 카톡방에서 봄볕처럼 빛나는 입춘첩을 하나 얻었다. '여물위춘與物爲春', 직역하면 '만물과 더불어 봄이 된다' 정도가 될 것이다. 공자가 했다는 말인데, 천하 만물처럼 서로가 서로를 살리는 봄의 관계를 이루라는 것이다. 그 힘의 원천은 바로 따듯함 혹은 따듯한 관계다.

아이들 세계에서 따듯함이란 '재미'다. 눈물도 미움도 아픔도 한 방에 날린다. 노소의 벽을 넘어 손을 맞잡고 하나가 되게 하는 것도 재미다.

'여물위춘'을 올해의 입춘첩으로 삼기로 했다. 다만 '물物'을 '아兒'로 바꿔야겠다. 아이와 함께 봄이 되련다! 재미가 새싹처럼 송송 돋아나고, 재미가 꽃으로 평평 피어나도록 해야겠다. 그래야 곰팡내 나는 곰탱이 할배의 내구연한도 조금 늘릴 수 있을 것 아닌가.

기억 해결사

"산이네 할머니랑 할아버지는 5번 찍었을 거 같아."

20대 대통령 선거가 끝난 뒤였다. 아이의 뜬금없는 말에 온 식구가 뜨악했다. 도대체 5번이 누구지? 누군지나 알고 하는 소린가?

"누군데?"

"오준호!"

자판기에서 음료수 떨어지듯이 답이 튀어나왔다.

"엥?"

우리는 듣도 보도 못한 이름이었다. 어안이 벙벙한 할아버지는 문자 보는 척하며 슬그머니 핸드폰을 검색했다. 아이 말이 맞았다. 기본소득 당 후보 오준호였다. 순간 오만 가지 생각이 지나갔다.

'아이가 저 어려운 걸 어떻게 알았지? 새로 옮긴 어린이집, 아니 유치 원에서 선생님이나 아이들에게 들었나? 그래도 그렇지, 어떻게 어른도 기억하지 못하는 후보의 이름을 아이가 기억할까? 게다가 기본소득에 대한 할아버지·할머니의 생각을 어떻게 알며, 그것이 오 후보랑 입장 이 같을 거라고 어떻게 유추했을까? 그렇다면 진짜 궁금한 걸 시험해 봐야지.'

아이의 '남다르게 뛰어난 능력'을 기대하면서 확인 작업 아니 조사에 들어갔다. 기호 1, 2번은 아이도 수없이 들어 알 수 있었을 것이다.

"그러면 3번은 누구니?"

"심상정."

이번에도 자판기다.

"4번은?"

"안철수!"

"6번은?"

"허경영."

갈수록 어이가 없다.

'사나흘 유치원을 걸어 다니며 길거리에 붙어 있는 선거 벽보를 봤다 해도 그걸 어떻게 다 기억할까? 아니, 저와 아무런 관계도 없는 것을 왜 기억하는 걸까? 그냥 닥치는 대로 머릿속에 새겨지는 걸까?'

마지막으로 시험했다. 우리가 이름을 기억하는 마지막 후보다.

"9번은?"

여지없다.

"김·동·연!"

아이는 생글거리며 외쳤다.

"천잰가?"

할미와 할배는 얼굴을 마주 보며 의미심장한 미소를 교환했다.

우리가 기대하는 것을 뒷받침하기 위해, 그동안 우리를 깜짝 놀라게 했던 아이의 놀라운 기억들을 더듬었다.

홍은동 왕할머니 요양병원에 갈 때였다. 마침 점심시간이었다. 셋이

서 기억나는 식당 이름을 거론하다가 코다리찜 식당이 나왔다.

"주원이한테는 매울 텐데 … ."

할머니가 난색을 지었다. 그러자 아이가 대뜸 한마디 던졌다.

"거기 나도 갔었어. 밥도둑이라고 써 있었거든."

"얘랑 같이 간 적이 있나?"

우리는 어리둥절했다. 곰곰이 생각해 보니 1년 전쯤 함께 간 적이 있었다. 그래도 그렇지, 애가 뭘 안다고 밥도둑 운운할까, 의아해하던 어른들은 식당을 지나쳐 가며 간판을 확인하고는 입을 다물지 못했다. 간판엔 실제로 '밥도둑 ○○○ 코다리찜'이라고 적혀 있었다.

그런 일이 드문 건 아니었다. 사람들은 보통 네 살 이후의 일들을 기억한다고 하는데, 아이는 제가 태어나고 또 두세 살까지 다니던 병원 이름도 기억했다. 불광천 옆 증산로를 달릴 때마다 개천에 대한 두세 살 때 기억을 줄줄이 꺼냈다.

"할머니가 끌어 주는 유모차 타고 저기 산책 갔었어. 거기에 미키도 있고, 미니도 있고, 애벌레도 있었어. 근데 홍수가 나서 미니가 없어지고, 애벌레는 망가졌어."

사례가 하나둘 떠오를 때마다 우리의 기대는 잔뜩 부풀었다. 그러나 마블 게임을 시작하자마자 기대는 여지없이 깨졌다. 아이는 도시를 사고팔 때마다 여전히 모든 손가락을 동원했다. 그래도 시원하게 답을 내지 못했다. 맞는 답이란 것도 사실 하도 많이 닥치다 보니 문제와 답을 아예 외운 것들이었다.

"그러면 그렇지."

공연한 기대에 부풀었던 할배·할미는 시무룩했지만, 아이는 마냥 즐겁다. 제가 기억하는 것이 즐겁고, 저의 기억에 놀라는 할배·할미의 모습을 보는 것도 즐겁다. 셈을 못해도 즐겁고, 못한다고 지청구를 먹는 것도 재미있고, 할배·할미가 일희일비하는 것도 재밌다.

사실 아이들의 '특별한' 기억력은 '특별한 게 아니'라고 한다. 어떤 아이도 어른들을 놀라게 할 기억력을 갖고 있다는 것이다. 이야기를 많이 들려주고, 호기심을 유발하고, 상상력을 자극하면 그 기억력이 유지되고, 아이가 위축되거나 불안한 상황이 지속하면 그 능력도 위축된다는 것이다.

우리는 더 이상의 기대는 유보하기로 했다. 그렇다고 아이의 '신기한' 기억력에 대한 희망을 포기하지는 않았다.

'저 정도면 내년부터 학교 다니는 데 지장은 없겠지, 공부 때문에 스트레스 받을 일은 없겠지.'

하지만 은근히 이런 걱정도 들었다.

'너무 많은 걸 기억하면 사는 게 고달파지는데 …. 제가 한 약속이나 다짐 혹은 주장을 다 기억한다면, 말하고 행동하고 주장하는 게 얼마나 조심스러워질까? 도덕적 자책에 빠지는 일은 얼마나 많을까?'

기억이란 때로 불편하기 짝이 없다. 이 세상에서 살아가는 데는 아이가 더하기나 빼기를 적당히 얼버무리듯이 기억도 적당히 얼버무리는 것이 좋다는 게 할아버지 생각이다. 아이가 그 이름을 기억하는 대통령 후보들 대부분이 그러하듯이 말이다.

솔직히 그들은 어제 한 말도 잊고, 그제 한 다짐도 잊어버린다. 그래서 오늘 이렇게 말하고 내일은 저렇게 행동한다. 그걸 잘하는 이가 유력한 후보가 되고, 가장 뻔뻔스럽게 행동하는 이가 이긴다고 한다. 바르게 기억하고, 제대로 실천하는 이는 승리하기 힘들다. 자신과 자기 가족의 잘못은 무조건 뭉개거나, 뒤집거나 잊어버려야 하고, 남의 흠은 제멋대로 지어내거나 뒤집어씌워야 하는데 어떻게 이기겠는가.

아이가 기억력 때문에 도덕적 올무에 걸리는 걸 원치 않는다. 아이가 선거 벽보만 봤지, 그들이 하는 말을 귀담아듣지 않고, 행동을 눈여겨 보지 않은 것은 참으로 다행이다.

어제는 할배·할미의 36번째 되는 결혼기념일이었다. 그날 그 일생일대 사변이 있었기에 아내가 딸을 낳고, 그 딸을 통해 아이가 우리 곁으로 올 수 있었다. 그게 할머니 29살 때였고, 딸이 딸을 낳은 건 30살 때였 다. 마곡동 왕할머니가 아이의 할머니를 낳은 것은 31살 때였다. 산이 네 여인 가계를 보면 비슷한 나이에 딸을 낳고, 또 딸이 딸을 낳고, 또 그 딸이 딸을 낳았다.

아이도 그러면 좋겠다. 그때쯤에는 지난 일을 일부러 기억하지 못하 거나 기억을 지워 버리고, 남을 속이는 나쁜 어른들이 많이 줄었으면 좋겠다. 기억이 삶의 보석으로 소중히 여겨지고, 기억이 하늘의 별처럼 사람이 가야 할 길을 밝게 비추며, 기억이 삶을 기품 있게 만드는 세상 이 되면 좋겠다.

굵고 짧은 코로나 투병기

올 것이 왔다. 아이도 코로나에 감염됐다. 온 가족이 전시 태세다. 아이 아빠는 촬영을 펑크 낼 수 없어 집 밖에서 맴돈다. 이번엔 아빠가 동가숙서가식이다. 아이를 두고 나갈 수 없는 엄마는 이틀 만에 감염됐다.

슈퍼 면역력을 가진 산이 할머니는 아이가 확진되던 날 아이 간병인으로 투입됐다. 아이가 감염되고 엄마는 집 안에서 격리했지만, 그것으론 아이 엄마에게 바이러스가 침투하는 걸 막을 수 없었다. 딸네선 확진자 둘에 기확진자 한 명 등 여인 3대가 분투했다.

산이 할아버지는 독거노인이 되었다. 억지로 아내를 감염시켜 홀아비 신세를 피했던 경험이 있지만, 이번 아이 감염 앞에서는 홀아비 생활을 피할 수 없었다. 그런데도 아내를 미리 감염시켜 이런 비상상황에 대처할 수 있게 한 것은 순전히 제 공이라며, "아내에게 감염시킨 것을 올해 자신이 한 가장 훌륭한 일"이라고 떠벌린다. 여전히 철이 없다.

그러니까 일요일이었다. 간밤에 미열도 있고 마른기침도 잦아 아침에 자가진단을 했더니 아이는 두 줄, 엄마·아빠는 한 줄이 나왔더란다. 항원검사에서 양성일 경우 백이면 백 양성. 한 줄일 경우엔 음성·양성을 확신할 수 없다. 세 가족은 일요일 선별 진료소에서 한 시간 이상 줄

서서 기다린 끝에 PCR 검사를 받았다.

이튿날 오전 아이는 확진, 나머지는 음성 통보를 받았다. 집으로 돌아오자마자 짧은 토론 끝에 아빠는 짐을 쌌다. 그동안 배우와 지원팀이 잇따라 확진되면서 제작 일정이 제법 지체됐다. 더 지체되면 거액의 배상을 해야 할 상황인데, 촬영감독이 확진돼 제작을 더 늦추게 할 순 없었다.

아이는 백신을 맞지 않은 터라, 증세가 어떨지 몰랐다. 대개는 가볍게 지나간다는데, 소수지만 지독한 경우가 없는 것도 아니었다. 세상의 모든 아이 부모는 최악의 경우를 걱정하지 않을 수 없다. 미감염 상태인 엄마에게 아이를 맡겨 둘 수도 없었다. 건강한 사람은 건강한 상태를 유지하도록 최선을 다해야 한다. 아이 엄마는 아이 할머니·할아버지의 딸이다.

그런 점에서 우리가 '감염-확진-완치' 과정을 미리 밟은 것은 천우신조天佑神助였다. 일요일 저녁 아이가 확진됐다는 소식을 듣자마자 할머니는 바로 코로나19 전장으로 달려갔다. 할아버지도 과정을 다 밟았지만, 이런 비상상황에선 별 쓸모가 없다. 아이 돌보고, 식사 챙기고, 빨래하고, 청소하고, 소독하는 일은 뭐 제대로 할 줄 아는 게 없다. 개에게 밥 주고 산책시키는, 개 머슴 노릇이 고작이다.

할머니가 도착한 뒤 영상통화가 왔다. 아이는 저만치 앉아 태블릿 PC로 유튜브를 보고 있다. 아이 이름을 소리쳐 불러도 손을 흔들어 아는 표시만 했다. 엄마가 불러도 요지부동이다. 아이는 한 마디도 하지 않았다. 아이는 이미 열도 높아지고 있었고, 목이 잠겨 목소리가 잘 나오지 않는다고 했다.

다음 날 아침 아이 할머니가 투병 첫날 밤의 전투 상황을 전했다. 한마디로 말이 아니었다. 가정용 체온계로 잰 아이의 체온은 자정쯤 39도를 넘어가고, 한때 39.5도에 육박했다. 아이네 온도계가 실제보다 높게 나온다지만, 어쨌든 대단히 위험한 수준이었다.

아이는 그 열 때문에 밤새 잠을 못 이뤘다. 땀인지 눈물인지 볼을 타고 흐른 것이 베개를 축축하게 적셨다. 목에 가래가 차 호흡이 가빠지기도 했다. 할머니와 페이스톡을 하던 10시까지 아이는 잠자리에서 일어나지 못했다. 이마를 덮은 해열 패드가 아이의 부상 상태를 알려 줬다.

"잠 좀 잤니? 기침은 어땠니? 열은 어떻고 ⋯ ."

할아버지는 눈치 없이 이것저것 물어봤다. 잠자코 돌아누워 있던 아이가 힘들게 몸을 돌렸다. 금방이라도 눈물이 터질 것 같은 얼굴이었다. 눈은 왕사탕만큼 동그래져 있었다. 할아버지의 푼수 없는 입이 닫혔다. 아이는 아무 말 없이 쳐다보다가, 서너 차례 눈을 깜빡거리고는 다시 돌아누웠다.

아이가 한 말이라곤, 간혹 다급하게 구원을 요청하는 소리뿐이었다고 한다.

"할머니, 내 등 좀 두들겨 줘. 가래가 안 나와, 기침도 안 나와."

오미크론이란 놈이 기도를 상하게 했는지 가래가 끓었다. 그러나 목이 잠겨 기침조차 나오지 않으니 가래가 나오질 않았다. 숨 쉬는 것조차 불편했다. 가래를 뱉으려 용 쓸 때마다 아이는 할머니에게 등을 두들겨 달라고 호소했다. 가래를 뱉은 것은 그로부터 하루가 지나고 나서였다.

아이는 그렇게 온종일 비에 젖은 낙엽처럼 침대에 붙어 끙끙 앓았다.

죽을 끓여 줘도 삼키기 힘들어 먹지 못하고 물만 마셨다.

비대면 진료를 통해 받은 약 기운 덕인지 저녁이 되어서야 조금 기력을 되찾았다. 거실을 오가기도 하고, 죽도 조금 떴다. 체온도 38도대로 떨어졌다. 그러나 반올림하면 39도에 이르는 수준이었다. 잠깐 거실을 오가는 것도 힘들었는지, 곧 침대나 소파에 널브러졌다.

이틀째 밤 아이 엄마와 할머니는 간밤의 기억 때문에 전전긍긍했다.

"아픈 게 2~3일 간다는데, 어제보다 심하면 어쩌나 … ."

다행히 열은 더 오르지 않았다. 목은 여전히 답답했던지 이따금 숨넘어가는 소리로 등 두들겨 달라고 호소했다. 그날 밤 체온의 최고점은 38.4도였다고 한다.

이튿날 아침 페이스톡이 왔다. 액정에 아이 얼굴이 가득했다. 말은 없지만 생글거리는 얼굴이었다. 그래도 그게 어딘가.

"많이 좋아 보이네, 어제처럼 아프진 않았니? 잠은 좀 잤고? 가래는 나왔니? 밥은 먹었고?"

아이는 손바닥을 쥐었다 폈다 하거나 좌우로 흔드는 것으로 대답을 대신했다.

오후 들어서 아이의 상태는 완연히 좋아졌다. 할머니와 마블 게임도 하고, 피아노도 함께 쳤다. 가래가 끓는 건 여전했지만, 화장실 가서 헛기침 한 번 했더니 쑥 나오더란다.

사흘째 되는 날, 아이는 아침부터 폴짝폴짝 뛰었다. '얘가 언제 아팠나?' 싶을 정도로 아이는 예전의 그 천방지축 활개를 되찾았다.

"주원이 뛰는 게 봄철 겨울잠에서 깬 개구리 같네."

아이는 그동안 아끼던 말을 쏟아 냈다.

"할아버지는 청개구리! 할아버지는 이랬다저랬다 청개구리."

"그건 아닌데. 할아버지는 맹꽁이에 가깝지. 주원이가 오히려 청개구리고, 백사실 도롱뇽이지."

"그래? 할아버지는 맹꽁이, 곰탱이 맹꽁이."

아이의 활력에 할아버지도 흥분했다.

"주원아, 산이네로 와. 아파트는 답답하잖아. 여기서는 마당에서 산이랑 놀 수도 있고, 방에선 마구 뛸 수도 있잖아. 할아버지가 업어 줄게."

확진자는 격리된 장소를 떠날 수 없다는 방역 지침은 까마득히 잊어버렸다.

"그래, 좋아. 나 할머니랑 산이네 갈 거야."

통화가 끝나자마자 아이는 옷가지며, 장난감이며 바리바리 짐을 쌌다고 한다. 옷도 가벼운 운동복 차림으로 바꿔 입었다. 이제는 갈 일만 남았는데, 할아버지가 뒤늦게 복장 뒤집는 소리를 했다.

"할아버지가 내일 점심·저녁 약속이 있거든. 주원이가 내일 오면 안 될까?"

내가 감염은 되지 않아도, 전파자 역할을 할지 몰라서 한 제안이었다. 아이 엄마가 '때는 기회다' 싶었던지 참았던 말을 쏟아 냈다.

"방역 지침도 있고, 아빠가 남들에게 옮길 수도 있는데, 격리 끝날 때까지 참으세요."

아이는 잔뜩 화가 났다. 나흘 동안 집에 갇혀 꼼짝 못 했는데, 할아버지는 청개구리가 피부색 바꾸듯이 이랬다저랬다 말을 바꾸고, 엄마는 가지 말라고 막고 있으니 그럴 법도 했다. 엄마는 아이를 방으로 데리고 가 의논했다. 방에서 나온 아이의 표정이 한결 좋아졌다.

"결정했어?"

"응."

"뭔데?"

"안전한 결정!"

"?"

"안전을 위해 안 가기로 했어. 오늘도, 내일도, 모레도 산이네 안 갈 거야!"

아이 엄마는 화요일 확진 판정을 받았다. 전날부터 마른기침이 나고 목이 깔깔해져 일반 병원에서 신속항원검사를 받으니 양성이었다.

하루 반나절이었지만, 한집에 있으면서도 딸이 아파 괴로워하는 걸 방문 사이로 듣고만 있어야 했다. 애 엄마로서 할 짓이 아니었다. 집에 돌아오자마자 총알같이 확진 소식을 사진 한 장과 함께 쐈다.

"드디어 코로나 공포로부터 해방. 이제 주원이를 마음대로 안을 수 있게 됐어요!"

결혼식과 '끝혼식'

엊그제 아이의 외가 고모할머니의 딸이 결혼했다. 아이 엄마의 고모(외할아버지의 여동생)의 딸, 그러니까 아이 엄마의 고종사촌 동생이다. 그런 촌수가 있는지 모르겠지만, 아이와 촌수로는 5촌이고, 관계로는 이모에 해당한다.

아이는 뭐가 그리 신나는지 기분이 하늘을 난다. 머리에는 노랗고 하얀 달리아꽃 핀과 재스민꽃 핀을 두 개나 꽂았다. 머리카락도 두 쪽으로 따서 머리 위로 올려 묶었다. 신부의 웨딩드레스와 비슷한 망사 원피스까지 갖춰 입었다. 엄마·아빠가 코디한 것도 아니고, 제가 선택한 것이란다. 아이에겐 특별한 행사였나 보다. 이에 비해 아이의 외가 쪽 6촌 형제들이 11명이나 왔는데 모두 평소 입성대로다. 여자, 남자 가리지 않고 청바지 혹은 반바지에 티셔츠다. 놀이터에서 장난치다가 온 차림 그대로다.

그러고 보니 아이가 일곱 살이 되고부터 생긴 별종 맞은 관심사가 하나 있었다. 결혼이다. 아이가 지금의 유치원으로 옮기고 두 달쯤 되었을 때였다. 아이는 유치원에서 돌아오자마자 뜬금없는 한마디로 할머니를 놀라게 하더란다.

"할머니, 나 결혼할 거야."

'엥? 뭔 개가 풀 씹는 소리람?'

할머니가 헛기침 두어 번으로 목소리를 추스르고는 점잖게 물었다.

"그래, 엄마·아빠가 결혼해 함께 사는 게 보기 좋아? 누구랑 하게?"

"심○○."

'아이고, 얘가 사람까지 정해 놨네.'

"걔가 그렇게 좋아?"

"응, 그게 아니고 걔가 나보고 결혼하자고 했어."

"그래서 주원이는 뭐라고 했어."

"알았다고 했어. 생각해 보고."

지난달 중순쯤 유치원에서 5월생 원아 생일잔치가 있었다. 아이는 친구들이 준 엽서를 잔뜩 챙겨왔는데, 그중에는 걔의 것도 있을 것이다. 누군지 궁금했다.

"걔 엽서는 어느 거야?"

"응, 나더러 참 예쁘다고 쓴 애."

찾아보니 한 명 있었다. 유치원 아이 반에는 남자아이가 열두 명, 여자아이가 여섯 명이다. 여자아이가 귀하니 남자아이들 사이에 경쟁이 붙었나 보다. 남자아이라고 여겨지는 이름의 카드에는 그런 '작업용 멘트'가 한 마디씩 있다. 그러나 "참 예쁘다"라고 쓴 아이는 한 명뿐이었다. 다른 아이들은 "우리 앞으로 친하게 지내자" 혹은 "더 친하게 지내자" 등 건조한 관심 표명이었다.

'금지옥엽金枝玉葉으로 귀하게 키웠는데, 그런 싸구려 작업 멘트 한 마디에 넘어가다니 ….'

아빠나 할배는 혀를 찼다. 아이건 어른이건 '예쁘다'는 말에 넘어가지 않는 여자가 없는가 보다.

일주일 전, 지구상에서 우리나라 하나밖에 없는 '어버이날'이었다. 아이가 엄마·아빠 그리고 왕할머니에게 선물을 만들어 전달했다. 엄마 선물은 '살찌지 않는 약'이고 , 왕할머니 선물은 건강하게 오래오래 사시라는 '산삼'이었다. 아빠 선물은 특이했다. 약은 약인데 '사랑하는 약'이란다. 저를 더 사랑해 달라는 건지, 엄마를 덜 사랑한다는 것인지, 그것도 아니면 엄마·아빠 사이에 무언가 문제가 있다는 건지 알 수 없었다. 어른들 생각은 복잡했고, 해석도 저마다 달랐다.

"주원아, 그거 먹으면 뭐가 좋은데?"

"응, 아빠에게 사랑이 필요한 거 같아. 요즘 너무 힘들어하잖아."

"그런데? 사랑하면 일하는 게 덜 힘들어져?"

"응, 사랑하는 사람 만나서 결혼하라고. 그래서 동생을 낳고 그러면 좋을 거 같아."

'청천 하늘에 날벼락'이란 이런 걸 두고 하는 말일 것이다. 다들 '디비졌다'. 엄마는 착잡하고, 아빠는 난처했다. 그러나 아이는 '이런들 어떠하리, 저런들 어떠하리' 어른들 생각엔 아무런 관심이 없다. 그저 놀라고 착잡하고 난처한 어른들의 표정이 재밌다.

"랄랄라, 깡충깡충."

아이의 결혼과 관련한 별종 짓은 그것만이 아니다. 할머니·할아버지에게도 제대로 한 방 날렸다. 거의 끝판왕이었다.

피아노 학원에서 배우고 있다는 〈금혼식〉을 할머니와 같이 듀엣으로 피아노로 치다가 아이가 갑자기 손을 멈추고 자리에서 일어났다.

"금혼식은 음악이 너무 슬퍼."

사실 그랬다. 〈금혼식〉 앞부분은 단조로 이루어져, 느리게 연주하다 보면 기분이 처진다. 처음 배우는 아이 실력으로는 빨리 칠 수가 없으니, 가락이 서글플 수밖에 없다.

금혼식은 결혼 50주년을 기념하는 행사. 가브리엘 마리가 30대 중반인 1880년대 중반 작곡했다는 이 기악곡은 부부가 50년간 해로하면서 경험할 수 있는 온갖 일과 감정을 담았다. 기쁨과 슬픔, 명랑과 우울, 행복과 불행, 설렘과 실망, 분노와 환희 등. 단조와 장조, 장조와 단조를 오가며 느림과 빠름, 가벼움과 무거움이 섞여 있는 건 그 때문이다. 그러나 아이들에게 가르치는 것은 대부분 회상에 빠져드는 첫 부분이다. 그런 곡을 느리게 연주하다 보면 누구나 기분이 잠길 수밖에 없다.

할머니도 뒤따라 일어났다.

"주원이가 조금만 더 빨리 치면 괜찮아질 텐데."

"그래?"

"주원아, 금혼식이 뭔지 알아?"

"응, 배웠어. 결혼 50주년 기념식이래."

"즐거운 날인데 왜 슬프게 느껴질까?"

"몰라."

아이는 음악 속 할아버지·할머니가 더는 사랑하지 않기 때문에 슬픈 게 아닌가 생각하는 듯했다.

"뭐 어때. 서로 사랑하지 않게 되면 끝혼식 하면 돼."

이른바 졸혼卒婚이란 건 들어 봤지만 '끝혼'은 처음이다. 아이가 특별한 뜻으로 한 말은 아니겠지만, 아이는 결혼에도 처음이 있고 끝이 있다고 생각하나 보다. 시작이 있으면 끝이 있는 게 세상 이치이니 나름대로 일리가 있다.

"누가 그런 말을 했어?"

"응, 내가."

그러나 졸혼과 끝혼은 어감에 상당한 차이가 있다. 졸혼은 비참한 상황을 점잖고 번지르르하게 표현했다면, 끝혼은 상황을 사실 그대로 표현했다. 두부모 자르고, 장작 패듯이 단칼에 쪼개 버리는 느낌을 준다. 아주 냉정하다. 결혼한 지 8년 된 엄마·아빠와 결혼한 지 36년 된 할머니·할아버지 앞에서 결혼과 끝혼을 언급하다니, 괘씸하다.

물론 아이가 우리를 두고 하는 말은 아니겠다. 그러나 말이 씨가 된다는데, 두 음절의 조어造語가 목에 가시처럼 박혔다. 특히 할아버지는 착잡하다. 무슨 짓을 하든 아이나 아이 엄마는 모두 할머니 편이다. '끝혼'이면 할아버지는 완전 개털이다. 끝장이다.

뭔가 대책을 세워야 하는데, 이제 할 수 있는 게 없다. 그저 아이에게 잘 보이는 수밖에 없다. 아이는 '가족을 지키는 울타리'라고 했다. 밖으로 뛰쳐나가려는 어른들을 붙잡아 둘 수 있는 건 가족 구성원 가운데 아이밖에 없다. 가족이 아이를 돌보는 게 아니라, 아이가 가족 공동체를 보호하는 것이다. 오늘부터 술 좀 덜 마시고 아이에게 잘 보여야겠다. 할 수 있을까?

아빠보다 오빠!

유치원에서 '아빠의 날' 행사가 있었다. 우리 사회가 엄마만 조명한다는 아빠들의 하소연이 안타까웠나 보다. 아니면 이 나라가 매사 모범으로 삼는 미국의 선례를 따른 것일 수도 있겠다. 미국은 20세기 초부터 일부 주에서 '아버지의 날'을 기념하기 시작했고, 1970년대에 닉슨 대통령은 '아버지의 날'을 공식 기념일로 반포했다.

유치원의 '아빠의 날' 행사는, 아빠만 모시고 아이들이 재롱잔치를 하는 자리였다. 아빠가 도저히 참석할 수 없으면 엄마, 엄마도 안 되면 그제야 할아버지·할머니 순으로 참석할 수 있도록 했다. 평일인데도 한둘 빼놓고는 거의 모든 아빠가 참석했다고 한다. 요즘 집안에서 아이들이 행사하는 권력의 크기를 유감없이 보여 줬다. 아이의 눈 밖에 벗어나지 않기 위한 아버지들의 저 처절한 몸부림, 가여운 우리 아빠들.

그래도 그날 그 자리에서만큼은 아빠를 '넘버 1'으로 대접했다고 한다. 집에선 허드렛일에 뒤치다꺼리나 하는 '넘버 2' 혹은 '넘버 3'에 불과한 아빠들로서는 감개무량했다. 두 번째냐 세 번째냐는 애완견의 유무에 달렸다고 한다.

그날 아이들은 핸드벨로 〈작은 별〉과 〈어버이 마음〉을 연주하고, 〈엄마·아빠께〉라는 노래 가운데 아빠 부분만 합창해 들려줬다.

"아빠에게는 말씀드리지 않았지만, 아빠는 제게 바다이고 바람이랍니다 … ."

아이들이 얼마나 마음에 새기고 불렀는지는 알 수 없지만, 이 대목은 아빠들의 눈에서 눈물을 쏙 빼놓았다고 한다.

아이 아빠가 촬영해 온 동영상을 보니, 선생님의 정성과 노력 덕분이긴 하겠지만, 아이들의 연주나 노래는 제법 괜찮았다. 음정이나 박자도 잘 맞았고, 가사 전달 또한 명료했으며, 동작도 내용과 귀엽게 잘 어울렸다. 그런데 아이는 공연 중 자꾸만 뒤를 돌아보더란다. 노래하다가도 그랬고, 핸드벨을 흔들면서도 그랬다.

"주원이 오늘 참 잘하더라. 그런데 왜 연주하면서 자꾸 뒤돌아봤어?"

생각 없이 던진 질문에 아이가 무심코 내놓은 대답을 듣고는 모두들 경악했다.

"응, ○○가 잘하나 보려구."

그 아이다. 저를 '참 예쁘다'고 추켜세우며 결혼하자고 했다는 바로 그 아이. 아이 아빠의 표정이 소태 씹은 것 같다.

"오늘 눈물이 찔끔 나오더라고요."

"대견해서?"

아이 아빠가 손사래를 치며 들려준 이야기에 할배도 한숨이 나왔다.

그날 아이는 걔를 그렇게 끔찍이 챙겼다. 아빠는 안중에도 없고 … . 유치원 담임선생님도 둘 사이에 대해 한마디 하더란다.

"모르는 사람이 없어요."

아이들이 놀리든 말든 둘은 아랑곳하지 않고 티 나게 논다는 것이다.

"주원이가 걔 아빠 이름까지도 알더라고요."

이튿날 아이는 기침도 심하고 배도 아팠다. 유치원엔 그날따라 결석한 아이가 많았다. 아이들이 행사 때문에 꽤나 긴장했었나 보다. 그래도 알 수 없어 병원에 갔더니 의사 선생님도 지켜보자며 돌려보냈다.

다음 날 아이는 기침이 더 심하고 복통을 호소했다. 다시 병원에 가서 흉부 사진을 찍었더니 폐렴이 진행되고 있었다. 복통도 그 영향이라고 했다. "이번엔 깨끗이 치료하자"라는 의사 선생님의 의견에 따라 아이는 입원하기로 했다.

입원 수속할 때 PCR 검사를 받았더니 양성이 나왔다. 아이와 아빠는 격리 병실로 직행했다. 병원에선 지난번 감염 때 남은 바이러스 찌꺼기 때문일 수 있다며 정밀검사를 하자고 했다. 결과가 나오기까지 이틀이 걸린다는데, 다행히 아빠는 휴가를 낼 수 있었다.

병실은 비좁았다. 1인실이긴 하지만 병실 폭은 환자 침대와 보호자 간이침대 사이에 한 사람만 겨우 나다닐 수 있는 크기였다. 화장실은 있었지만, 세면만 할 정도였다. 쓰레기를 내다 버릴 수도 없었다. 아이와 아빠는 그곳에서 온종일 붙어 지내야 했으니 사실상 징역살이였다.

아이는 아빠 덕분인지 칭얼대지도 않았다. 그동안 읽지 못한 책들을 열심히 읽었다. 아빠로서는 서너 달 계속된 종일 촬영, 야간 촬영 등으로 깎인 점수를 회복하고, '넘버 1'으로 도약할 수 있는, 좋은 기회였다.

검사 결과는 음성이었다. 검출된 것은 바이러스 찌꺼기였다. 2박 3일 동안 생고생을 한 것이다. 결과가 나오자마자 아이를 다인실로 옮겼다. 감옥살이하던 아빠는 한숨 돌렸다. 하지만 아빠의 행복은 딱 거기까지였다.

다인실엔 아빠가 예상치 못한, 막강한 복병이 있었다. 4인실이라는데 아이 한 명만 있었다. 초등학교 2학년 남자아이였다. 뒤에 안 사실이지만 사내는 아이가 다니는 유치원 2년 선배였다. 집에 있으면 맨날 학교 숙제나 하고, 학원에 다녀야 하는데 병원에 있으니 아무것도 하지 않아 너무 좋다는, 매우 '대범한' 아이였다. 가뜩이나 친구가 그리운데 그런 '속 편한' 오빠가 걸렸으니 아이는 정신이 쏙 빠졌다. 아픈 것도 까맣게 잊었다.

　4인실로 간 뒤 아빠는 완전히 뒷전으로 밀려났다. 아이는 안면을 트자마자 "오빠, 오빠" 부르며 사내아이를 따랐다. 하긴 집에선 엄격하게 통제받던 게임을 '오빠'의 게임기로 배우고 또 '오빠'와 함께 게임을 할 수 있으니 그럴 만도 했다. 입원실은 두 아이의 자유로운 해방구였다. 아이는 수액 거치대를 끌고 병원 복도를 돌아다닐 때도 아빠보다 '오빠' 뒤를 따라다녔다. 심지어 아빠가 뒤따라가면 병실에 남아 있으라고 막기도 했다. 격리실 2박 3일 동안 세상의 모든 것이었던 아빠는 졸지에 그림자, 찬밥이 되었다.

　격리 병실에 있을 때였다. 사내아이에 대한 과도한(순전히 할배의 생각이다) 관심을 자제시킬 요량으로 할배는 전화로 이렇게 물었다.

　"세상에서 가장 훌륭한 남자는?"

　옆에서 듣던 할매가 상스럽다느니 무식하다느니 모진 지청구를 날렸지만 할배는 '남자'란 표현을 포기하지 않았다.

　아이는 단 1초도 주저하지 않았다.

　"아빠!"

　"두 번째는?"

아이는 할배가 원하는 답을 알고 있었다. 아이는 입술을 폈다 오무렸다 하며 입 모양으로 '할아버지'를 그렸다.

그런 아이였는데, 불과 이틀 만에 그렇게 변한 것이다. 다시 영상통화가 연결됐다.

"주원아, 걔가 그렇게 좋아?"

아이는 할배의 의도를 꿰고 있다. 아예 얼굴을 액정 밖으로 뺐다가 잠시 후 들어왔다.

"아빠는?"

두 번째 물음에 아이는 못 참겠다는 듯 혀를 쭉 내민다.

세상에서 가장 촌스러운 곰탱이 할배! 이번엔 할매가 할배를 액정 밖으로 쫓아냈다. 이러다가는 아이 눈 밖에 나는 건 시간문제. 할배는 서둘러 카톡 문자를 보냈다.

"그래, 아빠처럼 자상하고 헌신적인 친구를 데려와라. 그러자면 (주원이가) 냉정해야 한다. 쫓아다니지 말고, 쫓아오게 해야 하는 거야. 알았지?"

나름 한발 물러선 훈계였지만, 곁에 있던 할매에게 "알기는 개뿔!"이라는 핀잔만 들었다. 그런 할배가 벽창우碧昌牛로 보이는지 아이는 여태껏 답이 없다. 아이는 닷새 만에 퇴원했다. '오빠'와는 이틀간 한 병실에서 지냈다.

명절엔 왜 길동(친가)부터 가야 해?

"참 가지가지다. 병이란 병은 다 걸리는구나."

증손녀가 보고 싶었던 마곡동 어머니가 아내로부터 '아이가 수족구병에 걸려 자택 격리 중'이란 말을 듣고 대뜸 던진 지청구다.

할배는 이때다 싶은지, 잔머리를 굴려 오랜 숙원사항 해결의 기회로 삼으려 했다.

"아무래도 여의도가 아이에게 맞지 않는 것 같다. 섬이다 보니 습하고, 공기도 좋은 것 같지 않고…. 세검정에서 자란 애 엄마나 삼촌은 어릴 때부터 잔병치레를 거의 안 하지 않았느냐. 아이의 병치레가 아무래도 환경 탓이 큰 것 같다. 집을 옮기는 걸 생각해 봐라."

세검정으로 이사 오라는 것인데 이미 서너 차례 운을 띄웠다가 낭패를 당한 제안이었다. 주로 아내로부터 "길동 시댁이 있는데 그게 말이 되느냐", "그런 얘기로 애들 속상하게 하지 마라"는 핀잔만 받았다. 사실 아무리 너그러운 사돈이라도 외아들 가족이, 오라는 시댁 근처(길동)로는 오지 않고, 외려 처가 근처로 더 멀리 옮긴다면, 좋을 리 없다.

다행히 아이 엄마의 반응이 예전과 달리 고분고분하다. "글쎄요, 그것도 생각해 봐야겠어요." 그러나 아이의 병치레가 걱정스러워서 하는 말일 뿐 실현할 수 있으리라고 생각하는 눈치는 아니었다.

엊그제 아이는 완치 진단을 받았고, 덕분에 유치원의 추석행사와 추석놀이에 참석할 수 있었다. 할미와 할배는 내심 걱정이 많았다. 아이가 없는 추석은 길동이건 세검정이건 마곡동이건 소 없는 송편, 속 없는 만두나 마찬가지였다. 게다가 아이는 추석 전날 세검정 할아버지네 성묘에도 참석하기로 했으니, 웬 떡인가?

"주원아, 할아버지 성묘에 같이 간다며? 잘됐다. 의성이 오빠, 예신이, 예슬이 언니 모두 볼 수 있겠네."

"응, 길동 할아버지가 그러라고 하셨어. 그런데, 할머니. 왜 항상 길동부터 가야 해. 산이네 집에 먼저 가면 안 돼?"

할미가 쾌재를 부르려다, 어금니를 깨물었다.

'주원이 말이 맞아. 할머니도 불만이야'라는 말이 튀어나오려 했을 것이다. 그러나 어떻게 아이에게 그런 말을 할 수 있을까. 100퍼센트 길동에 알려질 텐데, 그 후과를 어떻게 막을까.

그렇다고 이렇게 고리타분한 말을 늘어놓을 수도 없다.

'여자는 결혼하면 시집 식구가 되는 거란다. 지금은 많이 바뀌었지만, 예전엔 3~4년에 한 번 친정에 가면 다행이었어.'

할미는 힘주어 입을 다물긴 했지만, 표정은 보름달이다. 시집온 뒤 명절 때 형제들과 아버지 산소에 성묘 한 번 제대로 한 적이 없는 할미였다. 마음속에 가둬 두었던 그 억울과 불만을 아이가 일거에 대변했으니, 얼마나 큰 위로와 힘이 되었을까. 아이의 그런 공정하고 용기 있는 지적 때문인지 아내는 한때 이렇게 선언해 할배를 멘붕에 빠트리기도 했다.

"올 추석 성묘에 나는 동참하지 않겠어. 마곡동 동생들이랑 아버지 산소에 갔다 오겠다."

다행히 마곡동 동생들과 일정이 맞지 않아 이번엔 불발했다.

추석 연휴, 아이의 대장정이 시작됐다. 홍은동 외갓집 성묘를 시작으로 길동으로 건너가, 그곳에서 차례도 지내고, 성묘도 가고, 가까이 사는 할머니 형제들 집에 인사도 간다. 시댁 일정이 끝나면, 외가 쪽에서 가장 큰 어른이 계시는 마곡동 왕할머니네로 간다. 아이네가 도착할 즈음 홍은동 큰집에서 차례를 지낸 우리도 마곡동에 도착한다. 그러면 마곡동에선 아이의 단독 무대인 경로잔치가 벌어진다. 무려 여섯에 이르는 할아버지·할머니에게 아이는 '영원한 아이돌'이다.

지난해 추석, 아이는 보름달을 보며 이런 소원을 빌었다.

"달님, 엄마 배에서 동생이 빨리 나오게 해 주세요."

우리는 아이의 소원을 받아, "달님, 주원이가 동생 갖게 해주세요"라고 장단을 맞췄다. 올해는 소원을 바꿔야겠다.

"달님, 우리 아이 병치레 그만하게 해주세요."

한 아이라도 건강하게 잘 길러야지, 욕심 부리면 안 될 것 같다.

장난감 더미에 질식한 놀이의 천재성

요즘 아이들은 누구나 그렇겠지만, 주원이의 장난감 변천사도 변화무쌍했다. 물론 가장 큰 원인은 상인들의 장삿속일 것이다. 상인은 온갖 수단을 동원해 아이들 장난감의 효용 및 사용 기간을 단축한다. 새로운 것을 만들어 이전 장난감을 밀어낸다. 아이들의 성장과 변화 과정을 민감하게 파악해 각 단계에 맞는 장난감을 개발하고, 강력한 광고로 아이들의 시청각을 중독시켜 버린다. 이런 상인의 상술을 이겨낼 아이는 없고, 아이의 떼를 배겨 낼 부모도 많지 않다.

초등학교 입학 전까지 아이의 장난감은 발달 과정에 따라 세 단계로 나뉘었다. 기어다니던 유아기 때의 장난감, 걷기 시작해서 뛰어다니기 직전까지의 장난감, 뛰어다닐 수 있을 때의 장난감이 그것이다.

유아기의 장난감은 한두 세대 전이나 지금이나 크게 다르지 않다. 보행 단계에서 가장 좋아하는 장난감은 자동차류였다. 제 맘대로 달리지 못하는 게 아쉬워서인지 커 갈수록 빠른 장난감으로 이동한다. 뛰어다니면서부터 남자는 전쟁놀이, 여자는 공주 놀이와 관련된 장난감이 많다.

보행 단계일 때 아이의 가장 좋아하는 장난감도 자동차류였다. 그중에서도 '꼬마기차 띠띠뽀'나 '타요 버스'는 아이의 선물 목록 1순위였다. 차량을 주제로 제작한 애니메이션 시리즈는 아이가 가장 몰입하는 동영상 프로그램이었다. 유아 시절, 할아버지 혼자 돌보다가 아이가 울며불며 난리를 칠 때 '띠띠뽀', '타요' 따위의 프로그램을 틀어 주면 아이는 대번에 울음을 멈췄다. 집에는 어디건 미니카, 기차 따위가 발에 차이고 밟혔다.

아이는 특히 119 차량을 좋아해, 할아버지는 아이를 데리고 동네(구기동) 소방서에까지 찾아가기도 했다. 구급대원들에게 사정해 소방차와 구급차 앞자리에 앉아 볼 수 있게 한 것은 아이가 할아버지를 재평가하게 만든 가장 중요한 계기였다.

아이가 걷고 뛰던 어린이집 2년 차엔 바닷속을 누비고 다니는 애니메이션 〈바다 탐험대 옥토넛〉에 푹 빠졌다. 대장 바나클이나 콰지 등 등장인물은 물론, 대왕오징어, 문어, 긴수염고래 등 할아버지에게도 생소한 바닷속 생물까지 아이는 꿰고 다녔다.

3년 차인 지난해엔 이야기 배경이 바닷속에서 지구 밖으로 확장하면서, 성장하고 변화하는 외계 요정들이 등장하는 '티니핑하우스'에서 헤어나지 못했다. 작년 크리스마스 땐 코로나19 때문에 산타가 티니핑하우스 선물을 가져오지 못할까 봐 아이는 열흘 정도 전전긍긍 마음을 졸이기도 했다.

그러던 것이 올해는 포켓몬스터로 바뀌었다. 신화시대에 탄생한 캐릭터들이 지금까지 성장하고 변화하는 것들이다. 상인들은 직접 떼서 만들어 붙이는 등 아이가 놀이에 개입할 수 있도록 구성해 중독성을 더 높였다.

구매한 것만으로 성이 차지 않을 땐, 제가 놀이를 만들기도 했다. 보이스피싱을 패러디한 '악마와 천사 마켓' 놀이는 이 가운데 하나다.

엊그제 산이네 현관에 들어선 아이의 손에 종합과자선물세트 박스가 두 개 들려 있었다. 우리에게 줄 선물은 아닐 텐데…. 아니나 다를까 박스 안에는 조잡한 물건들이 가득 차 있었다. '천사마켓 박스'와 '악마마켓 박스'였다. 아이는 다짜고짜 거실 상 위에 상자를 풀어놓고는, 할미와 할배를 불러 앉혀 놓고 연신 싱글벙글 웃었다.

아이 대신 아빠가 먼저 입을 뗐다.

"보이스피싱 놀이 상자래요, 주원이가 이야기 구성은 물론 상자 내용물까지 모두 짜고 만들었어요. 아무래도 천잰가 봐요."

아이 아빠는 놀이의 진행 과정이나 소품의 사용 설명은 하지 않고, 아이의 '천재성'에 대한 감동을 격하게 털어놓았다.

"그래? 주원이가 게임을 개발했다고?"

할아버지가 깜짝 놀란 척했다. 입으로는 그랬지만, 표정은 데면데면했다.

'나도 아버지 해봐서 아는데, 그만한 아이를 키우는 부모라면 천당과 지옥, 천재와 둔재 사이를 하루에도 수없이 왔다 갔다 하지….'

그런 심사가 표정에 그대로 나타났다.

그러건 말건 아이는 바로 놀이에 들어갔다. 장난감 전화기를 들고 소파 끄트머리 팔걸이에 올라가 앉았다. 송신자와 수신자 사이의 거리를 표시하려는 것 같았다. 아이는 번호판을 열 번, 스무 번 이상 연이어 눌렀다. 어떤 전화이기에 번호가 그리 기냐는 원성이 할아버지 입에서 터져 나왔지만, 아이는 싱글벙글 웃으며 번호판을 서른 번 가까이 누르고

서야 입으로 신호음을 냈다.

"띠로리 띠로리 띠로리이~. 할머니 전화 받으세요."

"여보세요."

"예, 여기는 악마마켓입니다. 1번은 악마마켓 박스, 2번은 기타 제품 문의입니다."

"1번, 꾸욱."

"감사합니다. 악마마켓 박스를 선택하셨습니다."

"박스 안에는 뭐가 들어 있죠?"

"저는 모릅니다. 다른 사람이 제품을 넣었습니다."

"혹시 청소 도구 있나요?"

"없습니다."

"생수는요?"

"푸슈우~. 질문은 받지 않습니다."

"다른 건 없나요."

"악마마켓 박스 밖에 없습니다."

"얼마예요?"

"박스는 만 원, 배송비는 10만 원입니다."

"배송비가 왜 그렇게 비싸죠? 반송은 되나요."

"반송, 환불 모두 안 됩니다."

"그런 걸 누가 사요."

"삐뽀, 삐뽀 피슈~."

통화가 끊겼다. 이미 통화만으로 돈은 다 빠져나갔다는 표시다. '먹 튀'한 것이다.

아이는 다시 입으로 '띵동, 띵동' 현관 벨소리를 냈다.

"박스가 도착했습니다."

"82만 시간이나 걸린다고 했는데요."

"블랙홀을 통과해 빨랐습니다."

"헐 … 어디 보자."

상자 안에는 고래밥이나 애견사료 등 잡동사니가 들어 있었다.

"아이고, 제품이 다양하네요. 제가 주문을 잘했나 봐요."

아이는 웃기만 한다.

"그런데 이게 뭐죠. 고래밥은 빈 통이고, 애견사료도 빈 봉지고, 장난
감 기차는 망가지고. 어떻게 이런 걸 팔 수 있죠? 사료 봉지에 든 종이
쪼가리는 또 뭐죠."

"이것은 악마마켓 박스입니다. 삐뽀삐뽀 푸슈 … ."

거래가 끝났다는 것이다.

"할아버지, 전화 받으세요."

이번엔 할배 차례다.

"띠리링 띠리링."

"여보세요. 누구세요?"

"여기는 악마마켓입니다. 제품 구매를 원하시면 1번, 기타 문의 사항
은 2번을 누르세요."

"2번, 꾹."

"통화 중입니다. 잠시 기다리세요. 대기 시간은 42만 8,500분입니다."

"삐이삐이, 슈우욱."

통화가 끊겼다. 문의는 받지 않겠다는 것이다.

다시 시작이다.

"이번엔 1번, 꾹."

"감사합니다. 천사마켓 박스를 선택하셨습니다."

"얼마죠?"

"박스가 1,500원, 배송비 1,400원입니다."

"엥? 이건 왜 그리 싸죠. 합해서 얼마죠? 할아버지는 늙어서 계산이
안 돼요."

당황한 듯 잠시 말이 없다. 계산이 안 되는 듯하다.

"그냥 따로따로 보낼게요."

"그래도 한 번에 보내는 게 낫죠. 합해서 얼마죠?"

"삐롱 삐롱~. 네트워크 상태가 좋지 않습니다."

계산하기 싫고 또 못하겠다는 것이다. 숫자나 계산만 나오면 질겁하
는 아이다.

잠시 후 다시 등장했다.

"네트워크 상태가 정상화됐습니다. 손님, 결제했나요?"

"계산을 할 수 없는데 어떻게 해요."

"그럼 그냥 공짜로 가지세요."

"삐로리 삐로리 푸슈~."

통화가 끊겼다. 계산하느니 거저 준다는 것이다.

천사박스엔 그런대로 내용물이 있다. 이런 내용의 엽서도 있다.

"천사마켓입니다. 악마마켓 때문에 불편을 드려 죄송합니다. 서비스
간식을 많이 보냈으니까 속상해하지 마세요. 고객님, 사랑해요."

설마 이 놀이가 아이의 100퍼센트 창작물일까? 아무래도 누군가에

게 들었거나 코치를 받은 것 같다. 하지만 놀이의 내용을 제대로 소화하고 보이스피싱 진행도 거의 완벽했다. 할아버지도 아이 아빠처럼 솔깃했다.

"애가 뭔가 다른 것 같더니 이런 재주가 있었구나, 작가가 되려나?"

그러나 연산 능력에 생각이 미치자, 기대감은 구멍 난 풍선처럼 꺼졌다. 계산에 관한 한 아이는 둔재다. 한 자리 숫자 덧셈은 손가락 발가락을 동원해 맞추려 하는데, 20~30만 넘어가면 도망간다. 아이는 천재적이기도 하고, 둔재이기도 하다.

아이가 천재라면 그건 내 손녀라서가 아니라, 아이여서 그럴 것이다. 세상의 모든 아이에게는 천재적 능력이 있다. 상상력, 기억력, 공감력 등에서 그렇다. 현저히 뒤처진 구석도 있다. 추리, 계산, 추상력 등에서 그렇다. 기계로 찍어 낸 듯 규격화된 어른들은 이런 아이들을 저와 똑같은 인간형으로 만들려고 한다. 그래야 안심한다. 이 과정에서 아이들의 뛰어난 능력은 점점 더 마모되고 묻히고 끝내 사라진다.

"잊지 않을게, '너븐숭이' 친구들아!"

아이 아빠가 석 달간 육아휴직을 냈다. 추석 연휴가 지나고부터였으니 벌써 두 달이 다 됐다. 아이 아빠는 11월 초부터 아이와 제주도에서 '한 달 살이'를 하는 중이다. 아이 엄마는 주말에 제주도로 갔다가 월요일 새벽에 올라와 출근한다. 회사 일을 제대로 하는지 모르겠다.

가만있을 길동이나 세검정 할머니들이 아니다. 부산이나 광주보다 빨리 갈 수 있는 곳이지만, 바다 건너에 있다는 생각에 공연히 더 궁금해졌다. 그리움이란 오가는 시간이 아니라 물리적 거리에 비례하는 것일까.

첫 주부터 길동 식구들이 제주도에 갔다. 할아버지·할머니에 이모할머니도 동행했다. 길동 식구가 돌아오는 날 이번엔 세검정 할아버지·할머니가 제주도로 들이닥쳤다. 조용히 딸과 단둘이 쉬고 싶었던 아이 아빠의 소망은, 사실 애당초 이루어질 수 없는 일이었다.

빈말이 아니다. 처음에 우리는 제주도행을 주저했다. 아빠가 아이와 시간을 보내겠다고 휴직까지 했는데, 일생에 다시 없을 부녀의 오붓한 시간을 훼방 놓을 것 같아서였다. 그러나 길동 할머니네가 방문했다는 소식에 마음이 흔들렸고, 또 아이 아빠도 오십사고 초청하니 체면이나 염치를 지키려 애쓸 필요가 없었다.

우리 일정은 4박 5일이지만, 저렴한 표를 구하려다 보니 늦은 오후에 떠나서 오는 날 새벽밥을 먹고 돌아왔다. 가는 날이 장날이라고 4박 중 이틀은 오전과 오후 각각 비바람이 심했다. 야외 나들이가 쉽지 않았다. 그러나 아이 보러 갔지 우리 놀러 간 게 아니지 않은가. 외려 잘됐다. 실내 활동에 집중했다.

그래서 가시리마을, 4·3 평화공원과 기념관, 너븐숭이기념관 등에 방문했고, 영화 〈수프와 이데올로기〉를 관람했다. 제주 역사를 아는, 아니 상식 수준의 소양만 갖춘 이의 눈으로 보면 공통점이 단박에 들어오는 탐방지다. 4·3 기념관이야 다 알 것이고, 가시리마을은 4·3 사건 때 '리' 단위에서 세 번째로 많은 희생자가 나온 곳이고, 너븐숭이는 4·3의 비극을 상징하는 곳이며, 영화 〈수프와 이데올로기〉는 18세 때 4·3을 온몸으로 겪은 재일동포 할머니가 여든이 되어서야 비로소 조금씩 털어놓기 시작한 4·3과 관련한 개인사 다큐멘터리였다.

'이런 일정이 일곱 살 아이에게 말이 되느냐?', '좌빨 할아버지가 제 관심사를 그 어린 꼬맹이의 마음속에 꾸겨 넣으려는 심보 아니냐?', '아이에게 트라우마라도 생기면 어떻게 할 거냐?' 따위의 비판과 힐난이 따르지 않는다면 그것도 상식적이지 않을 것 같다. 굳이 변명부터 하자면 일부러 그런 것은 아니다. 하다 보니 그렇게 됐다.

가시리마을은, 제주도 368개 오름 가운데 오름의 여왕이라는 따라비 오름 가까이에 있다. 따라비 가는 길에 점심을 먹기 위해 들른 마을이 가시리다. 아빠와 인연이 있다는 식당은 이 마을의 4·3 둘레길 시작점, 바로 그 자리에 있었다. 이튿날은 애초 영실에서 윗세오름을 오르려 했다. 새벽밥 먹고 차를 몰고 영실로 가자니 중산간부터 비바람이 몰아치기 시작했다. 발길을 돌려야 했고, 가까운 곳에 4·3 기념관이 있었다.

다음 날도 아침부터 날씨가 춥고 찌뿌둥했다. 야외 활동은 엄두도 낼수 없어 아이 아빠가 제안한 곳이 숙소 가까이의 너븐숭이였다. 오후 일정은 영화 관람이었다. 제주에 가면 인사해야 할 선배가 있는데 선배가 만나자는 곳이 4·3기념사업회 주최로 개봉한 영화〈수프와 이데올로기〉 상영관이었다. 감독(양영희 감독)과의 대화도 열렸다. 선배는 우리 가족이 영화를 볼 수 있게 주선했고, 아이와 엄마·아빠의 동의 아래 관람했다.

그래도 그렇지, 조용히 수프나 마시며 세상사 관조해야 할 늙은 할배가 너무 편향된 일정을 강요한 게 아니냐고 핀잔을 줄 이도 있겠다. 하지만, 열흘쯤 지난 지금 돌아봐도, 우연이긴 해도 잘 짜인 프로그램이었다는 생각엔 변함이 없다. 세상의 아이들은 어른들이 얕보듯이 그렇게 생각도 없고 판단도 못하고 여리기만 하지 않다. 어쩌면 편견과 아집으로 똘똘 뭉친 거리의 어른들보다 예민하고 참을성 있으며, 여리지만 너그럽다. 공감 능력은 천 배, 만 배 높다.

4·3 기념관에서 아이는 해설사 선생님의 이야기에 귀를 기울이며 중간쯤까지 잘 따라다녔다. 빌레못동굴의 비극을 들을 때에야 아이는 참았던 공포와 고통과 슬픔을 드러냈다. 엄마에게 머리를 묻고 훌쩍였다.

"무서워, 불쌍해."

결국 아빠는 아이를 데리고 먼저 빠져나갔다. 출구를 찾다가 길을 잘못 들어 그만 실물 크기로 재현한 다랑쉬굴에 들어갔다가 재현된 비극의 현장을 목격하고는 기겁했다. 하지만 전시실 밖으로 나와서는 예의 그 천진, 명랑을 되찾았다고 한다.

이튿날 너븐숭이에 갔을 때도 그랬다. 영상실에서 북촌리 학살과 너븐숭이 애기무덤 이야기를 듣던 중 "무서워, 슬퍼"라며 훌쩍거렸고 이번엔 엄마가 데리고 나와야 했다. 하지만 북촌리 학살 희생자 위패 봉안실 기림판 옆에서 아이는 이런 마음과 생각을 담은 소원지를 썼다.

4·3 전시관은 정말 무서워요. 왜냐면 300명의 사람이 죽고 너븐숭이 바로 앞에서 총살됐으니까요. 더 이상 잊지 않을게요. 2022년 11월 13일, 주원

기념관을 나와서는 북촌리 아득한 바다를 바라보는 위령비 앞에서 엄마와 함께 묵념하고, 너븐숭이 애기무덤도 찾아갔다. 화산석 조각으로 둘레를 치고 위에 손바닥만큼 떼를 덮은, 아기 구덕만 한 열댓 개의 무덤이 있었다. 무덤 위에는 아이들이 좋아할 사탕과 과자, 인형 등이 놓여 있었다. 잔디뿐인 무덤도 있었다. 아이는 아무것도 없는 곳을 찾아가 제 사탕과 귤을 올려놓았다. 아이의 표정은 침통했지만 의젓했다.

〈수프와 이데올로기〉는 '12살 이상 관람가'였다. 어린이가 이해하고 받아들이기 힘든 내용이 포함돼 있었다. 하지만 푸짐한 팝콘 덕이었는지 아이는 한 번도 칭얼대지 않고 두 시간 동안 조용히 관람했다. 영화가 끝나고 양영희 감독과의 대화가 시작되자 '심각한 방광 상태'를 호소해 화장실에 갔지만, 일을 보고 돌아와 다시 감독의 이야기를 마저 들었다.

감독의 어머니는 일본에서 태어난 재일동포 2세로, 1945년 15세에 그 어머니의 고향 제주도 하귀리로 돌아갔다. 그러나 4·3 사건과 함께 의대생이던 약혼자를 잃고 학살을 피해 일본으로 밀항해 되돌아와야 했다. 어머니는 여든이 다 되어서야 조금씩 자신이 경험한 4·3 사건에 대해 입을 열기 시작했다.

10여 년에 걸친 어머니의 조각난 증언들을 꿰맞추면서 감독은 비로소 왜 어머니가 남편의 뜻에 따라 4남매를 조총련 계열 학교에 보내고, 아이들이 크자 넷 중의 셋을 어머니 고향인 제주가 아니라 북조선으로 보냈는지 알게 됐다. 4·3 사건이 부모에게 어떤 의미인지 비로소 깨달은 것이다. 형제 중 양영희 감독만 딸이었기에 일본에 남아 있을 수 있었다.

돌아오는 길에 물었다.

"오늘도 많이 무서웠지?"

"응."

"힘들었어?"

"괜찮아."

"무서웠지만 다녀오길 잘했지?"

"응."

엎드려 절받기 식이었지만 마음이 놓였다.

"엄지 척! 과연 우리 손녀야."

그러나 그날 밤 아이는 자다 깨서 울더란다.

"무서워. 너븐숭이 아이들이 불쌍해."

흐느끼다가 잠들고, 다시 깨서 흐느끼고, 세 번이나 그러더란다.

아이 엄마가 전하는 그 이야기를 듣고서야, 너븐숭이 돌무덤 앞에서 아이의 영혼은, 따래비오름의 갈꽃처럼 뿌리째 흔들렸다는 사실을 할배는 깨달았다. 시비, 선악 따위를 가려 분노하는 할배와 차원이 달랐다.

얼마나 마음이 아팠을까. 아이는 할배의 스승이다. 옆에서 마음 졸이며 살아온 아내의 63번째 생일에, 아이의 마음속에 핀 하얀 억새꽃 한 송이를 선물한다.

"오, 나의 오름 소녀!"

아이 아빠가 아이와 둘이서 영실에서 윗세오름까지 오르겠다고 했을 때 사뭇 심란했다. 일곱 살이라지만 할아버지·할머니 눈에 아이는 여전히 풀잎처럼 여리다. 게다가 아이는 그동안 감기몸살, 폐렴, 장염 등 온갖 병을 달고 다녔다. 몸이 약하면 면역력이 떨어지고, 면역력이 떨어지면 겪게 되는 병치레다. 즐기는 것도 국수뿐. 그것도 제주도 고기국수에서 고기는 빼고 국수만 후루룩 마신다.

'그런 아이가 그 가파른 오르막길을 오르고 또 내려온다고?'

이런 속내 다 드러내면 아이 아빠가 좋아할 리 없다.

'제 새끼 어련히 알아서 하겠지 … .'

그래서 이렇게만 대꾸했다.

"오백나한 조망대까지 상당한 오르막인데 아이가 잘 오를 수 있을지 모르겠다. 아이가 힘들다면 미련 두지 말고 무조건 내려오는 게 좋겠네."

아이는 우리가 상경한 이튿날 아빠와 둘이서 윗세오름에 올랐다. 뒤에 전해 들었지만, 먹거리는 고작 초콜릿과 과자뿐이었다고 한다.

"무척이나 시장했을 텐데, 아이가 좋아하는 컵라면 하나 안 가져가다니 … ."

그걸 아이 아빠한테 대놓고 말하지는 못하고 옆에 있는 아이 할미에게 한마디 했더니, 아내는 대뜸 나를 면박한다.

"애들이 초등학생일 때 과자 한 봉지 없이 달랑 김밥만 싸 들고 북한산, 관악산 데리고 다니던 당신은 어떻고!"

할 말이 없었다. 남자들의 무모함은 돌도끼 들고 쏘다니던 석기시대부터 지금까지 변한 게 없는 것 같다.

아이의 이야기를 듣고는 할배의 푸념은 까무룩 사라졌다.

"힘들지 않았니?"

"응."

"배고프지 않았어?"

"조금."

"춥지는 않고?"

"아니, 아주 좋았어."

"엄마·아빠가 한라산 꼭대기 백록담에도 가자던데 거기도 갈 거야?"

"그럼."

아빠 얘기로는 아이는 올라가는 동안 단 한 번도 힘들다고 투정하거나 업어 달라고 조르지 않았으며, 내려오는 길이 가팔라 쉽지 않았을 텐데도, 한 번도 넘어지거나 미끄러지지 않았다고 한다. 메뚜기처럼 폴짝폴짝 잘도 뛰어다니더란다. 그게 11월 15일이었다.

그로부터 열하루 뒤, 오전 10시가 조금 넘었을 때 '진달래 산장'이라며 애들 사진이 카톡으로 날아왔다. 구름 한 점 없이 짙푸른 하늘을 배경으로 엄마·아빠, 아이 셋이 활짝 웃고 있었다. 그리고 한 시간 반쯤 뒤엔 영상통화가 왔다. 백록담 남벽에 오른 아이가 환호하고 있다. 모슬포 앞바다의 탱글탱글한 12월 방어가 저럴까.

"아저씨, 아줌마, 언니들한테 엄청 칭찬받았어. 모두 나더러 몇 살이냐고 물었어. 일곱 살이라고 했더니 깜짝 놀라더라."

지난해 선배 부부와 백록담에는 가지도 못하고 진달래 산장 아래 사라오름까지만 갔다가 온 일이 떠올랐다. 간밤의 술 때문인지 내려올 때는 다리가 풀려 휘청거렸다.

아이가 걱정되어 당부했다.

"내려올 때가 더 힘든 법이니 끝까지 조심해야 해."

성판악으로 되돌아온 아이는 국립공원공단에서 한라산 등정 인증서를 받아 든 사진을 보내왔다. 아이는 한라산 등반 기념으로 말타기 보상을 받아서인지 만면에 웃음꽃을 피우고 있었다. 한반도 남쪽 최고봉을 오르내린 아이라고는 믿을 수 없었다. 고작 백사실 오르고 내려올 때도 몇 번씩이나 주저앉던 아이였는데, 그저 놀라울 따름이다.

아이는 제주도 한 달 살이 기간 동안 아빠와 한라산 윗세오름과 백록담을 포함해 열두 오름을 올랐다. 친가, 외가, 아빠 친구들이 찾아와 놀러 다니고 비가 와 실내에 있던 날을 제외하면 이틀에 한 번꼴로 오름에 올랐다.

"오, 나의 오름 소녀여!"

아이는 그렇게 정상 넘어 또 다른 정상으로 찾아 떠나고 오르지만, 할머니·할아버지는 완연한 내리막이다. 언제부턴가 언덕바지만 보면 힘이 빠진다. 할머니는 2, 3년 전부터, 제가 고르고 제가 빚내서 구한 집을 오르내리기 힘드니 팔아 버리고 산 밑으로 이사 가자고 했다.

산마루를 운행하는 마을버스를 거들떠보지도 않던 할배는 이제 상명대 종점에서 마을버스로 갈아탈 수 있는 7016번 시내버스를 골라 탄다. 산이를 산책시킬 때도, 뒷산 대신 마을길을 택하는 경우가 두세 번에 한 번은 된다. 마을길은 마주치면 시비 거는 사람들 때문에, 지난 12년간 산책길로 거의 이용하지 않았다.

이따금 할아버지는 산책로 갈림길에서 망설이거나, 마을버스 정류장에서 고민하는 자신을 발견하고는 도리질하곤 한다. 현실을 받아들이기 싫은 것이다.

그러나 아무리 도리질해도 이런 생각이 드는 건 피할 수 없다.

'12년 전 우리가 이사 올 때 이웃에 사시다 하나둘 산 밑으로 떠난 할머니들은 어디로 가셨을까? 평택으로 간 뒷집 태희네 할머니는 돌아가셨다는데 …….'

그런 태도가 바뀐 것은 꼭 1년 전 겨울. 밤마다 식은땀이 흘렀다. 춥기가 한데나 다름없는 집인데, 잠잘 때 특히 새벽녘이면 이불이 축축하도록 차가운 땀을 흘렸으니, 심사가 참혹했다. 한방에선 '도한증盜汗症'이라고 하는데, 용하다는 일산의 한의사 친구의 도움으로 겨우 진정시켰다. 이 일을 계기로 나는 인정해야 했다. 내 몸이 완연히 꺾였다는 것을.

하지만 어찌 40년 넘게 밴 삶의 버릇을 쉽게 버릴 수 있을까. 봄이 되고 날이 따뜻해지고, 꽃이 피고 새가 날자, 다시 친구 찾아, 술 찾아 싸돌아다녔다.

그랬으니 인생 내리막에서 가속도까지 붙었던가 보다. 결국 10월 어느 날 사달이 났다. 여주 점동으로 귀촌한 선배 댁에 가서 저녁부터 새벽까지, 아침엔 해장 그리고 경기도 당굿이 펼쳐지는 수원 평동 벌말 굿당으로 자리를 옮겨 종일 마셨다. 굿판 앞에 좌정하니 바로 술상인지 밥상인지 모를 주안 쟁반에 술과 안주가 푸짐했고, 소주가 떨어지면 소주, 막걸리가 떨어지면 막걸리가 실시간으로 올라왔다. '굿이나 보며 떡과 술이나 먹고 마시던', 백수의 그 찬란한 1박 2일은 속병의 꼭지를 따 버렸다. 음식을 먹으나 안 먹으나 뱃속엔 고구마 두어 덩이 들어간 것처럼 더부룩했다. 무엇을 먹어도 배는 꺼지지 않았고, 시도 때도 없이 길고 짧은 트림이 쏟아지고, 쓴 물이 올라왔다.

진도 여행을 끝으로 상갓집 음복飮福 등 피치 못할 경우를 제외하고는 술을 줄이기로 했다. 아이도 내가 그런 결심을 하게 된 절박한 이유 중 하나였다. 그 아이가 결혼할 때, 멀쩡한 몸으로 지켜봐야 하는데 … . 그건 길동 할아버지의 소원만이 아니다.

마곡동 어머니의 손과 겨드랑이에 시커멓게 멍이 들었다. 이틀 전 침대에 걸터앉아 바지를 갈아입다가 앞으로 넘어지면서 생긴 상처란다. '안 봐도 비디오'였다.

바지를 입자니 상체를 앞으로 숙여야 했고, 왼발을 바지에 끼우려다 몸이 왼쪽으로 기울었고, 고꾸라지는 것을 막으려 왼손으로 방바닥을 짚었지만, 손목이 몸을 받쳐주지 못해 왼쪽 어깨가 방바닥에 부딪혔을 것이다. 이 과정이 슬로비디오처럼 진행되는 동안 어머니는 손발이 묶인 것처럼 속수무책으로 다쳐야 했다. 그래서 상심이 더 컸다.

내년이면 한 어머니는 아흔셋, 다른 어머니는 아흔여섯이다. 나이만으로도 꽉 찼다.

하루하루 끼니를 걱정해야 하는 가난 속에서 4남매를 낳고 먹이고 기르고 공부시키면서 평생 그 여린 몸뚱이로 집안을 떠받쳐 왔으니 그 몸이 성하다면 오히려 이상한 일이었다. 그렇게 이를 악다물고 버티던 몸이 이젠 풀빵처럼 꺼지고 있다.

모두가 울적할 때 마침 할미의 핸드폰이 울렸다. 영상통화다. 발신자가 사위인 걸 보니 아이다. 늪 속으로 하염없이 빠져들던 어머니의 눈이 반짝 빛난다.

"집에 왔구나. 얼마 만이야?"

"한 달."

"뭐 해?"

"뭐 하고 있어."

"왕할머니 계시니까 먼저 인사해야지."

"할머니, 안녕하세요."

"할머니가 잘 못 들으시니까 더 크게 해봐."

"할, 머, 니, 건강하세요!"

"주원이구나, 오랜만이네. 할머니네 놀러 와. 묵 쒀 줄게."

"예, 놀러 갈게요."

아이의 목소리가 한바탕 지나가자 집안이 조금 환해졌다. 종적을 감췄던 시장기까지 돌아왔나 보다.

"보연 에미야, 우리 밥 먹어야지?"

내리막인 할아버지·할머니, 더 내려갈 데도 없는 증조할머니가 일제히 웃는다. 콧물이 나오고, 침이 튀고, 틀니가 들썩거린다. 이게 사는 거고 인생이겠지.

"아이야, 너만 믿는다"

1월 4일 아이는 올해부터 다니게 될 초등학교에 다녀왔다. 입학을 앞둔 예비소집이었다. 정식 등교는 아니지만, 아이는 이제 신세계에 첫발을 내디딘 셈이다. 아이는 지금까지 경험하지 못한 복잡계 속으로 들어가고 있다.

가족은 그것이 더 넓고 풍부한 세계를 경험하고, 자유롭게 생각하고 판단하고 선택하는 기회가 되기를 간절히 바란다. 그러나 아이가 붕어빵 틀 속으로 들어가는 것이 되지나 않을까 걱정하는 마음도 적잖다.

지난해 말부터 아이는 초등학교 이야기만 나오면 얼굴이 상기되고 미열까지 동반하는 진학 증후군 증상을 보였다. 이제 원생이 아니라 학생이 된다는 흥분 때문이었을 것이다.

원생 때는 엄마·아빠나 선생님에게 이끌려 그저 잘 놀면 되지만 학생이 되면 혼자 할 일도 많아진다. 등하교는 물론 공부도 스스로 알아서 해야 한다. 그런 기대와 불안감이 뒤섞였으니, 말라리아 열병에 걸린 것처럼 열이 오르다가 오한이 들다가를 반복하는 것이겠지.

아마 그때쯤부터였을 것이다. 아이는 엄마가 해 주는 대로 머리카락을 정리하지 않았다. 그동안 집에서나 어린이집에서는 머리카락을 한 갈래 혹은 두 갈래로 따서 뒤로 혹은 위로 묶고, 예쁜 핀으로 고정했다. 그러나 요즘 아이는 있는 그대로 생머리를 좋아한다. 단정하게 땋고 묶는 것은 원생 머리이고, 생머리를 나풀거리는 것이 학생에게 어울린다고 생각하나 보다. 초중고로 진학할수록 가장 변화무쌍한 것이 옷과 머리 스타일이라는데, 아이는 이제 그런 격류에 휩쓸리기 시작했다.

예비소집 당일, 아이는 깨우지도 않았는데 일찍 일어나 학교 갈 준비를 하더란다. 세수도 하고 옷도 갈아입고. 머리 빗는 것만은 혼자 할 수 없었는지 엄마에게 도움을 받았지만, 아니나 다를까 생머리를 요구했다. 앞으로는 할아버지 카톡 문패 사진과 같은 이마와 귀가 환하게 보이는, 땋아 묶은 머리를 보기란 쉽지 않을 것 같다.

예비소집일엔 부모의 입학동의서 등 몇 가지 제출할 서류를 받아오고, 학교를 둘러본 게 전부였다. 하지만 아이는 책가방 메고 크로스백 두르고 신발주머니 드는 등 등교 채비를 완전히 갖추고 거울 앞에 섰다. 뜨거운 찐빵처럼 부풀 대로 부푼 아이의 기대를 깨지 않으면서도 냉정을 되찾도록 하기 위해 아이 아빠는 적잖이 고민했다. 아이는 설명을 두어 차례 듣고서야 비로소 책가방은 내려놓고, 크로스백만 어깨에 가로질러 걸고 학교에 갔다고 한다.

'나 때' 생각에 입가에 저절로 웃음이 났다. 60년 전 할아버지가 살던 해미에선 책가방을 멘 아이는 찾아보기 힘들었다. 교실엔 맨발로 드나들었으니, 신발주머니도 필요가 없었다. 학용품이라고는 교과서와 공책, 필통이 전부였고, 크로스백이란 건 아예 이름조차 없었다. 그저 보자기(책보) 하나면 됐다. 면장 딸 혹은 농협조합장 아들 정도나 돼야,

책가방을 메고 다녔을 뿐이다.

그 아이들을 부러워하기도 했지만, 학교에 다닌다는 것만으로 그 모든 것을 보상받을 수 있었다. 책보를 크로스백처럼 등에 둘러메고 학교 가는 길은 그렇게 대견할 수가 없었다. 몸집은 주먹만 해도 두 발로 선 다람쥐처럼 어깨가 저절로 으쓱했다. 할머니·할아버지의 '많이 컸다'라는 말에 진짜 큰 줄 알았고, 여전히 코흘리개 꼬마로 비웃는 형들의 놀림은 귀에 들어오지도 않았다. 그날 아이가 그렇게 메고 싶었던 책가방은 그런 '나 때' 추억이 담긴 아이 할머니의 선물이었다.

요즘 초등학교 입학하는 아이에겐 이런 속설이 있나 보다. 아이가 처음 메는 가방을 좋은 학교 출신에게서 물려받으면 아이도 좋은 학교에 간다는 것이다. 자식을 좋은 학교에 보내고 싶은 부모들의 열망이 별 희한한 속설이나 미신을 지어낸 듯하다. 할아버지·할머니는 아이를 중심으로 돌지만, 우리나라 아이들은 대학을 중심으로 뺑뺑이 돈다.

그런데 아이 주변엔 그렇게 '좋다거나 훌륭한' 대학을 나온 언니나 오빠가 없다. 아이 엄마는 고민 끝에 그중 등록금이 싼 대학을 나온 할아버지·할머니에게 책임을 넘겼다. 속설이나 미신은 그렇다 해도 아이가 대학 중심의 뺑뺑이 대열에 들어가는 게 께름칙했다. 그러나 아이에게 이미 통보했다고 하니 피할 도리가 없다.

선물 증정이 이루어진 건 양력 설날 세검정에서였다. 포장한 상자째 받은 선물이지만 아이는 내용물을 알고 있던 터라 새로울 게 없었다. 그런데도 포장지를 얼마나 조심스럽게 뜯던지 할머니의 도움을 받고서야 겨우 포장지를 벗기고 상자를 열 수 있었다. 가방과 크로스백, 신발 주머니를 차례로 꺼내던 아이는 눈물이 글썽거렸다.

'학년이 올라가면 갈수록 더 지겨워질 책가방일 텐데….'

할아버지는 산통 깨는 한마디 하려다 입을 다물었다.

선물 증정식이 끝나고 아이 엄마는 새해부터 달라질 아이의 일과를 설명했다.

"엄마, 주원이가 새해부터 보습 학원에 다니게 될 거야. 내가 가자고 한 것도 아닌데, 제가 가겠다고 하더라고. 그러니까 엄마는 요일마다 유치원에 몇 시에 가서 학원엔 몇 시까지 데려다주세요."

보습 학원은 월·수·목, 사흘 가는데, 하루에 한 시간 반씩 국어·수학·영어·한문을 배우고 또 자습한다고 한다. 정해진 진도에 따라 아이가 스스로 학습하고, 선생님은 아이들을 한 명씩 돌아가며 각자 수준에 맞게 개인 지도를 한다고 한다.

곡소리가 절로 나왔다.

'미술과 음악도 하는데, 월·수·목, 사흘을 더 학원에 다닌다고? 미술·피아노 학원과 겹치는 날엔 오전 9시에 등원해 오후 4시 반쯤 하원하고, 미술이나 음악 학원에 갔다가 5시 반에 보습 학원으로 가서 저녁 7시나 되어야 집으로 돌아온다고?'

할아버지는 아들딸이 어렸을 때 '버럭'으로 통했다. 이제는 까마득하게 사라졌던 그 못된 성깔이 불쑥 튀어나왔다.

"애를 잡으려고 하냐? 붕어빵 틀에 넣는다고 붕어가 되냐, 잉어가 되냐, 고작해야 풀빵 아니냐. 왜 여의도 같은 곳으로 이사 가서 애를 생고 생시키고 풀빵으로 만들려고 하냐. 보습 학원도 다른 애들이 간다고 하니 애도 따라서 가겠다고 하는 거잖아. 너희가 자라던 세검정에 학원이 있냐, 뭐가 있냐. 거기서 자란 너희가 뭐 잘못된 거라도 있냐?"

아이가 원했다고 하지만, 피아노도 발레도 미술도 영어 학원도 아이가 '부화뇌동附和雷同'한 결과였다. 어린이집이나 유치원의 다른 아이들이 다니니까 아이도 따라서 간다고 했을 뿐이다. 일찌감치 싫증 내고 발레나 영어를 그만둔 것도, 다른 친구들을 따라서 하다 보니 그런 것이었다.

입은 닫고 지갑만 열라고 했는데, 새해 벽두부터 할아버지는 숨이 차도록 장광설을 쏟아 냈다. '오죽하면 그랬을까?' 이 한 마디를 생각하지 못하는, 아둔한 할아버지다.

시끄럽게 군 것이 미안했던지 할아버지는 아이의 늘어진 가방 줄을 아이의 어깨 높이에 맞게 조여 준다. 가슴 끈 조이는 법도 알려 준다.

그날 아이 아빠와 엄마가, 노총각 삼촌에게 생일선물을 줬다. 싱글거리며 주는 모습이 수상쩍다 싶었는데 포장을 뜯어 보니, 잠옷이다. 그것도 한 벌이 아니라 여자 잠옷까지 두 벌이다. 아이 빼고 시원하게 박장대소했다. 속내를 모르는 아이만 "삼촌, 이것도 삼촌이 입어? 잠옷 예쁘다"라고 부러워했다.

"벌써 반육십 넘어 반칠십으로 가는구나. 축하하기에 앞서 나이의 무거움이 느껴진다."

축하 문자를 가족 톡방에 올리자 딸이 이렇게 대꾸했다.

"결혼하라는 말을 이리 에둘러 하시네."

결혼하라는 말을 하기가 이렇게 어렵다. 사실 아이가 생기고 바뀌었지만, 요즘 결혼보다 더 바라는 건 손주다. 그러나 언감생심 그런 말을 어떻게 꺼내겠는가.

"주원아, 아무래도 네가 졸라야겠다. 너만 믿는다."

나이 이야기

아이 아빠의 생일 저녁 먹을 때였다. 내 딴에는 아이에게 어려운 질문
이겠거니 생각하며 물었다.

"오늘로 아빠 몇 살?"

"38살."

총알 속도다. 아무래도 아침 생일상을 받으며 엄마·아빠한테 이야기
를 들은 것 같다. 그렇지 않고서야 어떻게 제 나이도 아니고 아빠 나이
를 저렇게 정확히 기억할 수 있을까.

사실 나는 지금도 어머니들의 나이가 자주 헷갈린다. 태어난 해를 떠
올려 계산해야 답이 나온다. 내 나이조차 헷갈릴 때가 많다. 올해로 예
순여섯인가 예순일곱인가. 아니면 예순다섯인가. 다른 사람들도 그렇
고 행정 관청 공무원도 마찬가지인 것 같다. 그렇지 않고서야 정부가 나
서서 이른바 '세는 나이'와 '만 나이'를 통일하겠다고 나섰을 리 없다.

이번엔 내 경험에 비추어 진짜 혼란스러운 문제라고 생각하며 아이
에게 물어봤다.

"그러면 주원이는 몇 살?"

아이가 할아버지의 눈을 빤히 쳐다본다. 나를 아기 취급하느냐고 따

지는 것 같다.

"여덟 살!"

아차 싶었다. 아이건 어른이건 대한민국 국민치고 '여덟 살'을 모르는 사람은 없다. 이른바 취학 연령, 즉 초등학교 입학하는 나이이기 때문이다. 아이들은 어린이집 혹은 유치원에 다니면서 오매불망 '여덟 살'이 되기만을 기다린다. 더 크고 더 넓고 더 의젓한 세계, '아이'를 벗어나 '어린이'의 세계로 들어서는 나이라고 믿기 때문이다. '나는 이제 코흘리개가 아니다!' 그 기준이 바로 여덟 살이다.

유치원이란 게 희귀했던 할아버지·할머니의 어릴 때는 더 심했다. 같이 놀던, 아니 데리고 놀아 주던 언니·형들이 학교에 들어가고 나면 주변이 텅 빈다. 눈앞이 아득하다. 혼자 집에 있어야 하니 혼자 버려진 느낌이 든다. 그래서 언니들을 따라 학교에 가겠다고 조르는 아이는 물론 심지어 실제로 형과 언니를 따라 학교에 가는 아이도 있었다. 학교에서도 집에 돌보거나 놀아 줄 사람이 없는 아이가 언니를 따라 학교에 오면 교실 뒤편이나 운동장에서 놀도록 허락했다.

그 시절 일하는 부모들에게 학교는 만병통치약이었다. 학교엔 아이와 놀아 줄 친구도, 도와줄 형이나 언니도, 글이나 운동을 가르쳐 줄 선생님도 있었다. 아이건 부모건 대한민국 국민에게 '여덟 살의 기다림'은 생애 최초의 가장 설레고 벅찬 희망이었다.

요즘은 그런 기대가 거의 사라진 듯하다. 특히 부모들은 기대와 설렘 자리에 걱정과 근심을 대신 채워 놓았다. 아이가 사는 여의도 학부모들 가운데 상당수가 입학 초 학교에 부탁하는 것이 대개 이렇다고 한다.

"너무 잘 가르치려 하지 마세요. 그저 다치지 않고 잘 놀다가 돌아오게만 해 주세요."

가르치는 일은 학원에 다 맡겼으니 학교는 보호만 해달라는 부탁이
다. 이런 이들에게 의무교육은 거추장스러운 혹인지도 모르겠다. 아이
들도 그런 되바라진 영향을 받아, 여덟 살에 대한 찬란한 기대는 곧 실
망으로 바뀐다. 우리 아이도 혹시 이러지나 않을까 걱정스럽다.

'학원이나 학교나 그게 그거 아냐?'

아이가 할아버지의 수준을 의심하며, 똑 부러지게 '여덟 살'을 외치
는 모습이 여간 대견스럽지 않았던 건 그런 이유에서였다. 아이는 '나
때'의 설렘을 간직하고 있었다. 책가방을 메고, 크로스백을 목에 걸치
고 신발주머니를 들었을 때 아이의 온몸에서 발산하는 그 자부심은 (할
배의 눈에만 그랬겠지만) 아침 동산에서 떠오르는 해처럼 빛났다. 아이의
의젓한 얼굴은 만년설에 덮인 히말라야의 산 정상을 떠오르게 했다. 그
설렘 오래도록 유지하고 간직하기를!

"주원이는 만 나이가 뭔지 알아? 세는 나이도 있어. 잘 모르지?"

아이가 알 리 없다. 아니 알 필요도 없다.

'내 나이 여덟이면 됐지, 또 다른 나이가 왜 있어야 해? 또 그걸 알아
야 할 필요가 어디 있어?'

아이는 오히려 그렇게 묻고 싶은 표정이다.

그래도 할아버지는 포기하지 않는다.

'그래 너희는 그렇게 생각할지 모른다. 그러나 너에게도 이런 날이
올 거다! 쳇바퀴 같은 학교생활과 학원 공부에 치이다 보면 언젠가 여
덟 살에 대한 기대와 희망이 봄눈처럼 스르륵 녹아 사라지고, 시키는 대
로 아니면 정해진 대로 하다 보면 하루하루가 지겨워지는 날 말이다. 그

러면 너는 나이 먹는 것에 대한 기대가 사라지고, 나이도 잊게 될 것이다. 그때쯤 너는 나이 셈하는 게 얼마나 어려운지 실감하게 될 것이다!'

여하튼 할아버지의 주접이 갈수록 심각해진다.

"주원이의 세는 나이는 여덟 살이야. 만 나이는 여섯 살이지. 두 살이나 차이가 나. 주원이가 태어난 날은 하나인데 세상 사람들이 말하는 주원이 나이는 이렇게 뒤죽박죽이란 말이야. 왜 그럴까?"

"뒤죽박죽? 뒤죽박죽!"

아이는 죽도 되고 박도 되는 말이 재밌다.

"할아버지는 뒤죽, 할머니는 박죽. 뒤죽박죽."

사실 우리나라 나이만큼 헤아리기 어려운 게 없다. 보통 세 개다. 생일이 오면 한 살 더 먹는 '만 나이'와 태어나면 무조건 한 살 먹고 해가 바뀌면 무조건 한 살 더 먹는 '세는 나이'가 있다. 여기에 '세는 나이'와 '만 나이'를 어중간하게 절충한 나이가 하나 더 있다. 해가 바뀌면 생일이 오기 전이라도 한 살 더 먹는 '일반 나이'가 그것이다.

정부는 그런 나이를 '만 나이'로 통일하겠다고 했다. 그러나 그게 말처럼 쉽게 될지는 미지수다. 각 나이는 쓰임은 물론 나오게 된 배경이나 담겨 있는 철학이 다르다. 차라리 '몇 살이냐?'는 물음 자체를 없애는 게 낫겠다. '몇 년 몇 월생인가?' 혹은 '주민등록 앞 6자리를 말하시오'라고 하는 게 좋을 것 같다.

'만 나이'일 경우 태어난 뒤 1년 동안은 0살이다. 이상한 셈법이다. 아이가 첫 생일(돌)이 되기 전에 세상을 떠나면 아이에겐 나이가 없다. 0살이다. 0이란 그야말로 공이고 없다는 것, 즉 무無다. 아이는 실제로 존재했지만, 나이상으로는 비존재다. 과학적이 아니라 관념적이고, 반생명적이다.

다른 문제도 있다. 엄마 배에서 자라는 동안의 아이는 생명으로 취급하지 않는다. 태아도 엄연한 생명이고 인간이다. 그런 태아를 물건이나 무생물 취급하는 셈이다. 눈에 보이는 것만 존중하고, 숫자로만 계량하려는 피도 눈물도 없는 기계적이고, 수리적인 사고의 결과물이다. 그런 셈법이 확장될 경우, 극단적으로는 반인류 범죄, 반인간·반생명 범죄로 이어지지 않을까 싶다. 차별, 배제, 격리, 학살 등.

게다가 만 나이의 경우 반드시 생일이 되어야 한 살을 올린다. 그러면 생일이 되기 직전까지 364일 혹은 365일은 어디에도 포함되지 않는다. 만 나이의 세계에선 우수리란 아무런 의미가 없다. 그러고 보면 만 나이란 그렇게 엄격하지도 않고 수학적이지도 않다. 나이에 따라 달라지는 개인의 권리를 국가가 자의적으로 제한하는 데 이용될 뿐이다.

이에 비해 우리가 전통적으로 사용해온 '세는 나이'는 생각할수록 생명 친화적이다. 아이는 태어남과 동시에 한 살로 인정받는다. 엄마가 아이를 잉태했을 때부터, 즉 엄마 뱃속에서 생명이 발아할 때부터 인간으로 인정받고 존중받는 것이다. 사실 살아 있는 모든 것은 생명이다. 예비 생명이나 잠재 생명 혹은 미숙 생명이란 건 없다. 태아건 영아건 모두 완전한 생명이다.

나아가 '세는 나이'는 인간적이고 문학적이다. 엄마·아빠가 만나고 사랑하고 씨앗을 뿌리고 가꾸는 과정이 모두 포함돼 있다. 탄생의 연원과 배경 그리고 그에 얽힌 이야기는 인류의 영원히 마르지 않는 상상력의 샘이 된다. 다만 수리를 거부함으로써 계량을 어렵게 한다는 문제나,

이에 따라 표준화된 사회에서 불공정을 초래할 수 있다는 문제가 있긴 하다. 12월 말일 태어난 아이는 단 하루 만에 두 살이 되고, 1월 1일 태어난 아이는 1년을 버텨야 두 살이 된다. 그로 말미암아 진학, 입대, 취업, 퇴직 등에서 이익 혹은 불이익이 될 수 있다. 골치 아프다.

우리 옛 어른들이 이런 문제를 잘 알면서도 '세는 나이'를 고집했던 것은 아마도 생명을 존중하고, 탄생의 신비 등 인문적 요소를 중시했기 때문이 아닐까 싶다. 좀 혼란스러우면 어떤가. 그런 불편함보다 더 중요한 건 인간과 생명의 존귀함 아닌가. 비과학적이라고 타박을 받을 순 있지만, 이만큼 인격적이고 또 철학적 접근법도 없다.

혼란을 최소화하기 위해 고민하지 않은 건 아니다. 나이 대신, 12년에 한 번씩 돌아오는 '띠'를 묻고 답하는 것이 그것이다. 몇 살인가 묻기보다 무슨 '띠'냐고 물으면 예컨대 토끼띠라느니, 호랑이띠라느니 하는 것이 그것이다. 나이 지긋한 사람들은 육십갑자六十甲子 가운데 무슨 '생'인지로 답한다. '계묘'생(2023년) 혹은 '임인'생(2022년)이라고 한다. 아이 아빠의 생년이 양력으로 1985년이긴 하지만, 12간지 육십갑자는 음력에만 있으므로 음력 1984년 갑자생 쥐띠다. 을축생 소띠가 아니다.

할아버지가 제 장광설에 취했나 보다. 그나마 거기에서라도 그치면 좋으련만 할아버지는 가속 페달을 밟고 비약하기 시작한다. 이제부턴 탐욕이다.

"할아버지는 올해 67살(세는 나이)이거든. 20년 뒤면 몇 살일까?"

"87살."

지지리 궁상이던 산수였는데, 해가 바뀌어서 그런가? 아이의 셈이 제법 늘었다.

"그땐 호호 할아버지 되겠네. 홍은동·마곡동 왕할머니들처럼 말이야."

아이 눈이 동그래진다. 믿기지 않나 보다.

'이 할아버지가 제대로 걷지도 못하고 귀도 잘 안 들리고, 한 이야기 또 하고 또 하고, 꼬박꼬박 졸게 된단 말이야?'

"주원이는?"

"28살."

"할아버지가 20년 후 증손주를 볼 수 있을까? 마곡동·홍은동 왕할머니가 주원이 보는 것처럼?"

"안 될 것도 없지, 마곡동 왕할머니가 90살, 홍은동 할머니가 87살에 주원이를 봤으니까."

아내가 불쑥 끼어든다. 허황한 결론을 예감하고, 거기서 끊으려는 것이다. 그렇다고 멈출 곰탱이가 아니다. 고고!

"그럼 주원이가 결혼하고 아기를 낳아야 하겠네. 주원이는 언제 결혼할 거야?"

주변에서 '아이고' 소리가 터져 나온다. 아이는 눈만 동그랗게 뜨고는 말이 없더니 잠시 뒤 생글생글 웃으며 한마디 한다.

"나 결혼하지 않을 거야. 유치원 애들이랑 살 거야."

아이는 제가 한 말의 뜻을 모른다. 그러나, 그것이 푼수 짓 하는 할아버지에게 제대로 한 방 먹인 것만은 아는 것 같다. 할아버지 입이 얼어붙었다. 이제 아이가 할아버지 등으로 기어올라 목말 타고, 말 달리기 하자고 할 차례다. 할 이야기가 따로 있지, 할아버지는 본전까지 날렸다.

지난번 아이 학원 보내는 것에 '버럭' 했던 것을 이 자리를 빌려 철회해야겠다. 학원에 보내지 않으면 안 되는 이유가 있다는 것도 인정한다.

아이 예비소집 때 학교에서 보낸 서류 중엔 아이의 하교와 관련한 각서가 있더란다. 요컨대 수업이 끝나고 학교 문을 나서면서부터는 아이에 대해 부모님이 책임져야 한다는 것이다. 학교 문을 나선 뒤 발생한 사고에 대해서는 학교가 책임지지 않는다는 것이다. 아울러 학교는 교문에서 부모님이나 부모님이 정해 준 사람에게 아이를 인수인계할 것이니, 부모가 데려가기 힘든 가정에서는 부모 대신 인수할 사람을 서면으로 통보해 달라고 하더란다.

살벌했다. 뭔 말씀을 그렇게 하실까. 인정머리라곤 머리카락 한 올만큼도 보이지 않았다. 그러나 생각해 보면 학교가 탁아소나 보육원도 아니고, 아이들을 끝까지 책임질 순 없다. 게다가 아이에게 조금만 문제가 생겨도 선생님을 들들 볶는 학부모, 여기저기 상급관청에 치이는 학교 현실을 생각하면, 미리 책임 소재를 분명하게 해 두는 게 현실적일 법도 했다.

사실 맞벌이가 대세인 요즘 초등생의 하교 과정에서의 안전 문제는 심각하다. 특히 초등학교 1학년생의 경우 맞벌이 부모라면 누군가의 도움을 받지 않을 수 없다. 여력이 있는 할머니·할아버지가 있다면 만사형통이다. 하교뿐만 아니라 아이를 집에서 돌볼 수도 있다.

그러나 조부모의 사정이 여의치 않으면 정말로 복잡해진다. 하교의 안전은 물론 하교 이후 부모가 퇴근할 때까지 아이를 돌볼 도우미를 구해야 한다. 그래서 요즘엔 하교만 책임지는 초단기 도우미까지 생겼다. 이들은 아이를 학교에서 집까지 혹은 학교에서 학원까지 데려다 주는 구실만 한다. 이후 부모가 퇴근할 때까지는 학원이 담당한다고 한다.

학원은 차량으로 학교에서 아이들을 데려오고, 이 학원이 끝나면 다른 학원에서 차를 보내와 아이들을 데려가고, 이렇게 부모가 퇴근할 때까지 아이를 맡아 준다는 것이다. 아이는 부모가 데리러 올 때까지 학원에서 학원으로 뺑뺑이를 돌아야 한다. 그러나 그것이 그나마 가장 저렴하고 안전한 선택이라고 한다. 맞벌이 부모로서는 궁여지책이다. 아이가 혼자서 등하교와 학원 뺑뺑이를 할 수 있을 때까지 한순간도 마음을 놓을 수 없다.

사족이지만, 해결책이 없는 것은 아니다. 최선은 할아버지·할머니에게 그 역할을 맡기는 것이다. 부모로서는 무엇보다 아이의 안전에 대해 안심할 수 있다. 학원에서 학원으로 뺑뺑이 돌면서 생길 수 있는 여러 문제에 대한 걱정도 덜 수 있다. 아이는 아이대로 분리 불안에서 벗어나 안정감 속에서 생활할 수 있다. 소싯적 심리적 안정은 균형 잡힌 인격을 형성하는 데 필수적이다.

그러나 요즘 대다수 조부모는 스스로 생계를 해결해야 한다. 우리나라 노인의 빈곤지수가 OECD 회원국 가운데 가장 높다. 손주 돌봄에 매일 수 없다. 이 문제는 조부모가 아이를 돌보면서 일정한 수입을 보장받을 수 있다면 해결할 수 있을 것이다. 국가가 할아버지·할머니를 아이 돌보미로 정식 고용하는 것이다.

돈 문제가 있다. 이는 대책 없이 출산 장려에 쏟아붓는 예산 가운데 일부를 양육으로 돌리면 해결된다. 출산을 회피하는 가장 큰 이유 가운데 하나는 맞벌이 부부의 양육 문제다. 사회적으로 시급한 과제는 고령화 사회에서 노인 빈곤이다. 두 개의 시대적 과제를 해결하는 첫걸음이 아닐까 싶다.

그것만이 아니다. 가족의 유대를 강화할 수 있다는 효과도 있다. 어쩌면 이것이 앞선 두 개의 과제보다 더 근본적일 것이다. 전통사회에서 특히 국가나 국민이 모두 가난했을 때 이 모든 과제를 도맡았던 것이 가족이다. 급격한 산업화, 초절정의 경쟁 구조 속에서 육아 환경은 최악이 되었다. 가족 간의 유대는 형편없이 약해졌고, 노인 빈곤 문제는 커졌다. 국가에서 떠맡을 수밖에 없는데 국가가 하는 정책이란 '언 발에 오줌 누기' 수준이다.

이제 대한민국이라는 국가가 사라질 것을 걱정할 정도로 출산율은 급감했다. 늘어나는 가난한 노인 인구의 증가는 그나마 줄어드는 국가의 재원을 소모하는 블랙홀이 되었다. 국민의 행복감은 날개 없이 추락하고 있다. 모두가 죽지 못해 사는, 오로지 살기 위해 허덕대는 나라가 되어 가고 있다.

다시 반등시킬 수 있는 길이 있을까? 아이를 중심에 놓고, 아이가 원하고 또 아이에게 필요한 것을 제공할 수 있는 대책을 생각하면 나올 수도 있을 것 같다. 아이가 행복한 육아와 아이의 안전한 성장을 위해 꼭 필요한 게 조부모이고, 조부모의 행복을 증진하는 데 꼭 필요한 게 아이다.

세뱃돈 공동체

"주원아, 설날 세뱃돈 주느라고 할아버지가 빈털터리 됐거든. 주원이가 할아버지 용돈 좀 줄래?"

"세뱃돈은 할머니가 다 주던데."

"할머니가 주는 게 할아버지가 주는 거야. 할아버지가 벌어서 할머니에게 맡기면 할머니가 쓰는 거야. 할머니는 우리 집 재무장관이거든. 지금쯤 할머니도 빈털터리가 됐을 거야."

"그래? 생각해 볼게."

아빠가 아이에게서 세뱃돈 일부를 받아냈다는 이야기를 듣고 할아버지도 슬그머니 숟가락 하나를 얹으려 했다. 아이 아빠는 설날 저녁 집에 돌아가, 아이의 세뱃돈을 정산하다가 우는 소리로 아이의 마음을 흔들어 노란 지폐 한 장을 챙겼다고 한다.

아이는 어딜 가나 외동이다. 그러니 아이가 받는 세뱃돈은 가정 형편에 비해, 그리고 형제가 많은 집안 아이와 비교하기 힘들 정도로 많다. 취학 연령 아이에게 적당하다는 '1인당 3만 원' 기준에서도 예외다. 그 결과 올해 아이가 두 왕할머니를 비롯해 네 할아버지·할머니 등 열네 분에게서 받은 세뱃돈은 무려 67만 원에 이르렀다고 한다. 하나뿐인 손주만 바라보는 어른들이 이판사판 쾌척한 탓이다.

아이는 지난해까지만 해도 세뱃돈을 받으면 엄마에게 다 맡겼다(췄다고 해도 된다). 그런데 올해는 제 복주머니에 차곡차곡 모아 두었다가 설날 일정이 모두 끝나고 집에 돌아와서야 엄마에게 주더란다. 특별한 말은 없었고, 그저 "엄마, 여기 내 거야"라고 하더란다.

내 거? 뭔가 변화가 일어나고 있었다.

"그래, 할아버지·할머니, 이모·고모, 삼촌들이 주신 귀한 돈이구나. 내일 엄마랑 은행에 가서 주원이 이름으로 저금하자. 나중에 주원이 커서 필요할 때 요긴하게 써야지."

그동안 받은 세뱃돈은 이렇게 통장 속에 들어가 있다. 아이는 통장이 뭐고, 거기에 찍혀 있는 숫자가 뭔지 모른다. 관심도 없다. 제 용돈을 조금 남겨 됐다는데, 책상 위에 널려 있다.

윷놀이 때도 그랬다. 마곡동 왕할머니네서 윷놀이는 순전히 할아버지가 아이의 세뱃돈을 긁어낼 요량으로 제안한 것이었다.

"주원아, 각자 돈을 내고 윷놀이를 하면 더 재미있어. 집중해서 열심히 하게 되거든."

"좋아."

"얼마씩 낼까? 두 장씩 낼까?"

"그래. 내 거 여기 있어."

아이는 두말하지 않고 바로 두 장을 꺼내 할아버지에게 건넸다. 세 팀으로 나눠서 저는 아빠와 한 팀이 되었는데도 아빠더러 내라고 하지 않았다.

"쓰지도 못하는데 까짓것 몇 장이면 무슨 상관이람?"

아이는 대범했다. 덕분에 아빠는 손도 안 대고 코 풀게 되었다.

"그러면 1등 하면 몇 장, 2등, 3등 하면 몇 장씩 가져갈까?"

"세 장, 두 장, 한 장씩 가져가면 되잖아."

운이 맞는다. '1, 2, 3'이 '3, 2, 1'로.

"그러면 1등이 너무 조금 가져가는 거 아냐? 꼴찌가 가져가는 것도 싱겁잖아?"

아이는 어리둥절했다. '두 장 가져가나 석 장 가져가나 그게 무슨 상관이지?'라고 묻는 표정이었다.

아이는 아직 돈에도, 승부에도 관심이 없다. 주변에는 윷놀이에서 지고는 울고불고하거나, 지거나 돈 잃는 게 싫어 아예 놀이를 거부하는 또래 아이들이 많다. 득도했나? 아니면 아직 너무 어린가, 어리석은가?

아이가 학교에 들어가고 친구들과 사귀다 보면 이런 성자 같은 '무소유'나 '무욕'의 시절도 사라질 것이다. 학교에선 네 것, 내 것 가리는 게 '사회화'의 첫발이며 '자각'의 출발이라고 가르치는데, 무욕과 무소유란 유지할 순 없다. 받자마자 세 보지도 않고 엄마 치마폭에 봉투째 던져 버리던 이야기는 머잖아 전설이 될 것이다.

이 무욕 덕분인지 아이 팀은 1등을 해서 한 장을 더 벌었다. 할아버지 팀은 꼴찌를 했지만 한 장밖에 잃지 않았다. 아이 팀은 한 장 벌어 기분 좋고, 할배 팀은 한 장 덜 잃어 기분이 좋았다.

설날만 되면 각종 매체는 경쟁적으로 세뱃돈의 경제학이니 세뱃돈 투자하기 따위의 기사를 통해 경제적 마인드를 키워야 한다고 권장한다. 터놓고 말해 어릴 적부터 돈 불리기 혹은 돈 굴리기 방법을 가르치자는 것이다. 그래서 장기 복리로 예금하기, 주식에 넣어 두기, 심지어 코인 투자까지도 제안한다.

일해서 버는 것(근로소득)보다 돈이 돈을 버는 게(자본소득) 월등한 첨단 금융자본주의에 적응하며 살아가려면 어쩔 수 없다지만, 세뱃돈의 본래 의미를 생각하면 입맛이 씁쓸하다.

피는 물보다 진하다고들 한다. 한솥밥을 먹으며 생활하고 자란 부모나 형제자매와의 관계에서나 통하는 말이다. 삼촌, 사촌만 돼도 어디 사는지 모르고 1년에 한두 차례 볼 뿐인 요즘, 가까운 친척이라고 해도 관계가 끈끈해지란 쉽지 않다. 자주 봐야 낯이 익고 음식을 나눠야 친해지며, 정이든 기억이든 공유해야 동질감이 생기는 법이다. 소통하지도 나누지도 공유하지도 않는데, 같은 핏줄이라는 하나의 이유만으로 가까워질 수는 없다. 핵가족 시대라는 요즘만이 아니라 전통사회에서도 마찬가지다. '이웃사촌'이란 말은 그래서 나왔다.

사촌이면 친형제 다음으로 가까운 친척이다. 그런 사촌지간이라도 오고 가지 않으면 이웃보다 못하다. 실제로 기쁜 일과 슬픈 일을 함께 나누는 이웃은 그렇지 못한 형제보다 가까울 수밖에 없다. 그래서 전통사회에서도 온갖 기념일과 축일을 만들어 모이고 만나고 나누는 기회를 만들었다. 각종 생일잔치나 혼례 따위의 통과의례는 물론이고 돌아가신 분의 기제사 등을 통해 평균 매달 1회 이상씩 일가친척이 모였다.

이런 축일과 제삿날 가운데 가장 성대한 것이 설날 행사다. 설 행사는 가족·친족 차원을 넘어 이웃과 공동체로까지 확장된다. 행사의 핵심을 이루는 것은 세배다. 세배는 가족은 물론이고 이웃이나 공동체, 사제지간, 직장 안에서도 이루어진다. 소원했던 관계를 회복하는 간단

하지만 강력한 프로그램이다. 그런 세배의 의미를 구현하는, 인체의 피처럼 중요한 요소가 바로 세뱃돈이다.

사실 절과 덕담을 주고받고, 음식을 나누는 것만으로는 뭔가 아쉽다. 솔직히 말해 정은 오고 가는 현금 속에 깊어지는 것이다. 세배가 관계를 회복하고 깊게 하는 프로그램이라면, 세뱃돈은 사람과 사람 사이를 이어 주고, 유기체로서 기능을 활성화하는 혈액 구실을 한다. 피가 잘 돌아야 인체가 건강하듯, 가족도 공동체도 돈이 잘 돌아야 굳건해진다.

조건 없이 건네는 세뱃돈으로 할아버지·할머니는 존경의 대상으로서 권위를 회복하고, 아빠·엄마는 평소의 간섭과 잔소리를 용서받을 수 있다. 할아버지·할머니 형제로부터 받는 세뱃돈, 아빠·엄마의 형제로부터 받는 세뱃돈은 직계·방계 형제와의 유대감과 결속력을 키운다. 씨줄과 날줄로 엮는 그 역할 덕분에 설날 모처럼 만난 친척들은 세뱃돈 공동체를 이루게 된다.

설 전날 요양병원에서 홍은동 왕할머니에게 세배드리고 난 뒤였다. 일찍 시집으로 떠나는 딸이 병원 마당에서 큰집 조카 8명에게 세뱃돈을 나눠 주며 덕담을 했다. 아이들은 이구동성으로 안타까움을 터트렸다.

"오늘 주원이랑 놀지 못해 너무 아쉬워요. 쉬는 날 우리 집으로 데려와서 함께 놀아요."

6개월여 만에 6촌 형제들을 만나 어색함을 감추지 못하고, 데면데면했던 아이는 그제야 눈을 반짝이며 한마디 했다.

"엄마, 의성이 오빠, 예슬이 언니네 꼭 가자. 알았지?"

아이의 눈에선 아쉬움이 눈물처럼 뚝뚝 떨어졌다.

마르셀 모스의 저서《증여론》에는 선물에 관한 이야기가 나온다. 남태평양 트로브리안드제도의 원주민은 선물을 주고받는 게 일상이다. 한 사람이 선물을 받으면 반드시 다른 사람에게 선물하고, 받은 사람은 또 다른 사람에게 선물한다. 그러면 선물은 돌고 돌아 마지막엔 처음 선물을 준 사람이 받게 된다. 준 만큼 돌려받으니 계산상으로는 0이다. 그러나 이 선물 릴레이를 통해 원주민들은 모두 이웃사촌으로 맺어지며, 공동체는 유대감과 결속력을 유지하고 강화한다. 계산 결과 0이라고 주장하는 자본주의 시장주의자들은 바보천치다. 세뱃돈이 그렇다.

흔히 이런 이야기도 한다. 가난한 엄마가, 일하며 공부하는 아들의 생일을 맞아 아들 몰래 지갑에 10만 원을 넣어 줬고, 아들은 그것도 모른 채 낳고 길러 주신 엄마에 대한 고마움의 표시로 엄마의 앞치마 주머니에 10만 원을 넣었다. 이런 상황을 어떻게 이해해야 할까? 주고받은 게 같으니 결과적으로 0의 교환이었을까? 20만 원어치의 선물이 오고 간 것일까? 아니면 20만 원 이상, 아니 돈으로 헤아릴 수 없는 사랑과 정이 깊어진 것이라고 해야 할까?

트로브리안드섬의 사람들은 선물과 함께 성스러운 신령이 순환하며 공동체에 하나의 생명을 불어넣어 준다고 믿는다고 한다.

설날 저녁 우리는 집으로 돌아와 설 비용을 정산했다. 비용은 선물비, 음식비, 세뱃돈과 어른 용돈 등 네 가지였는데, 그중 세뱃돈이 압도적으로 많았다. 마곡동 어머니네, 큰집, 사돈네, 결혼한 조카들에게 준 선물은 소략했다. 음식은 큰집이나 마곡동에서 차리고 또 먹었기에, 집에서 요리해 가져간 잡채 재료비가 고작이었다.

세뱃돈은 봉급생활자 시절이건 퇴직연금생활자 시절이건 달라지지 않았다. 늘리지도 줄이지도 않았다. 아니 그럴 수 없었다. 할아버지·할머니의 자존심을 떠나, 1년에 하루인 설날을 기다려 온 아이들의 기대를 저버릴 순 없다. 아이들이 그렇게 푸짐한 돈을 만져 보는 건 설날이 유일하다. 그날 인색해지면 1년 내내 구두쇠 할아버지·할머니로 각인될 것이다.

인터넷을 뒤져 보니 세뱃돈 적정 액수는 우리의 생각과 크게 다르지 않은 수준이었다. 초등생 저학년 이하는 3만 원, 중고등학생 5만 원, 대학생 7만 원이 우리 기준이었다. 입학하거나 진학하는 아이들에게는 일부 가산했다. 직장생활을 하는 사람에게는 주지 않았다. 다만 성씨가 다른 집에 들어와 고생하는 며느리에게는 10만 원을 책정했다.

이와 별도로 어머니들에게는 따로 품위유지비가 필요하다. 모아 둔 것이나 새로 들어오는 것이 딱히 없는 어머니들에게 설은 연중 지출이 가장 많은 날이다. 집안 최고 어른으로서 체통은 나이만으로 지켜지지 않는다. 아이들이 원하는 것을 줘야 한다. 물론 액수에 비례하진 않지만, 액수에 영향을 받지 않을 수 없다. 다른 사람보다 같거나 많아야 한다.

비용은 모두 102만 원이었다. 두 어머니의 품위유지비가 40만 원이고, 세뱃돈은 큰집 며느리 한 명이 10만 원, 취업준비생 한 명 10만 원, 대학생 셋 21만 원, 중학생 한 명 5만 원, 초등생 둘 6만 원, 딸과 아들에게 각각 5만 원씩 10만 원. 지출만 있었던 건 아니다. 우리도 이제 품위유지비 수령 대상이다. 딸 부부와 장조카 부부에게 모두 40만 원을 받았다.

늙건 젊건, 설날 받는 돈만큼 강력한 향정신성 물질은 없는 것 같다. 할아버지는 딸네가 손녀와 함께 만든 토끼해 토끼 봉투에 담아 건넨 품위유지비를 받고는 기분이 좋아 한동안 봉투를 이마에 철썩 붙이고 아이와 놀았다.

설 연휴 다음 날부터 기온이 급강하했다. 하룻밤 사이에 20도나 내려갔다. 이튿날 새벽 거실 온도가 6도였다. 그날 저녁 할배는 손녀에게 전화했다.

"주원아, 산이네가 너무 추워서 내일 주원이네 갈 거야. 우리 같이 윷놀이 하자."

"우리 집에 윷 없어."

"윷은 할아버지가 구해서 갈게. 없으면 나뭇가지 다듬어서 하면 돼."

"그래, 좋아."

"이번에도 내기다. 주원이도 몇 장 묻어야 해."

"알았어. 몇 장 준비해 둘게."

"이번엔 할아버지가 이겨서 난로 가스비 해야지."

심통 사납다. 천지신명이 등을 돌릴 텐데, 이길 수나 있을까?

실제로 또 졌다. 2전 2패다. 아이는 이번에도 1등이다. 이번엔 저 혼자 하겠다고 해서, 이긴 상금을 독식했다. 할아버지·할머니, 엄마·아빠가 각각 한 팀이고, 저는 결혼 안 했으니 혼자 하겠다고 한 것이다. 참, 맹랑하다. 할아버지가 하소연하자 용돈 봉투에서 한 장을 꺼내 준다. 우리 손녀 최고다.

그날 오후 유치원에서 피아노 학원으로, 피아노 학원에서 보습 학원으로 데려갈 때 아이의 손을 꼭 잡고 걸었다. 아이는 곰처럼 옷을 잔뜩 껴입었는데, 장갑은 없었다. 얼마나 손이 시릴까.

그러나 웬걸, 아이 손은 핫팩처럼 따뜻했다. 할아버지가 아이를 덥혀 준 게 아니라, 아이가 할아버지 손을 덥혀 주었다. 아이는 늙은이의 마른 장작개비 같은 손이 불편할 텐데, 끝까지 손을 잡아 주었다. 참 고마웠다.

할아버지, 브런치 하자

누구나 그렇겠지만, 아이들은 자신의 감정을 무엇보다 몸짓으로 표현한다. 바로 춤이다.

그런데 아이의 춤은 발달하는 게 아니라 퇴행하는 것 같다. 젖먹이 때 아이는 기분이 좋으면 단순한 두 박자 리듬에라도 맞춰 손을 흔들거나 궁둥이를 씰룩거렸다. TV를 보기 시작할 때부터는 영상 속 춤을 흉내 내기 위해 기를 썼다. 어린이집 다니면서는 '예쁜 몸짓'에 꽂혀 발레학원에 다녔다. 집에 오면 '앙바, 앙바, 턴' 하며 최대한 우아하게 몸을 놀리려 했다.

그런 노력이 유치원엘 가면서부터 싹 사라지고 정체 혹은 출처 불명의 괴상한 몸짓으로 바뀌었다. 개다리나 개코원숭이 춤은 물론이고 힙합 같기도 하고, 몸부림 같기도 한 막춤을 췄다. 아이 집에서 윷놀이에서 이겼을 때도 그랬다. 펄쩍펄쩍 뛰거나, 내의를 뒤집어 머리에 쓰고 소리 지르면서 난리를 쳤다. 보다 못해 핸드폰 카메라를 들이댔다. 그 산만함을 담아 뒀다가 써먹을 요량이었다.

그러자 아이가 춤을 멈추면서 한마디 했다.

"할아버지, 또 브런치에 올리려는 거지?"

"엥?"

할아버지 입이 함지박처럼 벌어졌다.

아이 입에서 '브런치'란 말이 나오자마자 게슴츠레한 머릿속에 갑자기 플래시가 터졌다. 쟤가 어떻게 브런치에 제 이야기와 사진이 올라가는 걸 알았지? 올리기 시작한 지 4년째지만 아이 입에서 브런치란 말이 나온 적은 한 번도 없었다.

브런치에 올리는 〈산이 할머니네 이야기〉는 아이에게 보내는 일종의 편지다. 다른 누가 읽건 말건 최초이자 최후의 독자는 아이이길 바랐다. 글 덕분에 딸의 엄마·아빠에 대한 사랑과 아내의 얇디얇은 신뢰도 두터워졌고, 때때로 칭찬도 받았다. 그러나 궁극적인 독자의 반응이 없었으니, 마음 한구석은 허전했다. 아이가 언제나 할아버지가 기록한 저의 이야기를 읽을 수 있을까. 그것이 커 가며 저를 돌아보는 거울이 되면 좋겠다.

그날 이후부터 아이는 한동안 할아버지만 보면 "브런치 하자"고 조른다. 피아노 학원에서 보습 학원으로 이동할 때도 그랬고, 집에서 할머니가 저녁을 할 때도 그랬고, 밥을 먹고 나서도 그랬다. "브런치 하자"는 건, 브런치에 실린 글과 사진을 함께 보자는 것. 어려운 일이 아니다.

"할아버지, 그거 있잖아. '선물은 할머니가 줬는데 잔소리는 할아버지가 다 한다'는 거. 그거 나 읽었어. 선물은 할머니, 잔소리는 할아버지, 랄랄라."

86화에 나오는 사진 설명이었다.

"그건 봤으니까, 이제 다른 거."

아이는 할아버지 곁에 바싹 붙어 할아버지 핸드폰으로 제 이야기들을 본다. 그래, '읽는 게 아니라 본다'. 본문은 읽지 않는다. 사진과 사진 설명 그리고 제목만 보고 넘긴다. 에피소드 하나 보는 데 10초 정도면 끝난다. 할아버지가 본문 쓰고 사진 추리고 편집하는 데 하루 정도는 걸린 건데 … . 그래도 봐 주기라도 하는 게 어딘가. 감격한 할배는 바람의 속도로 화면을 넘기는 아이를 끌어안고 놓아 주지 않았다.

아마도 브런치 효과일 것이다. 설 앞두고 엄마가 독감 걸렸을 때 아이는 편지를 석 장 썼다. 엄마·아빠에게 각각 한 통씩, 할머니·할아버지에게 한 통. 우리에게 보낸 편지 내용은 이렇다.

할머니·할아버지께
할머니 물론 할아버지도 먼 길 오느라 힘들죠. 내가 대신 다해 주고 싶다. 고마워요, 나 땜에. 그리고 엄마·아빠 땜에 힘들겠다. 생각만 해도 사랑해요. 주원이가.

할머니만 쓰려다 보니 할아버지가 마음에 걸렸나 보다. '물론 할아버지도'라는 대목이 꼽사리로 붙었다. 아이의 마음속에 할아버지도 이제 어엿하게 한 자리 차지하게 됐다.
물론 엄마·아빠에 대한 마음과는 비교할 수 없다.

엄마에게
엄마, 아프지 마. 하늘만큼 땅만큼 우주만큼 사랑해. 아프지 마. 아프면 나도 속상하잖아. 절대로 아프지 마. 건강해서 많이많이 놀자. 주원이가.

330

아빠에게

아빠, 복직해서 이제 더 힘들겠다. 엄청엄청 사랑해 나중에 또 시간 되면 지금보다 훨씬 더 놀자. (아빠도 혹시 몰라 아프지 마~) 주원이가.

엊그제 아이 엄마·아빠가 회사 일로 귀가가 늦었다. 아이는 해가 지고 저녁을 먹고 난 뒤부터는 심드렁했다. 우리와 놀지도 않고 제 방에 들어갔다.

30~40분쯤 지나서 아이가 거실로 나왔다. 아이가 안방에 간 사이 슬그머니 방 안에 들어가 보았다. 그림일기 한 장이 책상에 놓여 있다.

"혼자 노는 것은 너무 힘들어. 엄마·아빠가 빨리 왔으면 좋겠다."

네모 칸 안의 혼자인 아이의 말풍선은 이렇다.

"시시해."

별의별 짓을 다 해도 할머니·할아버지는 시시하다. 아이가 일단 엄마·아빠 생각에 빠지면 그림자나 다름없다. 그래도 그림자라도 어딘가. 시시하긴 해도 무서움은 덜어 줄 수 있는 것 아닌가.

"밥을 하루 아홉 번 먹는다고?"

마곡동 어머니는 음식에 그야말로 '진심'이다. 평소 당신이 잡숫고 싶은 것이 있으면 무슨 수를 써서라도 손수 요리하거나 사서 잡숫었다. 추석엔 송편, 설엔 만두, 동지엔 팥죽…. 때만 되면 절기 음식을 빠트리지 않았다. 손이 없다는 정월 말날(오일)이 되면 우리 음식 맛의 근본인 장을 손수 담갔다. 예외가 있다면 정월 대보름 음식이었다. 장가든 지 37년째이지만 대보름날 마곡동 어머니에게서 오곡밥을 얻어먹은 적이 없다.

반면 홍은동 어머니는 제철 음식, 절기 음식을 제대로 챙긴 적이 별로 없다. 평생 손수 벌어서 식구들 먹여 살리는 데 치이다 보니 절기를 챙길 겨를이 없었던가 보다. 그것이 습관 되어 살림살이가 안정된 뒤에도 절기건 명절이건 특별한 음식을 장만하지 않았을 것이다. 설날 떡국 정도가 고작이었다. 전이건 송편이건 인왕시장의 잘한다는 점포에서 샀다.

어머니에게도 예외가 있으니, 정월 대보름 음식이었다. 어머니는 다른 날은 몰라도 대보름날만큼은 쌀, 조, 수수, 팥, 검은콩 등으로 지은 오곡밥은 물론이고, 시래기를 한 솥 삶고 고사리, 취, 가지 등 갖가지 묵나물을 무쳤다. 그리고 밥과 나물을 자식들 집에 돌렸다. 덕분에 아내는 땅콩이나 호두 등 부럼만 장만하면 대보름을 풍성하게 지낼 수 있었다.

대보름 다음 날이었다. 어머니가 새벽에 두 번씩이나 아내에게 전화했다. 아침 먹을 때야 확인하고 전화했더니 다짜고짜 이러시더란다.

"보연 에미, 이제 어른 다 됐더라."

"예?"

환갑이 지난 지 3년이 넘었는데 이제야 어른이라니. 긴장하고 있는데 뒤따르는 이야기에 아내의 얼굴이 밝아졌다.

"오곡밥이랑 나물이랑 맛이 아주 좋더라."

"아이고, 감사합니다. 어머니 입맛에 맞지 않을까 걱정했거든요."

아내는 실제로 조마조마했다. 언젠가 자신도 어머니에게 대보름 밥에 보답하리라 했는데 맛이 없으면 어쩌나 싶어서였다. 특히 대보름날 집에서 아침 일찍 지은 오곡밥과 무친 나물을 들고 요양병원으로 면회 갔을 때 어머니가 하신 말씀은 가뜩이나 긴장한 마음에 소금을 뿌렸다.

"그런 걸 뭐 하러 가져왔니? 여기서도 다 나오는데."

같은 말도 퉁명스럽게 하는 어머니의 말투를 모르는 바 아니지만, 아내는 몹시 착잡했다.

'작년부터 준비해 마련한 건데, 괜히 했나? 우리나 먹을걸.'

사실 아내는 지난해 마당 텃밭에서 키운 무에서 청을 도려내어 시래기를 만들었다. 신통찮았던 가지 농사에서 거둔 것들도 먹지 않고 썰어 말렸고, 취까지 사 두었다.

1년 농사였는데 얼마나 속상했던지, "어머니는 같은 말도 꼭 그렇게 하신대"라고 기어이 한마디 뱉었다.

그런 어머니였는데 대반전이었다.

"맛이 좋기에 우리 방 노인네들이랑 몇 숟갈씩 나눠 먹었다. 다들 좋아하더라. 병원에서 준 것과 비교할 수 없었지."

어지간히 만족스러웠던지 그 칭찬을 하려고 새벽부터 전화하셨던 것이다.

이튿날 아이 엄마가 사진을 톡방에 띄웠다. 주원이네서도 조촐하게 보름 행사를 했나 보다. 아파트 사이로 뜬 보름달을 놀이터에서 보며 대보름 기원도 하고, 그네나 시소도 타며 놀고 있었다. 아이가 달을 향해 두 손 모으고 눈 감고 기도하는 사진도 있었다. 무슨 소원을 저렇게 진지하게 빌었을까?

길동 할머니가 당번이었던 월요일과 화요일이 지나고 수요일 아이네로 갔다. 보름날 남겨 둔 오곡밥과 나물을 챙겼다. 올해부터 학생이 되니, 아이도 세시풍속에 대해 알 것은 알고 배울 것은 배워야 한다. 철이 든다는 게 철을 안다는 것이고, 철을 안다는 것은 명절과 절기의 유래와 의미를 안다는 것이다.

설, 대보름, 한식, 단오, 유두, 추석, 동지 등은 전통 명절이고, 입춘, 우수, 경칩, 청명 등은 24절기다. 농경사회에서 절기는 농사를 짓는 데 반드시 알아야 할 기초 지식이었다. 그것을 온몸으로 체득해 생활화할 수 있어야 자신은 물론 가족을 먹여 살릴 수 있었다.

명절은 농사의 풍흉을 관장하는 천지신명께 감사의 예를 올리고 다산多産을 간구하며, 노동력의 원천인 가족의 건강을 기원하는 날이다. 지금은 밥벌이의 중심이 제조업, 아니 금융서비스업으로 바뀐 고도 금융산업사회라고 하지만, 농자천하지대본農者天下之大本은 바뀌지 않았다. 농업이나 수산업 등 자연에서 취하는 1차 산업이 망가지면 인류는 살아남을 수 없다.

보습 학원에서 아이를 데리고 올 때였다.

"대보름날 보내 준 사진을 봤더니 주원이가 두 손 모으고 눈 감고 기도하더라. 뭐라고 기도했어? 보름달 보고 기원하면 이뤄진다고 하거든."

"아무 말도 안 했어. 그냥 눈만 감고 있었어."

"엥?"

엄마·아빠가 시키니까 그런 자세를 취했나 보다. 아무래도 아이에게 대보름 공부가 필요할 것 같다.

"할아버지가 주원이만 했을 땐 정월 대보름은 설만큼 중요하고 큰 명절이었어. 설이 가족 중심으로 이뤄지는 명절이라면, 대보름은 개인과 공동체, 즉 가족은 물론 마을의 건강과 풍요를 기원하는 명절이었지.

그때는 농사가 가장 중요한 일이었는데, 농사는 혼자서 하기보다는 여럿이서 해야 힘도 덜고 수확도 많이 할 수 있어. 모내기나 추수는 물론 농로나 수로 만드는 일을 어떻게 혼자 할 수 있겠어? 그런 농촌에서는 가족이 잘살려면 마을이 잘살아야 하고, 가족이 건강하려면 마을이 건강해야 했지. 마을의 안녕이 각 가정과 개개인의 안녕이고, 마을의 풍요가 각 가정과 개개인의 풍요로 이어졌던 거야. 쥐불놀이 알아?"

"그럼. 선생님에게 들었어."

"그날 달집만 태우는 것이 아니라 아이들은 들판 곳곳을 쏘다니며 쥐불놀이를 했어. 논이며 밭이며 덤불이 있는 곳에서는 어디서나 쥐불이 피어올랐지. 그러면 덤불 속에 있던 병충들이며 잡초 씨앗들이 모두 타 버려 농사에 도움이 되는 거야.

못으로 여기저기 구멍 낸 깡통을 철삿줄로 묶은 뒤 깡통에 불씨와 나무토막을 넣고는 휘휘 돌리면 불길이 활활 타올라. 대보름날 마을 논밭은 온통 수레바퀴처럼 돌아가는 불로 가득했어. 얼마나 멋있었는데. 그런데, 그렇게 불놀이를 하다 보면 아이들은 설날 선물 받은 새 옷(설빔)을 태워 먹기 일쑤였지. 1년에 한 번밖에 못 얻어 입는 그 아까운 새 옷을 말이야.

그날 아이들은 하루에 밥을 아홉 끼나 먹어야 했어. 그것도 성이 다른 집, 그러니까 가족도 아니고 친척도 아닌 이웃집에 가서 말이야. 이웃과 함께 밥도 나누어 먹고, 술도 나누어 마시고, 놀이도 함께하라는 것이었어. 설날 주원이는 집에서 윷을 놀잖아. 그런데 대보름날 윷놀이는 마을 사람들이 넓은 마당에 모여 함께 놀아. 모나 윷이 나오면 꽹과리를 치고 북도 치면서 덩실덩실 춤도 추고.

대보름은 그렇게 마을 사람들이 함께하는 날이었지. 아침 일찍 당산에서 마을 어른들이 모여 동제를 치르는 것으로 마을의 대보름 행사를 시작하는 것이나, 보름달이 뜰 때 마을 사람들이 모두 모여 함께 마련한 달집을 태우며 나와 너와 그리고 우리의 건강과 풍요를 기원하는 것으로 대보름 행사가 마무리되는 것은 바로 그 때문이었지."

"하루에 아홉 번이나 밥을 먹었다고?"

"그래, 아홉 번."

"난 아홉 개 먹을래. 쌀 아홉 톨!"

장황한 설명 가운데 아이의 관심은 하나, 오곡밥을 아홉 번 먹는다는 것뿐이었다. 그러나 그거라도 건진 게 어딘가. 대보름날 이웃집 돌아다니며 밥을 먹었다는 걸 아는 사람이 요즘 몇이나 될까. 더군다나 그것이 아홉 가족과 함께 밥을 먹으며 식구가 되는 것, 즉 온 마을 사람들과 가족 관계를 맺기 위한 것이라는 의미를 어떻게 알까.

그날 저녁 집에서 가져온 오곡밥과 나물을 밥상에 풀어놓았다.

"이게 오곡밥이야?"

"맞아, 요건 찹쌀, 요기 요 보일락 말락 하는 알갱이는 좁쌀, 빨간 건 팥, 그리고 이건 콩. 그렇게 오곡이 들어갔다고 해서 오곡밥이지. 오곡 속에는 건강에 필요한 영양분이 골고루 담겨 있어. 탄수화물, 단백질, 지방은 물론이고 비타민, 무기질 등 사람, 특히 아이들의 성장과 신진 대사에 필요한 영양소 말이야."

할아버지 설명이 주책없이 길어지자 할머니가 말을 가로챈다.

"그럼 이건 뭐야."

"그건 고사리나물. 저건 가지, 이건 무나물이고."

아이는 오곡밥과 나물을 너덧 차례 먹고는 숟가락을 놓는다. 아까 먹었던 컵 떡볶이와 치즈 어묵이 여전히 소화되지 않은 채 배에 남아 있었나 보다. 할머니가 오곡밥을 김에 싸서 서너 번 더 먹이자 뒤로 물러나 앉는다.

댓 숟갈이라도 먹은 게 어딘가. 이상하다며 입에 넣었다가 뱉는 아이도 있다지 않은가? 대보름날 돌아다니며 오곡밥을 아홉 번 먹는다는 이야기를 아이는 기억할 것이다.

"주원이가 또 알아 둬야 할 게 있어. 오곡밥을 먹는다는 건 보름달을 먹는 것이나 마찬가지지. 저 큰 보름달을 내 몸 안에 받아들이는 거지. 옛날 엄마는 보름달 먹는 꿈을 꾸면 달처럼 주원이처럼 탐스러운 아이를 낳는다고 믿었거든."

'마음이 편해지는' 인생 첫 책

아이는 다행히 책에 관심이 많다. 길동 할아버지가 중고 쇼핑몰에서 사 준 전집류를 포함해 이웃 아이들이 읽고 나서 준 책들이 아이 방 한 면을 가득 채우고 있다. 읽는 것도 열심이다. 잠잘 때는 어떤 핑계를 대서라도 들어가지 않으려는 제 방을, 낮에는 물방개처럼 드나들면서 이 책, 저 책 빼서 읽는다.

그런 그림책 읽기 버릇에서 비롯되었나 보다. 어제 가족 톡방에 사진 17장이 올라왔다. 아이가 짓고 편집해 완성했다는 책이다. 사진 한 장에 두 페이지씩 담겼으니 34쪽이다. 공책을 이용했으니 책 꼴도 갖췄다. 페이지마다 주제에 어울리는 사진이 붙어 있고 그림도 그려져 있다. 별 이야기에선 은하계 밖 성운星雲 사진이, 사막 이야기에선 모래언덕 사진이, 바닷가 이야기에선 밀려오는 파도 사진이 있고, 아래쪽엔 상상의 별과 사막과 바다 그림이 있다. 구색은 다 갖췄다.

제목은 《마음이 편안해지는 책》. 이런 안내까지 붙어 있었다.

"곧 시작합니다. 앉아서 읽어 주세요."

책은 '바다로 떠나 보자', '아침과 밤이 없는 사막', '마음 풀기', '마법의 성' 등 4개의 에피소드로 구성되어 있다. 3화 대신 1장, 4화 대신

2화로 되어 있어 혼란스럽긴 하다. 1장, 2장으로 나눠 각각 2개의 에피소드를 담으려 했는데, 착오가 있었나 보다.

처음엔 제목이 마음에 걸렸다. 아이에게 뭔가 마음이 불편한 게 있었던 걸까? 왜 그런 주제를 떠올렸을까? 이런 걱정은 아이의 미숙한 철자와 문장을 해독하느라 신경을 쓰다 보니 곧 사라졌다.

마음이 편해지는 요령은 요컨대 '복잡한 것을 풀어 버리는' 데 있었다. 그 방법은 첫째 바다를 생각하는 것, 상상 속에서 바다로 떠나는 것이었다. 둘째는 역시 상상 속에서 사람이나 동물 발자국이 하나도 없는 사막으로 떠나는 것이다. 셋째는 조용히 마음을 들여다보는 것, 넷째는 달과 별이 속삭이는 밤하늘을 새벽이 올 때까지 지켜보는 것이다. 그러면 구름처럼 물결처럼 자유롭고 편해진다는 것이다. 책은 이렇게 마무리했다.

"마음이 정말 좋다. 이게 이 책의 힘이다."

여전히 궁금했다. 어린애가 도대체 왜 '마음이 편해지는' 문제에 몰두했을까? 얼마나 마음이 불편했으면 … .

"주원아, 놀라운 그림책 고마워. 덕분에 할아버지 마음도 편안해졌어. 그런데 왜《마음이 편안해지는 책》을 쓰게 된 거야?"

아이는 듣는 둥 마는 둥, 핸드폰 화면에서 들락날락하며 장난만 쳤다. 엄마의 가벼운 지청구를 받고서야 화면에 얼굴을 디밀고 설명한다.

"응, 제주도에서 4·3 갔었잖아. 그때 일이 자꾸 떠오르는 거야. 나 울었잖아."

아이는 지난 11월 제주에서 '한 달 살이'를 하면서 4·3 유적지와 행사를 몇 군데 다녔다. 잊지 못할 경험도 했다. 4·3 기념공원 상설전시관에서 설명을 듣다가 무섭다며 중간에 뛰어나갔고, 나가다가 빌레못동굴의 비극을 재현한 곳으로 잘못 들어가 울음을 터트렸다. 너븐숭이 기념관 시청각실에선 북촌 초등학교에서 저질러진 끔찍한 영상을 보다가 엉엉 울었다. 눈앞에서 엄마가 처형당하는 걸 지켜봐야 했던 아이, 피살된 엄마의 품을 파고들던 젖먹이, 엄마와 함께 죽임을 당한 아기들의 이야기를 전하는 대목에서였다.

다행히 아이는 곧 마음을 진정했다. 그리고 기념관 초입 소원지 판에 '잊지 않을게'라는 내용의 소원을 써서 남겼고, 너븐숭이 애기무덤에 귤과 사탕을 올렸으며, 위령탑 앞에서 엄마랑 나란히 두 손 모아 기도하기도 했다.

숙소로 돌아와 그림일기에 그날의 슬프고 아팠던 마음을 담았다. 우리는 그 아픈 기억이 곧 마음속 깊은 곳으로 가라앉아 잊힐 거라고 믿었다. 실제로 서울에 돌아와서는 유치원에 복귀했을 때 친구들이 제주 한 달 살이 이야기를 해 달라고 졸라 4·3 기념공원, 너븐숭이 이야기를 잠깐 언급한 게 전부였다고 한다.

그러나 그게 아니었다. 얼마나 자주 되살아났는지는 알 수 없지만, 기억은 책장 귀퉁이에서도 튀어나왔고, 책상 서랍에서도 나왔으며, 침대 밑 혹은 캄캄한 천장에서도 불쑥불쑥 나타나, 빌레못과 북촌리의 그 현장, 그리고 피살된 약혼자를 평생 가슴에 안고 살아온 영희 엄마(《수프와 이데올로기》 주인공)의 아픔 속으로 아이를 이끌었던가 보다. 아이는 그런 '불편함'을 달래기 위해 두 달여 만에 저만의 소박한 치유 방법을 책에 담았다.

젊어서 설악산 백담계곡에서 야영할 때였다. 한밤에 마실 물을 뜨러 계류로 갔는데, 등산화 속으로 차디찬 물이 스며드는 걸 느끼고서야 비로소 물속 깊이 들어와 있다는 사실을 깨달았다. 달빛 비친 개울이 너무나 투명해 물속인지 물가인지 구분하지 못했다.

백담계곡 계류처럼 아이의 마음은 그렇게 맑고 투명했다. 그래서 어른들은 아이의 마음을 언제 어디서고 훤히 들여다볼 수 있다고 생각한다. 그러나 너무나 투명한 나머지 그 깊이를 알 수 없다는 것까지는 미처 생각하지 못한다. 그 깊고 깊은 마음속에 어떤 꿈과 소망, 어떤 상처와 아픔, 어떤 원망과 기억이 깃들어 있는지, 그것들이 어떤 물결과 어떤 파도를 일으키는지 알 수 없다.

밤하늘은 맑고 투명할수록 더 아름답고 신비롭다. 은하수 너머 또 다른 은하수로, 동화를 넘어 또 다른 동화로, 전설로, 신화로 깊어진다. 그런 밤하늘처럼 아이의 마음은 맑고 투명하기에 언제나 깊고 또 신비롭다.

할머니가 아이에게 물었다고 한다.

"주원아, 할아버지가 왜 좋아?"

"재미있잖아."

이런 궁리나 고민도 아이에겐 재밌나 보다.

"졸업하기 싫어"

"할머니, 어젯밤에 유치원 친구들이랑 노는 꿈 꿨어."

"매일 만나는 친구랑 꿈에서도 놀았어? 그렇게 놀고 싶어?"

"응. 매일 놀아도 또 놀고 싶어."

유치원 졸업식 날 아침이었다. 그것도 중요한 통과의례이니 축하의 뜻은 전하고 싶었다. 그런데 길동 할아버지·할머니가 졸업식에 참석한다고 하고, 또 조부모는 한 가족으로 제한한다니, 전화로 축하할 수밖에 없었다.

"유치원 졸업을 축하해, 그리고 초등학교 입학하는 주원이를 열심히 응원할게."

아이는 좋다, 나쁘다, 아무런 반응도 보이지 않았다. 그리고 영상통화 화면에서 슬그머니 나가 버렸다.

그렇게 설레던 초등학교 진학이었지만, 아이는 언젠가부터 기대감도 설렘도 보이지 않았다. 반면 유치원 졸업 이야기만 나오면 시무룩해졌다. 그리고 2월 마지막 한 달 동안 그 어느 때보다 유치원 활동에 열중했다. 지난 연말 아무런 미련도 없이, 한 달 동안 유치원을 빼먹고 제주도로 떠났던 아이를 생각하면 상상하기 힘든 모습이었다.

유치원 종강을 사흘 앞두고 '백주원 님께' 소포가 배달되었다. 과일 선물상자만큼 큼지막했다. 누가 보냈는지 알고 있는 엄마는 싱글벙글하며 아이에게 직접 열어 보라고 채근했다. 테이프를 떼어 내고 상자를 열자 핑크빛 백팩(책가방)이 나왔고, 밑에는 신발주머니가 있었다. 책가방을 열자 먼저 하얀 실내화, 다음엔 열여덟 색깔의 사인펜과 크레파스 세트, 다음엔 필통과 아이 이름이 새겨진 지우개, 그다음엔 어깨에 걸치는 크로스백이 나왔다. 엄마·아빠, 할아버지·할머니는 감동했다. 가방 주머니에는 엽서가 한 장 들어 있었다.

"주원이의 우아한 1학년을 부탁해요. 이국환 아저씨가."

엄마가 다니는 회사 사장님이었다.

하지만 안타깝게도 아이는 그렇게 기뻐하는 모습이 아니었다. 선물들을 담담하게 꺼내서 진열하고 엽서를 읽은 뒤, 덤덤한 표정으로 선물들을 다시 가방 속에 넣었다.

아이는 유치원 졸업식이 가까워지면서 진학 이야기만 나오면 이런 말을 하곤 했다.

"나, 유치원 졸업하고 싶지 않아. 졸업식이 없었으면 좋겠어."

"유치원을 졸업해야 초등학교에 가지."

"싫어."

"초등학교에 가면 더 많은 친구랑 만나게 될 텐데."

"그래도 싫어."

졸업식 전날 밤 꿈속에서까지 유치원 친구들이랑 실컷 노는 꿈을 꾼 것은 그런 아쉬움 때문이었던 같다. 헤어지는 게 얼마나 안타까웠으면 그랬을까.

졸업식 며칠 전, 아이는 봄이와 시헌이가 제 부모들과 함께 가는 2박 3일 속초 여행에 합류하기로 했었다. 엄마·아빠는 따라갈 수 없다고 하는데도 봄이의 요청을 앞뒤 안 가리고 수락했다.

그러나 이틀 뒤 아이는 여행을 포기했다. 졸업을 앞두고 유치원이 마련한 행사 때문이었다. 지구 끝까지 같이 갈 것 같은 봄이와의 여행 대신 머잖아 헤어질 유치원 아이들과 노는 것을 선택했다.

유치원의 쫑파티, 마지막 놀이는 과자 파티였다. 얼마나 신났는지, 아이는 집에 와서도 흥분이 가시지 않았다.

"아이들이 모두 한 가지 이상 과자를 가져왔어. 나는 뻥소리(뻥튀기) 가져갔는데. 전철빵(지하철역에서 파는 빵) 가져온 아이도 있고, 초코송이를 책가방 가득 가져온 아이도 있었어. 나무반 책상엔 과자가 수북했어. 얼마나 먹었는지 아직도 입에서 과자 냄새가 나. 후 ⋯."

아이 엄마 이야기로는 아이는 졸업식 행사가 진행되는 동안 거의 웃질 않더란다. 예쁜 졸업식 예복을 입고서도 그랬고, 원장님께서 주시는 졸업장을 받을 때도 그랬고, 아이들과 함께 〈우리 다시 만나요〉 노래를 합창할 때도 그랬고, 아이들과 예복을 벗고 집에 돌아가기 전 빙 둘러서서 함께 인사를 나눌 때도 그랬다고 한다. 참관하러 온 엄마·아빠, 할아버지·할머니들만 속없이 싱글벙글 신나 하더란다.

유치원으로 올라가는 2층 계단 중간엔 이런 글이 커다란 도화지에 적혀 있다. 레지오 에밀리아 교육의 창시자인 로리스 말라구치의 철학과 신념을 요약한 내용이다.

어린이는 가지고 있습니다.

백 가지의 언어, 백 개의 손, 백 가지의 생각,

백 가지의 생각하는 방법, 놀이하는 방법, 말하는 방법을.

백 가지의 귀 기울여 듣고, 감탄하고, 사랑하는 방법,

발견해 나갈 백 가지 세상, 고안해 낼 백 가지 세상, 꿈꾸는 백 가지 세상을.

어린이는 백 가지의 언어를 가지고 있습니다.

그렇지만 사람들이 아흔아홉 가지는 훔쳐가 버립니다.

사람들은 어린이에게 말하기를,

손을 써서 생각하지 말라, 머리를 써서 생각하지 말라,

듣기만 하고 말은 하지 말라, 기쁨은 느끼지 말고 이해만 해라

또 사람들은 어린이에게 말하기를,

작업과 놀이, 현실과 환상, 과학과 상상, 하늘과 땅, 논리와 꿈들은

같이 섞여질 수 없는 것들이라고 합니다.

그러고 나서 사람들이 말하기를

아이들에게는 백 가지가 없다.

하지만 어린이는 말합니다.

천만에요, 우리에겐 백 가지가 있어요.

그렇다. 아이들은 행복해질 수 있는 자질과 능력을 모두 갖추고 있다. 그 신비한 능력을 어른들이 아이를 가르친다면서 하나둘 없애 버린다. 예민한 감각을 무디게 하고, 열렬한 호기심을 냉동시키고, 공감과 상상력을 지워 버리고, 꿈과 소망을 차근차근 없애 버린다. 아이들이 저마다 아름다운 나무로 자라 숲이 되도록 하지 않고, 모든 아이를 벌목해서 쓸 재목으로 똑같이 키우려 한다.

유치원을 떠나 정규 교육과정으로 들어가면, 아이에 대한 전정(가지치기)은 본격화할 것이다. 앞뒤 따져 보면 꼭 학교 탓만도 아니다. 학교에 '강한 가지치기'를 요구하는 것은 우리 사회를 이끌어 간다는 '배운 어른'들이고, 그런 이들에게 힘을 실어 주는 건 대다수 부모다.

돌아보면(이건 할아버지 이야기다), 진학할 때마다 드는 불길한 예감은 언제나 현실이 되었다. 학년이 올라갈수록 내 시간은 줄어들고, 시키는 일은 더 많아지고, 경쟁은 갈수록 심해졌다. 어느 순간 우리는 앞만 보고 뛰도록 눈가리개를 쓴 경주마처럼 죽어라 달리고 있었다. 유치원을 나서는 아이는 이제 그 출발선에 서게 되는 건 아닐까? 불안하다.

유치원 입구 다른 벽면엔 이런 글과 그림이 걸려 있었다.

"사랑하는 아이들아, 세상을 아름답게 만드는 사람이 되어라."

할아버지가 꼭 하고 싶은 말이다. 한마디 덧붙이고 싶다.

"아이야, 네가 아름다워지면 세상도 아름다워진단다. 아름답게만 커다오. 우리도 노력할게."

덜렁이의 첫 등교

학교에서 아이를 데리고 나오는 '인수인계' 절차는 까다롭다. 보호자는 예정된 하교 시간에 학교에 도착해, 학교보안관에게 몇 학년 몇 반 누구의 보호자임을 알린다. 그리고 보안관실에 걸려 있는 내선 전화를 이용해 방과 후 돌봄 교실이나 방과 후 교실 선생님에게 도착을 알린다. 그러면 선생님은 어떤 아이의 어떤 보호자인지 확인하고 아이를 보내 준다.

이에 앞서 학부모는 방과 후 누가 데리러 갈지 학교에 미리 통지해야 한다. 보호자는 보안관실 옆 공터에 있어야지, 교실이나 운동장 안으로 들어가면 안 된다. 용무가 있으면 학교의 동의 아래 보안관실에서 출입증을 받아야 한다. 나쁜 목적을 가진 사람이 보호자인 척 학교를 드나드는 걸 막기 위해서다. 아이는 '위험 사회' 한가운데 서 있다. 께름칙하다. 학교와 보호자 사이의 책임 소재를 분명히 하려는 뜻도 있지 싶어서다.

'나 때' 아이들은 놔서 길렀다. 학교는 물론 들이건 산이건 마을 골목이건 부모, 형제, 이웃, 학교, 마을 공동체가 함께 보호했다. 불행한 일이 발생하면 누구라 할 것 없이 함께 걱정하고 위로했다. 그때에 비해 수천, 수백 배 더 잘살고 치안 시스템은 더 정밀해졌지만, 세태는 끔찍할 정도로 험악해졌다. 책임 소재를 놓고 학부모와 학교는 팽팽히 대치한다.

첫날(3월 3일) 아이는 두 시에 하교했다. '즐거운 우리 학교' 세 시간 뒤에 '중간 놀이'를 하고, '학식'을 먹고 나서 돌봄 교실에서 놀다가 영어학원 시간에 맞춰 나왔다. 아이들은 보호자의 연락을 받고 교문 쪽으로 우르르 달려 나왔다. 우리 아이만 저만치 뒤에서 손을 주머니에 찌른 채 느림보 거북이처럼 태평스럽게 걸어왔다. 입학 전에 잔뜩 긴장했던 모습은 종적을 감췄다.

"오늘은 어떤 공부를 했어?"

"응, 딱 5분만 했어. 자기소개. 누구는 앞에 나가 발표하고, 누구는 그냥 공책에 썼어. 나머지 시간은 놀았어."

"중간 놀이는 뭐 하는 시간이야?"

"화장실도 가고, 제각각 좋아하는 책 읽기도 하는 시간이야."

"힘든 거 1도 없었겠네."

"그럼."

아이들은 열에 다섯은 보호자를 만나자마자 교문 밖 도로에 줄지어 서 있는 학원 버스로 갔다. 맞벌이 부모가 2차 돌봄은 학원에 맡긴 것이다. 우리 아이도 마찬가지다. 하교할 때 보호자의 첫째 역할은 아이를 인수하는 것과 학원 차까지 20~30미터를 에스코트하는 게 고작이다.

아이가 집에 와서야 알았다. 등교할 때 아이는 가방 메고, 신발주머니 들고, 물병 어깨에 걸치는 완전 군장 상태였는데, 가방만 딸랑 메고 있었다. 깜짝 놀라 물어보니, 아이도 그제야 없어진 걸 알고 당황했다.

"어디에 두고 왔는지 기억나질 않아."

1학년 교실엔 아이들이 두고 간 물건이 천지라는데, 아이도 예외는 아니었다.

"찬찬히 기억해 봐. 주원이는 오늘 교실 두 군데 갔었잖아. 공부하는 교실이랑 방과 후 교실. 어디에 두고 왔는지 잘 생각해 봐."

"잘 모르겠어."

아이 엄마와 할머니는 아이 아빠의 어릴 적 별명을 떠올리며 "덜렁덜렁 덜렁이가 어디 갔겠냐?"고 한마디 했다.

가방을 살펴보니 지퍼에 달려 있던 열쇠고리도 없었다. 아이가 요즘 가장 애지중지하던 시나몬 꼬마 인형이 달린 열쇠고리였다.

"응, 옆자리 친구한테 줬어."

"그거 주원이가 가장 좋아하는 거잖아."

"응. 달라고 해서 줬어."

등교 이틀째인 월요일이었다. 엄마와 함께 교문을 들어서는데 아이가 눈을 반짝이며 엄마를 부르더란다. 마침 엄마는 '오늘은 무엇을 또 두고 왔을까?' 걱정하고 있었다.

"왜?"

"응, 이제야 생각났는데 신발주머니와 실내화는 교실에 두고 온 거 같아. 선생님이 학교에 두고 가라고 했거든. 물병은 실내화 주머니에 넣어 둔 거 같고."

"그래, 맞아. 자기 물건 함부로 버리고 다니는 주원이가 아니지. 주원이도 걱정했구나?"

등교 사흘째 아이는 물통과 물통 주머니를 찾아왔다. 실내화와 신발주머니는 학교에 두고 왔다고 했다. 그런데 숙제하는 걸 잊었다.

이튿날 아침 7시 반에 일어나 엄마랑 초치기로 했지만 다 끝내지 못해, 생애 첫 숙제를 미완성으로 가져갔다.

"토요일이 빨리 오면 좋겠어"

아이가 학교에 간 지 두 시간이나 지났을까 싶었는데 담임선생님에게서 전화가 왔다. 아이 엄마는 머리카락이 쭈뼛 섰다. 아니나 다를까. 아이를 데려가라는 것이었다.

"예?"

"아이가 배 아프다고 하고 열도 있으니 병원에 데려가 보세요."

더 이상의 설명은 없었다. 다행히 재택근무 중이었다. 통화가 끝나자마자 허겁지겁 학교로 달려갔다.

아이는 크게 아픈 것 같지는 않았다. 아랫배를 만지며 다소간의 불편을 호소할 정도였다. 열도 별로 없었다. 그러나 아이가 장염 때문에 여러 차례 고생했던 터라 긴장을 풀 수는 없었다. 아이는 그동안 긴장하거나 위축되면 복부 통증과 발열 현상이 나타나곤 했다. 그걸 참다가 장염으로 발전한 일도 종종 있었다. 바이러스성 장염에도 취약했다.

새로운 환경, 새로운 친구들 사이에서 말 못 할 고민이 있는 건 아닌지 걱정스러웠다. 다행히 병원에서는 걱정할 상태는 아니라고 했다. 약도 처방해 주지 않았다. 안도했다.

이야기를 전해 들은 할아버지는 부아가 났다. '나 때'는 이런 일로 학부모를 찾는 경우가 없었다. 선생님이 잘 다독이거나, 상태가 안 좋으면 학교 양호실에 보낼 뿐이었다. 그리고 양호선생님의 판단에 따라 교실로 돌아가거나 양호실에서 쉬었다. 그래도 호전되지 않으면 그때 비로소 부모를 호출했다. '나 때'는 일단 등교하면 학교 또는 담임선생님이 아이의 곤란을 해결하기 위해 최대한 노력했고, 실제로 거의 모든 곤란을 해결했다.

'학교가 이래도 되나?'

이틀 뒤 반별 학부모 총회가 있었다. 아이 엄마는 첫 모임이니 빠질 수 없었다. 담임선생님이 어떤 분인지 궁금하기도 했다.

담임이 먼저 입을 열었다. 입을 연 정도가 아니라 찬바람이 쌩 도는 연설을 했다. 1학년 담임은 처음이라느니, 과학을 전공해 대학원까지 나왔다느니, 그래서 고학년만 가르쳤고, 또 고학년 수업에는 자신 있지만 1학년 담임은 체질에 맞지 않고, 어떻게 가르쳐야 할지 모르겠다고 했다. 한술 더 떠, 아이들을 맡은 지 한 달도 채 안 됐지만, 요즘 아침마다 학교에 출근해야 하나 마나 고민한다고도 했다.

학부모의 이해와 협조를 요청하는 것이긴 했지만, 그런 기막힌 연설을 듣는 학부모로선 어안이 벙벙했다.

'선생이 이래도 되나?'

푸념인지 통지인지 모를 이야기가 끝나자, 잔뜩 주눅 들었던 학부모들이 하나둘 조심스럽게 입을 열더란다. 대체로 '우리 아이가 선생님께 도움을 호소했는데, 선생님이 도와주지 않았다'는 내용의 이야기였다.

어떤 학부모는 용기를 내 이렇게 따지기도 했다.

"한 아이가 제 아이에게 욕도 하고 괴롭혀 호소했는데, 선생님은 왜 아무런 조치도 취하지 않으셨나요?"

담임은 발끈했다.

"저 나름대로 조치는 취했습니다. 그러나 솔직히 그런 상황에서 어떻게 해야 할지 저도 잘 모릅니다."

선생님은 위해를 했다는 아이의 실명까지 대며 말했다.

"아이에게 정신적으로 문제가 있는 게 아닌지 모르겠습니다. 제가 담임이라지만 무엇을 할 수 있겠어요."

회의에는 선생님이 지목한 '가해 혐의 학생' ○○○의 부모도 참석해 있었다고 한다.

다른 학부모가 불만을 이어갔다.

"제 아이가 다른 아이와 부딪혀 넘어지면서 교실 바닥에 머리를 부딪쳐서 아픔을 호소하며 선생님께 도움을 요청했는데, 선생님이 아무런 도움도 주지 않으셨다고 하던데요."

말이 끝나자마자 선생님은 다시 발끈했다.

"아이가 하는 말을 다 믿지 마세요."

이런저런 이야기가 더 나왔지만, 선생님은 단호히 자신을 방어했다.

누구나 인정하겠지만, 사실 담임 혼자서 천방지축 뛰고 떠들고 사고 치는 아이들 22명과 하루 네 시간을 같이 보내는 건 쉬운 일이 아니다. 우스개로 벼룩이 서 말을 몰고 서울 가는 것보다 더 어려울 수 있다. 그래서 아이 담임은 자신이 해결하기 힘든 일이 있거나, 아이의 이상 행동이 있으면 반드시 아이 부모에게 연락했다고 한다. 학생 22명 가운데 20명의 학부모가 그런 전화를 받았을 거라고도 했다.

"제가 전화하지 않으면 아이는 잘 지내는 것으로 아시면 됩니다."

학부모들은 찍소리도 못했다.

학부모 총회 이튿날, 피아노 교습을 마친 아이와 눈높이 학원으로 걸어가는 중이었다.

"근데 ○○이가 오늘(목요일) 학교에 안 왔어."

"그래? 왜 안 왔을까? 어제 학부모 총회에 아이 엄마도 참석했다고 하던데."

"누가 그러는데 경찰(서)에 갔다고 하더라고."

아이들끼리 하는 이야기였겠지만 아이는 걱정이 많아 보였다. 그 아이는 금요일에도 학교에 오지 않았다고 한다.

아이는 지금 어린이집이나 유치원보다 훨씬 더 복잡하고 혼란스러운 '사회' 속에 발을 들여놓고 있다. 그곳에서 아이들은 예전보다 훨씬 더 많고, 더 다양하고, 더 튀고, 그래서 한편으론 어울리면서 다른 한편으론 부딪히고 경쟁하고 주도권 다툼을 한다. 개중에는 패거리 짓고 군림하려 드는 아이도 있을 것이다. 아이는 이제 실감할까? 나이 먹는 게 좋은 것만은 아니라는 것을.

"빨리 토요일이 왔으면 좋겠어. 쉬고 싶어."

"학교 다니기가 그렇게 힘들어?"

"그건 아닌데, 쉬었으면 좋겠어. 학교 가는 건 좋아."

그래, 얼마나 힘들까. 어른도 힘든 게 사회생활이다. 게다가 아이는 매일매일 두세 군데씩 학원 뺑뺑이를 돌아야 한다. 초등학교 고학년, 중학교, 고등학교, 대학교 …. 아이가 앞으로 다녀야 할 학교들을 생각하면 눈앞이 아득하다. 그 소중한 시간을 꼭 이렇게 보내야 하나?

막말 배틀

4개월 가까이 산비탈 추위에 떨며 오매불망 기다렸던 봄이건만, 가는 건 순식간이다. 이제야 봄인가 싶더니 벌써 여름 문턱에 선 것 같다. 4월 인데도 엊그제는 낮 기온이 30도에 육박했다. 온난화 탓일까, 나이 탓일까? 봄은 갈수록 짧아지고 여름과 겨울은 길어진다.

이에 비해 아이에게는 덥건 춥건 언제나 봄이다. 사시사철 꽃이 피고, 새가 노래하고, 일취월장日就月將하는 봄이다. 봄을 기다릴 이유도 없고, 성급히 가 버린다고 아쉬울 리 없다. 그런 아이 덕분에 할배의 봄은 근근이 유지된다.

"매화꽃 지고 살구꽃 자두꽃도 지고, 하귤꽃 지자 라일락꽃도 덩달아 지고. 주원이 얼굴 보고 싶었던 친구들이 다 떠나가고 있어. 그래도 하나 남은 게 있어. 뭔지 알아?"

"몰라."

"주원이 태어났을 때 심은 나무 있잖아."

"미니 사과?"

"그거 말고."

" …… ."

"주원이 세 살, 네 살 때 잘 부르고 또 좋아했던 노래 있잖아."

" …… ."

"주원이도 할아버지처럼 늙었나 봐, 어렸을 땐 자동차 번호판도 한두 번 보면 다 기억했는데…. '○○꽃 꽃잎에 싸여 어느새 잠이 든 낮달' 이렇게 시작하는 노래 있잖아."

"이제 생각났어. 돌배."

"맞아, 하도 오지 않으니까 다 잊어먹었나 봐. 그 돌배꽃이 지금 피고 있거든. 주원이가 올 때까지 남아 있을까 몰라."

유혹이 효과를 발휘했던지, 아이가 엄마에게 산이네 가자고 조르더란다. 물론 아이가 내건 이유는 할아버지가 늘어놓은 꽃 때문도 아니고, 산 아래 동네의 파스텔 톤 화사한 봄 때문도 아니었다.

"산이랑 산책하고 싶어. 이번엔 백사실도 가고 (상명대) 뒷산에도 갈 거야. 두 밤 자고 와야지."

그리하여 돌배꽃이 모두 하늘로 날아가기 전 아이는 세검정에 왔다. 물론 아이의 속셈에는 산이 말고도 하나 더 있었다. 고기국수다. 얼마나 간절했던지 아이는 피아노 학원 끝나고 엄마와 버스를 타고 제주면 장으로 직행했다.

"오늘 두 그릇, 아니 세 그릇도 먹을 수 있어."

그러나 안타깝게도 한 그릇으로 만세를 불렀다.

"그러게, 피아노 끝나고 쪼글이 어묵을 왜 먹었어."

아이는 이튿날 엄마·아빠 그리고 산이와 함께 넷이서 백사실에 다녀 왔다. 집에서 제법 먼 거리였지만 돌아온 아이는 한층 더 신나고 기운 도 뻗쳐 있었다.

"옛날 할아버지·할머니랑 놀았던 현통사 앞 그 큰 바위에서 산이랑 놀려고 했는데 ⋯."

아이가 쫑알대는 사이 할아버지와 할머니는 집에서 '마당 파티'를 준비했다. 할아버지는 바비큐 통을 청소하고, 쓰다 남은 소나무 각목을 잘라 쌓고, 그 위에 참숯을 얹어 놓았다. 바싹 마른 소나무 각목은 타오를 때면 불꽃놀이 할 때처럼 불꽃이 튄다. 지난해 노을공원 야영장에서 아이의 기억에 가장 선명하게 남은 것이 바로 그 소나무 각목의 불꽃이었다.

철제 테이블 닦아 내고, 식재료 쌓아 둘 간이 탁자도 마련했다. 할머니는 애 아빠가 가져온 가리비로 찜을 하고, 상추를 따서 겉절이 만들고, 돼지 목살과 함께 구울 버섯을 손질했다. 잔치가 따로 없었다. 순전히 아이 하나 때문이었다. 아이가 오지 않는다면 아마 마당에서 생전 불 피울 일이 없을 것이다.

이틀째 아이는 늘어지게 자다가, 상명대로 산이와 산책하자는 재촉에 군말 않고 일어났다.

"집에 오는데 우리가 아까 갔던 길에 개똥이 한 걸음씩 똥, 똥, 똥 이렇게 떨어져 있었어. '이건 분명히 산이 똥이야'라고 엄마한테 말했지. 할아버지가 산이는 여기저기에 똥을 떨어트리고 다닌다고 투덜댔잖아. 그래서 여기 주워 왔어."

아침 먹고는 아이는 일찌감치 돌아가야 했다. 엄마의 사촌인 이모네 아이들과 놀기로 한 약속이 있었다. 떠나기 전 아랫방에 혼자 내려가 피아노를 뚱땅거리더니, 밖으로 나와 아쉬워했다.

"나 집에 가고 싶지 않아."

그러나 우리는 안다. 말은 그렇게 하지만, 엄마·아빠가 일어나면 아이가 먼저 현관문을 열고 나가리라는 것을. 게다가 오늘은 여의도 고수부지에서 하늘이·시원이 쌍둥이와 논다고 하지 않았는가.

그날 아이는 오전 11시에 엄마·아빠, 삼촌, 두 이모네 부부 그리고 쌍둥이 동생들과 만나 밤 11시까지 놀았다고 한다.

"놀다가 세월 다 가겠다. 나도 주원이처럼 그렇게 놀면서 늙으면 얼마나 좋을까?"

할머니가 어이없다는 투로 한마디 날린다.

"당신은 주원이보다 더 놀면서 어떻게 그런 소리를 한담?"

아이가 한마디 더 날린다.

"늘그니라서 나처럼 노는 거야?"

"뭐? 늘그니?"

'어린이'의 상대 말이 '늘그니'라고 생각했나 보다. 젊은이도 있으니 제대로 된 조어다. 그래도 질 수 없다.

"주원이는 뭐야. 학교도 다니는 애가 만날 놀 생각만 하고."

"나? 응·애야."

"초등학생 응애가 어딨냐? 응애가 뭔지 알아?"

"뭔데?"

"아무데나 응아(똥) 하는 아이(애)를 줄여서 응애라고 하는 거야. 순우리말로는 똥싸개라고 하지. 주원이는 똥싸개, 똥싸개래요."

"할아버지는 늘그니, 늘그니."

아이 엄마가 곰탱이와 방퉁이의 막말 전쟁을 막아섰다.

"할아버지한테 그게 무슨 말버릇이야. 그런 말 하면 안 돼!"

젊은 엄마가 할배보다 더 꼰대다. 아이의 개그는 이제 '늘그니 개그' 수준을 넘어섰다. 언젠가 할머니에게 묻더란다.

"할머니가 집에 없으면 할아버지는 뭐 먹어?"

"아마 라면 끓여 잡수실 거야."

"라면 잘 끓여? 무슨 라면 좋아해?"

"응 다 좋아해. 그런데 집에 김치찌개 있으면 김치찌개 라면, 된장찌개 있으면 된장찌개 라면을 끓여. 라면도 아니야, 그냥 잡탕이지."

"할아버지 라면 식당 내도 되겠다. '할배 장인라면'!"

'늘그니'면 어떻고, 라면 식당 주인장이면 어떠랴. 봄이 가고 꽃이 지면 또 어떠랴. 내게는 언제나 따뜻한 봄, 성성한 청춘인 아이가 있다.

"저 영감님, 왜 저러슝?"

일주일간 집을 비웠다가 돌아와 보니 아이의 편지와 메모가 한 장씩 탁
자 위에 놓여 있다.

> 할머니 · 할아버지 오게 해 주셔서 감사합니다. 사랑해요.
> 숨은그림찾기를 해보세요.
> 1. 핸드폰 거치대
> 2. 주원이 어렸을 때 사진
> 3. 모기 물려 가려울 때 바르는 약통(뚜껑 있는 거)
> 4. 카네이션 달린 주원이 편지
> 5. 할아버지의 냄새나는 실내화

오랜만에 귀가하면 심심할 테니 찾아보라는 것이다. 사실 우리는 심
심하기는커녕 힘들어 녹초가 되어 있었다. 투덜대다가, 번개처럼 스치
는 게 있어 정신을 차렸다. 우리가 여행에서 돌아왔다는 걸 아이가 알
고 있구나! 그렇다면 이야기는 다르다. 서둘러 찾아보라는 것을 찾은
뒤 결과를 보고해야 한다. 귀가하면 기분도 풀고 통화도 하자는 것 아
닌가. 참으로 속이 깊은 아이다.

초등학교 때 소풍 가면 꼭 하는 것이 보물찾기였다. 그러나 6년 내내 한 번도 '보물' 명칭이 적힌 쪽지를 찾아낸 적이 없다. 친구들은 나뭇가지 사이에서, 돌 틈에서 연필, 공책 따위가 쓰여 있는 쪽지를 잘도 찾았는데, 내 눈에는 한 번도 나타나지 않았다. 소싯적부터 세상을 보는 눈이 조금 냉소적이었고, 인생관이 조금 삐딱했던 데는 이런 불운이 일조했으리라고 지금도 나는 생각한다.

'나와 행운은 거리가 멀구나, 행운의 여신은 나를 멀리하시는구나. 은총이란 것도 전혀 없거나 허황한 것이구나! 파랑새가 날아오고 어쩌고저쩌고 하지만, 세상에 그런 새는 없구나.'

사회생활을 하면서도 경품을 주는 행사에 무수히 참석해 봤다. 남들은 TV며 냉장고며 잘도 타는데, 흔하디흔한 전기 포트 하나 걸린 적이 없었다. 그런 할배에게 보물찾기를 하라니. 다른 사람이 시켰다면, 찾기는커녕 욕부터 한 바가지 했을 것이다.

졸린 두 눈 비비며 방 안 구석구석을 살폈다. 뜻밖에도 나의 그 가물가물한 눈에 숨은 그림은 잘도 들어왔다. 아이 사진은 정림사지 5층탑 모형을 담아 둔 유리 상자 옆에 붙여 두었다. 냄새나는 실내화는 소파의 구석진 곳에 있었고, 핸드폰 거치대는 책상 위 보면대 뒤에 있었다. 둥근 뚜껑 있는 모기 물린 데 바르는 약은 찾기 힘들었지만, 끈질긴 탐색 결과 아이 눈높이쯤 되는 책장 서가에서 발견했다.

신기하게도 그렇게 하나하나 찾다 보니 피로가 좀 풀렸다. 눈을 부라리고 집중하는 동안 '힘들어 죽겠다'는 생각도 사라졌다. 발견한 물건과 장소를 찍어 보내고 나니, 여행 뒤끝의 허전함이 사라졌다. 아이가 마술사인지, 아이와의 교감이 마법의 약인지 모르겠지만, 여하튼 고마웠다.

우리가 없는 일주일 가운데 사흘 동안 아이 식구가 세검정 집에서 지냈다. 54년 된 불편한 옛날 주택에 와서 지낸 이유는 단 하나. 이제는 뒷다리를 질질 끌고 다니는, 늙은 산이를 보살피겠다는 일념 때문이었다.

미술 학원 선생님으로부터 '누군가에게 힘을 주는 그림'을 그려 보라는 과제를 받고 아이는 두 장의 그림을 그렸다. 한 장은 아이 자신, 다른 한 장은 산이였다. 아이는 그 이유를 이렇게 설명하더란다.

"외할머니 집에 산이가 있는데, 노견(늙은 개)이어서 잘 걷지도 못하고, 먹는 것도 시원찮고, 여기저기 똥도 싸요. 그래서 산이에게 힘을 주고 싶어요."

저에게 힘을 주고 싶은 이유는 아무리 구슬려도 함구하더란다.

아이가 있는 동안 세검정 집으로 봄이와 시현이도 불렀다. 언니에게 귀에 굳은살 박이도록 산이 이야기를 들었으니, 아이들은 엄마를 닦달해 세검정으로 달려왔다.

아이 셋은 '1박 2일 단독가옥 체험'을 했다. 카톡으로 보내온 사진 속에서 아이들은 15년 전부터 8년간 아이 엄마가 쓰던 침대, 아이가 뛰어놀다 받침대가 내려앉은 소파 위에서 방방 뛰고 있었다. 낮에는 비가 제법 내리는데도 비옷을 입고 산이와 함께 산책했고, 해 지면 층간 소음 걱정할 것 없이 뛰고 뒹굴고 소리치며 놀았다. 소파와 침대가 난장판이 되었겠거니 생각했는데, 멀쩡했다. 엄마들의 통제가 상당히 셌나 보다.

요즘 아이는 학교에서 학원으로, 학원에서 학원으로 가는 것을 혼자 해결하는 연습을 한다. 연습 첫날 아이에게 미리 이야기해 두었다.

"할머니가 주원이 가까이 있을 테니까 걱정하지 말고 학교 끝나면 주원이 혼자서 미술 학원에 가 봐. 힘들면 소율이랑 같이 가. 소율이 엄마가 온다고 했거든."

그날 할아버지와 할머니는 교문 옆 펜스 뒤에서 아이의 모습을 지켜봤다. 소율이 엄마가 옆에 있는데도 아이는 교문 안에서 이리저리 두리번거렸다. 하교하는 아이들 열이면 아홉 얼굴에 나타나는 해방감과 그로 말미암은 웃음과 재잘거림이 아이 얼굴에는 없었다. 아이는 어색하고 불안했는지 어둡고 기죽은 표정이었다.

그렇게 아이는 학교 정문 앞에서 학원 버스로 영어 학원에 갔고, 끝난 뒤엔 학원 버스를 타고 돌아와 미술 학원으로 그리고 피아노 학원으로 혼자 갔다.

다음 날엔 미술 학원에서 아파트 단지를 가로질러 눈높이 학원으로 혼자 걸어갔다.

엊그제 아이의 방과 후 일정은 학교에서 피아노 학원으로, 피아노 학원에서 눈높이 학원으로 뺑뺑이였다. 이번에도 아이는 학교 정문을 나서면서부터 두리번거리다가 인도를 따라 피아노 학원으로 갔다. 그러나 '분명히 할머니가 어딘가에서 날 지켜볼 거야'라는 확신이 들었는지 발걸음이 제법 가벼웠다.

눈높이 학원엔 어떻게 갈지 궁금했다. 대교아파트 서쪽 끝에 있어 거리도 제법 됐지만, 아이는 두리번거리거나 뒤돌아보지 않고 잘 찾아갔다. 아이가 학원이 입주한 상가 건물로 들어가기 직전 할아버지는 모른 척하고 아이를 앞질러 상가 건물로 들어갔다. 머리가 하얗게 센 할아버지를 단박에 알아차릴 법도 한데, 아이는 부르지 않았다. 2층으로 올라가는 계단 중간에 어설프게 몸을 숨겼는데도, 아이는 그냥 지나쳐 갔다.

아이가 귀가했을 때였다. 궁금했던 나와 아내가 다짜고짜 물었다.

"주원아, 눈높이 학원 건물로 들어갈 때 할아버지가 앞질러 가는 거 몰랐어?"

"아니, 알았어."

"그런데 왜 모른 척했어? 할아버지가 따라오는 게 싫었어?"

"그냥 그랬어. '저 영감님, 왜 저러숑?' 이랬지."

아이고 요놈의 꼬맹이, '영감님'이라니. 또 '숑'은 뭐람?

"그런데 '숑'이 뭐니?"

"〈날아라 슈퍼보드〉라는 애니메이션 있잖아. 거기서 저팔계 말투야. 할머니 왔숑? 왜 살이 쪘숑?"

"그럼 할아버지는 사오정이네. 무슨 말을 해도 잘 못 알아듣잖아."

"맞아, 두 번, 세 번 말해야 알아들어. 사오정도 그래. 할아버지는 사오정, 나는 날씬한 저팔계."

사나흘 뒤 아이를 맞으러 학교에 갔다. 아이는 벌써, 학생과 부모가 엉켜 있는 교문 안 한가운데 서 있었다. 할머니가 학교에 온다는 이야기를 엄마에게 들었던지, 교실에서 일찍 나와 있었다. 항상 미리 와 있던 할머니가 보이지 않자 두리번거리던 중 할아버지를 발견했다. '꿩 대신 닭'인데도 아이는 두 팔을 벌리고 달려와 안긴다.

그러나 한다는 말이 냉정하다.

"할머니는?"

"으응, 저기 오시잖아."

아이는 바로 할아버지를 뿌리치고 할머니에게 맹렬하게 달려간다.

"할머니, 할머니~ 안녕하셨숑?"

소심소심 小心 素心

국어 시간이었나 보다. 선생님이 아이들에게 가장 재미있게 읽은 책에
대해 발표하라고 했단다. 아이가 처음으로 걸렸다. 아이의 번호와 날짜
의 뒷자리 수가 일치했던 8월 29일이었다.

선생님이 시키니 교탁 앞에 서긴 했는데, 입이 얼어붙고 몸도 얼어붙
어서 아무 말도 할 수가 없더란다. 저를 빤히 지켜보는 반 친구들의 눈
과 마주하자, 머릿속이 하얘지고 눈앞이 캄캄해져, 아이는 한 마디도
못하고 우두커니 서 있다가 제자리로 돌아왔다고 한다.

이튿날 다시 발표하게 될 줄 알고 열심히 준비했다. 제가 요즘 읽고
있는 〈천일야화〉의 배경이며 인상적인 에피소드 따위를 정리했다. 그
러나 이튿날엔 발표가 없었다. 그다음 날에야 준비한 것을 발표했는데,
집에 온 아이는 선생님이 칭찬하셨다며 한껏 기고만장하더란다.

그 이야기를 듣고 비로소, 그동안 품었던 아이에 대한 여러 가지 의
문이 풀리는 듯했다. 아이는 '소심'했다. 그것도 아이들이 보통 그랬듯
이 평균적으로 소심한 게 아니라, 매우 소심했다.

아이는 영어나 수학 공부를 싫어한다. 특히 일주일에 세 번씩 꼬박꼬
박 가는 영어 학원은 아이를 쫓아다니며 괴롭히는 마귀처럼 여긴다. 학

원 가기 전날부터 아이는 짜증이 심해진다. 갈 때마다 시험을 치르고 숙제가 생기기 때문이다. 스스로 책을 펴 놓기는 한다. 그러나 옆에서 채근하지 않으면 이 방 저 방 정신없이 쏘다니거나 소파에서 뒹굴뒹굴 한다. 보는 엄마는 복장이 터진다. 10여 분이면 끝낼 수 있는 걸 두고 잠자리에 들기 전까지 실랑이를 벌인다. 아이는 하긴 해야겠는데, 생각만 해도 싫다 보니, 주변을 배회하는 것이다.

방학 때였다. 할아버지가 강원도 인제에 갈 일이 있었다. 생애 첫 방학이지만, 기억에 남는 체험이나 여행 한 번 하지 못한 게 아쉬워 할머니랑 셋이 다녀왔으면 했다. 천문대 가서 별자리도 보고, 백담사에도 가고, 속초로 넘어가 백사장에서 한나절 놀기도 하고 … . 나름대로 아이가 혹할 만한 프로그램을 제시했지만, 아이는 단칼에 거부했다. 설득하려 감언이설을 늘어놓았지만, 요지부동이었다. 엄마·아빠랑 떨어지는 게 싫어서 그런가 싶었는데 그게 아니었다.

"학원에 가야 하잖아."

"학원 한두 번 빠져도 돼."

"싫어. 한 번 안 가면 숙제가 두 배, 세 배 많아져."

"숙제 안 해도 돼. 네가 제대로 알고 익히는 게 중요하지, 시키는 대로 하는 게 중요한 건 아니야. 넌 잘하고 있어."

"안 가!"

막무가내였다. 아이는 "영어는 왜 하는지 모르겠다"고 입버릇처럼 말한다. 그러면서도 학원을 빠지는 건 안 되고, 학원에서 시키는 건 다 해야 했다. '착한 학생' 콤플렉스까지 강했다.

영어 학원 다니는 동안 아이는, 다른 스트레스도 있었겠지만 세 번이나 장염으로 고생했다. 입원할 정도로 심각하게 아프기도 했다. 유치원을 옮기고 아이가 친구들과 안면을 트고 분위기를 익히는 동안 고생했던 장염과 같은 것이었다.

이런 일도 있었다. 한 달 전이었다. 아이가 갑자기 오른쪽 눈이 잘 보이지 않는다고 하소연했다. 눈이 캄캄해지곤 한다는 것이다. 그런데 제가 좋아하는 걸 할 때는 아무런 불편이 없었다. 신화도 잘 읽고, 유튜브나 TV도 잘 보고, 손톱만 한 스티커도 일련번호대로 잘 정리했다.

귀신이 곡할 노릇이었다. 동네 병원에 가서 간이 시력 검사를 했더니 오른쪽 눈의 시력이 교정해도 0.3밖에 안 나온다며 3차 진료기관에 가보라고 했다. 안과 전문병원에 예약하고 일주일을 기다려 정밀검사를 했다. 검진이 끝나자 의사가 보호자만 따로 부르더란다.

"안구에는 이상이 없고, 시력도 정상입니다."

심리적 이유가 원인이었다. 유년기에 왕왕 있는 일인데 아이에게는 조금 일찍 찾아왔다고 했다. 의사는 '눈물약'을 처방했다. 아이에게는 말하지 말고 매일 두 차례 넣어 주라고 했다.

열흘쯤 약을 넣었을 때였다.

"눈 잘 보여? 불편하지는 않아?"

"응. 잘 보여."

"왼쪽 눈 감고 할아버지 봐. 할아버지 여기 점들 잘 보여?"

"그럼."

아이는 이상이 없었다. 눈이 캄캄해지곤 하는 것처럼 그동안 배탈이나 고열도 스트레스 때문일 가능성이 컸다. 아이는 심각한 소심증小心症에 인정 욕구까지 컸으니, 스트레스 민감도가 높았다.

8월 중순께였다. 학원이 열흘간의 짧은 휴가를 끝내고 아이들 반 편성을 다시 할 때였다. 수준별로 편성하기 때문에 아이들은 평가 시험을 치러야 했다. 아이는 반에서 1등을 했다고 한다. 할아버지는 의기양양한 아이 모습을 가만히 두고 볼 수 없었다.

"1등도 했으니 이제 영어 학원엔 가지 않아도 되겠네."

잠깐 눈을 반짝이던 아이는 이렇게 역습했다.

"아니야, 1등도 했으니 학원에 가야지."

"주원아, 네 소원이 영어 학원 안 가는 거 아니었어?"

"그땐 그랬고."

8월 마지막 날이었다.

"할머니, 내일은 인생 최고로 행복한 날이야."

'아이고, 젖비린내도 안 가신 꼬맹이가 무슨 인생이고 무슨 행복인가.'

그러나 아이의 대답을 듣고는 무릎을 쳤다.

"그래, 할머니라도 최고로 행복한 날이겠다."

아이는 9월부터 영어 학원에 가지 않아도 됐다. 따라서 내일은 가야 할 학원이 하나도 없는 날이었다.

아이의 '눈 사건' 이후 아이 부모는 고민이 많았다. '눈앞이 캄캄해질 정도로 싫어하는 학원에 아이를 꼭 보내야 하나?' 사실 그동안 몇 차례 그만두려 했지만, 주변에선 말렸다. 영어 전공자로 큰 학원에서 어린이 영어 교재 및 교습 방법을 개발했던 마곡동 '중국 할머니'는 고생스러워도 기왕 시작한 거 계속하는 게 낫다고 했다. 가까운 학부모들도, 선생님도 중단하지 않는 게 좋겠다고 권했다.

하지만 '눈 사건'을 경험한 후 아이 부모는 보이는 게 없었다. 게다가 반이 달라지고 수준이 높아지면 아이는 그 힘든 심리적 단련을 처음부터 다시 시작해야 했다. 친구도 선생님도 달라지고, 숙제는 더 어려워지고, 어려운 시험을 매번 치러야 한다. 그렇다고 틀리는 건 싫고, 지기도 싫다. 스트레스가 또 한계치를 넘어설 게 분명했다.

엊그제 눈높이 학원에서 선생님이 서술형 과제를 줬다고 한다.

"여러분의 보물 1호는 무엇이고, 그것을 보물 1호로 정한 까닭은 무엇인지 쓰세요."

아이는 다음과 같이 적어 냈다고 한다.

"편지. 왜냐하면, 할아버지·할머니가 써 주신 게 고마워서."

아이는 이렇게 가끔, 말라가는 늙은이의 눈물샘을 터지게 만든다. 그런 아이에게 고백할 게 있다. 아이만도 못한 할아버지의 실제 모습이다.

얼마 전 할아버지 생일 때였다. 아들과 사위 그리고 아이가 봉투를 줬다. 아이 것이 가장 두툼했다. 아들과 사위 것이야 '안 봐도 비디오'지만, 꼬맹이의 봉투는 매번 의표를 찔렀다. 이번엔 봉투부터 달랐다. 재활용이긴 했지만, 금빛 반짝이는 카키색이었다.

얼마 전 왕할머니네 집에 갔을 때였다. 아이는 왕할머니에게 하사금을 받았다. 할아버지는 그것을 어떻게 하면 빼먹을까 온갖 설레발을 쳤다. 반반 나누자느니, 2 대 3으로 나누자느니. 엄마한테 다 줄 건데, 할아버지에게 조금 줘도 되지 않냐느니. 아이는 할배의 집요한 구슬림에 넘어가 1 대 4로 나누기로 동의했다. 그러나 봉투를 받자마자 엄마에게 던져 버렸다. 할아버지는 닭 쫓던 개 신세가 되었다.

'저 금빛 반짝이는 봉투에는 그때 깜빡 잊었던 아이의 정성이 담겨

있지 않을까? 그렇지 않고서야 저렇게 두툼할 리가!'

할배의 상상은 늘어갈수록 지구촌을 벗어난다.

열어 보니 편지지 한 장, A4 용지 두 장, 그리고 지퍼백 하나가 들어 있었다. 지퍼백에는 건강 효소 한 봉지, 열쇠고리 하나, 노란 머리끈에 묶인 도라이몽 딱지 6장이 있었다. 한숨이 나올 뻔했다.

할아버지가 아이의 생일 편지를 찾아 다시 읽은 건, '할아버지 편지가 보물 1호'라는 아이의 발표를 전해 들은 뒤였다.

곽병찬 님, 빠져 보세요. 생신 축하드려요. 곽 님의 선물은 '얼렁뚱땅 상장' 입니다. 오늘 나는 맛있는 고기 왕창 먹을 거예요. 곽 님 당신은 맛있는 것을 많이 먹을 거예요. 다음 생신에도 즐겁게 놀아요. ♡ 안녕히 계세요.

'상장'에는 제가 받은 상 목록이 적혀 있었다. '아이 러브 피피 펜 대상'(뭔지 모르겠다), '얼렁뚱땅 한자 입상'(8급 한자능력검정시험 합격), '나는 동시대장 최우수상', '재미있는 요리대회 우수상'. 그 상들을 할아버지에게 주겠다는 건가 보다. 마지막 A4 용지에는 '주태백이'에게 주는 술 세 병이 그려져 있었다. 아이는 제가 줄 수 있는 것을, 가장 멋진 방식으로 나에게 선물한 셈이었다.

이 자리를 빌려 아이에게 미안함과 함께 고마움을 전해야겠다.

"방퉁아, 고마워. 곰탱이 할아버지가 철이 좀 없었어. 네 선물 덕에 조금 철이 든 거 같아. 다음 생일엔 딱 방퉁이 수준으로 철이 들도록 노력하마. 내년엔 더 맛있는 거 왕창 먹고, 더 즐겁게 놀자. 그동안 소심하다고 놀린 거 미안해."

선수 교체? 세대교체!

"아이구, 아줌마구나. 안녕하셨슈?"

형제상회 아낙네가 아내와 반갑게 인사한다.

"벌써 1년이 지났네요. 그동안 잘 지내셨어요?"

마곡동 어머니마저 오시지 않은 것을 확인한 아낙이 말끝을 흐린다. 대신 아이와 아이 엄마가 있는 것을 보고는 그제야 분위기를 바꿀 요량으로 어조가 다시 '하이 톤'으로 바뀌었다.

"아이가 있으니까 분위기가 환해졌어요. 밝고 좋네요."

웬만하면 '할머니는요?'라고 물어볼 법한데, 주인장은 말이 없다.

마곡동 어머니는 올 김장용 새우젓과 반찬용 어리굴젓 등을 전화로 주문했다. 아낙이 어머니 안부를 묻지 않은 것은 전화 주문 때 이미 인사를 나눴기 때문일 것이라고 할아버지는 지레짐작했지만 오해였다.

"우리 어머니가 전화로 주문하신 거 잘 받았어요. 우리도 어리굴젓 한 통 받았죠."

"예? 할머니가 주문하셨어요? 주문하신 분이 너무 많아 누가 누군지 몰랐어요."

아낙은 어머니가 안 오신 것을 보고 뭔가 불길한 일이 났구나, 넘겨

짚었다. '전에는 시어머니가, 이번엔 친정어머니가 힘들어지셨나 보다.' 공연히 오지랖을 떨어 단골의 아픈 곳을 건드릴까 봐, 아예 더는 말을 하지 않았던 것이다.

머쓱해진 할배는 슬그머니 상점에서 빠져나와 맞은편 생선 가게 앞을 어슬렁거렸다. 작년까지만 해도 다른 가게에는 눈길 한 번 돌리지 않았던 할배였다. 어머니들 따라 추젓, 오젓, 육젓의 맛을 보며 귀동냥을 하거나, 아내를 따라 열두어 가지 반찬용 젓갈이 담겨 있는 냉장고 앞을 오가며 참견하느라 다른 상점을 거들떠볼 겨를이 없었다.

두 어머니는 종교적·정치적 입장은 물론 음식 취향도 달랐다. 따라서 적잖은 기간 동안 여행 갈 때마다 시행착오를 겪었다. 예외가 하나 있다면 광천 여행이었다. 새우젓에 관한 한 두 분은 찰떡궁합이었다. 광천 젓갈 여행은, 간월암 낙조처럼 저물어 가는 두 분의 말년을 아름답게 빛내는, 연중 가장 소중한 행사가 되었다. 사실 두 분이 아니라면, 우리 부부가 광천까지 새우젓 사러 갈 가능성은 아이 표현대로 '1도 없었다'.

해마다 두 분 덕에 우리도 덩달아 광천행을 기다렸다. 한여름 무더위가 지나고 추석이 가까워지면 두 분은, 뵐 때마다 어김없이 물었다. "올해는 광천에 언제 갈래?" 그 채근이 귀찮기는커녕 오히려 우리를 설레게 했다. 지난해 마곡동 어머니는, 젓갈 냄새가 생각만 해도 진저리칠 정도로 습하고 더운 한여름인데도 광천 가는 날을 잡자고 성화하셨다.

"새우젓은 일찍 사야 좋아. 그래야 좋은 거 사지."

속이 뻔히 보이는, 귀여운 억지였다.

이런저런 생각에 할배는 심란하다. 공연히 남의 가게 앞을 오락가락

한다. 사지도 않을 거면서 멀쩡한 게를 뒤집어 보거나, 고무대야를 탈출한 놈들을 다시 넣어 주었다. 주인장 귀찮게 말을 걸기도 했다.

"이건 무슨 게죠? 힘이 엄청 좋네요."

"돌게요."

"아, 어머니가 말씀하시곤 했던 그 박하지구나. 게장 담그는 박하지."

꽃게보다 작지만, 대야 속에서만 뒤척거리는 꽃게와 달리 힘은 장사여서 여러 놈이 대야의 벽을 넘어 시장 바닥을 기고 있었다. 몸통 좌우에 날카로운 톱날이 없는 게 꽃게와 달랐다.

혼자 청승 떠는 게 눈치 보였는지 할배는 아이를 찾았다. 처음엔 할머니와 엄마를 쫓아다니며 참견하던 아이도 재미가 없었던가 보다. 장보기용 카트에 앉아 있었다.

마침 청개구리 한 마리가 폴짝폴짝 어물전 앞을 뛰어다니고 있었다. 아이가 다가왔을 땐 갈치가 담긴 스티로폼 박스에 붙어 있었다.

"와 개구리다. 시장에도 개구리가 있네. 어떻게 저렇게 붙어 있어?"

아이가 쪼그리고 눈높이를 맞춘다. 할배도 아이 옆에 쪼그려 앉았다.

"저건 청개구리야. 등에 무늬가 없어, 순전히 풀색이잖아. 개구리보다 훨씬 작지. 엄지손가락만 한 게 다 큰 놈이야."

청개구리는 한참 동안 두리번거리다가 박스와 박스 틈으로 사라졌다. 아이도 일어났다. 할배는 아이를 카트에 태우고 미로처럼 복잡한 젓갈 시장통을 돌아다녔다.

"올해부터는 김장 각자 한다, 새우젓도 각자 산다. 광천까지는 못 가고 주문할 거다!"

마곡동 어머니는 진작 말씀하셨다. 미구에 닥칠 거라 각오한 일이었지만, 여름이 가고 선선한 바람이 불면 마음이 바뀌리라 기대했다. 그런 변화는 없었다. 어머니는 추석 연휴 전에 일찌감치 전화로 새우젓과 어리굴젓, 낙지젓 등을 주문했고, 아이네와 우리에게 젓갈 한 병씩 주셨다.

둘이서라도 가야 하나 고민스러웠다. 두 어머니가 길을 튼 추억의 광천 여행이니 가면 좋겠지만, 김장용 추젓도 남아 있고, 인왕시장에서 산 육젓도 있었다. 이런 고민을 아이가 해결해 줬다. 우리와 동행하기로 한 것이다. 아이는 광천 여행의 '새로운 장'을 열었다.

처음 제안했을 때 아이는 역시 한 방에 일축했다. 말도 안 하고 고개만 가로저었다. 말하기도 싫으니 두 번 다시 꺼내지 말라는 투였다. 할머니의 간곡한 부탁과 설득에 마음을 조금씩 돌리긴 했지만, '안 간다'에서 '간다'로 넘어가는 벽은 아이가 사는 15층 아파트보다 더 높았다.

아이 엄마에게 지원을 요청했다. 엄마가 거들자 아이는 뿌리부터 흔들렸다. 과연 아이는 엄마의 껍딱지였다. 할머니들이 그렇게 좋아하시던 광천행을 아이 엄마도 한번 가고 싶었던지 적극적으로 나섰다.

"나도 갈 건데 주원인 안 갈래? 가서 통통히 살 오른 전어회도 먹고."

"좋아!"

아이에게 충청남도 광천까지는 먼, 아니 지루한 거리였다. 공휴일 새벽이어서 차는 막히지 않았지만, 제 엄마는 차에 타고서 얼마지 않아 잠이 들었고, 할머니는 운전하느라 다른 데 신경 쓸 수 없었다. 조수석의 할아버지마저 밀려오는 졸음 때문에 말수가 줄었다. 화성 휴게소에서 소떡소떡으로 아이의 심심함을 달래 주려 했지만, 옛날 같지 않았다.

휴게소를 출발해 서해대교 구간에 들어서자 아이는 드디어 칭얼댔다.

"심심해!"

잠자던 아이 엄마가 깨서 아이를 고무시켰다.

"그래? 그럼, 우리 '아재 개그' 할까? 고추장보다 더 매운 건?"

"초고추장."

"초고추장보다 더 매운 건?"

"태양초고추장."

아재 개그는 답을 알면 하품만 나온다. 아이는 답을 다 알고 있었다.

"그럼 이번엔 주원이가 내 봐."

"모기 물리면 어디가 아파?"

"그걸 어떻게 알아. 모기에 물린 곳이 아프지."

"이건 아재 개그란 말이야 … ."

"그래? '목이' 아픈 거 아닐까?"

할매가 맞췄다.

"바람이 많이 부는 곳의 지명은?"

"제주도? 제주도를 삼다도라고 하잖아."

"그건 교과서지, 개그가 아냐."

"모르겠는데."

"분당."

"왜?"

"바람이 분당 ~ ."

이번엔 할머니가 퀴즈를 하나 냈다.

"할아버지가 취했는지 어떻게 알게."

"난 알아."

할배가 아이 앞에서 주정을 부렸나 보다.

"할아버지는 취하면 꼭 그러잖아. '주원아, 노래해 봐.'"

다들 배꼽을 잡았다.

"더 취하면 어떻게 되는지 알아?"

"'주원아, 노래하고 춤춰 봐!' 그러잖아."

심심한 아이를 달래려다 어른들이 뒤집어졌다. 광천까지는 순식간이었다.

두 분 어머니의 큰손만큼은 아니어도, 우리도 제법 샀다. 형제상회에서 산이네는 육젓, 오젓 작은 것 한 통씩, 어리굴젓, 멸치 액젓 한 통, 멸치 남해안 것과 서해안 것 두 박스. 아이네는 길동 시댁에 드릴 육젓 한 통, 백 명란젓, 낙지젓, 어리굴젓, 조개젓 등. 주인장은 서비스라며 오징어젓을 한 통씩 주었다. 아이에게는 '광천김' 한 박스를 선물로 줬다.

기름집에서는 들기름과 참기름을 각각 한 병씩 샀고, 고북상회에서는 고추 열 근 사서 고춧가루로 빻고, 고구마 15킬로그램을 샀다. 장마당에서는 예산국수 다섯 묶음, 도라지, 사과, 갈치 등을 챙겼다. 아이도 장에 가면 전통 과자를 사겠다며 용돈을 챙겨 왔는데 장터를 두 번이나 돌았지만 찾을 수 없었다. 생애 첫 아이의 장보기였는데….

돌아오는 길에 할배는 작정하고 아이 들으라고 중얼거렸다.

"3년 전까지만 해도 마곡동 왕할머니, 홍은동 왕할머니랑 등 넷이서 왔지. 홍은동 왕할머니는 요양병원에 있으면서도 한 번 오셨어. 재작년부터는 마곡동 왕할머니만 오셨고, 앞으로 두 분은 못 오실 거 같아. 세월에 몸이 너무 닳고 닳아 힘이 없어진 거야. 올해는 대신 주원이와 엄마가 같이 와줘 다행이야. 일단 숫자는 같잖아."

"그럼, 선수 교체네."

"그래. 교체는 맞는데, 운동경기에서의 선수 교체랑 달라. 농구·배구·핸드볼 경기에서는 퇴장했던 선수가 다시 뛸 수 있지만, 두 왕할머니는 아마 그러지 못할 거 같아. 그러니까 우리의 교체는 세대교체야, 세대교체.

지금까지는 산이 할머니가 운전해서 두 왕할머니를 모셨으니까, 앞으로 몇 년이 지나 할머니가 운전대를 놓으면 주원이 엄마가 열심히 운전 연습해서 할머니들을 모시고 와야 할 거야. 할아버지는 빼도 돼. 그때쯤엔 힘이 빠져 짐을 나르지도 못할 테니까. 광천 여행은 여인 천하가 될 거야. 젓갈은 주로 여자들이 쓰잖아. 주원이도 커서 운전하고, 아기 생기면 엄마 모시고 다녀야 해. 알았지?

주원이가 유치원 때 노상 부르는 노래 있지? '역사는 흐른다' 말이야. 역사는 흐르는데 그렇게 변하면서 흐르고 흘러. 아이는 젊어지고, 젊은이는 장년이 되고, 장년은 노인이 되고 ….."

잠자코 있던 아이가 한마디 한다.

"난 변하지 않아. 엄마랑 이렇게 다닐 거야."

아이는 곧 잠이 들었다. 엄마도 자고. 노인네 둘만 눈을 부릅뜨고 전방을 주시했다. 해미 옆 고북의 신상정미소에서 10킬로그램짜리 향쌀 세 포대와 찹쌀 현미 한 포대를 샀다. 트렁크 짐을 새로 부리느라 부산을 떨었지만, 모녀는 깨지 않았다. 서해안 고속도로 종점인 일직을 지나 서울로 진입하는 금천쯤 와서야 일어났다. 무려 3시간 가까이 잤다.

"그래, 열심히 자 둬라. 그래야 10년쯤 뒤엔 우리가 뒷자리로, 너희는 앞자리로, 좌석 교체를 하게 될 테니까."

신통방통, 인생은 아름다워

그동안 게으르게나마 아이의 성장을 기록했다. 말이 '성장기'이지 실은 '아이와 할배의 동반 성장기'였다. 서로 배우고 가르치며 성장하는 교학상장敎學相長이었다. 백석동천 아니 백악동천을 쏘다니며 세검정 구석구석을 살피고 신선 흉내도 냈지만, 아이와 함께하면 어디나 '동천'이었다. 일찍이 경험하지 못한 행복한 날들이었다.

세상의 늙은이는 손주가 있는 이와 없는 이로 나뉜다고 한다. 없는 이들에게는 미안하지만, 나는 장담한다. 손주와 함께하는 순간 우리 인생은 새로운 장으로 넘어간다. 세상에 태어났으면 누구나 한 번쯤 누릴 수 있고 또 누려야 할 그런 행복의 장이다.

이제 우리 아이는 보호와 관찰 단계에서 벗어났다. 일방적으로 이끌려 다니며 배우고 익히는 단계에서도 벗어났다. 아이는 둥지에서 맹렬하게 날개를 퍼덕이는 어린 새처럼, 가족의 울타리를 넘나들기 위해 필사적으로 노력하고 있다. 아이의 세상은 가족에서 이웃으로, 이웃에서 학교로, 동네로 급격히 확장하고 있다. 할머니와 할아버지의 역할도 보호자보다는 흔히 말하는 '병풍' 혹은 '울타리'로 바뀌었다.

아이는 초등학교 1학년을 마치고 2학년으로 진급했다. 학교생활 적응기였던 1학기 때만 해도 아이는 유치원 시절과 별반 다르지 않았다. 학교에선 담임선생님이 돌보고, 방과 후엔 돌봄 교실 선생님이 봐주고, 집에 오면 식구들이 돌봤다. 학교에선 반 친구들과 놀고, 집에서는 아빠, 엄마, 할머니와 노는 식이었다.

2학기가 되면서 그런 학교생활이 눈에 띄게 변했다. 공부도 그랬고, 친구와의 관계도 그랬다. 여러 과목에 걸친 공부는 아이가 하고 싶으면 하고 말고 싶으면 말 수 있는 게 아니었다. 규칙이나 규범도 일찍이 경험하지 못한 것이었다. 교실에서 지켜야 할 것, 수업시간에 지켜야 할 것, 친구들 사이에서 지켜야 할 것 등 부쩍 많아졌다. 인간관계에서도 선생님은 무조건 의지하고 기대고 칭얼댈 수 있는 대상이 아니었으며, 친구들도 서로의 생각과 욕구가 맞기도 하고 충돌도 하는 사이였다. 신나는 경험도 많고, 갈등이나 마찰도 피할 수 없다.

이런 변화 때문인지 아이는 배앓이나 두통을 자주 호소했다. 1학기 땐 주로 영어 학원에 다니면서 그런 일이 생겼다. 수업 중에 아이가 고통을 호소해 두세 번 학원에서 데려왔다. 학교에서도 초기에 한두 번 조퇴하긴 했지만, 문제를 느낄 정도는 아니었다. 학교생활에 전념하도록 학원도 중단했다.

그런데 웬걸, 2학기 초부터 담임으로부터 아이가 아프니 데려가라는 연락이 오기 시작했다. 배가 아프다고 하니 데려가라, 열이 높으니 데려가라, 울고 있으니 귀가시켜라 등. 요즘 학교에선 열이 37.8도만 넘어도 귀가하도록 한다는데, 아이는 실제로 열이 높았다. 그런데 희한하게도 집에만 오면 멀쩡해졌다.

이런 일이 10월, 11월이 되면서 더 잦아졌다. 그렇게 조퇴한 날엔 동네 병원에도 가고, 심지어 종합병원에서 진찰을 받기도 했다. 어딜 가건 '몸에는 아무런 이상이 없다'는 게 의사의 진단이었다. 의사는 가끔 위약(가짜 약)을 처방해 줬다. 아이의 몸이 어떻게 반응하는지 살펴보자는 것이었다. 효과는 만점이었다. "약만 먹으면 아픈 게 싹 낫는다"라며 아이도 좋아했다. 든든한 '가짜 약' 덕분인지 아이는 머리 아프고 배 아픈 것을 걱정하지 않았다.

그러나 학교에만 가면 고통을 호소했다. 아이 엄마는 병원 진찰 결과를 전하며 담임의 조언을 들으려 했다. 담임은 대뜸 정신과 상담을 권했다. 아이 엄마는 황당했다. '정신과라니! 누굴 또라이로 아나?' 아이 엄마는 흥분했다. '어떻게 저런 사람이 선생님을 할까?' 속이 부글부글 끓었다고 한다.

그러나 담임이 하는 이야기를 들어 보니 화낼 일도 아니었다. 담임도 아이 때문에 애를 많이 먹었다. 그동안 아이는 툭하면 보건실에서 누워 있었다. 11월 말과 12월 초에는 거의 매일 보건실에 갔다고 했다. 수학 시간을 앞두거나 체육 시간 특히 구기 종목을 할 때면 여지없이 열이 나고 배가 아팠고, 아이는 보건실로 갔다. 방과 후 교실도 빠지는 경우가 잦았다. 가장 좋아하는 과학 실험이었는데도 말이다.

그 뒤 아이 엄마는 노이로제에 걸렸다. 눈높이 학원도 중단했지만, 차도는 없었다. 그런 아이를 앉혀 놓고 어른들은 제각각 주워들은 지식이나 상식에 기대어 추론하고 진단했다. '아이가 심약하지 않나', '참을성이 부족한 것 아닌가', '꾀병을 부리는 것 아닌가' 깜냥껏 이해하려 했다. 그러나 대체로 겉돌 뿐이었다.

"수학이 그렇게 하기 싫었어? 수학처럼 정직하고 단순한 게 없어. 공식대로만 하면 되는 게 수학이야."

"주원이 발레도 잘했잖아. 친구들이랑 달리기도 잘하고. 피구는 공만 잘 보고, 잘 던지면 돼. 맞아도 아프지 않아."

"○○이랑 싸웠어? 친구가 좋다고 하자는 대로 하면 안 돼. 상대가 누구든지 주원이의 생각을 분명히 말할 줄 알아야 해. 친구한테 미안할까 봐 싫은 걸 억지로 하지 마. 싫으면 싫다고 해야 해. 그래야 친구와도 우정이 깊어질 수 있어."

그러던 아이였는데, 12월 둘째 주부터는 담임으로부터 아이 엄마에게 아무런 연락이 오지 않았다. 데려가라는 요구도 없고, 보건실에 가겠다고 하더란 말도 없었다. 아이의 학교생활이 감쪽같이 정상화된 것이다. 궁금했다. 무엇이 아이를 그렇게 바꿔 놓았을까?

어른들이 주목한 건 아이 아빠의 추상같은 경고였다. 1년 전 아이는 아빠랑 제주에서 '한 달 살이'를 했다. 올해도 비슷한 계획을 하고 있다. 이번엔 엄마·아빠가 모두 함께하는 여행이다.

아빠는 아이에게 이렇게 말했다고 한다.

"주원이가 계속 보건실에 가고, 수학이나 체육 시간을 앞두고 열이 나고 배가 아프면 이번 여행에 같이 갈 수 없어. 산이네 집이나 다루네 집에 있어야 할 거야. 멀리 가서 아프면 어떡하니? 병원 가기도 힘든데. 주원이는 튼튼하니까 마음만 굳세게 먹으면 열나고 배 아픈 거 다 이겨 낼 수 있어. 아니 열도 안 나게 하고 배도 안 아프게 할 수 있어. 그런데 이겨 낼 생각이 없으면 또 아플 거야."

처음엔 설마 했지만, 아빠의 경고는 구두로 끝나지 않았다. 조퇴하는 날엔, 아이가 참새 방앗간 드나들 듯하던 오마뎅에도 가지 못하게 했고, 간식도 사 주지 않았다. 하자는 대로 다 해 주던 아빠가 그러니 아이는 눈앞이 캄캄했던가 보다.

방학을 하루 앞둔 22일이었다. 다시 가기 시작한 눈높이 학원의 선생님에게서 전화가 왔더란다. 아이가 배 아프다고 칭얼거린다는 것이었다. 엄마는 아찔했다. 2주 동안 잘 지냈는데 다시 도진 게 분명했다. 잠시 후 원장에게서 다시 전화가 왔다.

"제가 잘 해결해 볼게요. 제가 배를 살살 문질러 주면 나을 겁니다."

아이는 자율학습을 다 끝내고 돌아왔다.

"배 안 아팠어?"

"아팠어."

"선생님이 '내 손이 약손' 하셨어?"

"응."

"그래서 다 나았어?"

"아니, 아직 아파."

"아픈 걸 참고 수업을 다 듣고, 시험도 다 봤어? 많이 틀렸겠네."

"아니, 다 맞았어."

아이는 아픈 걸 참고 학습 분량을 다 끝냈다. 이후에도 이따금 통증을 호소하긴 했지만, 병원에 갈 정도로 아파하지는 않았다.

돌아보면, 아이의 통증은 생애 처음 맞닥뜨린 것들에 적응하는 과정에서 생긴 것이었다. 아이는 능숙하게 해내는 일도 있지만, 용을 써도 하기 힘들거나 적응할 수 없는 일이 있었다. 적응할 수 없는 일을 해야 할 경우, 시작도 하기 전에 자신감이 떨어지고 지레 겁도 났다. 그러면 생각하기도 싫고, 생각만 해도 지긋지긋해지고, 눈앞이 캄캄해지고, 얼굴에서 열이 오르고, 배가 아팠다.

이런 경험을 되풀이하면서 아이는 한편으론 고통스러웠지만, 다른 한편으론 '힘든 일을 비켜 가는 지혜'도 터득했다. 이른바 '실제로 아파지는 방법'이었다.

아프기만 하면 만사형통이었다. 떼를 쓰지 않고도 어른들을 제 뜻대로 움직일 수 있었다. 엄마·아빠, 할머니·할아버지는 물론 심지어 무서운 학교 선생님도 꼼짝 못 했다. 하기 싫은 수업을 빼먹을 수도 있었고, 영어나 수학 학원에 가지 않아도 됐다. 보기만 해도 찬바람 분다는 담임은 수업을 빼 주고 귀가하도록 하도록 선처했다. 엄마·아빠는 전전긍긍 울상이었고, 할머니는 아이를 그렇게 되도록 한 '죄'를 물어 엄마·아빠를 혼냈다. "어떻게 했기에, 아이가 저렇게 맨날 아프냐!"

병원에 가면 의사 선생님이 주사를 놓을까 봐 걱정됐지만, 한두 번가 보니 검사만 하고 주사는 놓지 않았다. 한 알씩 먹는 약도 쓰지 않아 먹을 만했다. '아프기만 하면' 안 되는 일이 없었다.

처음엔 하기 싫은 수업을 빼먹고 귀가하는 게 좋았다. 그러나 '조퇴하는 방법'은 엄마·아빠가 그 이유를 꼬치꼬치 캐묻고, 할머니·할아버지가 안달복달해서 불편했다. 병원에 끌려가야 하는 것도 성가셨다.

가만히 보니 보건실에 가는 방법이 있었다. 거기만 가면 그렇게 편할수가 없었다. 선생님이 엄마에게 통보하지 않으니 집에선 알 리 없었다. 추궁당할 염려도 없고, 병원에 가지 않아도 됐다. 보건 선생님은 얼마나 너그러운지 귀찮은 소릴 하지 않았다.

보건실에 맛 들인 뒤 아이는 일주일에 한두 번씩 보건실에 갔다. 2학기 중반부터는 하루걸러 갔다. 수업이 끝날 때면 교실로 돌아갔다가 귀가할 수 있었다. '이렇게 편할 수가!'

이 과정에서 아이는 귀찮은 수업이 있으면 일부러 애쓰지 않아도 저절로 몸이 아파졌다. 처음엔 겁도 나고 짜증이 나서 아팠지만, 경험이 쌓이자 몸이 자연스럽게 반응했다. '나는 아플 것이다', '난 아프다' 따위의 자기 최면도 필요 없었다. 수학이나 체육 등 끔찍한 시간이 다가오면 귀신 곡하게 배는 아팠고 몸에선 37.8도 이상으로 열이 올랐다.

다들 '꾀병'이나 '잔꾀'를 의심했을 것이다. 제 자식에 대한 실망감을 표시하고 싶지 않아 내색하지 않았을 뿐.

그러나 할아버지 생각은 다르다. 아이의 그런 대응은 꾀가 아니라, 지혜다. 처음으로 맞닥뜨린, 아이로서는 견디기 힘든 상황에 대처하고, 또 이겨 내기 위한 지혜였다.

이전까지 아이가 저의 뜻을 관철하기 위해 동원한 것은 울고불고 떼를 쓰거나 신경질 부리는 게 고작이었다. 본인도 힘든 일이었다. 속이 빤히 보이는 것이어서 자존심도 상하고 계면쩍기도 했을 것이다. 게다가 어른이 받아 주지 않으면 속수무책이었다. '아파지는 것'은 그런 부작용이 전혀 없었다. 얼마나 특별한 방법인가.

그런데 일찍이 경험하지 못한 무서운 도전이 있었다. 아빠의 경고였다. 아빠도 아이만 할 때 그런 지혜를 터득하고 써먹었는지 모른다. 아빠는 아이 속을 훤히 들여다보고는 배수진을 쳤다.

"주원이가 수학이나 체육이 하기 싫다고 배 아프고 열나면, '한 달 살이' 여행에 같이 갈 수 없어!"

속상했지만, 여기서 아이는 또 하나의 지혜를 터득했다.

"세상엔 안 되는 일도 있구나. 아빠·엄마가 좀 둔해 보이지만, 알 건 다 알고 있구나! 그럴 땐 대드는 것보다 수용하는 게 현명하다."

아이는 이제 더는 아프려고 노력하지 않는다. 아이 몸도 그렇게 반응하지 않는다. 기적처럼 모든 걸 해결해 주던 습관도 거의 사라졌다. 아이는 그 뒤에도 수학 혹은 체육 수업을 앞두거나, 껄끄러운 친구 앞에서는 열과 통증이 슬금슬금 생겼지만, 참거나 버텼다. 그렇게 아이는 2학기 마지막 3주를 '정상적으로' 마쳤다.

아이가 1학년 2학기에 보여 준 변화 아니 '폭풍 성장'은 이 글을 쓰는 데도 한 전환점이 됐다. 도대체 따라갈 수 없는 아이를 어떻게 이끌고 다닐까. 이제는 아이에게서 한발 물러나 지켜보는 게 옳다. 지금까지 내가 아이의 성장에 개입했다면 이젠 아이가 나의 일상에 개입한다.

이런 식이다.

"할아버지 안경, 저기 두었잖아, 양말은 저기 벗어 뒀고! 이제 술 조금만 마시세요."

꼬맹이였을 때 내가 했던 것을, 요즘 아이는 나에게 한다. 그 시절 아이는 지청구를 먹으면서도 행복했다면, 이제 내가 행복해질 차례다. 아이의 지청구를 먹으면서 말이다.

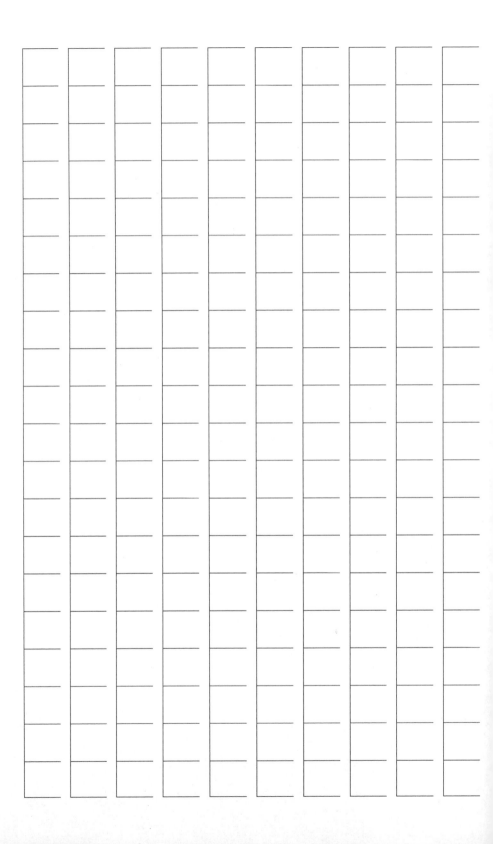